网络文学名家名作导读丛书

任怨与《神工》

第五辑

马季 著

肖惊鸿 主编

作家出版社

网络文学名家名作导读丛书

主　　编：肖惊鸿

第五辑编委：肖惊鸿　马　季　汤　俏　乌兰其木格
　　　　　　禹建湘　陈　海　马艳霞　段仁利
　　　　　　王丽楠　孙晓龙

序

20世纪90年代以来，文学与这个伟大的时代一道，经历了巨大的发展变化，其中一个标志性的现象，就是网络文学的兴起。以通俗大众文学之魂，托互联网与媒介新革命之体，网络文学如同一个婴儿，转眼已成为青年。网络作家们朝气勃发，具有汪洋恣肆的创造力，架构了种种可能的和不可能的世界。科技与商业裹挟着巨大变革中释放的青春、激情和梦想奔腾向前。时至今日，作者是有的，作者群体大到过千万人；作品是有的，作品总量已逾两千万部；读者就更多了，读者群体数以亿计。

网络文学是新生事物，也是一片充满活力的文化热土，是中国特色社会主义文学生机勃勃的组成部分。习近平总书记高度重视包括网络文学在内的网络文艺的发展，勉励广大网络作家加强精品创作，以充沛的正能量满足人民群众特别是青年一代对美好精神文化生活的新期待。

所以，这套《网络文学名家名作导读丛书》生逢其时，它将有助于探索网络文学艺术规律，凸显网络文学的艺术价值和社会价值，推动网络文学的主流化、精品化；同时，它也是精确的导航，通过这套丛书，我们将能够比较清晰地认识网络文学的重要作家和重要作品，比较准确地把握网络文学的发展历程和发展前景。

这套书的入选作者是目前公认的网络文学名家，入选作品是经过一段时间检验的代表作，而导读部分由目前活跃的网络文学评论家群体担纲。预计这套丛书的体量将达到 10 辑至 20 辑、全套 50 册至 100 册。无疑，这是一项浩大的工程，但也是值得耐心地、持续地做下去的工作。网络文学必须证明自己不是即时的快消品，它需要沉淀、甄别、整理，需要积累经验，逐步形成自身的传统谱系，需要展开自身的经典化过程。这套丛书就是向着经典化做出的努力。

这套丛书的主编肖惊鸿长期从事网络文学相关的研究和组织工作，她的眼光和能力值得信赖。尽管网络文学的理论建设近年来已经取得重大进展，但是，将理论落实为面对作品的、具体的分析和判断，实际上仍然是艰巨的课题，也是网络文学理论评论工作的薄弱环节。希望肖惊鸿和其他评论家们深入学习贯彻习近平新时代中国特色社会主义思想，以习近平总书记关于文艺工作和网络文艺的重要论述为指导，自觉运用历史的、人民的、艺术的、美学的观点评判和鉴赏作品，向现在的读者，也向未来的读者交出一份令人信服的答卷。

李敬泽

2019 年 3 月 7 日

于北京

目
录

导读

第一代网络大神的前世今生

——任怨创作历程

任怨，原名王子文，男，1974年生人。

1992年7月考入清华大学环境工程系，1997年7月毕业。

1997.9—2001.6北京德盟阳光科技发展有限公司，从程序员一直做到开发部经理。

2001.6—2009.9北京思路发展科技有限公司，从项目主管一路到测试运维部经理，浙江思路分公司副总经理。

2009.9—至今，职业网络作家。

主要作品《横刀立马》《超越轮回》《武道乾坤》《破灭时空》《天下无双》《斩仙》《元龙》《神工》，共八部，两千余万字。

2003年，任怨开始创作玄幻小说《横刀立马》。在入行之前属于超级书迷，追书很多，读书速度很快，以至于书荒了，由于实在无法忍受当时作者们月更或者半月更、周更的频率，一怒之下开坑。原本立志给大家做个更新的模范，结果却惨遭自己打脸。

在《横刀立马》的创作途中，任怨曾经因为职称考试和任职单位封闭开发产品，而停更半年，当时读者基本都认为这部作品"太监"了。不承想，任怨"闭关"结束重新更新的时候，评论区一时热闹非凡，他这才知道还有很多忠实的读者一直在默默等待。从此，任怨对自己提出了要求：以后一旦开坑，就决不能"太监"。

《横刀立马》上架后，成绩还不错，万订，入选起点天地人榜中的地榜，以繁体字出版，任怨很幸运地因此而成为起点中文网第一批白金作家。

《横刀立马》一直写到了 2006 年年底，然后紧跟着开新书《超越轮回》。

《超越轮回》归类为科幻，但其中还夹杂了一些仙侠和轮回的概念。作者现在回顾这部作品的创作过程时表示，当时写的时候有点匆忙，没考虑周全，现在回头想想，有几个情节其实应该可以写得更好，但遗憾当时自己未能进入最佳状态。当然，这也和作者当初文风不成熟，构建故事的能力不足有一定的关系。

不过总体说来，《超越轮回》成绩还不错，两万订加以繁体字出版，在业界也算有一定影响力的一本书。这本书后期其实写的很嗨，和唐家三少、府天他们拼字，曾经达到日更一万七八千字，也算是任怨码字速度的巅峰时刻。由此看来，速度太快也难免会留下一些遗憾。任怨用了一年的时间完结了《超越轮回》，边休息边构思了一个月，2008 年 2 月开始更新《武道乾坤》。

当时，修真小说很走红，任怨也积累了一定的人脉资源。于是《武道乾坤》就想讲述一个和大多数修真小说不一样的故事，不管真假，总之是想开创新的小说类型。然而理想很"嗨皮"现实很残酷，《武道乾坤》竟然扑街了。其实，那时候各种类型的网文都在探索中，都不是很成熟，创新过程中遇到障碍也很常见。任怨是想在《武道乾坤》中写出仙味浓一点的仙侠文，而不是那种打打杀杀的仙侠文，但读者不接受，正所谓"实践才是检验真理的标准"啊，一点不假。所以很多人问起任怨有没有作品扑街的时候，他会很直白地说，有啊，不但有，还扑得很惨。

从今天回头看，《武道乾坤》是任怨在线成绩最差的一本书，只写了百万字出头就匆匆完结了。但东方不亮西方亮，这本书居然得到了新世界出版社的青睐，以简体字出版——当然，繁体字版也出版了。

《武道乾坤》只写了十个月不到，在两本书期间，任怨有幸参加了上海社科院和起点中文网共同举办的网络文学培训班，认识了很多朋友，也聊了很多的东西。顺便插入一个花絮，其实《武道乾坤》的书名是梦入神机给起的。后来天蚕土豆发《武动乾坤》的时候，大伙还曾打趣，说他这本书名字抄袭《武道乾坤》，百分之七十五相像嘛！

在上海社科院培训班期间，大家谈兴很浓，经常聊天到后半夜，《破灭时空》就是和《唐朝好男人》的作者多一半聊出来的一个故事。任怨为其拟了一个详细的大纲，然后开始进入创作。

书名一时没想好，台湾地区的繁体图书出版编辑随意起了一个，但名不副实，不能反映故事内容，也许这是这本书没有爆火的原因之一。《破灭时空》讲述的是东方武侠文化和西方宗教文化价值观发生冲突的科幻故事。虽然在线成绩马马虎虎，但任怨写得很开心。这之后任怨才明白，一本书的任何细节都必须认真对待，不能有丝毫马虎，何况书名呢。但这本书也有它的优长，透过细枝末节，我们可以看见作者文风的影子，这是一个作者走向成熟的标志。

我们看到许多超长篇小说都有很详细的大纲，有的大纲甚至达到几十万字，这也是网络文学男频文的重要特色。任怨正是在创作《破灭时空》时养成了列细纲的习惯，他以前写书只是出一个简纲，拉一条主线就完事，但从这本书开始，他在创作方法上有了很大改变。尽管《破灭时空》后来的很多情节还是超出了大纲，但主线一直没有偏离，故事框架很结实，平均更新速度自然就有了增加。

2009 年夏天，《破灭时空》更新期间，任怨参加了第一届鲁迅文学院网络作家班，这个班后被戏称为"黄埔一期"。业内人士都知道，中国作家协会关注网络文学创作由此拉开了序幕。这届鲁院的学习让包括任怨在内的网络作家们大开眼界，学到了很多东西。也正是在作家班学习期间，任怨和老意、方想等人聊出了《天下无双》的大纲。

在《天下无双》更新后期，任怨因为身体原因做了个手术，也顺势借着调养身体的理由从单位辞职，开始了全职写作生涯。在此之前，任怨一直是兼职写作，常常是一边工作一边出差一边码字。早期的网络写作因为收益较少，甚至没有收入，网络大神们或多或少都有兼职码字的经历。现在经常提到"初心"这个词，应该说第一代网络作家都是真正的文学痴迷者——每天坚持五六个小时码字，收入微薄，若不是热爱文学，谁愿意吃那个苦？谁又能吃得了那个苦？

《天下无双》是一本"种马"文。因为任怨的前两本书中，男主角都和三个女主有交集，有感情交流，但不够爽，所以有读者很不满地叫嚣：这是"种马"文吗？这也算"种马"？于是任怨决定写一本真正的"种马"文，亮一下自己的能耐。"老白"们或许都知道，作者和读者的"较量"也是网络文学的一大特色。

《天下无双》的女主很多，总的算起来有十几个，属于地地道道的"种马"玄幻文，这也是为什么后来它被下架的原因，作者也因此总结了经验教训，逐渐回归主流。这本书的成绩算是马马虎虎，最后以繁体字出版谢幕。

仙侠文《斩仙》列出细纲很久之后才进入写作，这本书是任怨和起点当时的资深编辑杨晨314一起聊出来的，书的主角索性就成了杨晨。这是一本绝对离经叛道的仙侠文，上来就把天庭给革命了，说实话，他写的时候也是捏了一把汗，不知道命运如何。

《斩仙》上架后，读者比较喜欢，在线成绩也说得过去，让人没想到的是繁体版的出版成绩很亮眼，而且越来越好，始终霸着排行榜的前几名。从此之后，任怨成了繁体版出版的明星作者，每本书都是名列前茅，哪怕是最新的这本歌颂祖国的都市文《神工》也是一片叫好声。这一点真可以说是"踏破铁鞋无觅处，得来全不费工夫"。

《斩仙》创作期间，因为任怨个人的原因更新很慢，每天一更，足足持续了三年，直到2015年才算写完，五百多万字，也是任怨第一次挑战超长篇幅。超长篇写作时间长，人物关系复杂，线条多，写起来很吃力。为了不弄错年份，理清故事脉络，任怨特意做了个数据表格来记录各种事件的先后顺序，并将此戏称为"数据库写法"。

2015年是任怨网文写作的第十三个年头，他的写作生涯出现了一个比较大的转折点。这一年，他在起点的合约到期，经过一番挣扎之后，他终于决定离开起点，加入了掌阅文化。

《元龙》是任怨到了掌阅后开的第一本书。这本书的故事同样是很多人一起聊出来的。故事早就在脑子里有了雏形，触发点是和高楼大厦聊的一个小想法，然后又和七喜、玖伍贰柒仔细聊了很多桥段，最后经过了多一半和于烟罗的各种补全，最终完成了作品的细纲。从某种意义上说，网文创作真的是一种集体智慧的体现，当然书能不能火，要看作者努力的程度，以及运气有没有光临照拂。

因为有了细纲，《元龙》写起来很流畅，写了足足两年时间，成绩一直不错。幸运的是，在掌阅的大力支持和运作之下，动漫版权顺利卖出，由 B 站购买改编权，中影年年负责制作，任怨个人的网络文学 IP 终于顺利上线。这无疑是任怨多年创作的一次重大收获。一个作者能够看到自己的作品得到转化，那是最大的幸福。

《神工》完本于 2020 年 7 月，全书 420 万字，计 998 章，目前已改编成漫画，其他版权还在进一步洽谈中。在任怨的作品中，《神工》是最接近现实的一本书，但也有夸张成分，采用了"金手指"。令人骄傲的是，这本歌颂祖国工业事业发展的书，在台湾地区繁体版出版排行榜上每一集都在前三名之列，这也说明了很多东西。近年来，网文市场发生较大变化，经过一段时间休整，2021 年 2 月任怨在掌阅文化旗下书山中文网连载仙侠小说《仙道方程式》。

可以看出来，任怨二十年的网文写作之路并非一帆风顺，但他始终在坚持不懈，不因为成为第一批白金大神而自满，也不因为一两本书扑街而气馁。在经历不同类型网文创作摸索的过程中，他始终保持严谨的创作态度和良好的心态，把每一本书当作新的起点，努力寻找属于自己的目标，并坚定地向目标迈进。

任怨今年四十九岁，在网络作家中算年岁较长者，但放眼整个文学界，这个年龄正是发光发热的最佳时节。任怨拥有丰富的网文创作经验，仍然处在创作高峰期，我们有理由相信他在将来能够写出更加绚丽的篇章。

有时候，写作就是一种分享

——马季、任怨访谈录

鲁院培训对我后来的创作有很大影响

文学可以说是我一生中离不开的东西了，精神食粮，虽然有的可口有的不合胃口，但还是很喜欢。

问：任怨你好！在这个访问之前，我查看了有关你的各种资料，但都没有你写作前的经历，大学毕业后，你留在北京工作了一段时间，目前生活在苏州，那里是你的家乡吗？能谈谈青少年时代和文学相关的话题吗？比如早年的阅读，以及对文学的认识、理解等等。

答：首先说，苏州不是我的家乡，我的家乡在山西。

我从小爱看武侠小说，长大后爱在网络上看小说，这些，身边的人都清楚。小时候还曾经因为看武侠小说被父母教训过，那个时候，只要不是课本，基本上其他的课外读物都是闲书，是不被支持的。

小时候每个假期都是在阅读中度过的，十分充实，当然，我每天宅在家里看书，家里人也十分地放心、省心。其实看书就是因为爱看，喜欢，纯粹是个人的兴趣爱好。别人那个时候喜欢出去各种玩，但我就喜欢捧着书本读，眼睛也变成了近视眼。

上了大学，我借遍了图书馆所有能借到的武侠小说，后来租书摊也被我看遍了。

上班后有了网络，有了网络小说，我开始在各个网站疯狂追文。

终于有一天追得不耐烦了，决定自己写，一脚踏入了这个圈子。

从 2003 年开始一直到现在，还在继续。开始还是一边工作一边在休息时间兼职写作，后来和爱人一起到了苏州，开始专职写作。当然，写的过程中也不忘记阅读，每天还会追文，这已经成为习惯了。

文学可以说是我一生中离不开的东西了，精神食粮，虽然有的可口有的不合胃口，但还是很喜欢。应该会读到老吧！

问：十一年前，鲁迅文学院开办网络作家班，我记得你是第一期学员，那个班包括唐家三少在内可谓"大神"云集，我是跟班的辅导老师。在鲁院短短的学习时间，给你留下了什么印象？培训对你后来的创作有作用吗？

答：鲁院网络作家班的开办具有开创性意义，给我留下了十分深刻的印象。

这是国内最高的文学培训机构开办的学习班，机会难得，我们当时都很珍惜。学院的老师也都是业内大名鼎鼎的名师，给我们在写作方面指导了许多。培训期间，我们学习了很多关于写作的知识，关于选题，关于写作手法，关于一些禁忌，等等，受益匪浅。

我在学习期间还认识了很多业内的朋友，十分高兴。当时的培训状况，教的用心，学的开心，氛围相当不错。当然，最令人印象深刻的是伙食，获得了所有学员的一致好评，短短十几天的学习时间，大家平均体重估计都增加了好几斤。

鲁院培训对我后来的创作有很大影响，对我后来的选题、构筑情节等都发挥了很重要的作用。培训之前，我写了三本书《横刀立马》《超越轮回》《武道乾坤》，培训之后，我写了《天下无双》《破灭时空》《斩仙》《元龙》《神工》，自我感觉前后有很大的不同，起码文风成熟了许多。具体的好坏，还得让读者来评价。

问：你和传统作家，也就是纸媒作家有交集吗？中国现当代文学中有没有你感兴趣的作家、作品？

答：有，我在苏州认识的。苏州大学文学院的房伟教授是我的好朋友。他属于经常在《收获》《十月》这些传统期刊上发表小说的牛人。

房伟教授的《猎舌师》是一部非常优秀的长篇小说（在网络小说

中算短篇，偷笑），讲述了革命时期南京的一个厨子的故事，家仇国恨外加厨师的专业技能描写，相当精彩。

问：房伟不仅是作家，也是一位研究网文的学者，在你们的交流中，他对你的作品提出过什么意见吗？

答：房教授对于网文没什么偏见，我们聊天交流很愉快，聊得兴起，他还会邀请我们去给他的学生讲讲网文方面的东西，他是很好的朋友。

我们聊过我的作品，他也同意我的看法：从某一本之后是个分界线，文风成熟了很多。

《元龙》开书之后，我和房教授聊过一些主线和情节转折，对此，房教授很认可。他给的建议是让我尽量不要写幼稚的小说，行文要成人化、合理化。这点我深感赞同。

当然，房教授也说过我环境描写不够细致。这个我已经习惯了，写着写着就忘了，感觉很对不起他（偷笑）。

问：能谈谈你喜欢的网文吗？男频文中给你留下深刻印象的作品有哪些？你追文主要追哪些类型？

答：我看文很杂的，能接受所有类型的文，当然，主要还是指男频文，女频的很少看。

我印象深刻的书很多，列举几本。

烟雨江南的《亵渎》，除了书本身的味道之外，最重要的是，主角是个猥琐的胖子。

七十二编的《冒牌大英雄》，书很好，主角是个胖子。

猫腻的几本全都喜欢。

天蚕土豆的《斗破苍穹》。

流浪的蛤蟆的《仙葫》《天鹏纵横》。

血红的《升龙道》以及流氓系列。

断刃天涯的所有书。

梦入神机的《阳神》《龙蛇演义》。

唐家三少的《斗罗大陆》。

辰东的《神墓》《遮天》。

我吃西红柿的《盘龙》。

月关的《回到明朝当王爷》。

天使奥斯卡的《篡清》。

喜欢看的很多，就不一一列举了。

问： 网文出海是最近的热门话题，你有关注过吗？如果你的作品有机会翻译推介出去，哪一部比较适合？

答： 网文出海其实也是意外的惊喜，以前我们并不知道土生土长的网络文学在海外竟然那么地受欢迎，特别是在最近几年，势头越来越好。

我个人也稍稍关注过一些，思考过一些原因，暂时总结了一下，可能有以下几点理由：

一方面是不同的文化带来的新奇吸引力。网络文学毕竟是来自一个古老的东方大国的东西，肯定和国外读者们平常看的一些读物不一样。这会给很多读者带来一种新鲜感，进而吸引他们深度阅读进去。

第二个方面则是新奇的设定。正如玄幻文学是对于传统武侠小说的一个想象力方面的扩充，但反过来，何尝又不是对于国外魔幻文学的一个扩充呢？国外的读者也同样喜欢这种新奇的设定，进而成为忠实读者。

再有一个原因，我考虑是西方政治正确的一种反弹。网文当中有一部分还是追求杀伐决断、以直报怨、以德报德的，那些被各种政治正确的口号们禁锢的西方读者们，虽然嘴上不说，但看到这种其实很顺应他们本心的文，应该还是喜欢的。

如果我的作品有机会翻译推介，我觉得最适合的可能还是《天下无双》这一部。

《天下无双》是一部玄幻小说，力量体系基本上是剑士和魔法，对于国外的读者来说，更容易理解一些。当然，也容易翻译一些。

此外，《天下无双》的主角是一个商人，在为人处世和处理各种矛盾的时候，小说中的主角绝大多数时候是以商人的方式来处理的，这一点相对来说能更容易让国外读者接受。

但同时主角不是完全以商人的角度为人处世，该杀伐决断的时候也有，应该能满足一批期待这种情节的读者。

除此之外，《天下无双》的核心主题还是和平，以斗争来奠定和平的基础，这一点应该也算是政治正确。

读者喜欢给人带来成功感觉的作品

> 玄幻文是当年武侠小说的年代升级版，或者说新科技升级版，互联网是这一文学类型产生的基础，可以说，如果没有互联网，就绝对没有今天的玄幻文。

问：你的第一部作品《横刀立马》是玄幻小说，最初选择玄幻这个类型开始你的创作之路，是出于网站的要求，还是你个人的喜好？你是最早的一批签约作者，当时和文学网站签约基本没什么收益，那时候作者之间、作者和读者之间有互动吗？能否讲一讲给你留下记忆的某件事情？

答：第一部小说选择玄幻题材，是因为当时我看得最多的就是这个题材。追文追得十分累，那个时候都是月更周更，实在等不到自己追的文更新了，一怒之下自己也跳进了创作的坑了。等我自己开始创作了，才知道创作的不易，才知道更新是件很难的事情。但既然已经跳进来了，而且还有了一些喜欢我作品的读者，我无论如何也要坚持继续，这样才一路写了下来。

最开始的时候，作者之间相对还是联络比较少，还是从起点开始举办年会之后，大家在现实里见了面，后续的联络沟通才多了起来。作者和读者之间的互动，开始就是书评区。比论坛功能少点，读者留言，只能简单地回复点评，最多给好的评论加个精。后来 QQ 群开始普及，才有了作品群，可以实时聊天，那个时候大家才算是有了真正的互动。

创作之初让我记忆最深的一件事是，当时面临考职称和封闭开发两项重要任务，所以《横刀立马》这本书断更了，半年之后，我重新开始更新，却发现一大群读者欢喜雀跃，他们竟然还一直等待着。这也是后来我无论如何也要努力地把每一本书写好写完的原因，读者们实在是太可爱了。

问：后来你又创作了《天下无双》《元龙》等玄幻作品，你对玄幻文学是如何理解的呢？你如何看待西方奇幻和东方玄幻的共性和差异？

答：玄幻文是当年武侠小说的年代升级版，或者说新科技升级版，互联网是这一文学类型产生的基础，可以说，如果没有互联网，就绝对没有今天的玄幻文。

我是一路从武侠小说看过来的，看过了几乎能找到的所有的武侠小说，然后在网上接触到了玄幻文。这也是因为互联网带来了世界文化的交流，所以把西方的一些种族魔法等带进了新式小说当中，然后就出现了玄幻文。

玄幻文从武侠小说单纯的兵器内力打斗变成了多个种族魔法斗气等更加丰富的元素，也带来了更多的想象力的扩张，顺理成章地成了网络上的新类型。

后来有读者不是很喜欢魔法之类的东西，所以又有了本土味十足的仙侠类型，玄幻又融合了仙侠的写法，形成了东方玄幻类型，同样也是玄幻的一个大分类。

问：你觉得玄幻文学和中国古代文学之间有脉承关系吗？玄幻文学的升级系统精神资源来源于何处？

答：有的啊，四大名著就是最好的例证。《西游记》其实就是关于孙悟空的成长故事，这就是典型的升级文，后续，他一路取经，打败一个个妖怪，战胜一个个的险阻。让读者跟随着主角的取经路，解决一个问题就是一个成功，给读者带来快乐的阅读享受。

《三国演义》也是一样，刘备从无到有，结拜了兄弟，收服一个个人才，取得一个个的胜利，拿下一个个的地盘，这些都是一个个阶段性成功的体现。个人的身份也一路走高，这也是一种另类的升级文。

《水浒》同样如此，虽然是多主角，但是每一个阶段性主角每次都能打败一个个恶霸，揪出一个个贪官污吏，这也是阶段性成功，地盘扩大，可以和朝廷对抗，也是升级文的体现。当然后面的结局又体现了另一种残酷，那就是另一回事了。

《红楼梦》暂时还不算这个类型。但很多作品都可以用这个阶段性成功的升级来套。比如谍战文，完成一个个任务，救出一个个同志，揪出一个个叛徒，最后迎来了胜利和解放，这都是吸引人阅读的阶段性成功套路。

《基督山伯爵》也是这个典型的套路，退婚，监禁，老爷爷，寻宝，复仇，携美归隐，每一步都可以说是一个阶段性成功，根本就是一个完美的网文套路。

又如反映改革开放的文，搬掉一个个拦路石，解开一个个思想包袱，政策一步步得到验证，都是属于一路阶段性成功的套路。其他成功向的文都有类似的特质。

同样地，网文中大部分的作品都可以用这个特质来归纳。

都市文，身份提升，财富提升，权势扩大，这显然都是一个个的阶段性成功，也算升级文。官场文更简单，官职的提升带来的阶段性成功是最典型的升级文。

由此扩展到更多的类型，都是如此。

问：你对玄幻文学打怪升级的套路化现象有什么个人看法？

答：我们都知道，长篇小说，除了那些揭露社会黑暗和反映某些艰难的现实的小说（这种归结为现实文和虐文，也有很多的读者），大部分读者喜欢的，还是那种能给人带来成功感觉的作品，网文之所以通俗，其价值就体现在这里。

成功感觉其实包含的范围很广泛，但探究实质，反映在小说中，其实大部分就是通过一个个的阶段性成功，最后功成圆满的故事，用一个简单的名词来称呼的话，完全可以用"升级文"来归纳。

打怪升级成为套路，其实是一种和游戏玩法融合之后简化了难度的写作。网文其实和游戏行业的发展有很大关联，也跟社会发展、技术进步密不可分。

对于一些情节和矛盾搭建能力比较弱的新手来说，这是一种最简单的套路，打怪是经验值，一路实力提升则是升级，而这种升级也能最容易、最直观地给读者一种主角又获得了阶段性成功的感觉。

在面对一些文学鉴赏功底不是很深厚的读者的时候，这种套路也是最简单、最粗暴、最能让他们接受的写法。所以很自然地就滋生了这种写法。后续还有升级版，则是系统文，基本上不用构筑主线情节，情节走不下去了，系统发布一个任务，主角去完成这个任务，OK，解决了。情节得以推进的同时又能给读者带来下一次升级的期待。

存在即合理，有需求才有市场，也不能说这就不对。

问：《神工》贯穿了纳米系统升级的一条主线，但又不属于典型的系统文，你为何如此处理？

答：《神工》中我也蹭热度写了点系统，但和大家理解的系统还是有些不一样。《神工》中的系统并不是那种发布任务的，随时调节情节走向的，系统只有一个功能，就是升级，提供更多的功能。

主角的行动办事还是以主角自身为主的，自己决定去做什么不做什么。而普通的系统文中，主角的行动其实是被系统所操纵的，系统让做什么，主角去做什么。两种行文和构筑主线的方式不一样。

普通系统文其实是把现实文当成游戏来写，其实还可以说是另一种程度上的游戏文，一样地攒经验，完成任务，升级。但也因此而带来一种主角其实没有什么主观能动性，只是被动地做事的感觉。

我还是尽量避免了这种情况，主角有更多的主动性。但不能否认的是，每次升级其实还是有一部分的被动做事的情节。

我尽量还是争取能够写更多故事性强的小说给大家。

《神工》是一部很流畅、洒脱的作品

工业文的爽点是作者和读者共生的，在传递的情感上，国家富强带来的骄傲和自豪，最令人热血沸腾，读者正是因此而喜欢《神工》。

问：你的创作道路在网文作家中具有一定的典型性，比如你有玄幻文学的创作经历，后来又陆续涉猎了其他幻想类型，《武道乾坤》和《斩仙》是修真、仙侠类，《超越轮回》和《破灭时空》偏向于科幻类，这些作品在网文中都属于主流类型，竞争也相对激烈。假如让你总结一下，你个人的创作特征是什么？你觉得你能吸引读者的主要因素是什么？

答：我个人的创作特征，自我总结了一下，我可能算是个故事流。

怎么说呢？我喜欢创作一个完整的故事，创造一个有头有尾有矛盾有冲突的世界，让人能够沉溺在一个看起来好像荒诞，但还算是能维持逻辑自洽的虚拟世界中，而不是只有简单的打怪升级。

我喜欢我的主角不完美，主角有自己的坚持，不一定非是高大上的完美主角，他有各种各样的缺点，可以懒可以馋可以贪花好色可以有普通人的一切缺点，但他不会忘记自己的初衷，不会忘记自己的目标，一路奋斗。

我的文能吸引读者，可能在一定程度上有故事和逻辑上的成熟吧。

我个人的写作道路并不是从学校开始的，而是毕业工作好多年后，而且在创作期间，有几年的时间一直是在工作，写作是兼职。

也正因为如此，所以很多社会上职场上发生的事情我都见过听过甚至经历过，创作的时候，有些东西就不是想当然的，而是经过了深思熟虑的。创作上也不至于像一些没有社会经验的小孩一样没常识。

也正因为我在社会上摔打过，所以在小说中处理一些矛盾冲突的时候，我喜欢让主角以一种比较理性的方式，而不是热血上头。这也导致热血程度不够，对于一些只喜欢看爽文的人来说，喜欢程度就不足。

外人可能觉得有什么写作秘诀，但其实我和很多同行交流过，大家似乎并没有什么特别特殊的秘诀。

问：是什么触发你创作《神工》这部作品的呢？网文将其归类于都市异能，但实际上它也可以归类于工业题材小说，这类作品需要强大专业知识支撑，我知道你是工科出身，毕业于清华大学，在思维方式上没有问题，但一些具体的"硬核"知识点是哪来的呢？

答：我是个工科生，在学校的时候就学了不少这方面的知识，毕业后平常除了喜欢看小说之外，也喜欢关注一些科技工业等方面的内容。

学校里的很多同学朋友都还是处在科研活动的前沿，平常我们经常会聊天，也会聊到一些前沿学科，有些很有意思的东西也能聊出来。知网上也有很多有意思的课题论文，总是能看到一些很好很有意思的专业论文。

此外，我也喜欢看工业文科技文，特别是看到那些我了解的行业，看到一些著名的案例的时候，总是能让我会心一笑。从这些小说当中，我也了解到了一些各个行业的知识。

另外，现在互联网这么发达，能接触到各种资讯，有时候看到了，就随手加个收藏，方便以后反过来再关注一下。

收藏得多了，有一天就会想到，这么多有意思的东西，或者很先进的东西，为什么不写一本小说把它们从另一个角度展示一下呢？

有时候写作就是一种分享，把我知道的一些有意思的东西分享给大家，也是一种快乐。

毕竟这个世界上有趣的技术有很多。

比如液态金属，终结者雏形。

比如最硬的物质并不是钻石，而是碳炔。

比如物体表面喷一层就能刀枪不入的喷漆。

比如可以在水下使用的超强胶水。

比如可以飞行的汽车。

比如近年来发现的人体新器官等等。

感兴趣的话，大家平常可以关注一下，一定会发现很多更有意思的东西。

问：对当下的科技工业文，你有何看法，你认为工业文的难点和亮点在哪里？在写作过程中有哪些值得一说的体会？

答：目前网络上的科技工业文，大概有两个写法套路。

其中一个是重生文，利用已有的科技在过去的岁月中强化华夏工业，解决一下我们在历史发展中"技不如人"的遗憾，满足读者们的一些热情和期待。

这个类型的文中，所有涉及的技术科技都属于有现实基础的，已经实现的，或者说有实现基础，有可行性的，基本上不存在虚幻的杜撰的科技。绝大多数重生工业文都是这个类型，《神工》其实也是算在这个类型当中的。

第二个套路就是幻想流,其中可能还细分成系统流和纯幻想。这些文当中的技术绝大多数都是还没有实现的,有些写得优秀的是从现有技术进行推导,推论出某个技术的发展极限来写,这种想象力出色的还是很不错的。还有的则是毫无理论根据甚至违背了科学常识的乱写,纯粹是为了满足 YY 需要的,所以后一种我基本上看几眼之后就会关掉。我可以忍受玄幻仙侠一些没有现实基础的设定,但是科技工业文这样写,我无法忍受。

写工业文需要很扎实的理工科基础,这是其中比较难的地方。而且所有涉及的知识,都需要详细的资料来佐证,这方面,我不知道别人是怎么写的,但我写的时候真的是要查很多资料,在知网上查很多专业的论文,用来论证我情节中提到的技术细节。

比如有一个点,钛合金能不能做枪管。在很多网络上的帖子甚至头条上,都有做钛合金加工的人说不行,认为强度足够但散热不行,但我偏偏在知网上找到了一篇专业论文,就是论证钛合金枪管的热耦合特性的,专业论文通过对专业实验中的各种数据分析之后得出的结论是可以。但光这个点,就耗费了我至少两天的时间去查证,非常烦琐。

另外,工业文还有一个难点,就是想要把某种技术介绍得很牛,但是专业的知识介绍起来其实是相当枯燥的,写得多了,读者看不懂,不爱看。写得少了,可能介绍得不够清楚,读者看了还是一头雾水,感觉不到其中的厉害之处,也自然就无法感受到书中主角的成功喜悦。这需要一个有很深的文学功底、能写得妙趣横生的作者去把握去平衡,相当困难。

但一旦写好,读者会很容易沉浸在这种工业发展之美当中。一方面,我国近年来在经济上突飞猛进,大家本身就有一种大国的自豪感,如果在此期间还能弥补当年我们因为技术落后而被各种封锁各种限制各种侮辱的遗憾,那就更让人心情舒畅了。

问:《神工》作为工业文,爽点和梗同样需要开脑洞,你是如何处理的呢?

答:我觉得工业文的爽点是作者和读者共生的,在传递的情感上,国家富强带来的骄傲和自豪，最令人热血沸腾，读者正是因此而喜欢《神工》。

我在写作过程中其实感触最深的就是查资料，不光是查技术资料，还有日期时间以及当时在某个地点发生的事情。大家看文的时候，可能觉得是一个时间一句话简单一扫而过，一个地点就是一个名称，实际上是经过了大量查阅资料才找到的符合当时历史事件的。

文中的每一个数字可能都意味着半个小时以上的查资料，知道的人懂行的人一看，真实。不懂的人也不会觉得这太夸张。事实上，当有读者在评论中忽地指出你精心查资料设置的梗的时候，那种大家心有灵犀的感觉才是最开心的。

比如说当我告诉大家，胖子要造一辆两吨重的超跑，马上有读者在旁边评论，这应该是布加迪。布加迪发动机是 8.0 升 W16 的，我告诉大家，接下来胖子要造一辆带着 5.0 升 V8 但是马力数超过一千四百马力发动机的超跑，有人就能猜到是科尼塞克 Jesco。可当我再告诉大家，胖子要造一辆自然吸气 6.0 升 V12 的超跑的时候，大部分人就想不到是什么了。但这并不妨碍我的快乐。

我告诉大家，胖子要造一辆使用超跑发动机的摩托车，很多人能猜到是道奇战斧。我告诉大家，我要造一辆涡轮增压排气量不超过一千毫升的超快摩托车，大家能猜到是川崎 H2R。可我再告诉大家我要造一辆飞机发动机引擎的摩托车的时候，大部分人同样会蒙圈。然后，这同样会让我很快乐。

能让大家猜到，我很快乐；可是大家如果猜不到，有时候我会更快乐。正如胖子在书中造了一辆掠夺者车子之后的评价：开这个车上路，你会时刻担心撞到别人。但你同时又绝不会担心撞到别人，因为别的车子都撞不过你。

同理，发表之后，我热切期待读者们能发现我提前透露的桥段，但又更期待他们明明知道这可能是一个好东西却又不知道的感觉。

总之，写作和发表的过程中，我都很快乐，哈哈哈！

问：阅读时，我感觉《神工》是一部很流畅的作品，也可以称之为洒脱，你在写作过程中是不是常常有兴奋点出现？能举例分享一下吗？

答：说实话，写的时候，兴奋点是常有的。

最兴奋的其实还是写学校的那段情节。那是我在里面生活了五年的学校，所以写起来十分地熟悉。一边写，一边也是对于校园生活的一种回忆。

这段历史和学校在校生的经历，也正是我记忆中最深刻的部分，所以写起来的时候格外地顺手，在写的过程中，小说主人公郭泰来去了什么地方，我都好像会随着他的脚步重温一下学校里的情景。唉，可能是中老年人的情怀吧！

而发表这段情节最让人开心和享受的地方就是，有学校的校友或者熟悉清华大学的读者看到之后，一下说出我在里面提到的某个小细节，感觉心有戚戚焉，那种快乐是让人无法拒绝的。

同样地，正如上个问题最后所说，精心设置的桥段和梗被读者们发现并指了出来，知道你想表达的东西是什么，大家心有灵犀，非常开心。

很多时候，年轻的读者其实都不知道当时的国际形势，也不知道当时的忍辱负重是什么感觉。其实到现在为止，西方国家还在拿着《瓦森纳协定》在封锁我们，只是大家被层出不穷的新技术研发的新闻熏陶，又不在一线，所以感受不到而已。

可我在写文的时候，感受却尤为沉重。银河号事件，某外交官在接受采访时连说十几个"窝囊"，大使馆被炸，国家更是咬牙切齿地硬生生忍下来。这些事件，我在写的时候，其实也是蕴含着一种沉闷和发泄的感觉。历史不能倒转，所以也只能通过这种方式来发泄一下了。

问：《神工》男一郭泰来很有喜感，是个有点呆萌的胖子，行为做派堪称理工男的典范，和师姐一起吃方便面的桥段、室友在一起调侃的桥段等应该是有真实生活原型的吧，这种写作对你来说是不是一种新的尝试？

答：这么多年，想写一本关于学校的内容多一点的书。其实以前《破灭时空》就提到一点，这本更多。

另外，除了有限的几本网络小说，很少有写胖子主角的，我本身也是个胖子，所以想写一本以胖子为主角的书。

我的同学中，有不少还在做技术，各方面的技术，和他们聊起来，大家都觉得应该写点技术方面的。

上学期间，我参加过金工实习，对于机械制作本身感兴趣，另外对于人工极限制作更感兴趣。《超越轮回》中其实也提过这方面的概念，真正的极品还是人工制作的。

最后就是看小说了，各种工业文，看得很开心，但总有些意犹未尽，或者没有写到我最想写的钳工方面，所以我构思了这本《神工》。

问题中的几个桥段，还真的是有生活原型，都是我和我的同学在宿舍里发生的事情。当然，和师姐吃方便面这种是臆想的，大学里没有谈过女朋友，呜呜。

这种写法的确是一种新的尝试，事实上，都市文就是一种全新的体验。

因为在都市文当中，不用做什么设定，只要把真实世界套进去就行。不用给读者解释这是什么地点，不用解释什么级别，现实中大家基本上都知道，可以说省了很大的一部分笔墨。

这种写法和玄幻文完全不同，因为不管怎么写，都不能脱离现实，都不能脱离现实的逻辑，不像玄幻文，有些无法解释的东西，直接来一个设定就可以解决。虽然省去了设定的笔墨，但在逻辑上要求更合理。

这种逻辑下，很多东西写起来就不一样，比如不能随便杀人伤人，会有法律限制。比如不能随随便便飞天遁地，有现实物理规则约束。

但这种对于一个有强迫症的工科生来说，却又是比玄幻文更好写的。不用考虑那些超出现实的玄妙情节，只要现实中存在的技术，会简单许多。虽然查资料需要的时间多了很多，但是写起来却是相对轻松的。

《神工》中所有提到的技术，都有现实原型。基本上我在掌阅每一章的作品相关、微博、微信公众号上都转载了很多的视频和图片资料，感兴趣的可以一边看文的时候一边看看，很有意思。

问：我看网评，有读者对女一赵晏晏的人物设定提出了异议，认为她被硬生生送到部队当特种兵变成了女汉子，是刻意虐主，超出了他们情感接受的范围，对于类似的问题，你怎么看，能否展开谈一谈？

答：首先来说，我是一个不怎么擅长写感情戏的写手，所以大家看到一些感情戏的时候会觉得很尬，直男谈恋爱，因为是真的不怎么懂如何浪漫，如何温馨。

女主被送到部队，这个情节是我特意的安排，当然，也是逻辑和情节的需要。

我想要写胖子在军事科技方面的发展，但是又不想胖子进某些研究所去玩那些勾心斗角的办公室政治，就必须要有一个胖子和军方之间连接的纽带。军事科技不是随随便便一个普通人就可以玩得转的，一套上军事机密的头衔，很多事情就不是正常的做法了。必然有一个人成为双方之间的联络人，这个人选，我套给了师姐。

此外，文中有了师姐职业这个转折，很多的情节就可以轻易地串起来了。可以说，这是情节上的需要。

另外，情节大纲上我还想表达一些军人在很多事情上的奉献精神，其中需要一个代表性的人物，我把这个人物安排给了师姐。

其实在真实世界中，清华大学真的有毕业之后入伍的优秀学生。毕业的时候，我如果愿意，现在估计也是个中校了。我没有选择这条路，但我还是认可选择这条路的校友，他们很伟大，所以我也特意安排了这个人物。我是个母校吹，相信大家都看出来了。

我深深地感谢我的读者

> 每一个能创新并且创新成功的人都值得钦佩。当然，还有很多人的创新并没能成功，默默地消失在网文队伍当中，他们同样也值得钦佩。

问：从 2003 年至今，你已经有十七八年的网文创作经历，专业写作也超过十年了，应该被称为"远古大神"。但网文界只认作品说话，大神扑街也不是什么新鲜事儿，是什么原因让你保持住了创作的动力？

答：最开始写文，没有稿酬，靠的是热爱，靠的是激情，年纪也轻，总能够写出一些略显激情的文来，虽然和很多人相比热血还不够，但至少比现在要激情许多。

现在写文一半是因为热爱，另一半则是因为稿酬了。因为我全职写作，需要靠这个生活，出发点不同，写作态度和动力自然也不同。

总的来说，终究还是热爱，自己的爱好。自己有想要表达的冲动、想要传递的情感，才会有作品出现。

扑街正常，谁没扑街过，做什么事情都不能保证一帆风顺，扑街了就回过头来看看到底是什么原因，总结经验教训，下一本更加努力才对。

问：你作品的数量不算多，也不算少，每开一部作品其实都会面临一次新的挑战，网文创作队伍庞大，各种类型都不乏高手，你对网文创新是怎么看的？

答：网文目前流行的类型当中，除了传统武侠是当年就有的，后来的每一种类型，其实都是有先行者探路创新的。因为数量众多的网络作者，现在可以说几乎每一个类型，都有无数人大量跟风，都在跟着前人开拓的道路在前进。

我很佩服那些进行网文创新的人，正是因为他们的想象力、他们的创新力，我们才能跟着他们的步伐将某个类型发扬光大。

从我自己来说，我其实并没有创新的能力，这一点，我有自知之明。每一个能创新并且创新成功的人都值得钦佩。当然，还有很多人的创新并没能成功，默默地消失在网文队伍当中，他们同样也值得钦佩。

这就如同科学研究，一条路一个研究方向不通，很正常的事情，但能找到成功的方向，也是实力和运气的联合。

我支持网文创新，但并不支持那种毫无逻辑的创新、胡搅蛮缠的创新，更反对那些伪创新，以为改个设定，改一个功法名称，改一个境界名称这就是创新了，事实上，依旧还是没有脱离打怪升级的窠臼，完全称不上创新。

另外，我也比较反对为了创新而创新。写文终究还是故事和情感的表达，只要故事精彩，情感充沛，最老套的写法也一样能被读者接受。如果只为了写法新颖而去搞所谓创新，那又何必？再创新，能脱离情节、环境、人物的三要素？还是能脱离起因、发展、高潮、结局的套路？

问：你对 IP 现状是否乐观？有价值网文 IP 必须具备哪些要素？

答：目前来说，我还是对 IP 比较持乐观态度的。

现在已经有不少小说改编了影视，有成功的，也有失败的，近期一部分作品的改编是十分优秀的，这个也需要摸索。

以前武侠小说也有过这个阶段，开始只有一些名家的作品被改编，后来在影视行业发展，特别是香港影视剪辑技术大发展之后，武侠剧就变得铺天盖地。

现在随着电脑特效技术的发展，等到某一天特效技术的成本下降到某一个程度的时候，大量需要特效制作的网络小说也会有那么一天爆发的，这取决于技术的进步。

从我的角度来说，也只能从我个人的角度来考虑，适合改编影视剧的小说要符合以下一些条件（我单指男频小说，女频小说不了解，不谈）：

1. 小说足够热，有足够的粉丝基础。

2. 三观正，至少主角的言行要符合正能量。

3. 人物饱满，情节丰富，逻辑合理，有足够的矛盾冲突。

4. 小说场面符合目前影视特效制作的技术发展。换句话说，要特效能实现，好实现，成本低，当然，大火 IP 大投资请无视这条。

5. 最好不要频繁换地图，导致配角一茬一茬地换。同上，大火 IP 大投资请无视这条。

暂时就想到这几条，其他更多的也没想好，只是一点个人的浅见，不代表正确，别打我。

问：你如何评价自己的作品，对自己的写作状态是否满意？你和读者之间互动频繁吗？

答：最初我就是想要表达，表达自己的情绪，表达自己的观点，于是我以此为出发点，一时冲动就写了《横刀立马》。

当时追看的是手枪的《天魔神谭》，蛤蟆的《天鹏纵横》也非常厉害，还有玄雨的《梦幻空间》，这几部都是当时很红的作品。但都有一个共同点，更新慢。刚刚才被书里的情节挑动的热血沸腾，忽然之间，后面没有了，看得实在是忍不住了，自己也头脑发热，跳进了写网文的大坑。

本想让这些更新慢的渣渣们看看什么叫作更新的，结果跳坑之后才发现，我也是个渣渣。

本来也想写让人看着热血沸腾的小说来着，后来发现失败了。当时已经参加工作好几年，无法写出那种有点小摩擦就杀人全家的套路。也不够青春热血，不够"燃"，相对成熟化。

说实话，我的文不会有什么华丽的辞藻，不会有什么发人深省的警句，我只是想用平实的语言来描述一下我想要表达的东西，仅此而已。

甚至于有时候还会违背记叙文三要素之时间、地点、人物，很多时候，几个老朋友说起我的文，都觉得故事是在天上飘。主角配角们发生的事情，没有地点，没有周围环境描写，感觉没有落地，好像很不真实。可能从一些上下文能判断出情节发生的地点和环境，但终究还是习惯性地忽略了一些东西。

但庆幸的是，读者们并没有因此而抛弃我，连写了这么多文，每次都能得到读者们厚爱，我深感荣幸。在此，我深深地感谢我的读者。

真要说有秘诀，那就是对文学的热爱，以及坚持不懈的努力，外加上一点点的运气，还有一群可爱的读者吧！

在网络上，但凡能够经得起推敲的情节，再加上略显夸张的设定，如果文笔还不至于太烂的话，总还是有市场的。

问：网络文学经过二十年的发展，目前已经进入平台期，门槛相对也比以前高了，在传播方式多元化的今天，你对网文的前景持什么态度？会坚持一直写下去吗？

答：随着科技的发展，任何以前成功的东西，可能都会有消亡的一天。

就目前而言，因为短视频的崛起，就对网文造成了很大的冲击。

之前强调的碎片化阅读，也被碎片化地看短视频而取代。可能这是未来的一个趋势，影视也许会在一定程度上压制文学。不过，从表达上来说，它们都是想要表达同样的东西。

小说是文字载体，需要读者阅读之后在头脑里的想象，而且尽可以自己想象得天马行空无拘无束。影视则是更进一步具象化的表达，给读者和观众的表达更直观。一眼看过去，都能看到具体的形象，更能显示表现力。

不过，影像、声音、演员这些都能固定下来，相对来说，就限制了一部分读者自己的扩展想象。

比如说，一个演员定下来，那么大家看到的人物形象就是这个演员具体的形象，而非文字描述中那种可以发挥无限想象力的完美或者高大形象。

另外，出于篇幅的考虑，网络小说现在几乎不限制长度，但影视作品肯定不能这么肆无忌惮，只能在有限的时间内讲好故事。那么，这必然就带来小说中一些旁枝末节的内容会被删减。

除此之外，小说很大程度上都是作者一个人的工作（合作写小说的除外），但影视却不仅仅是一两个人的工作，而是一群分工不同的人紧密合作呈现给观众的一个集体劳动成果。

不过，影视也不会完全取代文学，影视化通常是文字工作的二次创作，通常小说只表达作者的想法看法，但影视化会加入或者更改更多关于编剧、导演、制片人、市场发行等的想法。会让小说更进一步地升华（失败的除外）。

暂时来说，我还是对网文前景有一定的期待，短时间内，还不会出现没人看的迹象。从我个人而言，我也会一直继续写下去，争取把更多更好的作品带给大家。谢谢！

技术流架构下的"老白"文

——《神工》的内容架构及其大众小说叙事逻辑

　　什么是网络文学"老白"文,说法不一,我们大致可以做这样的阐释:文笔相对成熟、老到,对所描述的世界有较高的认知度,梗要有内涵,"白"是为了吸引更多的粉丝,"老"则是增加内容的醇度,令人可以咀嚼,有回味。相对于"小白"而言,"老白"对读者的要求自然就要高一些,使他们在阅读的时候需要花费一定的脑力。当然,脑洞是要开的,套路也必不可少,这是网文的基本逻辑。《神工》就是这样一部都市"老白"文,其基本特点是:玄幻套路加系统技术流,将硬核高科技知识的普及作为爽点,至于感情戏码,由浅入深,精神层面的追求大于欲望,情节处理日常化、生活化,在平淡中书写神奇,叙述语言诙谐、机智,富有个性色彩。

　　《神工》的篇幅较长,目前已经更新四百万字仍未完本,故事还在继续发展,在线评论也很活跃。故事的时间跨度并不长,似乎就发生在两三年之中,主要人物也就十来个,但故事涉及的领域却十分广泛,包括大学校园、国家重点实验室、专业研究机构、商场职场、部队,以及军工产业、娱乐业、电影圈、西方上层社交圈、体育竞技业、汽车制造业等。主角的身份以不变应万变,公开身份是水木大学的学生,最多算是被导师相中,破格纳入硕博连读计划的特等生,但隐秘的身份那就多了,比如机械加工大师、钟表制作大师、顶级整容大师、顶级超跑制造大师、顶级发动机制作大师、最精准狙击步枪纪录保持者、顶级军工专家、顶级材料专家、顶级飞机火箭发动机制作大师等,关键是,他还是个资本猎手、产业经营大师。从类型上划分,《神工》虽然是一部都市题材小说，但作者巧妙借鉴了玄幻小说的思维方式，对现实生活进行虚拟化处理，让想象力发挥到了极致。《神工》的情节可以分析归纳为三条主线，它们之间相互交织，互为推动力，为塑造神人郭泰来提供了充足的依据，体现了大众小说"从平凡中挖掘神奇"的规则。在这里我想提一句，用传统文艺理论无法评价类似《神工》这样的作品，因为传统文学以发现生活，并揭示其可能性为目的，而此类网络小说发掘的正是生活中的"不可能性"，所谓想象力够得着的地方正好是网络小说开始的地方。《神工》之所以能够被阅读，乃因为作者和读者就此达成了默契。

大众小说的"饱和原则"

《神工》的第一条主线是系统升级。随着主角身体里的纳米机器人不断增加，主角的能力越来越强大，这条线为故事构成提供了必要条件，也是通常讲的"开挂"。沿着这条线的发展，我们可以看到升级后主角的智慧级别及其人性当量，也就是说，一个人，当他具备超能量之后，他会做什么样的事情，又会以什么样的手段获得他想要的东西，达到他想要达到的目的。

这条线的发展几乎贯穿全文的三分之二，也是主角成其为主角的人设基础。

某日，水木大学本科学生郭泰来在故宫太和殿门口中暑晕倒休克，呼吸心跳停了整整一个小时，好容易抢救过来，还是昏迷了三天才苏醒过来，却发现自己体内多了一万个纳米机器人以及一个控制系统，并且看到了很多未来的情形，自己的身体也开始了神奇的改变：双眼能够测量，双手能够精准控制加工工具……

通过师姐赵晏晏，郭泰来终于得到了梦寐以求的微米级钛粉，迅速地补齐了纳米机器人，并引发控制系统第一次升级。于是，手工打造的高精密陀螺横空出世，日本以及欧洲同行在谈判中被迫放弃对华夏高精度机床的出口限制。

在师姐赵晏晏安排下，郭泰来带领地质专家陈志安和金属材料专家李雨竹考察辽省陨石坑，探明此地为我国首个经严格科学证实的陨石坑。郭泰来成功吸收纳米机器人升级。于是，在师姐制作小型火箭发动机的关键时刻，郭泰来出手帮忙制作并改良，大大提升了某型号火箭炮的射程和射击精度。

借着佛诞的机会，郭泰来赶到法门寺，再次成功吸收纳米机器人，升级系统。于是，郭泰来掌握了世界名表的维修本领，以及医疗及整形美容的特殊技能。

由于遭人诬陷，郭泰来和赵晏晏被判处不同期限的管制，去军营的路上，郭泰来再次成功吸收纳米机器人。于是，军营里有了95式步枪的改进型。因为涉密，一段时间内，郭泰来只能放弃与军事相关的制作，转而投入到钟表制造。超前的设计加上极精细化的制作和大师级的装配，让郭泰来在钟表业一鸣惊人，成为世界闻名的制表大师。

为了系统升级，郭泰来推动了雷峰塔的重建。雷峰塔地宫发掘成功，郭泰来带着父母到西湖市旅游，并成功吸收纳米机器人。

在赵晏晏的父亲、南方集团董事长赵向北的帮助下，郭泰来轻松获得工业级钻石和红宝石，成功升级纳米机器人。于是，郭泰来手工打造出了国礼枪械，手工设计制作出纯金首饰。

郭泰来记得很清楚，第一次在陨石坑，是在五米内发现的机器人，第二次在法门寺，这个距离变成了十米，现在敦煌是第三次，居然变成了五十米。看来，这个发现范围也在随着控制系统升级和纳米机器人数量增多而提升。

此后，郭泰来逐步掌握了超级美容工艺、顶级赛车改装技能、手工制作芯片技术、狙击步枪设计装配能力和制作水下飞行器、女性全身年轻化处理等超能力。

在向赵向北摊牌之后，郭泰来的升级行动获得极大自由。一个人单枪匹马赶赴姑苏，再次成功升级。

为了系统升级，郭泰来需要出国，在缅甸挖佛寺，却不小心遇上了贩毒团伙。回国的时候，郭泰来途经香江，却在下飞机后被人绑架。

想要升级控制系统，但所有保镖都不同意郭泰来去阿富汗。

去俄罗斯收取纳米机器人……

显而易见,《神工》的系统升级运用的正是詹姆逊所形容的大众小说"饱和原则"。也就是说,作者必须确保让主角克服难题,成为这个领域不可超越的人,然后主角由此实现其人生价值,这是主体的"饱和"。系统的每一次升级,即纳米机器人在郭泰来身体中数量与等级的每一次提升,都意味着他将面临新的课题。更重要的是,在解决这个课题的过程中,作者不能只是爽了自己而不顾读者,首要的是满足读者的价值需求,因为这是网络小说读写之间存在的约定,这是客体的"饱和"。对此,詹姆逊有很精准的表述:"对读者而言,其乐趣并不在于困难本身的重现,而在于对人类时间的乌托邦式的理解。在这种理解中,人类时间的分分秒秒因具备人性的意义而超凡脱俗,换言之,乏味无聊和日常习惯的死寂区域被奇迹般地赶出了人类时间……读者的闲暇无事与英雄的艰苦卓绝奇妙地对立,并互为陪衬。英雄每次攀岩而上的勇敢行为,都能导致读者心满意足的哈欠与四肢的伸展,这就是所谓的放松和娱乐。"[①] 系统升级后的郭泰来在帮助读者解决心中的各种难题和疑问,似乎他的任务就是满足读者的想象。在故事所涉及的领域,凡是读者能想到的,没有他做不到的。

大众小说的"故事原型"

　　《神工》的第二条主线围绕主角郭泰来与美女师姐的爱情。这段爱情故事本来是水中望月的事情,自师姐赵晏晏第一次去男生宿舍找到郭泰来,寻求和胖子合作开始,读者就在期待他们之间产生爱情。但问题是,两者之间差距实在太大了,比胖子还小一岁的师姐,无论是如花的相貌还是博士身份,都令体重超过三百斤,腿脚有可能落下残疾的本科生学渣胖子自惭形秽。师姐以超凡的气质、惊艳的容貌和压倒性的学历无死角吊打主角郭泰来,其实这正是作者想要达到的效果,原因无他,落差越大,读者的期盼就越是强烈。

　　因为胖子有一手钳工绝技,而有求于人的美女赵晏晏,不得不经

---

① [美]弗雷德里克·詹姆逊:《论现代主义文学》,苏仲乐、陈广兴、王逢振译,中国人民大学出版社 2010 年版,第 85 页。

常与猥琐的胖子见面，并施以小恩小惠。胖子也不客气，既然有求于他，那就照单全收。乡下长大的苦孩子，有了发挥本领的机会，那就尽情展示吧，何况面对的是这样一个美女加才女。

这个世界上大概没有男人不喜欢美女，但现代社会中的女性具有强烈的独立意识，何况师姐赵晏晏家世背景深厚，一般的男人，只怕她看都不会看一眼，即便是有一定身份的人，对她而言也不在话下，她有着常人没有的成长经历，人生目标也与常人迥然不同。在郭泰来帮助她成功完成了一个任务之后，她打算花十万块钱买下胖子的一个发明专利，这种等价交换，足以证明赵晏晏对他的感激是有限度的，是可以用钱打发掉的，换句话说，赵晏晏不想欠胖子的人情。但是，问题终于出现了，这个死胖子是个"阴魂不散"的主儿，你给他一个难题，他就解决一个，你再给一个，他就再解决一个，好像他专门在那等着你去找他似的，而且保质保量，态度很萌。

美女也是人，在这种情况下，赵晏晏内心深处不发生一些变化是不可能的，也是读者不能接受的。于是，赵晏晏颐指气使的态度发生了变化，从一开始不屑于与胖子交流，不愿意为他做任何事情，转变为可以勉强为他服务，但账先记下：办公室里有热水，赵晏晏没法计较胖子的失礼，有些恼恨地撕开方便面的包装，给他泡面。自己从小到大，还没这么伺候过人，赵晏晏心里再次笃定，一定要哪天还回来。① 尽管如此，赵晏晏心里还是很不痛快，无非是看对方很辛苦的样子，有点怜悯罢了：看胖子喝得那么痛快，赵晏晏的眉头微微一皱，心里想着自己用的杯子被胖子使用，总有些怪怪的。不过看胖子全身上下的汗水仿佛蒸桑拿一般地往下流淌，那些不痛快的话也就说不出来了。②

胖子出色地完成了师姐交办的几乎是不可能完成的任务，于是趁机向师姐提出了条件：给他弄钛粉（为了升级纳米系统），但却不便将实情告诉对方。师姐也不是省油灯，看出了其中的猫腻："好，你不是要钛粉加深功力吗？等我给你找到钛粉，你要是没办法让我相信，毕

---

① 任怨：《神工》第十一章　下钓饵（上）。
② 同上。

业之前你就当我的散打陪练吧。"赵晏晏恶狠狠地威胁道，"忘记告诉你了，我是九五年女子散打四十八公斤级个人锦标赛全国冠军。"①

郭泰来感觉到了师姐态度的微妙变化，他不是一点儿反应没有，但只能停留在眼神阶段，不敢继续往前迈进：顺着郭泰来的目光，赵晏晏就看到了自己的身上，这死胖子居然敢这样看自己，赵晏晏大怒，忽地眼珠一转笑了起来："好看吗？""好看！"在赵晏晏面前，郭泰来从来不掩饰自己的欣赏，非常诚实地回答道。"师姐我虽然不想结婚，但如果你能变成和施瓦辛格一样的好身材，师姐就做你的女朋友好不好？"赵晏晏丢给郭泰来一个好看的媚眼，娇滴滴地问道。郭泰来全身一哆嗦，明明是这么娇嗲的声音，怎么听起来这么可怕？②

师姐修理胖子的办法信手拈来，"哄吓诈骗"手到擒来，但架不住内心发生的小小萌动，也许，这就是所谓爱情的萌动吧：这世上，毕竟还是有那么一个人，虽然从来没有和自己说过什么花言巧语，可他一直用实际行动在不遗余力地帮自己。有一个这样的人在，真好！这一刻，连胖子身上臭烘烘的汗味和呼噜声都被完全忽略了。③爱情的降临总是不失时机，让人猝不及防。

后来，由于赵晏晏的不慎连累了胖子，两人均涉足军工泄密事件，胖子的毕业都成了问题，赵晏晏感觉对不住胖子，明明是自己让胖子帮忙的，却害了对方，由此，赵晏晏对胖子又多了一份歉疚，不知不觉在感情上发生了质的变化。在所谓泄密案澄清之后，两个人的感情终于升温了。"我们一路奋战，不是为了改变世界，而是为了不让世界改变我们。"赵晏晏咀嚼着这句话，眼睛越来越亮，脸上也露出了笑容，忽地开口冲着郭泰来开心地问道："胖子，我做你女朋友好不好？"④胖子呆住了，他知道师姐这次说的是真的，不是玩笑，可是，哪里还有什么可是，胖子不客气啦！

被判处三个月管制，胖子和赵晏晏参加了三个月的集训选拔，胖

---

① 任怨：《神工》第十三章　测量校准（上）。
② 任怨：《神工》第三十三章　自己干吧（下）。
③ 任怨：《神工》第四十一章　干活（下）。
④ 任怨：《神工》第五十一章　我做你女朋友好不好（下）。

子在军营里再次展露身手，成功改良95式自动步枪，给师姐大大地长脸了，终于迎来了正儿八经的爱情：说完"一辈子"这三个字，赵晏晏右手猛地勾住了郭泰来的脖子，往下拉了拉，双脚轻轻一踮，双唇就软软地贴在了郭泰来的嘴唇上，美丽的双眼缓缓地闭上，沉浸在这第一次的热吻之中。①

关系一旦确定之后，外部干扰就上升到了问题层面，爱情的奇特之处就在这里。换句话说，不管你是否承认，爱情的唯一性、排外性自然就会出现，这也是故事的古老法则和原始动力。

就在这时候，世界小姐、超模楚菲也对胖子产生了感情。因为胖子实在太奇葩了，而且在纳米机器人的帮助下，减肥取得了显著的效果，面对楚菲这样的美女，胖子心动而手不动，是可以理解的。"他脚踩两只船啊！"严姐忍不住说出这句残酷的事实，"人品不好。""他不是及时和我分手了吗？这样就不算脚踩两只船啊！"楚菲这次笑得有些苦涩，声音也越说越低，"可我就是喜欢他，就想陪着他一起吃饭看着他狼吞虎咽的样子，我只是想在我的生命中单纯地喜欢一个人，爱一个人，难道这也不行吗？"②这个萌萌的胖子的确惹人喜欢，不是吗？

当然，没有对比就看不出感情的真假和浓度，胖子在再度见到师姐的时候，一切都真相大白了："师姐。"将全身没有一点力气的师姐拥在怀中，郭泰来心中满是怜惜，"我们刚认识的时候，还因为师姐还是师妹的称呼较过劲，可是，我现在已经习惯了叫你师姐，也习惯了你叫我胖子。哪怕我现在已经变瘦了，可还是喜欢你叫我胖子。如果你以后再敢叫别的，我可就要你再给我泡方便面了啊！"泡方便面也是当年两人叫"师姐师妹"的时候斗法的桥段，现在说起来，两人都是当事人，心头自是别有一番滋味。"嗯！"赵晏晏躺在郭泰来的怀中，只是轻轻地"嗯了"一声，也是想起了当年因为一个称呼而争的幼稚往事，脸上浮现出了一片笑容。那个时候的校园生活，简单而又快乐，真好！两个人心连在一起，叫什么又有什么关系？③

---

① 任怨：《神工》第七十五章　一辈子的女朋友（下）。

② 任怨：《神工》第三百七十五章　那个死胖子（上）。

③ 任怨：《神工》第六百七十四章　观察（上）。

两人情感发展到这个阶段，也算是酸甜苦辣尝遍，水到渠成修成了正果。从文本看，故事到这里，内容正好过半，但下面还有更棘手的问题需要解决，感情上的一波三折，才算刚刚开始。美国著名传播学者阿瑟·伯格在论及故事产生机制时对此有过精辟的论述，他认为大众小说的核心就是那个隐藏的原型："在某种意义上，可以说，在我们对自己或他人讲述的所有故事的背后，都有一个'隐藏的'，或者说'真正的'（荣格称之为'原型'）故事——一个经过很多不同方式的化装和伪装的、讲述为了解决可以笼统地称之为我们的俄狄浦斯冲突而进行斗争的故事。因此，所有的故事实际上只是一个故事，只是同一个古老的故事，它所讲述的便是这种斗争——这种斗争有时是为了爱，有时是为了光荣，有时则是两者都为。"[①]

胖子和师姐的爱情最终走向何处？恐怕谁也左右不了，包括他们自己也必须听从内心的召唤，而人的心灵世界是丰富复杂的，既有光明豁达也难免有昏暗沉寂。如何战胜未知时空的昏暗沉寂，让不可能的世界大放异彩，并且与读者达成认知统一，乃是对本文作者情商的考验。

大众小说的"心理补偿"

《神工》的第三条主线交代了主角的财富增值过程，记述了主角为探求强国梦所采用的方式和路径。在系统的帮助下，胖子郭泰来大显身手，旗开得胜，身上各种大师的头衔亮光闪闪，但这不足以满足读者好奇心，头衔是需要的，实锤是要看他如何运用这些头衔，将那些亮闪闪的东西化为看得见摸得着的实物。在当今社会，财富无疑是展示一个人身份尊贵的重要标志。郭泰来不是一个完美无缺的人，他身上也有毛病，无可厚非的毛病，正如金庸《射雕英雄传》里的郭靖，古龙《绝代双骄》里的江小鱼，大众小说的主角很少是完美的人设。因为有缺陷，人物言行举止才显得接地气。对于郭泰来而言，所谓

---

① ［美］阿瑟·阿萨·伯格：《通俗文化、媒介和日常生活中的叙事》，姚媛译，南京大学出版社 2006 年版，第 83 页。

"君子爱财取之有道"，而这个"道"，说的正是胖子郭泰来的财富增值过程。这个过程分为两部分：第一部分，胖子挣钱的目的很简单，就是改善父母的生活，为了自己将来过上好日子；第二部分是胖子实现了财富自由之后，他的思想悄然发生了变化，他要走出去，要挣大钱，尽管他没有直接表述过自己的想法，但他的行为足以说明一切。拥有百亿身家的郭泰来并未忘记他的匹夫之责，信息时代不需要他去硝烟弥漫的战场拼搏，新的战场在科技领域，在知识产权的开发、利用和保护，如果能够在这方面取他人（西方）所长，并利用洞悉未来世界的金手指提前布局，便能为华夏的经济社会发展贡献更大力量。这其实已经跟挣钱无关，如果非要说有关，挣钱只是手段，不再是目的。

最初，由于和师姐赵晏晏的成功合作，胖子郭泰来的发明转化成了经济收益，这让他初尝甜头。技术是郭泰来起家的法宝，此后，他在精工制造方面一路开挂，所向披靡。但技术控并不是郭泰来这个人物的单一色彩，在资本运作方面的才能，使得这个人物脱离了"实业"的藩篱，进入了更大的虚拟空间，以便更好地发挥才能。在中国对外开放政策的推动下，郭泰来带着不菲的身家进入西方社会，准备一展身手，却警觉地意识到知识产权将是未来最大的行情，不仅可以使自己的财富迅速增值，还可以改变华夏在科技领域的命运。

郭泰来本科期间就凭手艺和几项发明专利购得北京五道口一套三进一千多平方米的四合院，又在房价上涨之前陆续购买了几十套房产，这为他积累了原始资本。后来的手表制作、枪械设计、金首饰设计让他弄懂了市场营销原则，说白了，这些还都是凭手艺挣钱。在与美国人、俄罗斯人、法国人打交道之后，他看到了商业社会经营法则：资本博弈，而且要走在别人前头。进入资本领域，郭泰来迅速将注意力转移到了知识产权领域，在娱乐业，收购艺匠娱乐公司、西太平洋制作公司，涉及众多电影《终结者》《异形2》《惩罚者》，以及《深渊》等大片的版权运作，投资若干好莱坞大片。在体育竞技领域，入股AC米兰，加盟F1赛车，改装顶级跑车以一亿多美元卖出。在信息高科技领域，投资苹果公司一点五亿美元，入股谷歌公司。在世界品牌领域，入股爱彼手表，入股意大利帕加尼摩托车。在版权领域，收购蜘蛛侠人物版权，购买漫威娱乐股份……郭泰来在西方社会的资本战略如鱼得水。现代社会的名人效应也被他运用得得心应手，他跟众多社会名流的交际，跟演艺界、体育界明星的来往，如罗纳尔多、麦当娜、范思哲胞妹等人的交往，都能驾驭自如，甚至对巴黎时装秀也是耳熟能详。这正是《神工》这部作品采用"心理补偿"与读者建立盟约所采用的春秋笔法。比如，在对方毫无知觉中，从范思哲小姐嘴上取下骨胶原，治好MJ的皮肤病，保养好他的身体，让他开全球演唱会，给乔布斯治好胰腺癌，给保罗·艾伦治好他的癌症，让本该伤心衰老死亡的阿涅利先生得以获得更长的生命来经营阿涅利家族……郭泰来非凡高超的技能随处可见，但他从不表白自己的爱心和仁义，而是以平常心帮助他人。这个朴素的价值观乃是当今社会的主流，他赢得广泛尊重自然在情理当中。

其实，这一切描述都包含着作者的良苦用心。郭泰来这个人物的塑造包含多重性，他既是我们身边的普通人形象，又代表科技文明竞争环境下的"新人"，他既是父母和师长眼里的乖孩子，也是同辈人无法超越的翘楚。他不张扬，但绝不让步。他是个先觉者，但却立足当下，尊重现实。

在《神工》的人设中，郭泰来清楚地意识到，在即将到来的二十一世纪，人工智能、量子计算、无人机、国防军工定向能等产业，将不再属于科幻范畴，而是现代工业科技发展的必然结果，国际竞争将进入一个全新的阶段。故事里的二十世纪九十年代，中国尚未加入WTO，海外排华势力以各种手段对华封锁高精尖技术，中国在艰难之中努力寻找自己的发展之路。这是一段真实的历史。郭泰来清楚地看到了这一切，他在以一己之力探寻一条捷径，试图弯道超车……我们可以由此解释《神工》的潜台词：华夏强国梦正在郭泰来这一代青年身上一点一滴地实现。

这个有点萌，看上去一点也不狡猾的胖子，其实是有"心机"的，他在主观上为了个人或是他所统领的小集体的利益，客观上是为了华夏民族的腾飞。他的出色在于不经意之间轻轻松松获得了我们称之为理想状态的二十一世纪的现实。

人生有很多遗憾，个人有遗憾，社会有遗憾，国家也有遗憾。很多时候我们在事后回顾，常常会有一种想法，如果当时怎样怎样，那该有多好？时光不能倒流，作者也只能在虚拟的作品中，让读者感受到一个遗憾稍微少一点的世界。但凡年纪超过 40 岁的读者，一定能够从中领悟到作者的意图，与其说这种"心理补偿"在一定程度上弥补了我们曾经的缺失，不如说它是对中国未来的一种良好祝愿。

科技时代的精神建构
——论《神工》的表现方法与艺术特色

　　网络小说往往将时代缩影建立在一个人身上，这个人就是作品的主角，唯有如此，网文才能在特定的空间里构建起一个神奇的世界，并以此带动读者的情绪，形成读写之间的互动关系。《神工》在艺术形式上充分运用互联网特征，套路、脑洞，加硬核，以校园科研和军工技术发展为叙事主体，通过环境的丰富性和人性的多元夯实了小说的基础，以诙谐的笔法塑造了对国家工业科技发展发挥重要作用的人物形象。作品将日常生活和富有想象力的神奇世界构建在同一个维度，在大众审美的沃土里浇灌与培育出超拔于凡尘的精神根系。《神工》里的郭泰来作为凡人英雄形象，身上兼有俗世价值观和英雄情结，他有善念，也有鸡贼，他向往富裕的生活、美好的爱情，能够不辞劳苦，勤奋工作，积小成大。在蒙受冤屈时，他能够平静对待，伺机出击。面对金钱，他有自己的小算盘，而在国家利益、民族尊严的大是大非上，他能看清前面的道路，直道而行。作品以经济全球化和现代科技迅猛发展为基点，将郭泰来在不同领域成长及其所取得的成就，对接当代中国在工业、国防、科技和知识产权等诸多方面面临的机遇与挑战，旨在探索不同时空和环境下的国家话语方式，并由此揭示科技强国的时代精神。

网络小说的文本共建模式

　　在创作《神工》之前，任怨的早期作品以幻想类为主，在魔法世界、仙侠世界、玄幻世界，曾经描写过利用物理定律和化学反应来增加提升修行的桥段，这当然和作者的知识结构有关，任怨毕业于清华大学环境工程系，有很坚实的理工基础，作品的三观和设定自然也会与此相符。按照任怨自己的说法：哪怕在虚拟的玄幻世界里，身为工科生，也坚信最基本的物理定律一定是成立的，最基本的化学反应也是存在的。也就是说，坚信每个世界都是由最基本粒子构成的，只要没有脱离这一点，那么就一定要遵守低速下的牛顿三定律，同时一定遵循热力学第二定律。

一部网络小说爆款或是扑街有很多因素，有的可以找出原因，甚至可以进行量化分析，有的则难以解释清楚，因为市场永远藏着一只看不见的手。《神工》是任怨的第八本书，目前看来成绩超出以前的作品，而这恰恰是他第一次尝试落地触及现实题材，老实说，现实题材不好写，尤其是工业文有诸多限制，不会那么热血，更不会无视常识去制造爽点。但任怨也有他自身的长处，作为一个工科生，他本身具备写出一部出色的工业文的基础，而长期形成的与读者互动的习惯，导致他在文本之外具有强大的吸粉能力。《神工》中涉及大量机械加工、高新技术开发等枯燥难懂的专业知识，如何将其变成通俗易懂、生动有趣的情节，甚至成为料和梗，这是对作者叙事能力的考验。

任怨的做法看似简单，其实饱含了大量的心血。在更新作品的同时，他经常在微博、微信公众号上转载与作品相关的视频和图片资料，以此加强与读者的互动，而减少作品中无味的解释性文字。这个做法不仅在读者中产生话题，更有助于新梗的发掘。我以为，《神工》的成功大概有一半来源于此。话虽如此，小说毕竟是虚构的产物，想象力是推动文本叙事的基本动力，对于网络文学而言，还需正视面向大众阅读的基本事实。留住读者的视线，引发读者的激情，与读者形成情感共同体，既是网络创作的前提，也是其根本目的。为了达到或接近这个目的，网络作家们各显神通，建立了一套分众化阅读机制。任怨在《神工》中运用自身的知识积累，在工业题材类型上迈出了坚实的一步，完成了他和读者之间的文本共建。

自网络文学出现以来，"读写互动"成为信息共享时代的阅读习惯。这一带有互联网显著特征的创作方式，最大程度实现了文学作品的有效传播，因此得到了文学界的普遍认可。巴赫金的"对话性主体"说，可以解释网络文学的"互动"在一定意义上符合文学创作的基本规律，至于达到了什么程度，仍然要看网络作家的文本建构处在哪个层面。文学理论大师巴赫金对此有十分精妙的诠释，"语言是交流思想感情的工具，而话语是针对对话者而言的。话语，是联结我和别人之间的桥梁。如果它一头系在我这里，那么另一头就系在对话者那里。话语是说话者与对话者之间共同的领地"①。网络时代，文学创作的互动性出现了前所未有的便利条件，网络作家正是由此进入快速成长的通道的。

《神工》上架之后得到众多粉丝的追捧，有的探讨情节，有的发表意见和建议，有的咨询相关科技知识。这说明了一个问题：互联网时代的文学，既需要作家创造性的智慧，也需要读者的积极参与；既需要思想深刻、语言精湛的严肃小说，也需要符合大众口味，通俗易懂，给人带来乐趣的大众小说。在总体上，是读者的阅读需求改变着写作方式，是大众生活方式的变化改变了小说的内涵。由此可见，从来就没有永恒不变的文学，社会在变，人的行为方式在变，文学的形态就会随之而变化。作家应当遵循这一变化，服务于它的读者，与它的读者共同享受文学带来的审美愉悦。

硬核技术的"极限运动"

《神工》的主角郭泰来本是最高学府的天之骄子，因体育运动中的一次不慎导致脚踝严重损伤，随之心理出了故障，贪吃贪睡，由一个英俊小伙变成一个三百斤重的胖子，从此陷入人生低谷，患上了三高（血糖高、血压高、血脂高）、冠心病、重度脂肪肝、老慢咽、足底筋膜炎、跟腱炎等多种疾病，各种病痛接踵而至。生命垂危之际，胖子福星高照，意外得到了一个纳米机器人控制系统和一万个纳米机器人

---

① ［俄］巴赫金：《巴赫金全集》，钱中文译，河北教育出版社1998年版，第436页。

（功能之一是可以逐渐自动修复身体），同时拥有了未来世界的记忆。于是，一个崭新的胖子诞生了。

郭泰来凭借高超的技能扬名立万，击穿日本精工企业的虚伪，征服西方列强的傲慢，凭借实力打破《瓦森纳协定》对华夏的各种无理限制。从高性能发动机改装到钟表制造，从最精度狙击枪到顶级超跑制作，从高性能飞机发动机到超高精度光刻机，郭泰来如同一个攀岩高手进入无人之境一样，在挑战越来越高的加工难度，成为没有对手的无级别钳工之神。经过实业劳其筋骨之后，郭泰来踏入西方社会，目标十分明确：全球知识产权领域。他的"极限运动"由此进入一个更高更新的境界。这一系列情节是《神工》这部作品的内容核心，而创造一个全新的华夏工业文明对外形象则是郭泰来"极限运动"的理想境界。

网络工业文的核心是科技进步给世界带来变化，不管是幻想类还是现实类，都以此设定人物展开故事，如齐橙的《大国重工》在全球化背景与现代性视角之下，以西方发达资本主义国家为参考坐标，描绘科技强国的艰难历程，爱潜水的乌贼在《奥术神座》中用量子理论架构奇幻世界，并推动科技工业发展，二目的《魔力工业时代》①，运用女巫的魔法能力进行技术革命，促进社会生产力的进步。在这个基础上，硬核技术流小说应运而生，并推动这一类型快速发展，热度在读者中获得倍增效果。从故事层面看，硬核显示出来的是知识谱系的强大与高端，但这仅仅是表面现象，事实上，它赋能叙事给工业文增添的精神质量，极大拓展了网文的边界，是网文的奇思妙想与时代和现实接轨的实证。

《神工》属于这波浪潮中比较典型的例子，硬核技术在这部作品中发挥了核心作用，据初步估算有近百种技术和工艺嵌入故事情节当中，并与人物形成血肉关系。尽管大部分读者并不了解这些技术，但实际阅读效果却非常好，大大超出了预期。这是源于作者对硬核技术进行了系统化处理，形成了一个体系相对完备的叙事空间，因而能够引导

---

① 二目：《魔力工业时代》，原书名为《放开那个女巫》。

读者对所描绘的硬核技术产生兴趣，产生了代入感。美国文化史学者约翰·考维尔蒂认为，大众文本程式最基本的一面，依然是"构造文化产品的传统体系"，即基于"传统因素的传统化构造"，并指出这个体系的目的是"在娱乐的同时，又能创造出一种可以使人接受的模式，帮助人暂时逃避人类生活的严重局限"[1]。也就是说，《神工》将硬核技术体系成功地转化为读者愿意接受的模式，于是看似神奇的事情便成为合情合理的桥段。

我们不妨去探究一下《神工》文本中硬核技术的具体细节。

作者讲述了一项主角的科技发明：外骨骼设计非常简单，用钛框架装置支撑人的腿后部，并通过支持带缠绕在人的躯干上。佩戴者可以像平时一样站立行走，当他们想坐下时，按一下按钮解锁框架，调整到舒适角度即可。身体的重量通过框架被传送到地面或脚后跟。

据说坐在这款座椅上面的感觉就像坐在酒吧高脚椅上，让工人随时可以坐着工作，避免腰酸背痛的烦恼。（瑞士 Noonee 公司发明的 ChairlessChair。）

外骨骼座椅只是其中很简单的一种，郭泰来之所以选择这个，是因为他已经选定了自己的毕业设计方向——液压相关，论文题目都想好了，《论液压组件在可穿戴座椅当中的实际运用》[2]。这种对主角发明创造的客观描述，很有亲和力，如同在讲述一个人早晨起来洗脸、刷牙一样真实可信，毫无夸张的痕迹。

主角改装了一辆保时捷轿车，上路后是这个情景：众人不得不赞叹，七分四十秒，这绝对是今年除了某些变态的超级跑车之外最好的成绩了。要知道，保时捷 993Turbo 今年的最好成绩也不过才七分五十七秒，刚刚进了八分钟之内。

在测速之前，大家看到了车子的起步提速，看到了车子的外观设计，按照他们的经验，觉得车子能跑进八分三十秒之内。有人甚至已

---

① J. G. 考维尔蒂：《通俗文学研究中的"程式"概念》，周宪等编：《当代西方艺术文化学》，北京大学出版社 1988 年版，第 429 页。

② 任怨：《神工》第六章 外骨骼座椅（下）。

经高估了，觉得能跑进八分二十秒之内，可他们没有一个人能相信，这车子第一圈就能跑到七分四十秒。①

置身军营，原本从未接触过枪械的主角竟然是这样的表现：胖子的手仿佛突然之间就变成了机械手一样，拆装的动作快得吓人，精准得让人无法置信。众人只看到胖子的手飞速地动作着，一把崭新完整的95式步枪就变成了零件状态。然后又是一阵精准无比的闪动，零件就又变成了一把完整的步枪。

整个过程，白团长没有用秒表计时，可是按照他的经验计算下来，胖子的拆装整套动作绝不会超过三十秒。在场的所有官兵，包括白团长在内，有一个算一个，没有一个能比胖子的速度更快。②

坦然自如的主角，没有张扬的举措，没有高调的言行，一切都在众目睽睽之下，不遮掩，不回避，也没有任何违和之处。

踏足西方社会之后，郭泰来希望将轿车的最新技术引进到国内，提高红旗轿车的档次，这是他的心结，责任重大却没有出现任何失措：会面很成功，郭泰来给这些工程师们讲了一下自己的计划，他打算在现在大红旗盛世的6.0升W12的基础上，做一款8.0升W16的超级引擎，引擎的功率要超过一千马力，只这一个计划，就让这些工程师们决定毫不犹豫地加入了。当然，最重要的是，郭泰来答应在英国成立一个工作室，他们还可以留在英国本土工作，薪水还增加了百分之五。

"老板，我们是打算和大众竞争吗？"一个高级工程师笑着问了一句，"布加迪去年在巴黎车展公布了一台W18的引擎，可以输出五百五十五匹马力。"

"算是吧！"郭泰来笑了笑。布加迪现在还只是概念车时代，威龙的概念车也是今年推出的，不过都是用的那台EB118的W18的自然进气引擎，还没有挂上四个涡轮。不过很显然，这个设计要归郭泰来了。③

不黑别人，自己照样可以光彩四溢。主角的计划实施得有礼有节，可进可退，既造福社会也不损害他人利益，这是一个大国商人的应有

① 任怨：《神工》第六十七章 玩枪（下）。

② 任怨：《神工》第一百六十五章 圈速（下）。

③ 任怨：《神工》第三百二十五章 说清楚（上）。

之举，也是文明时代国际竞争应有的风度。

俄罗斯军工技术一度全球领先，主角自然不会错过与他们一争高下的机会：这个时候，郭泰来的脑子里第一反应就是未来梦境中俄罗斯的 D-10P 型降落伞，因为增加了一个强制开伞系统，可以在五十米高度上开伞并安全降落，这个高度绝对是刷新了世界纪录的。

关键是 D-10P 的结构一点儿也不复杂，它是在俄现役 D-10 降落伞基础上改造来的。D-10 降落伞从 2005 年起装备了俄罗斯空降兵和特种部队，它的最低安全开伞高度是二百米。改进后 D-10P 的最小开伞高度为五十米，整个降落过程仅七秒。

对极限跳伞运动员来说，五十米太低了，缺乏表演性，因此，D-10P 型伞不是为他们，而是为军人和救援人员制造的。如果从很小的高度跳伞，可以最大限度降低敌人反应时间；救援人员也能从最接近出事地点的地方着陆，这也有利于减少跳伞受到气象的限制。[①]

主角依靠思维的精细与定位的精准，带着温度造福于现实社会，一次又一次实现科技运用的人性化升级。

恒温系统设计水平的高低，可以看出一个国家加工技术的水准，郭泰来不会在这个环节上输给对手：厂区的一切设计，都是为了让外界的影响降到最低。不管是振动还是温度，都是如此。

这台 LODTM 设计的是可以加工直径两千毫米、高度六百毫米的工件，这么大的尺寸，光学玻璃的膨胀系数在三点三微米每米左右，也就是说，温度变化一度，直径两米的工件尺寸就要变化六点六微米。而这套系统的设计加工精度是十五纳米，也就是说，每一摄氏度的变化就是加工精度的四百四十倍。这也意味着，加工时的温度变化绝不能超过零点零零二摄氏度。

这对于恒温系统的要求，简直是苛刻到了极点。光是这套恒温系统，定制完成就超过了一亿。而且开始加工之前，固定好工件之后，恐怕所有人都得退出加工区域，至少等待十二小时以上，才能开始加工，免得人体停留引起的温度差影响到加工精度。[②]

---

① 任怨：《神工》第四百零四章 赵晏晏的新任务（下）。
② 任怨：《神工》第四百零九章 成功了（上）。

哪怕是极端环境下的创造发明，主角也没有拒人于千里之外，他的举手投足都在求证人和科技如何才能和谐进步。

如果不进军西方最负盛誉的文化娱乐产业，主角的开挂总是还欠点火候，于是郭泰来出手了："我不是打算要收购一个好莱坞的制片公司吗？"郭泰来笑道，对于师姐，除了纳米机器人之外的其他任何秘密都可以和她共享，"詹姆斯推荐了一个公司，在那个公司的版权库里发现了一些好东西，估计能玩出一个上百亿美元票房的大系列出来，所以开心啊！"

"怪不得！"赵晏晏一下子就明白了郭泰来为什么说是可能了。不过她对于好莱坞的票房什么的同样也是个外行，只是笑着问道："你认识的关系好的导演只有詹姆斯一个，你这是打算让詹姆斯累死吗？"[1]

芯片制作技术曾经是中国科技界吐槽最多的一个领域，主角必须在这个领域表现神勇，有所突破：本来项目组是打算先用一百五十纳米制程测试的，结果被郭泰来强烈要求直接上九十纳米制程。

听到这个要求，项目组众人全都是惊骇。九十纳米制程，那可是新款至强芯片的水准，虽然这台光刻机是最高精度设计的，但是，能行吗？

流片的过程很顺利，一批芯片看似很轻松地被生产了出来。这表明，至少光刻机在运行上还是正常的。

检测结果更是让众人狂喜，这批九十纳米制程生产的 8088 芯片，十分地完美，完全符合各种芯片测试的要求。显微镜的观察也证实了制程大小，这也意味着，这台光刻机是真的可以生产九十纳米制程的芯片。[2]

郭泰来对机械的热爱在高级手表修理、设计和制作方面达到了巅峰状态，因此，他在这个领域发挥了自己最大的潜能，也让读者领略到了所谓技术壮举是怎么一回事：未来梦境中，宇舶表 MP-05 "LaFerrari" 蓝宝石腕表正是最合适的一款。这款表堪称创纪录的技术壮举。机芯中装配高达六百三十七个零件，创下目前郭泰来制作的

---

① 任怨：《神工》第六百二十九章 敲定（下）。

② 任怨：《神工》第八百四十七章 赶超（上）。

机芯配件最高纪录。同时搭载陀飞轮机芯,内部的十一个发条盒如发动机气缸般排列成行并彼此相连,不会依次影响同时又能够彼此支持,因此动力储存能够达到五十天之久,这些特征足以令这款腕表引以为傲,堪称卓越的概念腕表。

具有复杂三维结构的蓝宝石透明表壳为机芯提供了绝佳空间,机芯就如同悬浮在以蓝宝石雕琢而成的表壳之中。无论从哪个角度看,观赏者都会对机芯的结构和设置感到钦佩不已。①

总之,《神工》中主角的"极限运动"都是在四两拨千斤的状态下完成的,没有跳崖,没有山崩,也没有跨海追踪、深水猎杀等危险的行为,他的任务就是不断完善自己的科技发明和制造。读者完全是在优雅、轻松愉悦的心态中经历惊天骇地的裂变。其实,科技发明者的生活有时候就是寂寞无声的,他们在实验室,在偏远山区,在无人区完成的伟大创举,也许是在多年之后才为人知晓。毫无疑问,在人类生活中,科技是高端的,如何让身处日常生活的读者进入这个世界?美国大众文化批评先驱莱斯利·费德勒主张打通高雅文学和通俗文学的边界,强调经典问世之初大都具有通俗文学的性质,同时不可忽视文学背后的经济动因,他举例说明道:"像海明威这样从精英杂志起步,最终出现在《生活》特刊上面的写作生涯,例子多不胜数。最典型的样板莫过于纳撒尼尔·韦斯特,他一开始在《斯奈尔的梦幻人生》模仿超现实主义,可是他后来的三本书,或者变成了男孩们的故事,或者变成了流血伤心记事和追求更真实题材和风格的好莱坞场景。《整整一百万》《寂寞芳心小姐》以及《蝗灾之日》不光是涉及大众文化,它们自己就是文化,它们的结构和基调,其模型就是连环漫画和滑稽戏的'极限运动'。"②

《神工》的极限运动似乎是主角在行云流水之中所完成的,这或许是网络小说产生张力的一种技法,如同武侠小说力求创造武功至高境界一样,"无形"方为极限。这是典型的东方艺术思维,"醉翁之意不

---

① 任怨:《神工》第八百八十五章 法拉利急了(下)。

② 〔美〕莱斯利·费德勒:《文学是什么?高雅文化与大众社会》,陆扬译,译林出版社 2011 年版,第 68 页。

在酒，在乎山水之间也"。

文学的融合性大于单一性

正如莱斯利·费德勒所言，文学的高雅和通俗之间并不存在天然的沟壑，换句话说，优秀的作家一定是毕生努力实现高雅和通俗两个向度的融合的。精英文学在中国渊源很深，大众文学在中国同样也有着悠久的历史。从先秦的寓言故事到魏晋南北朝时期的志怪小说、志人小说，再到唐代的传奇小说，宋元话本小说以及明代的拟话本小说，大众文学一直久盛不衰。网络文学更多地继承了中国古代大众文学传统，这个传统的核心就是围绕读者的需求，实现最大限度的有效覆盖和传播，而这也是互联网作为媒介的属性。

随着社会文明程度的提高，普通百姓的审美能力也在不断增强，当今的精英文学和大众文学在艺术技巧上虽然各存己见，但在价值观和世界观上却出现了趋同，比如它们同样肯定和赞美世界上的美好的事物、有价值的事物，批判和剔除平庸的负价值的东西，他们同样在揭示世界的内在的真实。大众文学虽偏重于对幻想世界的描述，对人类未知领域充满了兴趣，但对想象力的认知却和精英文学没有本质区别。从这个角度来说，文学的融合性显然大于单一性。其实，就文学本身而言，现实世界与非现实世界同样属于表现范畴，并不存在孰优孰劣，而个体世界的差异才是丰富的文学生态的源泉，在网络文学中，幻想和现实的交融或互惠，呈现为当代青年文化意识中特殊的"现代性"，它是我们这个时代留下的烙印。正如刘慈欣在《流浪地球》获奖后的演讲中表述的那样，"想象力是人类所拥有的一种似乎只应属于神的能力，它存在的意义也远超出我们的想象。"①

《神工》作为典型的网络小说文本，在都市文不断推陈出新的背景下，着力于硬核技术的书写，形成自己的独特话语系统，但在其叙事过程中也能看到传统文学的影子。比如在文学语言的运用上，出现了

---

① 刘慈欣：2018 克拉克想象力服务社会奖，获奖词。

这样的句子：在他的面前，有一份详细到极致的检测报告，在前面的桌子上，则摆着那个精致的叶片。那个叶片上闪烁着的光芒，就如同在嘲笑他一般。[①] 这显然属于传统文学的语言形态，类似的叙事语言大量存在于作品中，足见作者受到传统文学潜移默化的影响。我们或许可以这样解读这部作品的艺术特点：一方面，《神工》的写作突显了网络文学简洁化、口语化和新奇化、幽默化等特征，另一方面，它也不断出现变招，采用硬核技术替换"狗血"和"噱头"，力求打破网文套路的束缚。可以说，无论是故意的抑或是潜意识当中，《神工》的写作都有试图摆脱套路枷锁的努力，以实现文本的自由形态。

在人物关系方面，《神工》的情感关系描述成为作品最大的变招。女主赵晏晏因为牵涉到泄密事件，被送到部队当特种兵变成了女汉子，这个人物设定的大转换，遭到一些读者的质疑。一般来讲，网文的情感设定有自己的套路：发端于两情相悦，男主有可能遭遇挫折，却始终不放弃不背叛，终于迎来大团圆的结局。但《神工》绕过了这一套路，适度打破了爽文的节奏，这显然是受到了传统文学的某些影响。至于这种设定是否符合故事发展的必然逻辑，我的基本看法是，赵晏晏接受命运的挑战，以此证明自己的清白，显示出一种"青山处处埋忠骨，何必马革裹尸还"的军旅气概，比较符合这个人物的心理特征，同时这也是作者的一种技术处理，军工可以说是工业领域的塔尖，故事涉及军工高科技，不仅富有神秘色彩，而且使"技术流"得到充分的展现。超级美女赵晏晏当特种兵，在客观上让人物经历更多的磨难，让故事在转向军工科技的叙事过程中呈现曲折波澜，因而对"老白"读者更具有吸引力。事实上，这个人物设定，作者基本上达到了目的，赵晏晏的形象并没有因此遭到破坏，两个人的感情甚至因为时空距离细水长流，滋味更加浓烈了，而让渡出来的空间则更有利于胖子的各种表现，也让另外一个美女楚菲有了出场的机会。

楚菲如同一股清风般地出现，使作品实现了风格上的切换，与其说她是以女配的身份出现，不如说她给整个作品增添了一种柔美的力

---

① 任怨：《神工》第十二章 废了他们的研究（上）。

量。作为世界小姐、国际超模，楚菲在全球娱乐界具有一定的影响力，她的独特个性使小说的格调产生了转换，原本的工业竞争、军工比拼基本是男性化视角，包括师姐都不由自主以男人的思维模式面对生活，但楚菲不一样，她不用听从男性视角的调配，她可以我行我素，可以以自己独特的方式面向受众。楚菲和郭泰来之间产生朦胧的情感，不仅合情合理，而且使胖子这个人物形象更加丰满立体。

作为一部典型的科技工业强国文，《神工》的核心是爱国主义情怀与个人价值实现的统一。男主郭泰来从一个普通大学生成长为国家的精英栋梁，他的所作所为显然不是一种个人行为，更不是心血来潮的自我表现。郭泰来的成长之路，以及他的各种头衔和荣耀，印证了改革开放以来国家工业事业的高速发展与辉煌成就。总而言之，《神工》的应有之义乃是文学与时代的共生，这部工业题材网络小说关于新人形象的塑造有哪些得失，值得研究和关注。另外说一句，《神工》的文字处理很干净，几乎没有错别字，老实说，难得看到如此让人省心的网络小说文本，这一点值得其他作者对照。

放眼那个全新的世界

——略说工业题材网络小说

改革开放以来，中国经济发展成为世界奇迹，其中工商企业改革发挥了巨大作用，这一领域风起云涌、波澜壮阔，历经了计划经济向市场经济过渡，国有企业与民营企业共生，机遇发展期向市场竞争期的跨越式发展，工业题材小说创作紧跟时代步伐，在不同时期涌现出一批贴近时代、贴近生活的优秀作品。进入网络时代，以类型文学为基本形态的网络文学置身于这片沃土精耕细作，找到了适合网络传播的表达方式，并逐步建构起新的艺术范式，代表了新时代工业题材小说的发展趋势。

工业题材网络小说呈现新气象

在工业题材网络小说领域活跃的网络作家多为 80 后，他们虽然没有亲身经历中国企业改革大潮，却是改革的受益者，在改革成果和想象力的双重引导、推动下，他们的文学写作呈现出一股新的气象。为了显示虚构人物的在场感，从形式上，工业题材网络小说大多运用穿越、重生手法，主角带着二十一世纪的思维进入二十世纪八九十年代，在改革开放如火如荼的岁月，开辟他们的创业之路。他们以文学虚构重走父辈的道路，并在若干细节上弥补上一辈人的遗憾和不足，充分展现了文学与现实交错的魅力。这批作家中，理工科毕业生占比有绝对优势，《大国重工》作者齐橙是中国社会科学院工业经济研究所博士、北师大副教授，《神工》作者任怨毕业于清华大学环境工程系，

《超级能源强国》作者志鸟村毕业于河南科技大学食品科学与工程专业，《学霸的黑科技系统》的作者晨星 LL 毕业于南京大学地球科学与工程学院。他们的创作尚有长远的发展空间，他们笔下的工业题材作品比专业作家更具有想象力，也更具备"硬核"的条件基础。

在不同类型的网络小说中，无论处于多么艰难困苦的环境，遭遇多少匪夷所思的挫折，主角自带光环必须取得成功，这是作者和读者之间形成情感共同体所遵从的铁律。一般来讲，网络小说习惯采用"金手指"化解矛盾与危机，主角历经磨难、化险为夷，最终迎来曙光。工业题材网络小说从整体设定上基本遵循这个套路，但由于题材的特殊性，关注现实，或者说从现实出发，真实再现工业改革给国家带来的巨大变化，才具有说服力，才能打动读者。这是由历史决定的，网络作家清醒地认识到了这一点。

范含的《电子生涯》作为早期网络小说，开启了科技工业文的先河，急冻人的《重生之科技巅峰》奠定了工业题材在网络文学中的地位，自 2010 年以来短短十年时间，任怨、志鸟村、牛家一郎、周硕、满楼红袖招、米酿、恒传录、漫水妹子、黑兰度、隐为者、十年残梦、五彩贝壳、和光万物、蒹葭苍苍等一批网络作家从不同角度，以不同方式进入这一领域，在网络上掀起了工业题材创作的热潮，值得一提的是齐橙的三部作品《工业霸主》《大国重工》和《材料帝国》集众人所长，以硬核替代爽文模式，树立了工业题材网络小说的标杆。

纵观工业题材网络小说的发展历程，我们可以发现，无论什么题材，人永远是文学的核心，走进工业人的心灵世界，才能写出真正意义上的工业题材小说。中国是世界工厂，是制造业大国，有几亿产业工人，这样一个国家需要工业教育、工业宣传，更需要符合国情的工业文明。

走进人的心灵世界

齐橙是机械厂子弟，自小就对机械工业有一种莫名的热爱，这是他在网文界专写工业文的动因。在此之前，他曾写过其他类型的网络小说，总觉得意犹未尽，最终决定在工业题材领域一展身手。和很多同类型作者的感受一样，齐橙也认为工业题材写作有一定的难度。首先需要具备丰富的专业知识，其次，工业生产很讲究流程，有严格的规章制度，故事的发展必然要受其制约，再次，工业产业和经济社会不可分割，也就是说不存在纯粹的工业文，必须站位高，才能把握工业题材的命脉。

在齐橙的作品《工业霸主》中，主角早期靠辛苦赚钱，做电风扇；然后凭技术参与竞争，做化肥设备；再依靠强大的国力，发展蚕食日本企业的市场，再往后开始搞数控机床、芯片等等，整个历程几乎就是改革开放以来中国经济起飞的缩影。在这部作品的写作过程中，齐橙一直纠结于如何组织细节上的矛盾冲突，这显然是一个作家的自觉意识，写不好人物关系，作品就立不住。著名作家蒋子龙曾说："即便是工业题材，最迷人的地方也不是工业本身，而是人的故事——生命之谜构成了小说的魅力。"

齐橙的第二部作品《材料帝国》开始注重人物与时代关系的塑造，写作在技法上往前迈了一大步。材料技术，是一个工业大国的基石。作品的主角从钢铁材料入手，改变那个时代的工业格局，随后又转向其他材料，开始搞工业陶瓷、汽车用高分子材料、热喷涂材料等等。工业材料的领域十分宽广，电性功能材料、光学功能材料、生物医学功能材料、超导材料、纳米材料、化学薄膜材料、智能材料、敏感材料、储氢材料……种种神奇的材料，为读者展现了一个琳琅满目的材料"帝国"。《材料帝国》中的人物更接地气，表现出日常生活中的家国情怀，很好地化解了小说和现实之间的矛盾。

中国的大发展、城市化，建筑业、交通业、出口加工业等为重工业提供有效需求和必要产业链以及集群支撑，而金融、管理、技术引进、信息浪潮、国际交流和新型战争冲击等等，都为中国工业化产生深远巨大的影响。齐橙一直在思考，如何以一部作品来反映这个时代发生的深刻变化？于是有了《大国重工》这部登上工业题材网络小说高地的标志性作品。这部小说具备更加开阔的视野，除了涉及工业生产、工业技术方面的内容，还有大量企业管理、国家战略等方面的阐述。作品里出现了大量工业知识与经济学知识，大量对工业体系、工业制造工艺的细节描写，以及改革开放后关于产业发展的国家政策。缺少风花雪月的工业题材作品之所以能影响大众读者，首先是作者对所虚构的世界、描述的生活富有激情，塑造的人物有温度有情怀，其次是作者勇于将视点聚焦于新中国工业发展史上的问题与挫折，在反思中有所升华；而在表现形式上，故事情节具有传奇色彩，人物行为适度夸张，网感十足，充分描绘了大国工业崛起的动人场景。如今，人工智能、量子计算也属于工业的范畴，工业社会已经不再是冷冰冰的钢铁厂和矿山，而是奔涌而来牵动人的灵魂和社会神经的科技浪潮，工业的兴衰提供了对于人类生存和发展的诸多思考，工业社会如何实现可持续发展成为国策的重中之重。

对工业化进程进行全景式关注

以科技发展为先导、制造业为核心，工业题材小说在网络领域开疆拓土，对中国工业化进程进行了全景式关注。"技术流"和"制造业"是工业题材网络小说的核心题旨，无论是关注当下的《神工》《中国铁路人》《大国工程》，还是穿越到古代、近代的《化工大唐》《明末工程师》《辛亥之钢铁基地》《钢铁时代十年残梦》，或是重生到上世纪八十年代的《工业之王》《超级能源强国》《重生军工子弟》，抑或是以科幻、玄幻为外壳的《星际工业时代》《最终智能》《修真大工业时代》等，都是以科技进步为故事推动力，通过制造业的超常规发展，实现民族工业腾飞的强国梦。

巧妙隐藏"金手指"，化专业知识为梗，站在时代发展的高度去挖掘故事内涵，已成为工业题材网络小说有别于其他类型网络小说的特色。志鸟村的《超级能源强国》里的主角是一个毕业于北大中文系的学生，他因缘际会来到胜利油田工作，成为在基层一线的石油工人，这个身份可以视为巧妙隐藏的"金手指"，比采用穿越或重生之后记忆直接继承强大能力的方法真实自然，同样为故事层层叠叠地展开，以及主角一路晋升直至走出国门扬威海外预备了充足的能量。这种贴近现实的叙事方法给读者带来的感动更为真切。如果说人设借写作经验可以做到的话，那么在关键段落化专业知识为梗就需要硬核的支撑，没有丰厚的生活底蕴，没有对时代发展规律性的认知，将虚拟现实衍变成有温度的人生经历，只能是水中望月。

二十世纪九十年代中期，我国尚未加入WTO，高精度数控机床技术还处在相对落后的状态，海外排华势力企图以技术封锁的手段压制中国的发展。任怨的《神工》以诙谐的语言讲述了水木大学学子郭泰来得到纳米机器人系统后，成为精密加工领域大师，拥有九级钳工技能，加工精度达到原子、分子级，完美实现中国工匠精神的故事。作品涉及《瓦森纳协定》、活体细胞精加工等专业领域知识，以虚实结合的手法，反映了中国对外开放过程中当代精工技术艰难曲折的发展历程。

牛家一郎的《星际工业时代》是一部工业题材科幻小说，作品以热血情怀对中国工业的未来进行了艺术化的展望。第三次工业革命浪潮袭来，中国互联网产业突飞猛进，大学生秦毅因此幸运获得了科技塔，由此掀开了星际工业的时代篇章。太阳系变成了人类的后花园，太空中建起了农业基地、太空工厂；月球变身为一座城市；人类的目光伸向了浩瀚无垠的宇宙星空。作品通过现代人在不同时空和环境中的变化与成长，展示了工业世界全新的姿态和神奇的魅力。

系统科技文一度在网文界掀起热浪，系统作为"金手指"点燃了科技强国的火种。在此基础上，95后作者晨星LL的《学霸的黑科技系统》另辟蹊径，系统不是配发给主角拿来就能用的现成的知识谱系，而是给了他沉浸于学习之中，力求上进的一种心态。主角刻苦读书、探求知识，自然而然成为学霸。作品中大量涉及数理化、计算机、人工智能、工程、材料等领域专业知识，包括证明世界级难题——孪生素数猜想的大胆设定也在情理之中。正是由于将爽点建立在科学态度之上，这部作品成为系统文的亮点。

工业要素和文学想象二元互动

网络小说长于借助时空交错反映现实，而不同时空的技术变革，如由于穿越带来的先进技术，更有利于作者在现代科技文明背景下价值立场的表达。相对于传统工业题材小说，网络小说涉及的领域更加广泛，包括日用品、建筑、军工、钢铁、化工等，制造业涵盖汽车、飞机、兵舰、冶金装备、矿山装备、电力装备、海工装备等，可谓五花八门、琳琅满目。也有的作品不是典型的工业题材，而是以跨界的方式涉足这一领域。在互联网、大数据、人工智能、区块链被纳入现代工业范畴的今天，"如果我们人本身将被基因技术所改变，人类社会将被人工智能所改变，地球将被外星球生命所改变——凭什么'人的文学'不变？"[①]。

爱潜水的乌贼在《奥术神座》中用量子理论架构奇幻世界，并推动科技工业发展，以一个叫作"奥术"的概念，赋予了魔法以科学，赋予神灵以真实，将整个西幻的魔法力量体系纳入世界近代物体体系中来，其基调是以科学精神替代"有神论"。在书中，魔法不再是凭空产生，或者神灵赐予的力量，而是古代魔法师以科学的态度、严谨的程序研究世界、研究万物而渐渐形成的世界观。爱潜水的乌贼的另一部西幻题材作品《诡秘之主》掺杂了克苏鲁风格、SCP 基金会元素，通过第一次工业革命时代的蒸汽朋克情怀，构造了第二世界。在这个世界里，我们看到了资本主义工业社会的各种矛盾：污染严重却为了利润拒绝产业转型，女工在工厂里卖命却不能养活家人，城市街头偷拐骗抢的流氓混混成群结队，贵族上层阶级勾心斗角争夺利益，等等。为了转嫁社会危机，垄断资本挑动民族主义发动世界大战，企图重新瓜分世界，各类宗教伪神们妄想借机吞吃彼此，而成为"真神"。工业革命道路上的斑斑血迹令人唏嘘。

与《奥术神座》异曲同工，二目的《放开那个女巫》（后更名《魔力工业时代》）主角是一个二十一世纪的理工科高材生，在穿越到异界王子身上之后，他利用现代基础科学发展扩张自己的领地，通过学习数理化知识来提升魔法的能量。他不仅带领异界人类抵御魔鬼入侵，还运用女巫魔法的力量进行技术革命，促进社会生产力的进步，最终

---

① 吴俊：《文学"新人"的意义》，《文学报》2020 年 1 月 2 日第四版。

打造出一个可供女巫与普通人共存的国度。《放开那个女巫》虽然是西幻题材作品，却具有鲜明的中国特色：当一个现代人来到举目无亲的异世界时，他没有向神明屈膝跪拜，而是利用魔法的力量去发展工业科技，通过科技产品来改变这个世界。这种思维方式只会产生于拥有"世界工厂"美誉的现代中国。

　　《临高启明》的写作是一次很有意思的尝试，产生于读者和作者的互动过程中，开端是网友"独孤求婚"在音速（sonicbbs）网络论坛发起，一个小命题"如果我们携带大量现代物资穿越到了明末，会怎么活下去并改变历史？"。当时，历史穿越文正处在高速发展时期，这个命题很快吸引了众多爱好者参与讨论，其中不乏很多知识丰富的军事史和工业史爱好者，也包括来自金融、社科和理工各专业的网友，他们一方面嘲笑各种严重缺乏历史和专业常识的单人穿越意淫作品，另一方面又带着自身阅历和专业知识进行各自的"穿越"推演，写下种种光怪陆离的小段子，构成了初期的创作团队和素材来源。吹牛者集众人智慧在起点中文网开坑，自 2009 年 6 月 6 日作品上架，跨越十一年时间共写了近八百万字，至今尚未完本。这本书的扉页上写着这样一句话：与十三点零六万书友共同开启《临高启明》的历史之旅。吹牛者执笔的这部历史穿越小说，讲的是五百个各怀心思的普通现代人集体穿越到明末海南临高县，并尝试建立近代工业再造现代文明的故事。作品的基本理念是"历史由人民群众创造"，而"科学技术是第一生产力"的观念不仅属于现代，同样适用于古代。在众多历史穿越文中，《临高启明》以独特的形式、包罗万象的知识构架和复杂的社会体系，被很多读者戏称为"穿越说明书""各行业百科全书""工业文明简史"。我们或许可以这样理解，《临高启明》借用穿越手法跳出了固有的思维模式，从而展现了网络时代各行各业对"现实"的幻想以及对历史的理解。

　　概而言之，工业题材网络小说以中国社会现实为基础，以全球工业文明为背景，不拘一格，杂糅科幻、重生、穿越和魔法等多种文学类型，实现了工业要素和文学想象的二元互动，极大丰富了当代文学的表现内容，拓展了工业题材的表现疆域。从表象上看，在艺术形态上与传统工业题材小说有所不同，精神内涵却是一脉相承，而以"科技兴国、重生创业"展现当今时代的精神诉求，恰恰体现了网络作家的文学表现力和责任担当。

结　语

工业题材网络小说原本发端于年代小说的宏大叙事，如今已经进入玄幻、奇幻和系统文领域，这也是网络文学各种类型之间加快渗透和融合的标志。这些作品包含对中国工业化和现代化建设多方位的思考，共同建构了工业题材网络小说宏大的文化视野，具有文化开放性和创造性的表征。可以预见的是，工业题材文学创作借助互联网的蓬勃之势，正在经历一次革命性的变化，它顺应了二十一世纪人类文明发展的需求，展现了中国作为工业大国所应具有的文化开放性。这一趋势值得学界引起关注，对于采用不同表现形式和手法进入这一题材领域的作品予以深入探究和发掘，以便梳理已经获得的成果，推动该领域的进一步繁荣发展。随着时代的发展，工业领域未来将发生哪些变化，仍然需要我们去大胆探求和摸索，网络文学杂树生花、脑洞大开，优势不言而喻。需要引起重视的是，任何题材的文学写作，经过创新和变革之后，都将回到主流社会价值认同这个层面，网络文学在表现形式、审美方式和传播手段上的变化，最终必将以深刻反映时代精神为己任。

选文

第一章
我要改变世界

上

"胖子，再不减肥，你会死的。"

郭泰来在刘阳陪同下一起离开校医院的时候，那个年老的校医很是语重心长地告诫了郭泰来一句。

两人谁也没反驳，没办法反驳。郭泰来的确是个大胖子，虽然有一米九的身高，但他体重却有三百多斤，一看就是座肉山。

就在四天前，郭泰来在故宫太和殿门口中暑晕倒休克，呼吸心跳停了整整一个小时，好容易才抢救过来，就这，还是昏迷了三天才醒过来。

胖子的一身都是病，三高，冠心病，重度脂肪肝，老慢咽，足底筋膜炎，跟腱炎，这次发病，医生诊断结果为肺栓塞，血栓堵塞了血管，差点儿人就没了。

好赖话郭泰来和刘阳还是能分清楚的，郭泰来忙不迭地感谢了医生，这才在刘阳的扶持下慢慢地离开校医院。

怎么被抢救的，怎么被送回校医院的，郭泰来已经完全没有记忆，唯一的一个深刻的印象就是最初昏迷的时候有个堪称惊艳的美女掀开自己的眼皮观察瞳孔，仅此而已。

"走吧！"刘阳陪着郭泰来慢慢在校园里往宿舍溜达，一边说道，"这些年我们也没说你，不过胖子，你真该减肥了。"

"嗯，我知道，这就开始减肥。"郭泰来答应了一声，一边慢慢地溜达，一边四处看着这些熟悉的校园景色。

"汇报清除血栓进度。"郭泰来的脑海中，无声地闪过一个念头。

"血栓清除进度 0.73%，持续清除中……"瞬间，郭泰来脑海中就反馈了他一个答案。

所有人都以为郭泰来是因为太胖在大日头下中暑休克，只有郭泰来自己清楚，呼吸心跳停止的一个小时，有一万个纳米机器人和一个纳米机器人控制系统进入了自己身体。

昏迷的那三天，有无数未知的资料涌入了郭泰来的脑海，仿佛一个庞大无匹的资料库，只要郭泰来感兴趣的，全部都有，机械、武器、影视、游戏等等，无比地清晰，却又如同梦境。

不仅如此，还有一些听说过的没听说过的公司，发生过的没发生过的各种大事件，等到郭泰来清醒的时候，就如同已经拥有了一次未来的人生记忆，当然，也可能是一场虚幻的梦境。

不知道是谁的人生经历，梦中也没有郭泰来的任何影子。不过，梦中未来的世界很精彩，郭泰来还不想就这么英年早逝，无论如何也要好好地看一眼。

郭泰来体内的纳米机器人全称是 MRIAM-2107——I 型纳米机器人，简称 I 型纳米机器人。当然，在郭泰来这里就只是纳米机器人，连 I 型都省略了。

纳米机器人很微小，关闭状态下只是一个长宽高只有 0.15 微米的立方体。人体细胞平均大小是 10 到 25 微米，这些纳米机器人可以轻而易举地进入人体的细胞当中。

目前郭泰来的认知中，这个 I 型纳米机器人应该属于医疗机器人的范畴。

两小时前，郭泰来给控制系统下达了一条指令，清除自己血管内的血栓，纳米机器人立刻开工，持续到现在。

那个控制系统全称应该是纳米机器人控制系统 V1.38，还有版本号，让郭泰来很无语。

"请尽快提升纳米机器人数量，以达成控制系统版本升级条件。"刚刚在脑海中吐槽了一下那个控制系统的版本号，马上脑海就接收到一条消息。

事实上，现在纳米机器人控制系统本身就存在于郭泰来的神经系统之中，已经彻底融合。也就是说，郭泰来就是控制系统，控制系统就是郭泰来。吐槽也好，询问也好，其实都是自己针对自己。

控制系统目前对纳米机器人的最大控制数量是一百万，而现有的纳米机器人却只有一万个，足足差了一百倍。

这也导致不管郭泰来想要做什么，都收效甚微。纳米机器人的数量太少，速度根本无法提升。

比如最要紧的清除血栓，从自己下命令到现在两个小时才清除了0.73%，按照这个速度，完全清除血管内的所有血栓需要278个小时，十一天半。这还是在血管中的血栓其实并不是很大的情况下。

如果能够达到最大控制数量的话，只要不到三个小时就能完成。除了血栓之外，郭泰来身上要医疗的地方还很多，一万个机器人，根本就不够用。

就拿减肥来说，Ⅰ型机器人完全可以达到减肥的目的。

本身纳米机器人是靠燃烧体内的脂肪来获得动力的，一个纳米机器人正常状况下一天能消耗0.3微克的脂肪。

不过，郭泰来想要让一万个纳米机器人消耗掉自己150斤的脂肪，就需要两千五百万天，接近68500年。想要单纯靠纳米机器人减肥，这个速度，此生无望了。

减肥都这么艰难，治疗其他的疾病可想而知会更加困难。所以，提升纳米机器人的数量也就成了当务之急。

好消息是纳米机器人可以自我复制，坏消息是自我复制需要的材料是微米级的钛金属粉末，至少到现在为止，郭泰来还没有头绪，到哪里找微米级的钛粉？

"今天几号？"郭泰来问了刘阳一句，这才走了二三百米，郭泰来就已经有些喘了。

"3号。"刘阳回答道，似乎生怕郭泰来记得不清楚，又补充了一句，"三年前，就是今天，银河号被迫在公海上抛锚的日子。这样是不是能让你更清楚地记住今天这个大难不死的时刻？"

郭泰来沉默了，刘阳是个愤青，可这个时候的大学生们，又有哪个不是愤青？郭泰来自己，不也一样听到银河号这个名字之后暗暗地咬牙吗？

那是所有华夏人提起来都会咬牙切齿的侮辱，而在那个未来的梦中，郭泰来看到的是另一番景象，祖国强大，自信，从容，很美好。

在未来的梦中，郭泰来看到一句很有意思的话："我们一路奋战，不是为了改变世界，而是为了不让世界改变我们。"

听起来很有哲理，可现在，郭泰来却忽然觉得，如果能够稍稍地改变一下世界，也许更有意思。毕竟梦中已经经历过一次那样的世界，重复一次又有什么意思？

郭泰来不敢说自己就一定能改变这个世界，但靠着梦中知道的那些东西，加快某些变化，总还是可以的吧？

下

"血栓清除进度 99.99%，持续清除中……"

"血栓清除进度 100%，血栓清除完成。"

当郭泰来坐火车回到家将养了几天之后，终于看到了清除血栓完成的消息。

"本次清除时间 278.4 小时，清除血栓合计 1.3569 立方厘米，血管内血栓量 0。"紧接着，郭泰来就看到了统计报告。

体内居然有不到 1.4 立方厘米的血栓，幸亏清除了，否则不知道什么时候在哪里发作一些，肯定够郭泰来受的。

也许是治疗效果出色，也许是心理作用，瞬间郭泰来就感觉全身神清气爽，说不出的舒服。

"治疗冠心病！"

"数据不足，无法实现。"

"治疗高血压！"

"数据不足，无法实现。"

"治疗高血糖！"

"数据不足，无法实现。"

"治疗高血脂！"

"血脂持续消耗中……"

……

一连串的测试下，郭泰来终于确定了目前纳米机器人能做的事情。

首先，纳米机器人的活动范围仅限于血管和肌肉组织，其他区域无法到达。

其次，纳米机器人功能很单一，在血管当中只能做一些粉碎的工作，比如清理血栓，或者将某些大团血脂打散。

在肌肉中，纳米机器人能做的是释放模拟生物电，精准地控制一些肌肉纤维的运动。

"如何获取数据？"得到了太多的数据不足的反馈，郭泰来终于问了一句。

"升级控制系统版本。"这次，郭泰来得到了明确的回答。

马上郭泰来就想起来，控制系统升级的必要条件，貌似是尽快提升纳米机器人的数量。最大控制数量，是一百万个。

"微米级的钛粉，看来只能先到爸爸的厂子里想想办法了。"郭泰来琢磨着，然后想着该找个什么理由去厂里，毕竟郭泰来已经有几年时间没去过父亲的厂里，突然要去也挺奇怪的。

还好，理由很现成。现在郭泰来全身是病，无论如何首先要做的，就是一点一点地治疗自己身上的病症，减肥，这才是当务之急。

"减肥？和我去厂子里忙碌上几天，自然就能减肥了。"郭泰来的老爸郭建军，听到自己的这个胖儿子终于要下定决心减肥了，不用郭泰来往厂里的话题上引，立刻建议道。

"去动弹动弹也好。"母亲丁玉梅和郭建军是一个单位的，不过在医务处，算是厂医。虽然不敢说能看什么大病，但基本的医疗护理知识还是很熟练的，闻言立刻附和。

郭建军是个钳工，郭泰来小时候就和父亲一起学过钳工的基本功，甚至于在学校金工实习的时候，郭泰来还因此得了个优秀。

其实郭建军上班的工厂并不是很景气，已经是半停产状态。郭建军用一些废旧材料让郭泰来打磨出力减肥，没人会理会。

拿着最大号的锉刀，郭泰来狠狠地对着卡钳上的金属块就是一顿乱锉。也不知道锉了多少下，忽然脑海出现了一个询问消息。

"是否记录加工效果？"

突然的询问消息让郭泰来一怔，什么意思？

加工效果，莫非是自己刚刚这一锉的加工效果？没有回应，郭泰来自己琢磨了一下，选择了记录。

"请选择锉刀型号，硬度。"

按照提示，郭泰来脑子里回答了这些问题。

"请选择工件硬度。"

紧接着又是一个问题。废旧零件，有记录，郭泰来问了一句郭建军，马上得到了硬度数值。

"请测量加工效果。"

这个提示，应该是记录刚刚的一锉锉下去多少吧？刚刚没测量，不过没关系，现在测量，然后下一次记录也是一样。

取消掉这次的记录，拿着游标卡尺测量了一下现在的工件厚度，郭泰来拿起锉刀，又是一锉，马上测量，这次，他得到了详细的数值。

"加工效果已成功记录！"

看到这个记录成功的消息，郭泰来心中有了个猜测，马上在脑海中命令："重现刚刚的加工效果。"

郭泰来猜对了，刚刚下达这个命令，双手就自然而然地按照刚才的加工姿势，同样的力量，同样的角度，一锉锉了下去。

做动作的同时，郭泰来脑子里很清楚地明白，自己并没有让自己的胳膊动弹，这是纳米机器人在自发地用生物电刺激自己手臂的肌肉。

一锉之后，郭泰来马上用游标卡尺测量，果然，和刚刚的结果一模一样。

发达了！还有这样的好事，郭泰来立刻兴奋起来，然后疯狂地开始用不同的力量不同的角度加工起来。每一次，都会让控制系统记录下来加工效果，然后重现。之后就是换不同硬度的工件，继续这个过程。

游标卡尺的精度只有 0.1 毫米，已经无法满足郭泰来的记录要求，记录了几百次之后，郭泰来换成了螺旋测微器，精确到 10 微米，千分之十毫米，又是一阵狂记录。最后，变成了千分表，可以精确到一微米，千分之一毫米。

中间郭建军过来看了一次，看着儿子满头大汗地拿着锉刀加工，满意地点了点头。不求他做什么，只要出汗就行。

"爸，你手工的加工精度能到多少？"郭泰来接过郭建军递过来的水，问了一句。

"时间足够的话，能精细打磨到 0.5 丝吧！"郭建军很得意地回答道，"你当我这个五级钳工是假的？"

一丝是百分之一毫米，0.5 丝是 5 微米，这个加工精度，已经可以和一些高精度数控机床相媲美了。

"厉害！"郭泰来拍马屁一般地冲着郭建军伸出了大拇指，心中却在暗笑："我会告诉你我现在已经随随便便可以用锉刀做出 5 微米的加工精度了吗？"

5 微米已经是郭泰来的极限，原因估计还是纳米机器人数量不足。但这已经让郭泰来足够满意了，半天时间达到了郭建军几十年的水准，还想怎么样？

当然，这个精度还要用最细的锉刀才能达到，至于其他的钻、锯、磨、刨等其他的手艺还远远达不到这个境界。

不过，钳工不就是号称一把锉刀走天下吗？先把锉刀练瓷实了，再慢慢地精通其他的手艺，这方面，郭泰来一点儿都不急。

等到郭泰来试验了不下一千次之后，再次用千分表测量的时候，脑海中忽地多了另一个询问信息。

"是否启用双眼 3D 测量机制？"

第二章
人形数控

上

"双眼 3D 测量机制?"郭泰来一阵迷糊,这是什么?不过很显然,没有解释。

想想之前得到的好处,郭泰来只是犹豫了那么一秒钟,就立刻选择了同意。

"……"什么也没有发生,郭泰来又是一头的雾水,这个什么双眼 3D 测量机制到底是什么?

不过,郭泰来没忘记查询一下那些纳米机器人到底在干什么。几乎是一查询,立刻就知道为什么没反应了。

一千个纳米机器人正在沿着血管往双眼部位移动。至少也要几十秒的时间才能到达,怪不得没反应呢。

这也让郭泰来对于钛粉的需求越发迫切起来,得尽快得到钛粉然后增加纳米机器人的数量,否则的话,干什么效率都很低啊!

"启动双眼 3D 测量机制。"一个提示出现,随后郭泰来立刻感觉双眼似乎有了一些变化。

很痒,闭上眼,郭泰来使劲地揉了揉,再睁开的时候,发现视野有些模糊,同时还伴随一阵阵的扭曲,十分地难受。

"晶状体焦距失调,是否修复?"一个询问马上出现在脑海。

晶状体焦距失调?不就是近视眼吗?说得这么清新脱俗。郭泰来还会不同意吗?谁乐意满头大汗的时候不停地扶厚厚的眼镜?

"全面接管控制左眼睫状肌1%，2%……"

……

"全面接管控制左眼睫状肌完成。"

近视的根本原因是什么？不就是因为睫状肌无法正常调节晶状体，使得晶状体变厚，导致外界物体无法成像在视网膜上吗？所以，一切的根源都是因为睫状肌。

纳米机器人第一时间开始调整睫状肌，让郭泰来又惊又喜。如果能把戴了十几年的眼镜摘掉，那绝对是一件大好事。

"睫状肌控制模拟调整1%……"

郭泰来的视野开始不停地变化，一会儿模糊一会儿清晰。这种状况下，郭泰来也没办法干活，只能坐着休息。

好在已经快要下班，没一会儿，郭建军就下班带着郭泰来一路回家。对于郭泰来坚持了一天汗流浃背，郭建军很满意。不求郭泰来能马上减肥，但至少要有这个想法和行动。

路上，郭泰来很随意地从加工材料不锈钢铸铁什么的聊到了钛合金，以自己很好奇为由，问问能不能弄块钛合金来玩玩。

"钛合金？那玩意厂子里没有。"郭建军对加工材料是很感兴趣的，一句话就堵死了郭泰来从厂子里想办法的门路，"据说全国现在一年总共才生产那么一两千吨，各种研究院和特种材料厂都喂不饱，我们这个小厂怎么可能有？"

郭泰来死心了，等9月份开学看系里国家重点实验室会不会有吧！假期，就只能在"减肥"中度过了。

今天太累，主要是眼睛不舒服，郭泰来吃了饭就早早地洗了洗躺下了。

……

"睫状肌控制模拟调整100%，睫状肌控制模拟调整完成。"一个突兀的消息让郭泰来心情飞快地好了起来，模拟完成，那下一步是不是要实际调整了？

"停止控制睫状肌。"

"重新建立生物反射1%……"

……

在重新建立生物反射的时候，郭泰来睡着了，呼噜打得震天响。

"重新建立生物反射 100%，左眼睫状肌调整完成。"

"全面接管控制右眼睫状肌 100%，全面接管控制右眼睫状肌完成。"

"睫状肌控制模拟调整 100%，睫状肌控制模拟调整完成。"

"停止控制睫状肌。"

"重新建立生物反射 100%，右眼睫状肌调整完成。"

"启动双眼 3D 测量机制成功。"

郭泰来醒来的时候，还没睁开眼，脑海中就看到了这一系列的提示信息。

纳米机器人真好，真勤劳，郭泰来睡觉的时候，它们都还在兢兢业业地干活。

双眼视力已经调整好，还启动了那个什么双眼 3D 测量机制。郭泰来有点惊喜地睁开了眼。

唰，无比清晰的视野，直接呈现在郭泰来的眼前。郭泰来敢发誓，这是自己这辈子看到过的最清晰的世界。

以前郭泰来并不明白什么叫作纤毫毕见，现在郭泰来知道了。纤毫毕见的意思就是说他连妈妈给他放在床边的棉 T 恤上面的棉纤维都能够看得清清楚楚。

大概几十根最细的纤维拧成了一根粗纤维，然后粗纤维再编织成 T 恤的布料。每根最细的棉纤维，平均直径是 30 微米。

"嗯，这根的直径是 30.2 微米。"当郭泰来自言自语地说完这句之后，忽地愣住了。自己的眼睛，什么时候可以看到微米级的棉纤维了？而且还能精准地测量出直径来？

抬头，看向房间里。

"门框高度，2000.9235 毫米。"

"门框宽度，900.0855 毫米。"

"桌子高度，750.3827 毫米。"

"桌子长度，1200.2712 毫米。"

"桌子宽度，800.2636毫米。"

目光扫过房间里其他东西的时候，脑海中自然而然地出现了这个东西的尺寸，让郭泰来一怔。随即，他立刻明白过来，这应该就是那个什么双眼3D测量机制了。

原来是这样的好玩意儿，只要自己目测就能够得到精准的尺寸，根本不用再使用任何测量工具就能精确测量到微米，还能估读到0.1微米，简直神奇啊！

没几下，郭泰来就琢磨清楚了用途，只要自己想要知道的尺寸，看到就能知道。自己不想知道的，完全可以屏蔽，这个测量机制，还是自己主动控制的。

这样神奇的功能，用在加工制造业上，简直就是神器啊！也不知道能不能更精准测量。

"提升测量精准度请使用更精准的量具校准。"郭泰来这个念头刚一产生，就立刻得到了回答。

原来是因为测量工具的原因，郭泰来在厂子里只用到了千分表，精确到微米，所以才只能测量到微米这个精度。等到回学校用实验室的精准测量工具校准，完全可以精度更高。

哪怕只是微米级别的精度，郭泰来也意识到，自己似乎已经成了一个人形高精度测量工具，双眼看过去，就能准确地测量出想要知道的任何两点的距离，简直太神奇了。

事无巨细纤毫毕见，郭泰来的人生似乎开始越来越有意思了。

下

人逢喜事精神爽，整个暑假，郭泰来就沉浸在这种一边兴奋地练习手艺，一边顺带减肥的过程中。

反正在家里郭泰来是不可能有机会出去寻找钛粉的，毕竟他还是个学生，父母不太可能放他一个人外出四处跑。

至于父母陪着，那更是不用想了，两口子都面临下岗，哪里有心情陪着儿子"不务正业"？

空无一人的车间里，郭泰来结结实实地从头学了一遍钳工的基本功。锉，钻，刨，磨，刮，锯，全都过了一次手。

二十多天的暑假，带给郭泰来的就是飞速地成长成为一个优秀的钳工。虽然经验和资历上没办法和那些高级钳工相比，但是手法上尤其是精准度上却是有过之而无不及。

配合控制系统强大的运算能力，郭泰来完全可以做到手工锉出一个完美圆球，这是普通的钳工绝对不可能做到的事情。光是准确计算就不可能，就算有计算工具，精确定位和测量也是一个问题。

也许有人能做到，可速度绝不可能和郭泰来相提并论。事实上，郭泰来是真的锉出来一个，还精磨抛光了。放在郭建军面前的时候，郭建军还以为是郭泰来拿了厂子里的成品钢球来显摆。

精准的测量和加工能力，用一个人形数控来形容郭泰来一点儿都不过分。还好，郭泰来比较谨慎，没有让其他人知道这一点。

临近开学，郭建军和丁玉梅拿出了家里仅有的积蓄三千元，让郭泰来带上做生活费。在儿子上学的费用上，两人从来不小气。

郭泰来是水木大学的学生。是的，就是华夏那个最高学府，校园里摆着"清芬挺秀，华夏增辉"的石刻，号称"水清木华"，又称"水木清华"的那个水木大学。郭泰来现在是水木大学精密仪器系92级仪21班的一员。

现在是1996年，水木大学一年的学费才三百，住宿费加上学杂费也才五十，并且国家每个月还给补贴六十元，可是，每个月的生活费还是不够。

郭泰来花得很省了，他的大头都是在餐费上，可即便如此，每个月也要额外花费三百多，这三千块，其实是他大五一年的生活费了。

"要赚钱。"郭泰来在火车上，很认真地琢磨这个事情。他已经是面临毕业的人，不可能还一直要父母养活。也许，靠着自己的钳工手艺，勤工俭学一下也是个不错的路子。

"哟，胖子，瘦了？"回到学校，宿舍里的舍友们看到郭泰来全都有些吃惊。

二十多天假期下来，郭泰来每天在车间里挥汗如雨，尽管纳米机器人消耗的脂肪不多，可是自身运动带来的消耗却不少，足足瘦了二十多斤，现在郭泰来已经是一个月减了二十多斤的减肥成功人士了。

开学就是大五，没什么课，基本上只剩下毕业答辩和实习。别误会，水木大学这个阶段就是五年制的大学，和隔壁的燕京大学一样。

郭泰来在暑假里锻炼的时候已经想好了，一开学就尽快地确定自己的毕设方向，进组，然后在最快的时间内完成毕设，剩下的时间，就可以相对自由地打工赚钱了。

毕设的作品，郭泰来暑假早就想好了。在那个未来的梦境中，有一款产品并不是很复杂，郭泰来自己也能做出来，而且还能作为毕业设计写论文。

最重要的是，那款产品郭泰来可以申请专利，成功的话，说不定日后也是一笔不大不小的收入。

在父亲工作的厂子里，郭泰来只被允许用一些报废零件上手，郭泰来也没想着用那些报废零件改造什么，一门心思钻研手艺。来了学校，却是可以动手操作了。

在别的同学还在发愁进哪个组的时候，郭泰来第二天就已经火速地选定了题目，报给了辅导老师，并且得到了辅导老师的允许，到校办工厂制作完成自己的设计作品。

开学的第三天一早，郭泰来吃过早饭，就直奔校办工厂，找到负责人说明了来意。

"你要用一台车床和钳工车间的工具打造你的毕设作品？"厂办负责接待学生的车间吴主任对郭泰来的这个要求倒是不觉得奇怪，每年毕设期间他们都要帮忙做不少东西，很正常。

"能不能缓几天？"吴主任很热情，但脸上却有些为难之色，"小学期才有一批学生金工实习完，这批车床正在保养，一周后行不行？"

校办工厂的几个车间，基本上都是学生们金工实习的场所。每次学生们实习完毕，都要重新保养调校一番，吴主任的这个要求，再正常不过。

"一台都腾不出来吗？"郭泰来却不想多耗费那么长的时间，"我就做四套液压缸和活塞，半天……最多一天就能弄完。"

"精度要求高吗？"一听郭泰来这话，吴主任也觉得这么点小活耽搁一周的确是说不过去，想了想问了一句。

"不高。"郭泰来听着吴主任话里面有门，立刻打蛇随棍上，"车出来直的就行。"

"那边，那边有台老车床，时间长了，精度有点不足。"吴主任指了指车工车间的一个角落房间，"你精度要求不高的话，应该可以。"

"完全可以，没问题，谢谢吴主任！"郭泰来立刻答应。精度不高怕什么，大不了到钳工车间那边再修一下，多大个事？

拿了钥匙，申请领了材料，郭泰来兴冲冲地过去打开那个房间，去看那个老车床状况去了。

小房间里只有两台车床，一看款式都是十分老的，完全可以称得上是老古董。这个房间估计是专门保存这两台老车床的，不知道有什么纪念意义。

吴主任说的是最里面的那个，郭泰来过去先绕着车床观察了一番，看看车床的状况。看得出来，这两台机床保养得都不错，一点儿生锈的迹象都没有。

车床上的铭牌因为年代久远，已经磨掉了大部分的字眼，剩下的这部分，只有第一行还隐约留着，也被机油遮住了。郭泰来过去伸手抹了抹，字迹清晰起来。

"Rheinmetall1933。"

"莱茵金属，1933。"郭泰来看着这铭牌，忍不住张开了嘴巴，1933年的德国老车床，果然是够年代久远的。想不到校办工厂里，竟然还有这样的极品老古董。

"这导轨，有问题啊！"只是几眼看下来，郭泰来就已经发现了问题所在。

第三章

不蒸馒头争口气

上

"上午十点多一个胖子学生借了一套铲刀去了车工车间？"刘老下午一点多溜达到钳工车间的时候，发现工具少了一套，问了一下才知道怎么回事。

放在外面的工具是公用的，不是刘老专用的那套。刘老那套是刘老退休之前给自己专门打造的，旁人都没资格使用。

可即便如此，也让刘老有些吃惊。一个学生借铲刀干什么？难道是那些车床的导轨出了问题，有人要修，所以让那个胖子学生过来跑腿拿工具？

越琢磨越不对味，刘老还是决定过去看看。反正路没多远，看一眼放心。别让那个学生拿着弄出点什么事情来。

正打算起身，郭泰来迎面进来了。他是来还工具的，一上午的工夫，足够他把那个 1933 年的莱茵金属老车床导轨修正了。

"胖子，拿铲刀干吗去了？"刘老等郭泰来放好工具，这才问了一句。

"有根车床导轨有点问题，拿去铲了一下。"郭泰来很随意地回答道。

噫，刘老脑子里噫的一声，最不愿意看到的事情发生了。车床的导轨是那么容易铲的？真要是给铲坏了，那个车床就报废了。

"带我去看看。"刘老毕竟经过许多事情，哪怕一开始慌了一下，但他马上就恢复了镇静。

真要是铲坏了，看看能不能修吧！千万不要报废才好。心里琢磨着，刘老押着一脸纳闷的胖子一路往车工车间走去。

其实刘老已经不抱希望了。一根车床导轨，就算是一个六七级的钳工，也得用几天时间才能真正地修平。胖子上午十点多借的工具，到现在才一点多，刨掉吃饭的时间，满打满算两个小时，只希望不要铲得过量，能修就好。

一路跟着胖子进了车工车间，看着胖子没理会车间里的那些车床，直接往小房间走去，刘老才算是松了一口气。不是外面这些车床就好，里面只有两台老古董，不是生产用的，估计最值钱的也就是那两个床身了，损失不大。

老古董导轨要是真坏了，那也就坏了吧！本来就有问题，留着也不过是一点纪念意义。不过胖子可不能轻饶，怎么未经允许就敢私自地铲导轨了？

"钳工车间有一套极品的工具，可惜不知道是谁的，锁着不给用。"郭泰来完全没感觉到后面刘老的情绪变化，一边开门一边随口说道，"可惜了一套好工具啊！"

"那套工具就是我老头子的，你何德何能配得上那套工具？"刘老闻言顿时大怒，凭什么不给你胖子用就可惜了？

郭泰来一缩脖子，再也不敢说话了。背后说人小话被人逮住，好没面子。低着头，一直走到自己用的那台莱茵金属老车床边上。

刘老虎着脸，走到了车床前面，一伸手把郭泰来推开。这台车床，刘老可比郭泰来熟悉太多，有什么问题，他也一清二楚，根本不用郭泰来介绍。

一低头，刘老就猛地瞪大了眼睛，这怎么可能？

1933年的老车床，导轨磨损严重不说，还因为某次搬运过程中摔了一次，有轻微的形变。因为只是纪念意义的车床，所以就重新安装了回去。

想要修正导轨，最简单就是换新的，不过这显然是不可能的。1933年的老车床可没有备件，没有全新的导轨更换。毕竟德国下水道那只是段子，而不是事实。

不换新的，磨损严重就只能整体精磨之后刮削錾削出来，通俗地讲就是铲出来。

导轨粗加工是磨床，精加工其实是靠人工加工出来的。技艺高超的工人拿一个精细的铲刀，用测平仪发现哪不平后，就用小铲子在那铲一下，一个导轨要铲好几天，最后出来的导轨上密密麻麻到处都是花纹，其实这是铲过的痕迹。

能铲导轨的，至少也得是钳工五级的水平，也就是郭建军那个水准的，那是入门级。

即便是钳工八级的大高手，想要精细地铲出一条合格的导轨，至少也得几天的时间。吃功夫的除了手艺之外，还有测量。

胖子本来是个学生，就算他的业余时间全都投入到钳工活当中，也不可能在这个年纪成为钳工八级。别说八级，就算胖子勤快，能有个二三级就不错了。

俗话说得好，三年一个精车工，十年一个烂钳工，这可不是说说而已，钳工，那是最吃功夫的。从胖子借到工具到现在满打满算才三个小时，能做什么？

可现在刘老眼前看到的情景却是完全颠覆了他的常识。车床床身上竟然有一根崭新的导轨，这怎么可能？

不对，不是新的。刘老经验实在是太丰富了，惊讶了一下就发现这并不是全新的导轨，而是经过精细加工并且抛光过的导轨。

习惯性地伸手在导轨上从一头摸到了另一头，摸的过程中，刘老甚至闭上了眼睛屏住了呼吸。他们这一代的老工人，手指的触感就是最精密的测量工具，有时候比尺子还要精准。

导轨笔直匀称光滑，没有一点偏差，至少刘老还没摸出来有什么偏差。根据刘老的经验，整根导轨的平整误差完全在一丝以下，他甚至摸不到一点凹凸的感觉，和手工铲除的导轨那种花纹状完全不同。

"高手！"这是刘老脑子里的第一反应。一想到这么年轻的一个胖学生竟然有这种水准，刘老的身体就忍不住地哆嗦起来。

刘老的反应让郭泰来看得一阵心惊胆战，这老头要是在这里出个好歹，那可怎么办？

"吃午饭没，胖子？"刘老忽地问了一个莫名其妙的问题。

"吃了！"郭泰来不知道刘老为什么要问这个，急忙回答道，"九食堂吃的。"

这下刘老有谱了，从这里到九食堂，来回加上吃饭排队，怎么也得四十五分钟。然后除去拆装老车床的时间，也就是说，眼前这个貌不惊人的胖子最多只用了一个半小时就完成了整个导轨的刮削平整作业，还顺手做了个抛光，这家伙是怪物吗？

"明天上午到钳工车间等我。"刘老忍住激动，给郭泰来留下一句话，然后一路琢磨着该怎么调教胖子，施施然地离开了，留下一头雾水的郭泰来，摸着脑袋，半天没反应过来。

下

不管了，反正郭泰来觉得自己没干什么坏事，导轨不也重新铲好，让老车床又恢复了生机，怎么也不算是错吧？

还是继续自己的计划要紧，赶紧做出试验品，然后申请专利，写论文，最多一个月，毕业设计就能完成，剩下的时间，可以想方设法地赚钱以及寻找钛粉了。

被刘老打断了一下，并不影响郭泰来继续。反正郭泰来已经有了方案，半个下午的时间，很轻松地车出来四套液压活塞和液压缸。

当然，这只是粗加工，真正要完成，还得到钳工车间手工打磨。没办法，就这台 1933 年的老莱茵车床，根本就达不到郭泰来要求的精度。

郭泰来自己都没有意识到，自从自己拥有了 5 微米加工精度的能力之后，任何给自己做的东西，他的精度要求都提升到了这个级别。普通的车床精度，郭泰来根本就看不上了。

刘老从开始就没有报出名号，郭泰来也不知道他老人家是什么人。另外，刘老似乎从头到尾都没问过郭泰来的名字，两个人说了那么多话，严格说起来，其实两人还是互相不知道名字的陌生人。

明天去找刘老做什么？郭泰来不知道。不过反正明天也要去钳工车间制作其他的部分，就当尊老爱幼听话呗。

郭泰来在琢磨刘老，刘老也在琢磨郭泰来。

这个胖子到底是个什么妖孽？从娘胎里开始就在学习手艺吗？怎么会有那么精湛的技术？

刘老这辈子见过的有天赋的人多了，还是第一次看到胖子这样体形这么年轻的钳工高手。

旁人铲出来的导轨，清一色的规整花纹，格外漂亮，但刘老这种高手上手一摸，绝对能有少量的凹凸感，毕竟不可能完全靠铲来铲出一个镜面。

可是胖子铲出来的，分明就是一个镜面，没有任何的起伏。更厉害的是，胖子是以老导轨磨损最厉害的地方作为基准重新铲的。也就是说，几乎是把整个导轨都铲掉了一层。

胖子的这种手法下，不但铲出了镜面平面，而且还如此地高效，简直匪夷所思。刘老自己也是高手，可他自问自己在巅峰的时候也没有这样的速度。

真要弄出来个镜面并非不可能，但那至少要几个月的时间才行。何况，现在的刘老，已经不复巅峰，除了经验，却是再也没有这么登峰造极的动手能力了。

唯一可惜的就是，没看到胖子动手。刘老已经退休了多年，还是第一次动心。这么好的苗子，不好好培养一下，真的可惜了。

第二天一早，郭泰来吃过了早饭，就背着图纸往校办工厂钳工车间溜达过去。

厂长办公室里，此刻正有四个人在说话。办公桌上，摊着一张图纸，还有两个长方形盒子。

"李厂长，帮帮忙吧！"一个西装革履的中年人低头哈腰地给对面穿着一身劳动布工作服的中年汉子递过去一根中华烟，一边满是哀求地说道。

"真不是我们不帮忙啊，万经理。"李厂长接过烟，凑着中年人伸过来的火点着，吐了一口烟圈，才抬起头苦笑起来，"我们真做不了这个活啊！"

"你看这个图纸，要求最高精度 0.5 丝。"李厂长指着两个长盒子说道，"东西你们都已经做到这个程度了，剩下的就是精磨的事情。我们这也没有这么精密的设备啊！要不，万经理你看找找航空航天的门路，他们肯定有能做的。"

"就是因为没那个门路啊！"万经理满脸的苦涩，"总共就两件半成品，只要出一件合格品就行。就加工一个成品件，就算有路子，人家也得乐意才行啊！这不是从我儿子这里知道你们这里也经常做一些小批量的精密件，这才找上门吗？"

"精密件我们倒是常做，不过我们这也没设备，就只能人工来啊！"李厂长抽了口烟回答道，"五六级钳工我们倒是有几个，耗费些时间也能一点一点手工磨出来。不过那得给足时间，不像老弟你这时间要求这么紧啊！而且这曲轴精度要求太高了，根本不需要啊！"

"不是我时间要求这么紧，也不是我们精度要求高，是他妈日本人欺人太甚啊！"万经理也急了，脏话脱口而出，"我们私营小企业，不敢说多厉害，可五六级钳工也有十几个，时间够的话，我们也能一点一点地给打磨出来。可那帮鬼子欺负人啊，就给了这么点时间。他们就是看不起我们，故意刁难人啊！"

万经理是万鑫摩托车厂的厂长。私企，引进了一种小排量摩托的生产技术，生产摩托车，销量不错，活得滋润。

最近万鑫摩托想要推出新产品，打算上马一款自主设计的大排量摩托。不过其他东西好说，发动机设计生产技术却不行。所以，万经理亲自跑了一趟日本，想要引进一款四缸 400cc 的摩托发动机，结果遭到了刁难。

"小日本说得很难听？"李厂长问道。

"他们倒是没怎么说难听的。"万经理苦笑着说道，"那个为首的家伙，直接拿了两根曲轴和一张图纸，明说了，这是他们粗加工的产品，只要我四天之内能精加工到半丝的精度，他们就把那款发动机的生产技术高价转让给我。"

"高价？"旁边一直坐着转健身球的刘老头插嘴问了一句。

"刘老您是没看到那个家伙趾高气扬的样子。"万经理说到这里眼睛都红了，"我在他们的接待处，每个日本人看起来都彬彬有礼，可是他们眼神中透出来的那种发自骨子里的看不起，哪怕他们给你鞠躬你都能感受得出来。"

　　虽然办公室里的其他人没有经历过，可他们却能从万经理这个名字十分庸俗的人发红的眼睛中看得出来，那种被人无视一般的鄙视和羞辱，绝对是刻骨铭心的。

　　"我现在也不想着引进能不能成，我就想争口气。"万经理冲着刘老头义愤填膺地说道："我就想让日本人知道，别小看我们华夏人！"

第四章

怎么可能

上

尽管万经理刚来厂长办公室的时候，态度摆得极低，赔笑点头，看起来一点都不像个成功人士，更像一个打躬作揖的可怜虫，可他这句话说完，办公室里的其他三个人却没有一个觉得他卑微，恰恰相反，万经理的形象无比高大。

"话说，你们当地政府就不能帮忙说说话？"刘老头皱着眉头问道。

"我们万鑫摩托就是个私企，搭不上航空航天的关系。"万经理似乎刚刚说过之后也发泄出去不少情绪，现在平静了不少，"想找市里的领导帮忙搭线来着，不过我们一个私企，上面也不是下死力气帮忙，说是帮忙找几个路子，到现在也没消息。"

"外面也有不少对外接活的精加工企业，你没问问？"刘老头又问了一句。

"问过了。"万经理回答得有点沮丧，"这年头，大家的设备都差不多，国外进口的设备都是优先进了最需要的国企，任务排得满满的，根本抽不出空来。其他接活的，和我们厂的加工水平也差不多。国内高水平的发动机全部需要进口，就是因为做不出来。"

"这个不用你说。"刘老头轻轻哼了一声，有些不满，把两个健身球捏得滴溜溜转，"我们都知道。"

"关键是日本人忒坏。"万经理立刻换了话题，不再说国内的生产情况，"他们给的两根半成品曲轴，硬度极高，十分不好加工。我们厂的几个六级钳工也看过，真要人工打磨出来还要保证精度，至少得一个月。"

"而且小日本要心眼，只留了最多1丝的加工余量。"万经理接着道，"材料硬度又高，打磨不用力的话，打磨不动。一用力，就不小心会过。很麻烦。"

一锉三丝，意思就是通常一锉刀下去就会锉掉3丝，大家都是行家，都明白其中的不容易。

"刘老，精仪系王教授不是前段时间组装了一台数控机床吗？"李厂长对被日本人鄙视还是同仇敌忾的，小心地冲着刘老头说道，"能不能借用一下？"

"不行！"刘老头直接摇头，"王教授那台主要是验证控制程序的，步进电机和丝杠都不行，精度不稳定，而且刀头硬度不够，加工不了这个。"

刚听到精仪系数控机床，万经理双眼一亮。可是听到后面刘老的话，立刻又沮丧了。那种脸色从充满希冀到失望的变化十分明显，刘老头看得清清楚楚。

"还有几天时间？"刘老头好像并不是那种一点办法没有的表情，冲万经理问了一声。

"还有两天半。我带着东西连夜回国的，厂子里的人研究了半天，等市领导的电话和联系同行用了半天，今天不敢等了，直接带东西来这里了。"

其实刘老头本来不打算说话的，可听万经理一说起日本人侮辱的时候，就打破了沉默问了这么多。正打算多问几句，刘老头忽然看到外面郭泰来正神采飞扬地甩着胳膊走进车间，顿时间笑了起来。

"胖子，来一下。"刘老头直接走到门口，叫了一声。

郭泰来抬头一看，立刻屁颠屁颠地小跑过来，冲着刘老头赔笑道："老爷子，叫我今天来什么事情？"

"你不是想用我专用的那些工具吗？"刘老头手里捏着两个健身球笑着冲郭泰来说道，"喏，桌上有张曲轴图纸和两个半成品零件，你给打磨好，我那个房间和里面的东西随便你用。"

"玩呢？"郭泰来一脸被耍的不爽，"找个车床偏心爪一夹车呗，找我干吗？"

"精度高，车不出来，得钳工打磨。"刘老头依旧笑眯眯地问道，"能不能干？"

"真的？"郭泰来两眼立刻放出了光芒，"这次可以用你的工具吗？"

"可以！"刘老头很肯定地点头。

"得嘞！"郭泰来立马答应一声，二话不说就往进走，进去之后冲三个看自己的人点了点头笑了笑，飞快地卷起图纸，抱着两个盒子就走，路过门口时，不忘记伸手冲刘老头要那个房间的钥匙。

眼看着胖子一溜烟连跑带颠地进了那个房间，办公室里其他三个人都是一脸的蒙。

"刘老，这胖子是谁？没见过啊！"李厂长最诧异不过，厂子里工人他都认识，没这么胖的啊。

"哦，昨天认识的一个学生。"刘老头把健身球捏得叮当响，笑呵呵地回答道，"手里活不错。坏了，忘记问他叫什么了。"

李厂长和万经理以及万经理身边的那个年轻学生，全都是一脸无语的表情。这么重要的事情，六级钳工都不敢保证，就这么扔给一个学生了？

"算了，知道你们不放心，等着。"刘老头站起身来，捏着健身球往外走，"冲你这争口气，我去指点那胖子一下。"

说完，也不解释，直接拉开办公室的门，走了出去，留下办公室里三个人面面相觑。

"李厂长，刘老是？"万经理又给李厂长点了一根烟，然后小心地问道。

"已经退休的九级钳工。"李厂长一脸骄傲地说道，"精仪系那些试验机床，最后安装调试都得刘老出手帮忙指点装配调整。"

"国宝啊！"万经理顿时间一脸敬仰地竖起了大拇指，"要不说就得找你们水木大学呢？有这一个国宝坐镇，李厂长你还说你们就是个生产普通零件的校办工厂？"

"刘老胳膊受过伤，做不了硬活了。"李厂长长叹一声，"我倒是好奇，那胖子到底有什么本事，能让刘老这么高看一眼。"

"那个胖子，能行吗？"万经理还是有些担心，冲着李厂长问道。

"放心吧！"李厂长其实自己心里也没谱，可他不能在万经理面前露怯，只是很肯定地说道，"刘老说没问题，那就一定没问题，等着吧，两天半的时间，应该差不多。"说到最后，其实他也是没底气。

时间一分一秒地过去，眼看着就已经过了三个小时，可那边却一点消息没有。万经理有心想过去看看，又知道不合适，着急地连抽了二十几根烟了，桌上烟灰缸里堆满了烟头。

又等了半个小时，万经理已经着急地站起身来踱步了。就在他已经实在等不及，想要和李厂长说一声亲自去看看的时候，办公室门推开了。

郭泰来和刘老头一前一后地走进来，胖子手里还抱着图纸和两个盒子，往桌上一摆："做完了！"

下

"老爷子，我这几天要用你的那个房间和那些东西。"郭泰来根本没管房间里众人的脸色，自顾自冲着刘老道，"还有，你答应说要教我压箱底的本事，不许耍赖啊！"

郭泰来扔下东西就离开了，三个半小时没停工，早就饿得前胸贴后背了。基本上说完这些话就是胖子的忍耐极限了，也不等几个人回应，郭泰来就一溜烟地跑了，再不跑，食堂就没饭了。

办公室里等得心焦的李厂长和万经理父子俩已经彻底地无语了。做完了？

李厂长可不是只坐办公室的，他也是有一把手艺的，不然怎么能确定钳工手工打磨要多长时间？万经理不用说，抓一线生产的，而且还是事先和工厂的高级钳工都沟通过的，时间估计上绝对不会差太多。

面对胖子只用了三个半小时就完成了他们预估要六级钳工一个月的工作量，两人的第一反应就是不可能！

可是，这活是已经退休的九级钳工刘老在旁边监督干的，他们又说不出质疑的话来，只能在心里狂喊：怎么可能？

"量一下吧！"刘老头指了指桌上的盒子，自己也走到了旁边的椅子上坐好。

别说李厂长和万经理惊骇异常，就连刘老自己，这个时候也是心有余悸。

郭泰来那个死胖子，出手太快了，而且根本就不是那种精加工的路数。基本功倒是学得扎实，可动手的胆子实在太大，看得刘老都冷汗连连。

只有1丝的加工余量，刘老自己过去的时候，以为胖子还在仔细测量各个尺寸和图纸对照呢，结果他一进去就发现，胖子已经夹装好了半成品曲轴，手里拿着那个最细密的金刚石锉刀，一锉就往连杆小头孔的外圆上锉了下去。

刘老差点儿就惊叫出声了，总算知道手工打磨的时候最怕这种外因分神，硬生生地忍住。一直等到胖子这一锉到位之后，这才出声。

"你干什么？"刘老关上那个小房间的门，这才冲着郭泰来怒问道。

"加工曲轴啊！"郭泰来一脸无辜地看着暴怒的刘老头，"这不是你让我做的活？还别说，你这工具就是厉害，比外面那些不知道精细了多少倍。"

"有你这么干的吗？"刘老大怒，冲着郭泰来就是一顿狂喷，"你知道不知道这有多少加工余量？还要上锉刀，这么点余量只够精磨啊！我昨天真是瞎了眼！"

"拜托！"胖子可不惯刘老头这种倚老卖老的习惯，"不就是留了1丝的加工余量吗？多大个事，你管我精磨到位还是锉到位？来，量量！"

一边说着，胖子一边从旁边的工具箱里拿出一个千分表，扔给了刘老头。真是的，让我干活还要一边叽叽歪歪，什么毛病？要不是看整个钳工车间对刘老头都恭恭敬敬，郭泰来才不会受这个气。

刘老当然要量，这要是胖子不知道轻重，金刚石锉刀可不管什么硬度，一把下去至少3丝，这个曲轴就废了。

可是，刘老连着测量了几次，测量了那一锉的几个位置，千分表的读数，竟然一模一样，全都是 30.010 毫米，分毫不差。对面如果再锉掉 1 丝的话，正好是图纸上标注的直径 30 毫米。

也就是说，胖子一锉刀不多不少，正好锉掉了 1 丝，这手感，这控制的精准度，简直神乎其技啊！

就算是巅峰时期的刘老自己，也不敢说能一锉就正好地锉掉 1 丝，他也得小心翼翼地分成多次，轻微地一点一点地锉掉外层，每一锉下去都得精准测量几次取平均值才敢继续下手，哪像胖子这样举重若轻地一锉搞定？

等到胖子再次换了个位置一锉搞定，刘老又测量了几遍，确定胖子的手当真是稳到了无以复加，精准到了让人瞠目结舌的地步之后，刘老就确定，自己绝对捡到宝了。

三次之后，刘老就再也不每次测量了，就看着胖子按照顺序，一锉一锉地将这根原本需要高精度数控机床才能够完成精加工最后一步的曲轴，一点一点地锉到了尺寸。

胖子的手里有数，心里更有数，平面还好，只要精准地锉到位就行。可连杆的大圆孔小圆孔的内径外径，都是圆的，十分不好加工，可就这样胖子都是沿着圆弧曲线，一锉搞定。

这已经不是登峰造极，而是技近乎道，鬼斧神工一般了。刘老都不知道该如何形容胖子的手艺，别看他是九级钳工，可也没敢说在这上面和胖子相比。

唯一能比胖子强的，也就是几十年下来的各种丰富无比的经验了。既然胖子有这样神乎其技的手艺，刘老恨不能立刻把自己知道的东西都灌输给他。

于是，胖子在一旁开工，刘老就在一旁提前给他说注意事项，说手法，说各种角落各种曲面的加工方式，如同灌输一般往胖子脑子里塞。

郭泰来的基本功很扎实，两人做活其实轻松得很，一点都没有外面人们想象的那种如临大敌一般的慎重，都是边聊天郭泰来边动手，一边学习一边干活，轻松惬意。

聊天中，刘老知道了郭泰来的名字和来钳工车间的目的。

郭泰来也知道了刘老绝对是高手，他从自己父亲那里学到的这些东西，刘老这里有着更精妙更稳妥更富有创造性的实现方法和手法，简直一肚子宝库，哪怕郭泰来以后不太可能从事一线制造，但这些宝贵的经验，绝对是郭泰来梦寐以求的。

两人放松地聊着，不知不觉中，连锉带后面的手工精磨，就这么完成了。临了胖子还飞快地抛光一次，两人也没有再浪费时间，直接把东西拿回了办公室。

直到此刻，刘老才意识到，成品都没有经过他的测量。

更让刘老想起来惊骇的是，从开始到最后，他就没看到过胖子动一下千分表，一直就在干活，居然没有测量过一次。

"合格……合格……合格……合格……"万经理和李厂长一个人拿着一根曲轴，一人拿着一个千分表，比对着图纸不停地测量着，嘴里说出一个个的"合格"。

到了最后，所有标注的尺寸都合格，而且不管内圆外圆都是完全标准。他们预计一根曲轴就要一个六级钳工一个月的精磨，胖子三个半小时就完成了两根，怎么可能？

"他怎么做到的？"李厂长简直要抓狂了，这还是人吗？

第五章
这不可能

上

震惊过后，万经理就是一连串的狂喜。还有两天半的时间，可他半天不到就拿到了成品，而且还是两件合格品，看看那个小日本还能怎么说？

"去，用最快的速度去日本。"刘老头一边借着旋转健身球掩饰自己不住颤抖的双手，一边冲着万经理指使道，"给我把这两根曲轴杆进那个小日本的嘴里，让他小看我们华夏人！"

"是，刘老！"万经理激动得全身发抖，语气却如同打了大胜仗一般，"我这就去订最早的航班，连夜也要塞到他们嘴里！李厂长，借下电话，我马上让人订票。"

李厂长把桌上的电话推了过去，自己也是全身都在发抖。不到两个小时完成一个六级钳工一个月的工作量，那个胖子，绝对是宝贝啊！

怪不得刘老从头到尾都一脸的笃定，原来是早就发现了胖子手艺高超，厉害！姜还是老的辣啊！

听着万经理电话里吩咐秘书订最早的去日本的航班，刘老静静地等着，等他挂了电话，才把两人都叫到面前。万经理的儿子也在，刘老想了想，也把他叫过来。

"小日本要问你怎么加工的，你怎么回答？"刘老问万经理道。

"嗯？"万经理一愣，刘老问这个问题什么意思？随即马上反应过来，飞快地回答道："就说是找水木大学帮的忙。"

"精仪系！"刘老多补充了一句，"水木大学精仪系帮的忙，记住，是某个教授新设计的精密数控机床。"

"我懂了！"万经理多聪明的人，立刻就明白了刘老的用意，"他们问我我要保密不说，让我的秘书接受点好处再偷偷告诉他们。我们越保护得神秘，他们就越会疑神疑鬼。"

"怪不得你生意做得有声有色，聪明。"刘老冲着万经理竖起了大拇指，"发动机技术该引进就引进，但精加工机床他们要卖，你就先推托，等他们绷不住自己降价了再捞好处。"

万经理这次只剩下点头了，冲刘老竖起了两个手的大拇指，佩服万分。

"小李，你这边也是，要是有人问起来，你就推到精仪系王教授头上。"刘老叮嘱李厂长道，"回头我去和王教授统一一下口径，你可千万别说漏了。"

李厂长也是点头。刘老的目光看向了万经理的儿子，万经理的儿子同样很聪明，马上嘴甜地开口："刘爷爷，我什么都不知道，我只是个学生，帮我爸带到精仪系而已。"

"嗯！"刘老很满意地点了点头，站起身来，转着健身球慢慢悠悠出去了，走到门口，想起些什么，转头叮嘱李厂长道，"以后那个胖子来，我那间工作间随便他使用，不要拦。"

李厂长当然是没口子地答应，心中已经打定了主意，无论如何也要找胖子聊聊，看看能不能在胖子毕业之前把他拉到校办工厂来勤工俭学。

万经理会做人，大家都等了这么长时间，饿得前胸贴后背了，刘老请不到，但他死活拉着李厂长一起吃了个饭。

其间，万经理说起了酬劳的事情，李厂长自己没帮上忙不好意思收，但刘老和胖子这边却是出了力的，不能代为拒绝。

万经理也大方，直接塞给李厂长五万元，让他酬谢刘老和那个胖子。李厂长拒绝不过，替两人收了下来，答应明天转给刘老和胖子。

现在是 1996 年，五万元，绝对是一笔巨款了。李厂长都有些羡慕胖子，不过这是人家的手艺好，羡慕不来。

"爸爸，为什么刘老最后那么说？"万明是万经理的儿子，同样也是水木大学的学生，不过是经管系的，他不明白刘老的用意，只有父子二人的时候，才问了出来，"为什么要把胖子的功劳推到精仪系？"

"明明，这就是刘老的高明之处了。"万经理很耐心地解释道，"巴统禁运虽然已经废止了，但今年又出来个《瓦森纳协定》，西方国家和小日本的高精度数控机床是不会卖给我们华夏的。就算是普通的数控，他们也卖的天价，因为我们没有，就只能吃这个亏。"

"我懂了！"万明虽然开始不懂，可一听自己父亲这么解释，立刻就明白了，"我们没有，所以他们要天价。如果说是精仪系自己做出来了，那无论是不是马上能量产形成规模，但至少已经解决了有没有的问题。他们怕我们的精密数控发展起来，所以会马上降价来抢占市场，打压我们国产的数控。"

"对！你没有，他们就卡你脖子，或者天价卖给你。"万经理点头道，"精仪系有了，说明理论和实验室产品都出来了，这时候他们要是不降价抢市场打压我们国内的产业，以后就没机会了。很多行业都是这样的，他们干得出来。"

万明清楚这个道理，忍不住嘟囔了一声："真憋屈！"

"对了，明明，你在学校，没事来这边转转，一定要和那个胖子认识。"万经理心里是同样的感觉，但却没有在儿子面前说出来，只是叮嘱自己的儿子，"刘老也要多奉承好，没准哪天我们就需要他们这样的高手帮忙。"

"我知道了！"万明答应了一声，没再多说什么。

不管是郭泰来还是万经理父子，又或是李厂长，他们都不知道，这件事的影响已经不只是在学校，在刘老和王教授商量之后，先汇报了系领导，又汇报了校领导，最后传到了机械工业部以及对外贸易经济合作部。

小小的万鑫摩托当然不值一提，可是如果能借此良机，给日本和西方国家一个错误的信息，让他们以为国内已经有了高精度数控机床的话，未必不能在这一块撬开《瓦森纳协定》的禁运，将封锁的口子打开一点。

上面当然乐意装哑巴配合，反正事情成功了，对国内大有好处，失败了，没有忽悠到小日本，貌似也不会比现在的局面更差。这样的事情，何乐而不为呢？

谁又能想到，只是一次快速手工加工而已，却能引出这么大的一摊子事？

下

第二天上午九点，铃木公司就开始忙碌起来。

"大西君，那个华夏佬又来了，你会答应他们的要求吗？"办公室当中，大西一真的秘书白川幸子询问着自己的顶头上司。

"哈，幸子你觉得可能吗？"大西一真心情好，笑着和自己的秘书调笑道，"华夏有那么精密的数控机床吗？"

"可是，大西君，发动机曲轴华夏也能做啊，应该很容易吧？"白川幸子并不知道大西一真给华夏那个小摩托厂设置了什么障碍，只是在给自己的直属上司送咖啡的时候好奇地问道。

大西一真顺手一拉，白川幸子就借势倒在了大西一真的怀中，坐在了大西一真的腿上。

"当然，曲轴本来的公差是正负 0.1 毫米，只是圆度和同轴度要求比较高而已，这个尺寸华夏的不少工厂都可以做。"大西一真看着自己的美艳秘书近在咫尺的脸蛋，闻着幸子身上香水的味道，笑眯眯地说道，"我直接拿了两件成品，给了他们一张降低了二十倍公差的图纸，让他们四天之内做出来。"

"他们要是做出来了呢？"幸子睁着大眼睛，无比挑逗地问道。

"不可能！华夏没有 5 微米的高精度数控机床。"大西一真再次埋首在幸子的胸部，深深嗅了一口，说道，"也许给他们一个月时间他们的高手能手工打磨出来一件，可四天的时间，除非他们能动用航空航天的精密机床。不过，你觉得，华夏航天局会给一个小摩托车厂只生产一根曲轴吗？"

"明知道他们做不出来，大西君你还这么要求？"幸子忍着胸口的

92

热痒，冲着大西一真问道。

"这不是让幸子你多享受一下他们苦着脸求上门的快乐吗？"大西一真搂着纤细腰肢的手臂紧了紧，"你不是最喜欢彬彬有礼地嘲讽那些华夏佬吗？"

"大西君你真坏！"幸子被大西一真的呼吸刺激得好痒，忍不住一阵娇笑。

"约好的时间快到了吧？去门口等他们吧！他们竟然提前了一天多，真想知道他们会怎么过来求我们。"大西一真放开了自己的女秘书，毕竟是公司，笑着叮嘱道，"等他们来了，你可以准备享受了。尽量表现得礼貌，尽情地享用心里鄙视他们的乐趣。"

白川幸子踩着高跟鞋，一路到了公司门口的接待处，没几分钟的时间，就等到了再次前来的万经理和他的秘书兼翻译。

依旧还是接待得彬彬有礼，语言行为找不出一点错处，可是，白川幸子的眼神中，依旧还是那般地充满了嘲讽。她之所以会对这两个华夏佬如此地礼貌，只是因为公司的规矩和她的乐趣，并不是说这两个家伙有什么值得她礼遇的地方。

"大西先生，我们又见面了！"万经理不卑不亢地和大西一真握手，"你的要求，我们做到了，这是你要求的两根曲轴。"

"这不可能！"大西一真的脸仿佛被抽了一个耳光一般，大叫起来，"你们怎么可能做到？！"

大西一真的惊叫声和惊讶的表情在万经理眼中耳中，绝对是最美妙的享受。包括大西一真那个眼睛长到了脑门上的性感秘书，此刻无比惊讶的表情，正是让万经理心满意足的最好的注解。

万经理笑眯眯地坐着欣赏着大西一真的不可思议的表情，也不提醒他，一脸的酸爽。

太爽了！三伏天满头大汗地进了空调房间喝了一杯冰可乐就是这样的感觉，从里到外地舒爽。

"万桑，这个玩笑并不好笑！"大西一真平静了下来，绝对不可能的事情，怎么可能发生呢？这个姓万的华夏佬一定在玩花样。

"相信我，大西先生，我几天内来回飞日本，绝不是为了和大西先生你开玩笑的。"万经理十分正色地说道,"这是上次带走的两根曲轴,这上面的编号都没有变。"

随着秘书的翻译,万经理已经打开了两个盒子,露出了里面加工好的曲轴。顶端的编号钢印,的确是没有变化。

"我需要检测一下!"大西一真很认真地盯着万经理的双眼,想要从他的眼中发现一点点心虚,可惜,他注定要失望了。

"当然!"万经理做了个请的手势,然后双手十指相扣,平静地放到了肚子上。

"幸子,马上送去检验。"大西一真飞快地吩咐自己的女秘书,"重点检验公差、圆度、圆柱度、同轴度,让检验科他们尽快给我一个报告。"

"哈依!"白川幸子飞快地鞠躬答应着,然后拿起两个装着曲轴的盒子小跑着离开了办公室。

"恕我直言,万桑,我并没有小看贵公司的意思。"大西一真很认真地问道,"贵公司并没有这样的生产能力,这也是我们无法将发动机生产技术转让的理由。万桑,你是在哪里加工的这两件曲轴?"

"不不不!"万经理听过翻译,微笑着摇着头,同时摇着竖起的手指头,"大西先生,你这样当面打听我们的商业机密,这可不是一个良好的习惯。"

"抱歉,我只是好奇,并没有打听贵公司商业机密的意思。"大西一真飞快地道歉,然后换了个话题,"万桑来回需要一天的时间,这才第三天,万桑只用了一天时间就完成了加工?"

"要不是那个负责录入参数的学生手脚太慢,昨天下午大西先生你就能看到成品了。"说起时间,万经理立刻神采飞扬起来,仿佛说中了他的得意之处,不过瞬间他就意识到不妥,立刻闭嘴不再往下说。

大西一真却已经意识到,万经理肯定是得意忘形之际说了什么不该说的话,顿时间心中窃喜。他在万经理进来之前就已经打开了录音,到时候只要让翻译一听,就能知道是什么信息了。

接下来,万经理一直在喝咖啡,没有多说什么。大西一真也不着急,慢慢地等着检测结果。

不到半个小时，白川幸子就飞快地拿着检验科的测量报告小跑着回到了大西一真的办公室。

看着上面一系列的各种检测尺寸的合格标记，再看上面详细标注的加工误差，大西一真简直不敢相信自己的眼睛。

"这不可能！"这已经是大西一真第二次发出这样的惊叹了。

第六章
外骨骼座椅

上

两根曲轴，最大的误差不过2微米，全部都在他要求的公差范围正负5微米之内，表面光洁度更是达到了公司加工的要求。连大西一真最关心的圆度、圆柱度和同轴度，都没有超过1微米，简直精确到了极点。

这样的加工工艺，显然不是人工能够做到的。就算人工耗费工时能够做到，可是按照万经理的时间，刨去来回的一天，最多只有一天的时间完成，除了高精度的数控机床，不会再有别的可能了。

华夏有了高精度数控机床？这可是大事情！

心里已经惊涛骇浪了，可大西一真脸上还是不动声色，站起身来冲着万经理恭喜道："恭喜！万桑，我们可以开始关于那款发动机的技术转让谈判了。"

这样的谈判不是一天两天的事情，万经理在大西一真的亲自陪同下，离开了铃木公司，准备马上组建自己的谈判团队，开始谈判。

送走了万经理的大西一真，却马上召集会议，研究那两根曲轴的加工工艺以及他录下来的万经理的话语，当然，重点是由此而推断出的华夏高精度数控机床的现状。

"没有十万块，一句话也不要告诉小鬼子。"回到酒店之后，万经理就直接叮嘱自己的秘书。

精干的女秘书点点头，心中却是一阵白眼。总共加工费才付了五万，一个消息就要卖出去十万，果然是奸商。

不过，万经理的下一句却让小秘书喜笑颜开。

"能要到多少，都算你这次的出差补助，公司就不另外补助了。"万经理很随意地说道，"玩得开心点。"

公司的出差补助才多少钱，十万块能超出几倍十几倍。小秘书已经决定，拿到手就从静冈县去东京买那个早就看好的包包和化妆品。

郭泰来还不知道自己已经有一笔巨额的收入，懵懵懂懂地过着惬意无比的学校生活，和舍友们一起享受着美妙的大五生活。

哪怕是最亲近的舍友，也没看出郭泰来的眼镜已经和放假前不同。现在他只是戴着一个同样的镜框，里面却是一副平光镜片，完全没有度数。

刘阳和郭泰来是死党，对于胖子能在一个月的假期中减重二十多斤，他是相当佩服的。

不过，刘阳是体育特招生，校队专业排球二传，锻炼健身方面勉强算是半个专家。开学这几天一直没顾上，趁着郭泰来回来得早，这才找机会和郭泰来说起减肥不要减重太快以免损伤身体的建议。

胖子当然是从善如流，正常情况下，快速减重并不是一个好选择，所以他已经做了一个计划，大概会按照每个月四五斤的速度来减重。

哪怕有纳米机器人，郭泰来也坚信身体是自己的，不能随意地透支精力。嘻嘻哈哈中，很快度过了一夜。

第二天一早，郭泰来还是一大早起床，吃了早饭之后直奔校办工厂钳工车间。

毕业设计样品已经做了一半，昨天被刘老安排的那个活耽搁了，今天继续过来完成后续的部分。

话说回来，那个刘老的工作间里的工具真是精品啊，想想郭泰来就手痒，今天就用这些工具来打造。唯一美中不足的，就是材料只是普通的钢材，不是更好的钛合金。

来到车间，郭泰来直奔刘老的工作间。虽然刘老的工作间是上锁的，而且钥匙在刘老手里，不过，这对于一个双眼目测就能达到 1 微米精度而且精通钳工活的胖子来说，那种普通的挂锁钥匙是问题吗？

显然不是。胖子随随便便就能找块铁片锉出来一个一模一样的钥匙，用时连十分钟都没超过。见他大摇大摆地配钥匙打开房间，旁人也不管他，反正刘老已经同意他使用这个工作间了，很多人都知道。

　　先把每样工具都鉴赏了一遍，郭泰来才开始自己的工作。之前1933年的老车床上车出来的液压缸和液压活塞完全可以使用，根本不用太多的调整，现在只要做剩下的部分就可以。

　　刚开始干了没多久，刘老就再次捏着两个健身球走了进来。

　　对于郭泰来没有钥匙就能进来，刘老没有丝毫的惊讶。一个加工5微米精度不需要使用测量工具的天才，让他拿着钥匙开过一次门还想要靠着这么简单的锁拦住简直就是笑话。

　　郭泰来规规矩矩地问好。今天早上郭泰来才知道刘老的身份，也知道他老人家在厂子里的地位，况且人家那个年纪，一辈子为国奉献，足够郭泰来崇敬了。

　　"胖子，你怎么看昨天那个曲轴？"刘老在工作间里唯一的椅子上坐好，才笑眯眯地冲着郭泰来问道。

　　"普通的四缸发动机曲轴。"郭泰来站在工作台前，一边比画着下锯一边随口回答道，"不过设计师是个垃圾，如果我是他老板的话，一定会直接开除他。"

　　"怎么说？"刘老来了兴致，脸上也多了笑容，冲着郭泰来问道。

　　"发动机曲轴，你要求同轴度不超过5微米，正常。圆度和圆柱度要求高也正常。"郭泰来手中不停，双眼盯着工件，口中回答道，"可是你其他普通的尺寸要求也是5微米，那不是找事玩吗？"

　　"正常的钢材膨胀系数就有十几乘十的负六次每摄氏度，一米长的工件一摄氏度的长度变化就有十几微米。"郭泰来头也不抬地继续解释道，"你精度要求那么高，却不标注温度要求，那不是个半吊子吗？何况，曲轴的工作温度至少也比常温高出几十上百度，尺寸膨胀变化就已经超过几十甚至上百微米了，更别说复杂工况下造成的扰动变形，要求5微米有个屁意义？"

　　"所以说，如果不是设计师是个垃圾的话，那就是有意增加加工成本和加工难度，凭空增加额外开支。"郭泰来说到这里，刚好把手中的工件锯开，这才抬头看着刘老道，"老爷子您说，这样的设计师要不要开除？"

"要是我估计我也开除。"刘老笑得很欢畅，看着胖子的不成形工件，很有兴趣地点了点他手上的部分，"这是要做什么？"

"我的毕业设计。"郭泰来飞快回答道，"外骨骼座椅。"

下

刘老直接愣住了，座椅他知道，什么叫外骨骼？

说到底，刘老也只是一个九级钳工而已，做活那肯定是一等一地高明，可要是整这些高科技名词，刘老绝不会是任何一个大学生的对手。至少他不能马上理解。

"有图纸吗？"刘老皱了皱眉头，问道。

"有！"郭泰来赶忙放下工件，把不远处自己的帆布背包拿过来，从里面拿出来一卷图纸，双手递给了刘老。

图纸郭泰来在家快开学的时候已经画好了。外骨骼刘老一时之间理解不了不要紧，他老人家可以慢慢地看图来琢磨，现在他也正是这样做的。

"你这尺寸不对啊！"翻了几张图，刘老从工件的轮廓上找到了对应的图纸，看了看图，又看了看郭泰来正在加工的粗坯，忍不住皱眉问道。

粗坯肯定是要留一定的加工余量的，但郭泰来正在做的显然不只是留了一点点的余量，尺寸显然是不对的。这也正是刘老疑惑的地方，胖子这样的高手不应该犯这样的错误啊！

不按照图纸加工，这是一线工人的大忌，刘老也忍不住有些愠怒了。

"图纸那是普通人的尺码。"看着刘老眼睛都瞪大了，郭泰来却丝毫不在意，振振有词地回答道："这是给我自己做的。"

刘老看着郭泰来明显比别人大好几号三百斤重的庞大体形，以及比一般人高出一头的一米九的大个，撇了撇嘴，想说点什么却什么也说不出来。胖子的尺寸显然和普通人不是一个尺码。

"你给自己做，画个普通尺码干什么？"刘老十分地不满，看着郭泰来在那边忙碌也不帮忙，就只管问话。

"申请专利，毕业设计，都需要一套标准尺寸的图啊！要生产的话，不同尺码的都得做一套，我只是懒得多画而已。"郭泰来毫无心理负担地回答道。刘老这个工作间的东西就是好用，要是有钛合金就好了，可惜没有。

这次刘老彻底地无语了，只能等着胖子把东西都做完再组装起来看效果。他现在又发现胖子的一个优点，空间想象能力超强，不用图纸也能制作工件，怪不得能考上水木大学，脑子相当不错，就是大一以后成绩不怎么样，典型的学渣。

虽然郭泰来的手法有点超乎寻常地快，但刘老却并不觉得无法理解。在刘老漫长的工作生涯中，见过无数个某一方面有着非凡能力的天才。

郭胖子天生就手稳，这不足为奇，刘老见过更稳的。至于郭胖子干活都不用尺子量，这也不奇怪，刘老自己就能手一摸发现低于半丝的平面差距，只能说郭胖子在这方面有天赋。

可惜啊，郭胖子学习再差，再学渣，他也是水木大学的学渣，不太可能成为一个专门在一线手工打磨工件的钳工。

"胖子，你这手钳工活练了多长时间？"闲聊中，刘老问起了郭泰来手上功夫的练习时间。

"没多久。"郭泰来老实地回答道，"就是两个暑假帮我爸干了点活学的。"

从郭泰来的眼神中，刘老看出来郭胖子并没有说谎，忍不住一阵的无语。多少一线工人辛苦了大半辈子，都未必能够达到六级钳工的水准，可胖子只是随便玩玩，就拥有了让人无比赞叹的本事，这种差距，简直让人发狂。

一边聊着，刘老一边指点着郭泰来，没过多长时间，就把郭泰来设计的零件一件件地加工了出来。液压活塞和油缸已经做好，只剩下组装。

眼看着郭泰来一件一件地将这些零件和一些裁剪好的帆布组合到

了一起，开始往液压油缸里面注油密封的时候，刘老还是大惑不解。

这东西看起来像是能穿戴的，可是和座椅有什么关系？为什么叫外骨骼？

郭泰来也懒得多解释，组合好固定好注油密封好之后，就开始了穿戴，没一会儿的工夫，就靠着帆布带和卡扣把这些东西都穿到了自己的身上固定好。

这款外骨骼座椅，完全是郭泰来从未来梦境中得到的灵感。

外骨骼设计非常简单，用钛框架装置支撑人的腿后部，并通过支撑带缠绕在人的躯干上。佩戴者可以像平时一样站立行走，当他们想坐下时，按一下按钮解锁框架，调整到舒适角度即可。身体的重量通过框架被传送到地面或脚后跟。

据说坐在这款座椅上面的感觉就像坐在酒吧高脚椅上，让工人随时可以坐着工作，避免腰酸背痛的烦恼。（瑞士 Noonee 公司发明的 ChairlessChair。）

外骨骼座椅只是其中很简单的一种，郭泰来之所以选择这个，是因为他已经选定了自己的毕业设计方向——液压相关，论文题目都想好了，《论液压组件在可穿戴座椅当中的实际运用》。

坐下支撑体重的就是两个液压活塞，只要卡住液压的油阀，位置就会固定。当然，坐姿是可调整的，看个人习惯和使用环境的需要。

眼看着郭泰来穿着那套外骨骼座椅走来走去，测试灵活性，然后随便找个地方一按开关随时随地地就能支撑着坐姿，刘老的眼睛也忍不住瞪了起来。

"你怎么想到这个办法的？"到了这个时候，刘老还能看不出来这是干什么用的？他是做钳工的，年轻的时候工作经常一站就是一天还得用力，要是有这么个东西随时随地能坐着，那该多好？

"因为我本人对这个有迫切的需求！"郭泰来倒是一点不犹豫地回答道。

"你能有个屁的迫切……"后面"需求"两个字还没出口，刘老就再次看到了郭泰来肉山一般的身材。

这个体重，哪怕什么也不干，站着也累吧？的确是需求迫切啊！

"可惜呀！"郭泰来长叹一声。

"可惜什么？"刘老很配合地问了一句。

"可惜是钢材做的，略有点重。"郭泰来摇头叹息道，"我也就是穷，否则买点钛合金做出来，肯定又轻又结实。"

"说起穷。"刘老忽地神秘一笑，"昨天的活万经理倒是给留下了点报酬，要不要？"

"要！"郭泰来立刻斩钉截铁地回答道，"干活拿钱，天经地义，凭什么不要？多少？"

"五万！"刘老平静地回答道。

"多少？"胖子忽然觉得，天上掉下来一块金馅饼，直接砸到了自己的头上。

第七章
学 艺

上

郭泰来太失态了，一个父母马上要变成下岗工人，家里所有的钱都给自己带上做生活费，还想着打算完成毕设出去赚钱的人，忽然听到有五万元的收入，简直开心得快要疯了。

五万，自己这五年的学费生活费都加起来也不过才两万，貌似还能盈余三万，这下家里可以松快一下，父母不用每天愁眉不展地琢磨下岗后怎么活，甚至可以轻松一点出去游玩了。

就连自己需要的钛粉，恐怕也能通过关系买一些，然后自己研磨了。之前那么辛苦地学钳工基本功，难道真的是为了减肥吗？还不是为了能自己研磨钛粉？

微米级的钛粉，用筛网目数来算的话至少也得一万目以上。普通的粉末大部分三百目左右，撑死五百目，距离郭泰来需要的还差得远。

哇哈哈哈，有钱了，真好啊！多少想做的事都能做了！

刘老是见过大世面的，没理会已经要疯掉的胖子，却开始琢磨起胖子身上这套外骨骼座椅来。

经常站着干活的可不只是刘老这样的工人，还有许多行业的人，百货商场员工、手术室医护人员、餐饮服务人员、交警、教师等等，很多工种很多人都有长期站立的要求。

长时间站立，容易造成下肢静脉曲张、关节发炎或足底筋膜炎等问题。如果这些工种人手一个这样的座椅，那岂不是能让很多人受益？

郭泰来的这个设计，看起来很简单，刘老这个没怎么上过大学的人看到实物一眼就可以看明白。可用处却是十分地广泛，按照刘老的想法，这就应该作为劳保给往下发。

可惜，这不是刘老一个退休工人能做主的，国家很穷，刘老是那个时代过来的，很清楚这一点。但就算不能人手一个，可重要的岗位上都可以防护一下，甚至还可以出口创汇，国外的那些工人工会，对这个应该会很感兴趣。

"胖子，有一套啊！"刘老也没办法感慨为什么这么简单的一个设计以前整个国家上上下下的人就想不到，只能对郭泰来竖起了大拇指。

这个郭胖子不愧是水木大学的学生，干活有一套，设计也不是那种不接地气的主，有前途。

有钱了，那自然可以考虑更多的东西了。郭泰来开始琢磨起来，怎么也要先给父母寄回去两万，留下三万，看看能不能买到钛粉。不过，得先从钛合金开始。

"老爷子知道哪里有钛合金或者钛粉吗？"郭泰来终于偷偷地露出了自己的狐狸尾巴，冲着刘老问出了这个问题。

纳米机器人的自我复制需要微米级的钛粉，国内钛金属工业发展才刚刚起步，郭泰来肯定是没有渠道弄到的。

某些高校的实验室当中可能会有，甚至水木大学精仪系的国家重点实验室当中可能就有，郭泰来可没有直接进国家重点实验室打听的人际关系，反倒是刘老有这个能力。

"钛合金我倒是听说过，我去帮你问问。"刘老自己没动手加工过钛合金，但是却听说过钛合金的强度高密度小，完全符合胖子的需要。看胖子对眼，特别是做的这个东西也对心思，刘老决定帮胖子问一问。

又有钱，又有刘老帮忙打听钛合金钛粉的事情，今天算是来对了。东西做完，郭泰来就打算离开。

不过，刘老过来找他可不只是为了给他钱，最重要的是想把自己的经验给传承下去，既然胖子有这个天赋，那就能教多少教多少。说不定日后胖子就是一个最年轻的八级钳工。

郭泰来也巴不得多学点，之前只能精确到 5 微米的加工精度就能让他一天赚五万，谁会嫌这种赚钱的手艺压手啊？

何况，一个传说中的国宝级的九级钳工大高手指点，傻子才不学呢！二话不说，郭泰来就按照刘老的指点，一项一项地学习着。

俗话说得好，三年一个精车工，十年一个烂钳工，钳工想要专精，绝不是一朝一夕的事情。

嗯，胖子例外。刘老看着手法娴熟的郭泰来，忍不住感慨一声。

刘老退休前是八级钳工，这也是钳工的专业最高级别。之所以现在说是九级钳工，是在他退休之后国家给的提升一级的退休待遇，并不是真正有九级。

钳工可不仅仅是钳夹上的那点切削加工的活，作为钳工，就要有多面手的打算。八级钳工更是如此。

八级钳工必须会设计，制图，排工艺，他们都是机械行业的设计和制图的高手；他们必须掌握各种金属材料的机械加工性能、切削性能和各种刀具的制作改进修复；对锻造、铸造、车、铣、刨、磨、镗、铆、焊、钣金下料等这些工种都具备一定的水准甚至更高！基本功方面可以达到常人无法想象的境界。

刘老这些都精通，不过他真正厉害的是装配。各种精细化的安装调试，动平衡，甚至优化某些设计，都是他的强项。

这些宝贵的经验，刘老恨不能在最短的时间里都塞进郭泰来的脑子里。

郭泰来也争气，只要上手，他几乎马上就能掌握。在稍微练手一会儿之后，竟然大部分加工的手法和精度都能追上刘老巅峰时的程度，甚至有过之而无不及。

天才的学习速度，让刘老看郭泰来如同看一头怪物。这个胖子，估计天生就是个最好的钳工，太妖孽了。

也不知道刘老以前是在哪里工作的，几乎什么东西都做过，除了最新的材料，以前的几乎所有材料都加工过，简直就是个全才。

一老一少算是王八看绿豆——对上眼了，一个教得认真，一个学得勤快，浑然忘记了时间流逝。

当然，也和郭泰来佩戴着外骨骼座椅有关，刘老坐着指点，他同样也是在最舒适的高度坐着练习，否则这么长时间下来，早就脚疼得不能站了。

"老爷子，晚班也要下了。"有工人在外面提醒了工作间里的两人一声。

两人抬起头这才发现，不知不觉中，都已经到了晚上十点。

下

约好了明天继续，两人在钳工车间门口分开。一个回家，一个回宿舍。

抱着两袋统一炸酱面回到宿舍，一推门的时候，众人一阵愕然。

"胖子，你不是说要减肥吗？"刘阳和胖子铁，直接质问道，"怎么大晚上又要吃方便面？"

"别提了！"郭泰来现在全身酸软，懒洋洋地说道，"大早上吃了一顿早饭，一直到现在什么都没吃。"

他推门走进来，众人才注意到胖子身上穿戴的外骨骼座椅，刘阳又是一愣："怎么了这是？打的夹板？又摔了一跤？"

"我的毕设产品。"郭泰来累得已经顾不得其他，就在宿舍中间直接把座椅调了个舒服的角度，坐了下来。

看到郭泰来穿着行走而且还能随时坐下，众人的目光都亮了起来。宿舍老大老二已经上床了，也都顾不得其他跳了下来，和刘阳以及老四一起围住了郭泰来，仔细地研究起来。

都是精仪系的，这个外骨骼的机械原理又不复杂，也就是外观上设计得比较现代一些，几个舍友很快就明白了原理。

"胖子，你怎么想到的？"老大是个学霸，忍不住拍了郭泰来肩膀一下，兴奋地问道。

这已经是今天第二次有人问这个问题了，郭泰来懒洋洋地拍开伸手在自己肚子上摸着想要拉开魔术贴卡扣的手回答道："因为我有迫切的需求！"

"嗯！"四个舍友，老大老二老三老四一致认同郭泰来的这个强大理由。三百斤的体重，的确是有迫切的需求。

"我说，有热水没，快点给我泡点面吃。"郭泰来饿坏了，几乎是呻吟道，"谁想玩，用热水来换！"刚说完，郭泰来立刻又改口："不行，用泡好的面来换！"

"好！"

"换！"

……

连着四五声响起，可这帮混蛋却没有一个动手帮忙泡面的，全都是围着郭泰来七手八脚地往下解。

"牲口啊！"郭泰来大惊，这些家伙哪里是往下解，分明是往下撕，九月初本来就穿得不多，差点儿就被这些家伙扒光了。

更可气的是，一个个说得好听，可全都在玩那个外骨骼座椅，没一个人帮他泡面。

冲着四个牲口竖了好几根中指，郭泰来挣扎着自己泡面吃。还好，老大的暖壶里晚上总有热水，不至于冷水泡面或者用热得快。

"嘿嘿嘿！"郭泰来在饭盆里泡上面，然后开始冷笑着看四个不仗义的家伙折腾。

这个外骨骼座椅的尺码是郭泰来的，也就是刘阳的个头还能比画一下，其他三个，每一个部件都大，他们根本就没法穿戴。

总算是在熄灯之后不闹腾了，大家都躺到了床上，一觉睡到大天亮。

第二天早上郭泰来再去钳工车间的时候，身上独特的装备就引起了许多人的注意，回头率极高。

"胖子，先去存钱。"刘老也来得早，不过一开始并没有马上催着教胖子东西，而是把万经理留下的五万元交给了胖子。

李厂长也好，刘老也罢，都没有打这些钱的一点主意，全都交给了郭泰来。

郭泰来毫不客气，自己的劳动所得，名正言顺。带着钱直奔照澜院，中行里存了三万，到邮局填了汇款单给家里寄了两万，又特意打电话到郭建军厂里，给郭建军说了一声，免得他们误会。

就这也没敢说实话，两根曲轴赚五万，说出去谁信？只能说自己的外骨骼座椅的专利有人买了。还好在家的时候就画过图，说过要注册专利，郭建军总算是半信半疑地接受了。

接下来的几天，郭泰来就老老实实地跟着刘老学习他的经验，不到四天的时间，刘老的一身加工的本事就被郭泰来学了九成九。

没办法，有纳米机器人帮助，郭泰来的基本功又扎实，基本上只需要刘老指点方式方法以及思路，动手能力完全不在话下。

到现在，刘老能拿得出手的，就只有他最擅长的装配方面的能力了。可是这方面的技能却不是能随时随地上手的，只能是刘老先把一些理论上的经验上的东西讲解一番，先让胖子记住，然后等有机会上手。

倒是郭泰来有办法，车工车间那边不是有两台老机床吗？留着作纪念的，郭泰来建议，把那台1933年的老莱茵机床拆解，除了床身之外所有的配件自己重新打造一套，装配回去，既练习了加工工件，又能练习装配，岂不是两全其美？

刘老听着也心动，不过那毕竟不是刘老的私人物件，怎么也要和厂子里的领导商量一下，他可不能私自做决定。

郭泰来总算是在连着四五天连轴转一样的学习中清闲了下来，早早地回到了宿舍，享受美好惬意悠闲的大五生活。

胖子是真悠闲，他的毕设作品已经完成，图纸也有，而且也去了专利局填了申请表，只要专利审查通过就能注册。大五一年，就剩下写论文了，不要太开心。

这几天郭泰来和身上的外骨骼座椅已经成了学校的明星，很多人都知道了这个胖子身上戴着一套"高达"装甲玩。郭泰来忙着也顾不上解释，导致许多有趣的传言。

有人猜测胖子是骨折了，所以用这个支架固定，有人猜测是胖子下肢肌肉萎缩，需要支撑，总之，各种传言让知道内情的精仪系21班的这些同学要笑死。

"胖子，今天有人说你可能是小儿麻痹患者，所以要靠着支架才能正常行走。"晚上，胖子光着膀子正在宿舍里和几个牲口打牌侃大山，老大一边甩牌一边笑着打趣郭泰来。

"唉，嘴长在别人身上，爱怎么说怎么说吧！"郭泰来已经放弃辩解了，爱谁谁吧！

"请问，仪21班的郭泰来是住这个宿舍吗？"几个人打牌吹牛正起劲，门口忽地传来轻轻的敲门声以及一个十分好听的声音。

9月初秋，天气正热的时候，宿舍门根本就没关。众人闻言扭头，眼前全都是一亮。

宿舍的门口，正站着一个亭亭玉立的大美女，美女的脸上带着一抹无法形容的美丽笑容，看着宿舍里五个没穿上衣的牲口。

第八章

妖孽学姐

上

门口的美女实在是太漂亮了，106 的五个牲口全都直了眼，一瞬间，宿舍里呈现出一股诡异的宁静。

不光是 106 宿舍，事实上，几乎整个一楼的楼道里都没有了别的声音，看到这美女的人，已经全都被她的美丽所震慑。

是的，震慑，而不是吸引。因为这个美女的气场实在是太强大了。

很简单的一个高马尾，赭红色的紧身 T 恤，露着一截俏皮的小蛮腰，下面穿着一条牛仔短裤，黑色的丝袜裹着大长腿，脚上还穿着一双俏皮的露趾凉鞋，青春又时尚，美艳不可方物。

如果只是这样的话，那也就罢了，可问题是，美女的身高足有一米七九，加上至少七厘米的高跟，一个楼道里比她高的人也不超过五个。

十一号楼是男生宿舍，但基本上熄灯前不禁止女生进出。不过，学生宿舍里，都是一群大小伙子，指望他们在这个天气里穿得整整齐齐显然是不可能的。

一大群在楼道里光着膀子走来走去的牲口，忽然看到一个美丽得不像话，而且穿得十分得体、身姿优美的美女走过，哪里还能说出更多的话来。

特别是当他们中的大部分还需要抬头才能够面对这个气场美女的时候，这群水木大学的书呆子们，第一反应就是低下头然后闭上嘴。美女所过之处，一片寂静。

最先反应过来的是老大，腾的一声站起身来，连身后的凳子被带倒都没顾上，就急忙冲着门口的美女回答道："对，没错，郭泰来住这里！"

说完，赶忙拉了郭泰来一下，然后飞快地从旁边郭泰来的铺上把T恤给郭泰来扔到了身上。其他几个也都飞快地站起来，各自找衣服套上。

"师姐好！"等大家七手八脚地把T恤都套上了，有过谈恋爱经验的刘阳才冲着门口的美女开口，"师姐进来坐。"

浓浓的时尚风在水木大学的校园中十分少见，但门口的美女，的的确确是众人的学姐。只不过，除了刘阳，其他人却死活叫不出"学姐"这两个字来。无他，这个时尚高挑漂亮又气场强大的美女，比宿舍里面年纪最小的郭泰来还要小一岁。

不进水木，不知道里面的人有多妖孽。

郭泰来是个学渣，但是他高中的时候可是学霸，制霸高中三年，高考以全市第一的成绩考入水木大学，是上了大学之后才逐渐懒散成了学渣的。

宿舍的老大，当年他们省的状元，大一的时候英语按照成绩分班，直接进的就是六级班。一本厚厚的牛津双解词典，随便说个页数，他能从第一个单词背到最后一个。早在大三的时候就TOEFL考满分，大四GRE考失误，差4分2400满分，专业课从没掉出过前三，斯坦福已经发来了offer，只等明年毕业九月份就去美国上学了。

可即便这么牛，老大却从来没有显得多辛苦，锻炼、逃课、玩游戏、打牌一样不落，让郭泰来羡慕得口水都要流出来。

二哥，高考的时候成绩一般，可是早在大三就因为成绩优异进了精仪系在主楼的国家重点实验室。郭泰来大五开学一周内完成了毕设作品已经让人惊叹了，可二哥去年就已经把毕业论文写完了，现在是跟着博导boss干活，保送直博。

……

牛人实在太多，光是郭泰来班里至少就能数出来十几个。不过，班里的这些牛人和面前的这个学姐相比起来，那只能是小巫见大巫，差了老大一截。

学姐叫赵晏晏，今年才二十一岁，可她早已经在七年前就考入了水木大学。在水木大学学了三年就成功毕业。

单是这一点，就已经说明了赵晏晏肯定有大背景，否则的话，老大和二哥早就能毕业了，却只能待够五年才能离开校园，三年毕业显然不是普通背景能做到的。

十四岁考上水木大学已经是妖孽，三年毕业也只是让人惊叹，可问题是，她三年里是读了三个专业的学位，精密仪器系、机械工程系、汽车工程系。别人双学位已经觉得牛得不行，她这里直接就是三学位。

水木大学三学位毕业之后，赵晏晏直接就去了美国麻省理工学院，两年的时间获得了硕士学位之后，再次回国在水木大学攻读博士学位，而且还是精仪机械双博士学位。

和这个超级妖孽一比，郭泰来身边的那些大牛小牛都变成了陪衬。再加上那种摄人心魄的美丽，这也是绝大多数人在她面前都不敢怎么说话的缘故。

也许因为在国外的生活经历，赵晏晏性格很外向，一般的女学生可不敢在学校里这么穿，她穿起来却自然无比，毫无顾忌。

按道理，在场的所有人当中，也只有二哥这个在国家重点实验室干活的人才可能和赵晏晏有交集，郭泰来这种学渣绝对是没有半点机会结识这种牛人的，嗯，其实是没有资格。学渣和超超级学霸，那是两个世界的人。

"不坐了，谢谢你。"赵晏晏很有礼貌地冲刘阳道谢，然后转向郭泰来这边，"你就是郭泰来吧？"

郭泰来愣愣地点了点头。他体形这么明显，别人想认错都不可能。指名道姓地找上门来，应该不会找错。

"有点事情和你谈谈，可以吗？"赵晏晏看起来对郭泰来观感不错，脸上的笑容很热情，冲着郭泰来问道。

宿舍里的其他四个人目光刷地注视到了郭泰来身上，郭泰来完全能感觉到他们目光中包含着的疑惑和羡慕嫉妒恨。

"学……姐想谈什么？"郭泰来艰苦地叫出了"学姐"的称呼，头上的汗刷地流了下来。

"出去走走可以吗？"赵晏晏落落大方地笑着问道。

"可以！可以！"郭泰来还没回答，刘阳就已经没口子地答应，然后一把将郭泰来推到了门口。

郭泰来可以说"不"吗？显然不能，只能手足无措地在T恤上擦了擦手，红着脸问道："去哪里？"

从小到大就没和女生多接触过的郭泰来，此刻脸红得如同一个羞涩的小姑娘。背后的刘阳一副不忍目睹的表情，要多搞怪有多搞怪。

下

在十一号楼一楼无数牲口们的注视下，郭泰来老老实实地跟着赵晏晏走出了楼门口。

赵晏晏表现得落落大方，一派美艳女王的形象。郭泰来就差得多了，在无数冒着红光的目光刺激下，郭泰来差点走出同手同脚来，连平常最具特色的胖子鹅步都忘记了。

出了楼门，人不多了，郭泰来才表现得好了点。只是，爱美之心人皆有之，跟着这么一个美丽的学姐，郭泰来的双眼忍不住紧随着前面的背影。

前面这个曼妙的身影实在是太有观赏性，哪怕只是跟在后面，借着路灯的影子能够看到一个背影，也足以让人心旷神怡。

不知道赵晏晏是不是学过模特步，反正走起路来摇曳生姿，青春活力一览无余不说，还有一种说不出的致命吸引力，郭泰来根本就挪不开双眼。

"净身高1.788米，好个头。"郭泰来脑海中闪烁着这个数字，一个劲地可惜，可惜双眼只能测量直线距离，看不出来三围数据，但只看这么精致的线条就知道，绝不会差到哪里去。

赵晏晏一路没停，直奔东大操场而去。这个时间还有不少夜里锻炼的同学，倒是不用担心什么。

"好看吗？"赵晏晏忽地停了下来，猛地转身，对着郭泰来似笑非笑地问道。

"超凡脱俗的漂亮。"郭泰来几乎是下意识地直接回答出口，然后才意识到不对，急忙闭嘴。

"谢谢！"让郭泰来意外的是，赵晏晏并没有恼羞成怒，反倒是因为他这句发自肺腑的夸赞而感谢郭泰来。

通常女生要是被这么看了，还被这么回答了，要么不好意思，要么会恼羞成怒，完全不像赵晏晏这般大方，这样郭泰来对这个美丽的"学姐"大有好感。

"学姐，你找我到底什么事情？"只有两个人，而且有前面这个铺垫，郭泰来这声"学姐"叫得就不那么别扭了。

"刘老说你的活做得不错，想找你帮忙加工几样东西，可以吗？"赵晏晏也没藏着掖着，很直接地说出了自己的目的。

"可以！"郭泰来松了口气，还以为这个大美女要做什么呢，原来只是要加工几样东西，早知道就不这么紧张了。

"嗯，有几样东西和我的博士论文相关，我论文研究的是惯导方向的内容，有些东西，需要你保密，可以做到吗？"赵晏晏紧接着自然地提出了自己的要求。

水木大学精仪系四大支撑专业：CIMS（数控机床）、微机械、摩擦学、惯性导航，身为精仪人，怎么可能不知道惯导是用在什么方向上的？不是火箭就是导弹。

赵晏晏的博士论文，想来肯定是惯导方面研究极深的，最大的可能就是直接和国防相关，国家重点实验室，某些研究肯定是和军方有着极深的关系，保密的要求，实在是太正常了。

"没问题。"能为国家做点什么，郭泰来非常乐意。说不定还能借此改变些什么，正合郭泰来之意。

"报酬的话，实验室这边开不出什么大价钱，只有一点象征性的补助。"赵晏晏听郭泰来答应得爽快，自己也有些不好意思，"和你的手艺可能不相配。"

"没关系没关系！"郭泰来连连摇手，给美女帮忙，还是对国家有利的事情，郭泰来不介意发扬一下风格。

"这样吧！"赵晏晏想了想，"你不是毕业设计做了一个外骨骼座椅吗？刘老说能加强一线很多行业的劳保，而且有可能出口创汇。嗯，为了补偿你，那个专利我买了，可以吗？"

听到赵晏晏说的这个补偿方案，郭泰来直接瞪大了眼睛。不久前他才刚刚对自己父亲撒谎说专利卖掉了，结果现在就有人要买，莫非是天注定？

说实话，外骨骼座椅对于郭泰来的作用，就是应付毕业设计以及他现阶段大体重支撑的需求，真要说生产推广的话，郭泰来暂时还没这个条件。

另外，这个东西并没有多复杂，郭泰来在未来梦境中看到了许多高精尖的东西，就算是有朝一日郭泰来有了生产条件要生产销售的话，也不可能选择技术含量这么低的。

"卖了！"郭泰来考虑得很清楚，二话不说点头，然后追问道，"学姐打算出多少钱？"

"十万，可以吗？"赵晏晏很轻描淡写地说出了这个数，脸色很轻松，仿佛十万元对她而言只是个数字。

"成交！"郭泰来想都不想地直接答应。郭建军丁玉梅加在一起一年也赚不了两万元，那还得是能发了工资的前提下，现在总共画了几天图做了几天的东西就能卖十万，郭泰来实在想不出来不卖的理由。

"你满意就好！"赵晏晏微笑着点了点头，那笑容让郭泰来如沐春风。

不能不说，赵晏晏有时候显得比郭泰来还要大气，毕竟是在国外生活过一段时间，而且家庭条件比较好，不像郭泰来，在熟人面前才能放得开，在陌生人特别是陌生女性面前，总是很拘谨。

"还有什么别的要求吗？"赵晏晏看郭泰来貌似还沉浸在有了十万元巨款的开心之中，忍不住问道。

"哦，对了，有！"郭泰来忽地想起来赵晏晏可是国家重点实验室当中的小老板，说不定能有机会搞到钛粉，赶忙提出来，"帮我找一些微米级的纯钛粉，以实验室的名义更容易找到，我不占实验室便宜，我可以买。"

"微米级的纯钛粉？"赵晏晏听着皱起了眉头，看了看郭泰来，似乎很疑惑这胖子为什么要找这些东西。

"可以吗？"郭泰来满怀希冀地问道。

"需要多少？"赵晏晏并没有马上拒绝，而是皱着眉头问郭泰来需要的数量。

"不多，十克就足够了！"郭泰来赶忙回答道，这是目前来说最有可能成功的一个机会，郭泰来怎么也要把握住。

按照纳米机器人的尺寸，郭泰来估计连一克都有点多，但为了保险起见，还是说了个十克："我想试着做点实验，很重要。"

这个时候，郭泰来最怕赵晏晏问他做什么实验，在这个妖孽面前，只要她问，瞬间就能识破郭泰来的谎言。

"我试着找找。"幸运的是，赵晏晏并没有怀疑什么，点头答应了下来。

耶！郭泰来心中已经开始欢呼起来。

第九章
进实验室

上

只要赵晏晏答应，钛粉的事情基本上就已经算是板上钉钉了。

郭泰来个人寻找当然是没头苍蝇一样四处碰壁，但水木大学的国家重点实验室要找却简单无比，两者根本就不在一个水平线上。

二哥虽然也在国家重点实验室，但他现在只是打杂的，赵晏晏可是基本上说了算的。这下不用麻烦二哥了，还省了解释。

心情大好之下，郭泰来总算是有了再次欣赏美女的心思。

不能不说，在水木大学这个男女比例六比一的学校里，女生本来就少，理工科美女就更少。赵晏晏这等绝色的，简直就是凤毛麟角，完全可以称得上是校花中的翘楚。

"谢谢你！"看了几眼，郭泰来觉得自己有些失礼，自己一个大胖子穿T恤大短裤拖鞋出来面对穿得齐整的赵晏晏就显得不协调，再这么不礼貌地盯着更过分，只能找了个话题开口。

"为什么？"赵晏晏有些莫名其妙地问道，"你答应帮我，应该我谢谢你才对啊！"

"谢谢你买我的专利。"郭泰来笑了笑，"那东西又没有多复杂，恐怕你一眼就能看透，想要做随时能做出来。谢谢你能维护我的尊严。不过，干活拿钱，天经地义，我不会那么酸腐的。"

这个年代，在华夏国内能够申请专利是不假，但是真正想要把专利和专利收益落在实处，那几乎是一件不可能的事情。郭泰来注册专利，也只是为了十年甚至更长时间后的打算，从来没有想过现在就能获得利益。

国情如此，郭泰来清楚，相信赵晏晏更明白。既然如此，她还要买下专利，显然是为了照顾郭泰来的面子，怕直接给他钱会让他觉得不尊重，所以才用了这么一个"曲线救国"的方法。

正值下岗潮，全国上下思想还没有完全解放，铁饭碗正统，下海赚钱还是大部分人耻于为之的时代，直接给钱会让某些人觉得受到了侮辱。赵晏晏考虑得周到，很细心。

不过，很显然赵晏晏料错了郭泰来的性格，他可不是那种酸腐文人觉得这会沾染了铜臭味，正如他自己所说，干活拿钱，天经地义，不拿才是傻子。

"明天到惯导实验室报到吧！"赵晏晏忽然之间就觉得这个胖子还是挺顺眼的，叮嘱了一句，"顺便把你的毕设就挂在实验室名下。我导师说了，论文可以挂他的名字，我做你的论文指导老师。"

"谢谢师姐！"郭泰来再次真诚地道谢，这可是天降大礼，师姐的称呼脱口而出。

赵晏晏的导师可不是普通的导师，那是华科院的院士，博士生导师，肯给郭泰来这个本科生的论文挂名字，简直就是抬举郭泰来了。

基本上，只要这个导师名字一写，只要郭泰来随随便便能写得出来一篇合乎规范框架的论文，哪怕言之无物，本科毕业也是没问题的。谁会为了卡一个小小本科生的毕业论文和华科院的院士过不去？

可以说，这一句话，就让郭泰来可以整个大五都不用担心什么，对于郭泰来这个暂时只求安全毕业的人来说，足够了。

一直到回到宿舍楼，郭泰来还在回味赵晏晏那一双会说话的眼睛。真漂亮，真让人心动啊！

"想什么呢！"在宿舍门口的时候，郭泰来使劲地摇了摇头，差点抽自己一个嘴巴子，"那是白天鹅，想都不要想！"

两个人的身份地位甚至相貌身材上都是一个在天一个在地，一个赵晏晏那样的白天鹅会看上郭泰来这么一个癞蛤蟆，而且还是个胖蛤蟆？

哪怕有纳米机器人，郭泰来也没有自信到可以吸引到赵晏晏这样的女神注意，也就是自己手艺上的活才能让她在专业上高看一眼吧！

宿舍里的牲口们一个都没睡，都在一边打牌一边等他回来，等着"刑讯审问"他和赵晏晏的八卦。一看郭泰来回来，众人牌一扔，然后一群人把郭泰来压到了床上开始逼问。

"你们想多了。"郭泰来当然是选择"招供"了，"她只是想要让我帮她做一些工件而已。"

"你答应了？"刘阳按着郭泰来的胳膊压着他问道。

"我有拒绝的理由吗？"郭泰来挣扎不起来，只能悲苦地回答道。

几个牲口一想也是，郭泰来钳工活不错，这是家学渊源，面对美女的邀请，不答应才怪。

"后来她答应做我的论文指导老师，她的导师挂名我的毕设导师。"坐起来之后，郭泰来才强忍着得意，慢吞吞地说出了后面的话。

明天就要进实验室，这是瞒不住的事情，所以郭泰来不介意说出来。倒是钱的事情，郭泰来不会多说半个字。

"也就是说，胖子你可以每天光明正大地出现在赵师姐面前了？"刘阳大恨，为什么不是自己？

赵晏晏除了天才之名，美貌在整个水木大学也是数一数二的，不知道每天有多少仰慕的牲口垂涎欲滴，甚至据说每天都有人在实验室门口等着送花，却始终没机会和赵晏晏多说一句话。

谁能想到胖子居然不声不响地靠着一手好钳工，就可以天天名正言顺地出现在美女师姐面前，甚至还可以借着讨论论文的机会近距离接触，啊啊啊啊啊！

"受不了，扁他！"几个人一拥而上，将刚坐起来得意扬扬的胖子再次压到了床上，一通乱捶。

还好，大家都是开玩笑，捶完之后，郭泰来被迫许下两顿大餐，这才让四个牲口表示不追究。

第二天，郭泰来按照赵晏晏的叮嘱，吃过早饭就直奔精仪系的系馆9003。赵晏晏可是说了，让他不要迟到，今天会买下他的专利，并且可能会提前支付报酬。当然，只是草签意向，收到钱的可能性不大。

不过毕竟涉及了收钱这方面，郭泰来绝对不会不积极，要不是穿着外骨骼座椅，郭泰来甚至能小跑着过去。

赵晏晏效率很高，昨天晚上定下来的事情，今天早上郭泰来赶到实验室的时候，那边已经给他办好了登记手续。

专利其实还没有审批下来，但是赵晏晏已经查过，国内的确没有类似专利，所以草拟了一个转让协议，两人先签了，等以后专利证书下来，再换一个正式协议。

"对了，你的资料表明你是一个四百度的近视眼。"签完合同之后，赵晏晏把合同收了起来，然后才貌似不经意地问道，"可我没看出你有那么大度数的近视啊，你现在戴着的眼镜，是个平光镜吧？"

下

赵晏晏不经意的一句问话，却让郭泰来差点冷汗都流下来。

纳米机器人和控制系统，现在是郭泰来最大的秘密，那是绝对不能让人知道的，哪怕是父母，郭泰来都没有透露过半个字。

视力恢复，同样也是个秘密，郭泰来为了掩饰，还特意自己磨了两块平光镜片塞在原先的镜架里来掩饰。

迄今为止，包括郭泰来的父母，同一个宿舍的舍友，班里的同学，没有一个人发现郭泰来的视力变化，也没有一个人发现郭泰来戴着的是平光眼镜。

只能说，赵晏晏能比郭泰来还小一岁却已经是即将毕业的博士生，那绝不是浪得虚名的。光是在观察力一项上，就足以甩许多人好几条街。

"我还以为没人能发现呢！"还好，郭泰来从磨镜片的时候就开始琢磨被人发现之后该怎么圆谎，暂时不回答原因，先隐形地拍个观察力极佳的马屁再说。

隐瞒是不可能的，高考前，入校时的体检记录也不可能更改，所以，郭泰来只能选择一个大家都能接受的理由。

"那个，说出来你都不信。"郭泰来面对陌生人的时候还放不开，但现在不是已经和赵晏晏认识了吗？而且赵晏晏还要给自己一大笔钱，这就让郭泰来立刻没有了拘束，半开玩笑地说道。

"暑假我不是差点就挂了吗？所以回家之后很注意养生，忽然有一天，碰上了一个白胡子老爷爷，他说我天赋异禀，非要教授给我一套神奇的气功功法。"郭泰来说得眉飞色舞，就差手舞足蹈了，"我练习了一个月，就变成了现在这样。"

"说完了？"赵晏晏看傻子一样地看着郭泰来，冷冷地问道。

"你不信？"郭泰来看着赵晏晏的表情，小心地问道。

"你说呢？"眼前这个胖子的表演实在是太拙劣了，让赵晏晏当真有一种想要暴揍他一顿的心情。

"多好的故事，你居然不信，一点都没有娱乐精神。"郭泰来摇了摇头，一副"被你打败了"的样子。

"所以真正的原因呢？"赵晏晏却丝毫不管郭泰来的嘟囔，紧接着问道。

"真正的原因就是其实我一直是假性近视，高中的时候用眼太狠，上了大学轻松了，就慢慢地调整过来了。"郭泰来只能把自己早就找好的理由说了出来。

这个倒是有可能，赵晏晏也调查过，郭泰来高中的时候还是市状元，学习也很刻苦，上了大学的确松懈了好多，成了学渣。假性近视因为用眼护眼的缘故慢慢恢复，倒是可以接受。

"那你为什么还要戴着眼镜？"赵晏晏不解地问道，一副打破砂锅问到底的架势。

"习惯了。"郭泰来眼睛眨都不眨地回答道，"不戴着总觉得少了点什么，忍不住去扶。另外，在加工工件的时候，戴着眼镜也是一种防护。"

"玻璃镜片其实起不到防护作用的。"赵晏晏叹了一口气，她其实知道郭泰来的家庭状况，濒临下岗的家庭，肯定是买不起高级的防护眼镜，"以后不用戴这个了，我私人送你一副防护眼镜。"

"那敢情好。"郭泰来赶忙道谢。还没怎么着呢，就白得一副防护眼镜，郭泰来笑得眼睛都要眯得看不到了。

既然被人看破了，郭泰来当然也不介意借着这个机会把眼镜摘了。乐呵呵地办好了进实验室的手续，然后就跟着赵晏晏进了实验室里面。

刚进入办公区域，郭泰来的眼睛就已经挪不开了。清一色的新电脑，干净整齐的办公桌，全都是最新的 Windows95 操作系统，让宿舍里只有一台 486 能使用 Win32 的郭泰来差点儿流口水。

这些电脑，最差也是奔腾芯片吧，至少得 8M 内存，这要是用来玩游戏，打个红警 Doom 的，该有多爽？

"你就是个打零工的，就不给你分配办公桌了。"赵晏晏从柜子里翻找出一个高强度塑料的防护眼镜，扔给了郭泰来，"这个是我以前买来自己用的，送给你了。"

防护眼镜很新潮，戴上去一点都不像是防护眼镜，更像是一副时尚太阳镜，只是镜片是无色透明的而已。这东西一看就是进口货色，国内还是傻大黑粗的风格，哪里有这么好看？

郭泰来很开心地换上了这副新眼镜，很好，感觉很不错。

"好了，等你论文写好拿过来给我看看。"赵晏晏做完这些就开始赶人了，"不过你尽量在元旦前写好，因为我春季毕业，我毕业了你就没有论文指导老师。"

"不用到元旦，我国庆节就能写完。"郭泰来赶忙表态，怎能耽搁指导老师的宝贵时间呢？

"这是一个寻呼机。"赵晏晏紧接着又递给郭泰来一个小巧的数字寻呼机，"联通的，191，呼号是 1222040，上面贴着呢，费用已经交过了，在学校期间，归你使用。一旦看到 8888，那就表示我呼你，你要第一时间赶到实验室。"

"那你要是半夜呼我呢？"郭泰来也不知道是脑子秀逗了还是怎么的，鬼使神差地问了一句。

"那你就半夜立刻赶过来。"赵晏晏并不觉得郭泰来是在开玩笑，很认真地回答道，"不许关机，记得换电池。相信我，没有重要的事情，我绝不会在半夜里呼你的。"

"好！我知道了。"郭泰来不敢多说什么了，乖乖地答应道。

"对了，我的论文也需要一台电脑来写。"郭泰来凑着趣小心地问道，"实验室有没有公用的电脑？我保证，只写论文，不打游戏！"

说完这句，郭泰来差点给自己一个嘴巴子，说打游戏干吗？这不是暴露了自己的真实想法了吗？

赵晏晏果然脸色不好看了，盯着郭泰来好一会儿，郭泰来都觉得没希望的时候，赵晏晏才指了指办公室最边缘的一台电脑："那台，密码是 ythxn2753Y，我给你抄下来，记住了毁掉。那台不联网，Word、Excel 使用足够了。"

那一刻，赵晏晏的气势简直如同女王一般，郭泰来发誓，以后绝不在这种事情上挑衅赵晏晏的容忍极限。

第十章
加个班吧

上

嘀嘀嘀嘀，郭泰来刚刚吃过晚饭，正打算和刘阳去球场溜达溜达，忽地听到了寻呼机的声音。

距离郭泰来第一天进实验室，已经过去了一周的时间。除了惹赵晏晏不高兴签了协议没拿到钱之外，这几天时间里，郭泰来的日子过得很悠闲。上午写写论文，下午到钳工车间听刘老给他讲解，顺便按照要求做个东西，晚上基本上就是溜达休息，很轻松。

今天刚从钳工车间回来，才吃了个饭，寻呼就响了。

郭泰来操起呼机一看，屏幕显示 8888，赵晏晏在找自己。这个时候？看了看表，已经六点多了，虽然天还亮着，但什么活要紧到非得这个点去干？

不过郭泰来没多埋怨什么，和刘阳打了个招呼之后，直奔系馆 9003 大楼。人胖，自行车也承受不住他的体重，只能走着去。

刚走到 9003 门口，就迎面看到了赵晏晏。今天她穿的不像上次那么清凉，白色的 T 恤加上紧身的牛仔裤，勾勒出极为养眼的线条，让经过的人无不回头。

"走！"看到郭泰来，赵晏晏二话不说，直接扔给郭泰来一个文件夹，径直向外面走去，"这是资料，你看看。"

看赵晏晏的脸色，郭泰来就知道事情紧急，也不敢怠慢，一边跟着赵晏晏，一边打开了文件夹。只翻看了几眼，就皱起了眉头。

"拜托，这种函数计算加工的曲线，你让我手工做？"文件夹的第一页就写明了要做什么，后面有简单的要求，郭泰来直接就黑了脸。

"少废话，胖子，能不能做？"赵晏晏在前面扭回头来，盯着郭泰来问道。

看着赵晏晏上次还笑吟吟的娇美面孔上竟然出现了一丝愁容，郭泰来莫名地心一软："能做是能做，但速度肯定快不了。你也知道，要打坯，粗加工……"

没等郭泰来说完，赵晏晏就眼睛一亮，抢着说道："粗坯已经有人做出来了，你只要做最后的精加工，能不能做到？"

美女师姐眼睛亮起的刹那，如同两颗明亮的星辰闪烁，郭泰来毫不掩饰自己欣赏的目光，飞快地点了点头。

赵晏晏脸上的那一抹愁绪顿时间消失无踪，脸上瞬间明艳起来。只看这个让人悦动的笑容，郭泰来就觉得自己稍微辛苦一点也值了，就当减肥。

等到两人走到了钳工车间，进了刘老专用的工作间的时候，郭泰来已经看完了文件夹上的加工要求和参数。抬头才发现，刘老和系里的王教授也在。

"材料看过了吗？图纸看过没？"胖子刚一进门，刘老抬头看到他庞大的体形，就直接问道。

"看过了。"郭泰来急忙回答道。图纸其实表现不出来多少，关键是加工曲线的函数，这才是重点。

"这是粗加工过的叶片，你看看，加工出来要多长时间？"工作间里四个人，刘老眼里却只有胖子，连赵晏晏这么个大美女都视而不见，只管和胖子交流。

郭泰来上前，仔细观察放在工作台上的那个半成品。刘老这才和赵晏晏点了点头，看两人的互动，分明之前是很熟悉的。

三双眼都集中在郭泰来的身上，郭泰来却浑然不觉。进入工作状态的时候，就是沉鱼落雁闭月羞花的美女也不能影响到郭泰来，这是胖子的优点之一。

要加工的工件很简单，一个水轮机的叶片，并不大，尺寸限制在长 40 厘米宽 30 厘米厚 20 厘米的长方体之内，叶片的大概形状已经加工出来，剩下的只是精加工，按照资料上的函数曲线加工出正反两个不同的曲面来。

"什么时候要？"郭泰来没有回答刘老的问题，而是反问了一句。

"越快越好。"不等刘老回答，旁边的王教授就越俎代庖地回答道。

从郭泰来一进门王教授就在很仔细地打量着胖子，估计也是奇怪，这么个体形的胖子竟然会有这么好的手艺？他说话时的表情也是很焦急又有些心虚。

"给我一台函数计算的计算机。"郭泰来低头琢磨了一下，冲着赵晏晏认真地说道，"我得先把这个函数计算程序编出来。"

"程序下午已经编好了。"赵晏晏飞快地回答道，"计算机正往这边搬。不过只是单纯的计算数值，还没来得及 3D 可视化，行吗？"

只有单纯的计算数值，就是说郭泰来可以输入一个 XY 坐标点得到正反两个面的两个 Z 值，三个点标记一个空间位置。没有 3D 可视化，只有数字，就无法直观地表现出来。

处理这样的数字，需要强大的空间想象和构架能力，这也是最大的难点之一。

"能把所有的坐标值按照 XYZ 三轴的数据全部列出来吗？位置取值按照 1 丝递进。"郭泰来又问了一句。图纸上要求的精度是 1 丝，他也就按照 1 丝的间隔来要求。

也幸亏加工精度要求只有 1 丝，郭泰来还敢答应，要是低于他现在的 5 微米加工进度，胖子肯定就直接摇头拒绝了。

"可以！"这一点并不难，只是列出数据而已，赵晏晏很轻松就能做到。

"室温可以吗？"郭泰来最后确定了一个问题。加工精度高必然会有温度范围要求，通常情况下不标注只是范围比较大，囊括了室温而已。

"没有问题。"这次回答的是刘老，很肯定的回答。

"两天。"郭泰来琢磨了一下，给出了具体的时间，"两天时间，我肯定可以打磨出来。"

"能不能快点？"听到这个时间，赵晏晏的眉头又皱了起来，似乎很不满意。

"这么复杂的曲面加工，两天还慢？"郭泰来差点儿急了，"我这可是纯手工加工，不是数控机床。"

虽然在场的其他三个人都知道郭泰来说的是实情，换成别人，就算是刘老的巅峰状态，也不可能有胖子这样的加工速度。问题是，现在却是亟须快速完成。

"胖子！"赵晏晏正要说话，被刘老拦住了，刘老很诚恳地对郭泰来说道，"这次加工事关国家利益，日本人想要使绊子，我们不能栽在他们手里。"

"这样啊！"郭泰来摸了摸有一点点短胡楂的下巴，沉吟着说道，"弄日本人？那我加个班吧，一天搞定。"

下

噗，旁边的王教授刚喝了一口水，听到郭泰来这句话，一口喷了出来。

在王教授的心中，这样的活，哪怕是有了粗加工的半成品，可剩下的精加工纯手工打磨至少也需要几个月的时间。

别看这个水轮机的叶片并不大，可是加工难度绝对高。有高精度数控机床的话，那倒是简单，最多几个小时的事情。问题是，现在系里的实验品机床还做不到这个精度。

纯手工，还要符合函数计算的曲线要求，事实上这几乎就是不可能的事情。估计几个月的时间也是提前考虑了动用好几个心思最精细、技艺最高超的八级钳工，才能做出来。

就这还不一定能够完全地满足需要，毕竟这种需要函数计算出的曲面，再精细的人工也未必能真的做到定位那么精准。几个月时间的预估，还得是理想状况下。

没办法，这就是高精度数控机床和人工生产的差距，工业化和纯手工的差距，实在是有质的区别的。

王教授一直在研究数控机床，几个月前已经组装了一台试验机床，但因为材料、装配以及电机的差距，现在那台机床最高只能做到 5 丝的精度，还远不能加工这样的零件。

　　郭泰来这个貌不惊人的胖子，开口"两天"就已经让王教授目瞪口呆了，但这还无法满足时间要求。可胖子转眼间说要加个班，可以一天搞定，合着说两天是保证自己吃好睡好休息好的时间？

　　见过夸张的，王教授还是第一次见到郭泰来这样夸张的，这哪里是一个钳工，分明就是一个人形数控啊！

　　前几天听说过胖子半天之内做出两个曲轴的壮举，今天王教授第一次见到胖子，果然名不虚传。当然，是不是有真本事，还得看他手上的活，光凭刘老描述还不敢真相信，这次可以真的见识一下了。

　　说话间，外面已经有人送了一个笔记本电脑过来，直接交给了赵晏晏。

　　赵晏晏也没浪费时间，直接打开厚厚的东芝 486 笔记本，手指飞快地操作着，不到半个小时的工夫，打开了 Excel，显示出按照郭泰来要求的叶片正反面的两个坐标表格，每一个表格都极长，足有几十万行。

　　郭泰来这个时候已经准备好自己的外骨骼座椅，套在了身上，调整好角度坐好，从头开始一行一行地扫过数据。

　　剩下的三个人谁也没说话，都在静静地看着，生怕打扰到郭泰来。

　　进入了工作状态，郭泰来显得很专注，一页一页地翻看着数据，不时地停下来闭着眼睛思索一番，看起来煞有介事的样子。

　　刘老他们以为郭泰来这是在精心地背诵数据，可谁也不知道郭泰来却是在验证自己的计算结果。控制系统和一万个纳米机器人给郭泰来带来的还有强悍的计算能力，这是旁人无法想象的，哪怕是只给一个函数，郭泰来也能够计算出每一点的坐标，但保险起见，还是和赵晏晏这边编程计算出来的结果对比一下。

　　足足有半个多小时，郭泰来总算是对完了所有的数据。说起来，郭泰来的计算结果比笔记本计算出来的要更精确两位小数，但是没必要，多精确一位小数就足够了，以郭泰来的加工能力，也就能做到这个数据。

"好了，你们能不能给我一个单独的不受任何干扰的工作空间？"看完了所有的数据，郭泰来也不客气，直接冲着刘老王教授和赵晏晏要求道。

赵晏晏和王教授互相看了一眼，然后目光都集中在了刘老身上。

刘老走到郭泰来身边，重重地拍了拍郭泰来的肩膀："这次能不能给小鬼子下个大套，就看你了。"

"交给我！"郭泰来冲刘老笑了笑，很肯定地给了刘老一个答复。

"我们走，到那边办公室等着。"刘老冲赵晏晏和王教授招呼一声，带头走出了工作间。

王教授也紧跟着，就在赵晏晏也要离开的时候，郭泰来忽地开口："师妹啊，赶紧地去买两包泡面，等到晚上十二点钟的时候给我泡好，不然肚子太饿没办法干活。"

现在显然是赵晏晏他们在求郭泰来干活，郭泰来光明正大地称呼赵晏晏"师妹"，反正她年纪最小，不使唤她使唤谁？

赵晏晏直接瞪起了眼睛，和她接触过的人，就算是那些教授们也不会这么随意地支使她做这种事情，那些追求者就更不用说了，只有她支使人，没有人敢支使她，这个胖子居然也能做得出来？何况，谁是师妹？明明是师姐来着。

"好！"赵晏晏狠狠地瞪了郭胖子一眼，咬牙切齿地答应道。赵晏晏决定，等过了今天再和胖子算账。心里的小本本上已经记好了，总有一天要让胖子给还回来。

厂长办公室里，这次换成了刘老、王教授和赵晏晏三个人，赵晏晏还真的跑出去给买了两包方便面回来。

"这次肯定是日本人的试探。"王教授没有往郭泰来工作的地方看，只是和刘老聊天，"说起来，小鬼子们反应也真快，这才半个月的时间，他们就已经试探上门了。不知道胖子这次行不行，能不能过这一关。"

"他说没问题，那一定就没问题。"刘老还是力挺郭泰来，很肯定地回答道。

"刘老，为什么不告诉他真相？"赵晏晏买面回来，进门正好听到这句，马上反问道。

　　"我怕他知道之后会有压力。"刘老考虑得全面，"胖子的实力很强，让他做着玩他绝对没问题，但让他背负这么大的压力，我怕会有问题，慢慢来。"

　　"要是这次成的话，我就收他做我的研究生。"王教授笑着插话道，"能做这么精细的活，还有专业基础知识，简直就是最合适的学生。到时候刘老你多指点，他要有你八成的功力，以后的精密机床装配就不愁装不好了。"

　　三个人天南地北聊得痛快，很快时间就一溜烟地溜走。正聊得兴起，办公室的门忽地被推开。

　　"有没有吃的？快泡面，饿死了！"郭泰来满身的汗水，一路走到了办公桌边上，看着一个杯子里水是满的，拿起来就喝。

　　"那是我的……"赵晏晏只来得及叫出几个字，就听到了胖子喉咙里咕咚咕咚的吞咽声。

第十一章
下钓饵

得，赵晏晏直接闭上了嘴巴，她还能说什么？再说什么都没用了，胖子已经喝了。

看胖子喝得那么痛快，赵晏晏的眉头微微一皱，心里想着自己用的杯子被胖子使用，总有些怪怪的。不过看胖子全身上下的汗水仿佛蒸桑拿一般地往下流淌，那些不痛快的话也就说不出来了。

王教授有些按捺不住，就想要去看看胖子到底做成什么样了，不过刘老却沉得住气，拉住王教授让他放宽心。

办公室里有热水，赵晏晏没法计较胖子的失礼，有些恼恨地撕开方便面的包装，给他泡面。自己从小到大，还没这么伺候过人，赵晏晏心里再次笃定，一定要哪天还回来。

泡面很快，胖子去洗把脸的工夫，回来之后也就差不多了。

看起来胖子是饿坏了，泡面虽然差不多了，但还稍显有点硬，可胖子却已经顾不了那许多，抄起筷子就吃。

因为吃得太急，连吹带吞，稀里呼噜的声音让赵晏晏再次皱眉。

"胖子，你要是在我家，这么吃面，早被我妈打死了！"实在忍不住，赵晏晏还是说出了这句话。

"那是你没饿到。"胖子嘴里还含着面条，含混不清地说道，"饿极了恨不能拿手抓了，还在乎这么点声音？"

算了，胖子在干活，看在他辛苦出力的分儿上忍了。赵晏晏心里这样想着，不在这件事上面纠结。

"做了多少？"等胖子吃了一包，看起来已经垫住底，不那么心慌了，赵晏晏才开口问道。

"余量留了差不多有5丝，做起来比较费劲。"郭泰来这次自己泡面，不用麻烦美女，边动手边回答道，"叶片不是很硬，倒是不难加工，已经差不多快完成一面了，还有四分之一的样子。"

看看表，胖子大概从八点开始干活，这才十二点半，四个半小时，竟然已经快要完成一面了？

赵晏晏也好，王教授也好，都是一副惊喜交加的表情，倒是刘老比较淡定，胖子出手快他已经知道得不是一天两天，一点都不觉得意外。

"那么多数据，你都背下来了？"王教授心里有了底，笑眯眯地问道。

"怎么可能？我又不是她那种妖孽。"胖子正在盖饭盆的盖子，也没注意，随口就是一句，"笔记本就摆在旁边看着就行。"

郭泰来说完才意识到不对，怎么把心里话说出来了？一扭头，就看到赵晏晏脸上浮现出一片如花的笑容，可目光中却闪烁着一道道的寒光："胖子，我'这种妖孽'是什么意思？"

"夸你呢！夸你呢！"胖子急忙大声地分辩道。

"放心，我都记下来了。"赵晏晏双手交叉抱着胸，笑眯眯地说道，"等哪天你再慢慢和我解释一下，什么叫师妹，什么叫妖孽。"

胖子求助的目光看向了刘老和王教授。目光所到之处，两人很默契地看向了两边，对胖子投过来的求助目光视若未见。只有赵晏晏似笑非笑地盯着郭泰来，让郭胖子坐立不安。

好容易等到第二包面泡好，郭泰来也顾不上烫了，用比第一包面还要快的速度一扫而空，连带着热汤也倒进肚子里，然后如同中箭的兔子一般飞速消失在办公室，直奔工作间。

"小赵啊，平时没事不要总欺负胖子。"刘老等郭泰来彻底消失了，这才慢慢吞吞地开口道，"胖子是个老实人，他又不是故意的。"

"刘老，我知道轻重。"赵晏晏面对刘老，又是一副面孔，又乖巧又听话，让人连一句重话都舍不得说。

"老王，胖子真值得培养，别的不说，就他这一手钳工手艺，我的老底这几天都快被他掏空了。"刘老又转向了王教授这边，不厌其烦地为郭泰来说好话。

"嗯，过了这段时间，我就去系里登记一下，先把胖子定下来。"王教授早已经动心，马上点头。

郭泰来浑然不知自己已经成了光荣的留校保送读研中的一员，还在那个单独的工作间当中挥汗如雨。

这次胖子不是用的锉，锉刀面积大，没办法做出这种按点要求精度的活，他用的是刮削。

刘老工具间当中最小的一把刮刀，胖子拿在手上，几乎是一个点一个点地在刮削。每次只削下来差不多1丝细的一根细微金属丝，这也保证他每次都能在相应的点上加工到位。

整个工序，其实和数控的加工顺序是一样的，一点一点地连成线，然后线又变成面。这是一个极其烦琐的过程，每一个点都要集中全部的精力，不能有丝毫的抖动，更不能被丝毫地打扰。

已经做完的一面，就是胖子用这种方法一个点一个点地刮出来的，现在胖子刮的是第二面。

之前做曲轴的时候，主要因为是规则表面，哪怕有曲面也是圆弧形的，用锉就可以。此刻的工艺，比起那时候要复杂了不知道多少倍，疲惫程度更是呈数倍数十倍地增加。

要不是胖子现在有纳米机器人帮助稳定控制，最多半个小时他的手就会抖得无法控制。胖子不想这么劳累，这也是为什么他说要用两天时间的原因。

有两天可以缓冲的话，每个小时休息十五分钟，能让胖子更有效地集中注意力。不过可惜，时间要求得急，胖子也只能豁出去，彻底靠着纳米机器人强撑。

刮完之后，基本上尺寸就已经到位。胖子的加工精度高，已经不需要精磨，直接抛光就行。刮完的时候是六点半，抛光完成后，已经到了七点半。

"完成了，让我睡会儿！"胖子实在是太累了，走进办公室里说了一句话后，就直奔那张唯一的弹簧床，连外骨骼座椅都没有拆卸，也顾不得会硌着自己，一头扎到了床上，没等刘老他们反应过来，就已经发出了呼噜声。

"让他好好睡会儿。"刘老知道胖子是用的什么手艺，略有些心疼地看了看胖子，声音压低，冲着王教授和赵晏晏说道，"我们去看看他做的工件，看看符合不符合要求。"

下

这种复杂曲面的制作相当地麻烦，可测量检验同样地麻烦，首先在这个钳工车间就是绝不可能的，只能拿回实验室，用唯一的激光测距仪取样测量。

所谓取样测量，就是没办法检测整个曲面上所有点的精准度，只能按照一定的规律或者随机来取出几百个几千个测量点，来代表整体曲面接受检验。

通常来说，取样点越多，测量的结果就越准确。没办法，现在就只有这种方法，除非以后也开发一个带着数控功能的激光测量设备，精度和数控机床一致，也许可以逐点地检测。

在刘老的工作间当中，一片水轮机的叶片静静地放置在细绒布上，明亮的镜面光泽显示出叶片经过了良好的打磨抛光，精致光滑的曲线让人看着就赏心悦目。

"这是纯手工能做出来的？"王教授和刘老年纪大见多识广，见过无数次类似的场景了，并不觉得惊讶，可是赵晏晏就不同了，她的大多数时间都是在学习或者做自己的研究，这次只是帮忙，并没有见识过手工高手的作品，看着叶片当即就发出了赞叹声。

围着看了两圈，三个人谁都没有伸手，生怕这么一伸手就破坏了那个完整的光滑曲镜面。

"他用的是什么工艺？"赵晏晏再次发出了赞叹般的疑问，她不是质疑，只是好奇郭泰来的手法。

"看这边。"刘老一眼就看出了胖子的手法，指着工作台上那极细的粉末，冲着两人解释道，"他应该是按照表格上的坐标参数，一个点一个点一丝一丝地刮下来的。"

王教授如同看着宝贝一般地看着那个叶片，脸上的笑容遮都遮不住："刘老，你赶紧把最后压箱底的本事教给胖子，明年他毕业后我就收他做我的研究生。"

虽然还没经过测量，但在刘老和王教授这两个经验老到的人眼中，这曲面几乎十全十美了，就算是用高精度数控，也就这个程度了，纯手工一夜打造，还想怎样？

"你们去测量，我看着胖子让他睡会儿。"刘老也是十分地满意，现在对外胖子就是他的关门弟子，这么有悟性的弟子打着灯笼都找不着，可不能让他累坏了。

王教授和赵晏晏不知道郭胖子一夜的工作量，刘老能不知道吗？此刻他除了对胖子极度地满意，老怀大慰之外，就只剩下对胖子的心疼，怎么也要让自己这个关门弟子休息好。

刘老擅长钳工和装配，在这种现代测量方式面前也没有太大的优势，所以测量的阶段完全可以不用出现。王教授小心地将叶片用细绒布包好，放到一个盒子里，亲自双手捧着，直奔9003大楼。

路上赵晏晏想要帮忙都被王教授拒绝，王教授生怕她女生力气小把这个完美的叶片磕碰一下，到时候可就不完美了。

赶到9003大门口的时候，正好看到那个托了关系找到他们头上请他们帮忙加工的小老板。小老板似乎很急的样子，见到王教授问候了一声之后，再次开口就是询问叶片加工的消息。

"做完了！"王教授脸上立刻显现出了一种意味深长的笑容，小心地拍了拍手中的盒子，"我的三个研究生录入了一天的参数，昨天晚上就加工好了，这不今天一大早过来测量一下。"

"太好了！"小老板兴奋地一拍大腿，感恩戴德一般地说道，"昨天晚上客户那边就开始催上了，着急得不行，要不咱也别测量了，直接拿到他们那边测量就行，他们有全套的测量设备。"

王教授和赵晏晏目光碰了一下，都看到了对方眼中的那一丝莫名的光芒，两人的目光中，都带着一股隐隐的笑意。

"你先看看。"王教授把盒子小心地放下，然后打开来，让小老板看到了那片精致的叶片，"这是成品。我们要测量也只能是抽样测量，等到测量好估计又得一天多两天的时间，那边要是有测量设备的话，那就去他们那边。这样吧，我和你一起走一趟，看看结果，顺便看看测量设备能不能买一台。"

"可不敢再麻烦您跑一趟了。"小老板一阵愕然，赶忙推托道，"这么精致的叶片，绝对是合格的，我去跑一趟就够了，哪敢麻烦您呢？"

"教授，你今天上午还有个学术会议。"旁边的赵晏晏很是凑趣地在旁边提醒道，"不能缺席。"

"啊？我都忘记了！"王教授一拍脑门，很是为难地看着小老板，"那就只能麻烦你了。测量结果能不能详细地给我们一份？这对我们的研究很重要。"

"没问题没问题！"小老板忙不迭地答应着，眼中闪烁着兴奋的光芒。

一系列的手续之后，小老板签了字，带走了叶片。走得十分匆忙，出了楼门就坐车飞速离开，完全没有意识到，在学校唯一能出入汽车的西门外，正有两辆车等着跟踪他，看他把叶片送到什么地方。

"你说他知道内情吗？"赵晏晏看着小老板的车子驶离，冲着王教授问道。

"最多只是个被高额的加急加工费刺激，赚钱迷了心窍的普通人而已。"王教授摇了摇头，"可能他的客户知情，或者更上一层的客户知情，他只是被人利用的一颗棋子。"

王教授判断的没错，小老板拿着叶片，很快就送到了京郊的另一个工厂，拿到了一笔加急的加工费，美滋滋地走了。而他的客户，同样很着急地带着叶片，直奔东二环的一处写字楼。

两小时之内，叶片就到了一个西装革履的日本职员手中。看着盒子里那平滑如镜的正反两面曲面，日本职员发出了一声惊呼："怎么可能？他们难道真的做出来了？"

从下单到现在，不过才两天多点的时间，去掉重重找下线以及那个小老板找上水木大学求助的时间，最多也就一天一夜。按照了解到的情况，录入参数就耗费了一整天，加工只剩下一夜的时间。

就算给完整的一夜，人工加工的时间也不够，除了高精度数控机床，基本上就再没有别的可能了。

职员不敢怠慢，把叶片包好，亲自带着上了回日本的飞机。

第十二章
废了他们的研究

上

"这不可能！绝不可能！"在日本的某个检测机构中，某个西装革履的中年人失态地大叫着。

在他的面前，有一份详细到极致的检测报告，在前面的桌子上，则摆着那个精致的叶片。那个叶片上闪烁着的光芒，就如同在嘲笑他一般。

"华夏人怎么可能有这么高精度的数控机床？"中年人依旧还在咆哮着，周围的几个人，却都默然不语，都在低头看着各自手上的一份同样的检测报告。

详尽的检测报告上很明显地写明，那个叶片的加工完全符合他们的设计预期。甚至于他们怕被看出问题只要求了 1 丝的精度，可是对方加工出来的工件却达到了低于 0.5 丝的加工精度。

这说明了什么？只能说明华夏至少已经有了 5 微米的高精度四轴加工中心，甚至有可能是五轴，也许还只是实验室当中的样品，可是的确已经达到了这个精度。

只有这个可能性，才能解释为什么水木大学的实验室能够在短短的一天一夜之内连同输入参数到加工出成品。要知道，这次可没有给样品，完全是让华夏国内自己出材料自己加工的，不太可能借着已经加工好轮廓的半成品来精加工。

靠手工打磨出来？一天一夜？那是绝不可能的，只有数字加工才有可能。

"是不是其他国家的产品？德国、美国、英国，是不是用其他国家的机床加工出来的？"看报告的人当中，一个头发略有些发白的男子很沉稳地问道。

"我们调查过水木大学的外购产品清单，没有高精度数控。"旁边一个年轻人立刻恭敬地回答道。

"秘密引进的呢？"白发男子又问道。

"我们也私下里和欧洲美洲的竞争对手沟通过，在封锁华夏的立场上，大家是一致的，并没有哪家秘密卖出过任何一台加工中心。"依旧还是那个年轻人飞快地回答。

"那个王教授的资料呢？"白发男子又追问了一句。

这次换成了另外的一个西装中年人飞快地将资料分发下去："水木大学精仪系这些年一直在进行这方面的研究，王安福教授就是其中的学术领头人。此外，精仪系CIMS（数控机床）一直是他们的一个支撑专业。"

"也就是说，从水木大学实验室的角度分析，他们是存在研究出了5微米加工中心的可能的？"白发男子翻看了一番资料之后，冲着众人问道。

在场的几个人谁都没有说话，过了一会儿之后，才有人艰难地点了点头。随后，剩下的几人也都一个一个地开始点头，哪怕是最不相信这一点的那个中年男子，也在最后点了头。

从可能性上分析，的确是存在这种可能的。而且这已经不是第一次，而是第二次了。第一次的精加工曲轴，第二次的水轮机叶片，一次可能看作偶然，可同一个地方两次都在最短的时间内做出了高精度工件，那就绝不是偶然了。

"那么，如果存在这么一个高精度加工中心，它可能会有什么性能？"白发男人又问道。

"从目前掌握的情况看，它有至少5微米的加工精度，虽然还没达到我们最好的加工中心的精度，但已经在慢慢追赶上来。"侧面的一个戴眼镜的中年男子站起来分析道，"不过他们的控制系统应该还有差距。"

"请参考这两次我们了解到的加工过程。"眼镜男子也不等发问，主动地接下来分析道，"两次都有同一个步骤，就是耗费了一天的时间录入参数。固然和我们没有直接给他们数字图纸有关，但有很大的可能是他们的数据和我们的控制数据不兼容。"

"还有更大可能是他们的控制系统还不够完善。"最开始开口的中年人在承认了华夏可能有了高精度数控之后，也不再坚持什么可能不可能，而是很主动地加入了讨论，"否则他们不会迟迟没有推出成品。"

"我这里有个情况。"负责发王教授资料的年轻人补充了一句，"从我们收买的华夏内部人士处了解到，王教授在前两个月提交了一篇论文，题目是《高精度机床控制系统的设计》，据称是实验室阶段性成果，相信可以给大家一个参考。"

到了这个时候，就算是再顽固的人，也已经不会对水木大学实验室里已经打造出一台不成熟的高精度数控有什么异议了。

"那么，下一个议题。"白发男人很冷静地宣布了下一个问题，"我们应该怎样应对？"

"要把他们的进一步发展扼杀。"眼镜男子同样很冷静地开口道。

这话一出，众人全都是点头。

这基本上是这些年来所有对华夏封锁的国家针对华夏的共识，华夏没有的，那就封锁，不能严格封锁的，那就天价卖出去，攫取超高利润。一旦华夏有了，那就大幅度降价，将华夏本地产业彻底挤垮，让华夏无法发展起来，只能写出某篇或者某几篇学术论文，完全没有实际价值。

"那就先开放 5 微米四轴加工中心给他们。"白发男人总结道，"视情况而定，我们先议一议，是等他们花大价钱投入建厂开始售卖产品的时候狙击，还是从一开始就让他们的研究变成过时的废物，只能做一篇学术论文了结？"

"要打击就打击得彻底。"中年男子很愤怒华夏竟然敢私下发展高精度数控，"从根子上解决，一个数据兼容问题就让他们的控制系统变得一钱不值。"

对此，众人没有异议，事实上，开放限制还能大幅度增加各方的利润，对大家来说都是好事。有产品不让卖固然是封住了对方的发展，可自己却也没有得到好处，只能垄断一部分高端加工，对资本家来说，这可不是好买卖。

放开 5 微米精度的数控，最高端的加工依旧还是垄断在自己手里，但却可以大幅度铺货，众人已经看到了滚滚而来的钞票在眼前恢复。

"欧美盟友那边暂时先不要通知，等我们先赚一笔先期利润之后再把证据提交给他们。"白发老人最后一锤定音，决定了所有的处理方式。

下

郭泰来一觉睡到晚上才醒来，还是被饿醒的。从午夜十二点吃了两包方便面到第二天晚上八点，足足二十个小时，以胖子的体形和工作量，不饿才怪。

刘老一直在办公室陪着他，连李厂长来都被赶了出去，整个钳工车间今天停工一天，没有任何声音，生怕吵到了他的宝贝徒弟。

接下来的几天风平浪静，没什么事情发生。刘老让胖子好好休息，也没叫他到钳工车间。郭泰来乐得如此，待在宿舍里把论文的框架整个搭了出来。

悠闲的日子过了一周，郭泰来正开心，周一一大早就又收到了 8888 的寻呼，赵晏晏又找他。

赶到实验室的时候，办公区的清洁阿姨正在给每个桌子上摆放花瓶，每个花瓶当中，都有那么几枝娇艳欲滴的红玫瑰。

"阿姨，谁这么舍得给实验室买花啊？"郭泰来看着稀奇，忍不住问了一句。

"又有人给赵同学送花，九十九朵玫瑰，赵同学不喜欢，让分给大家。"阿姨经历过这种事情多次了，一点都不觉得奇怪，手脚勤快地给大家每个桌子上摆好。

以赵晏晏的漂亮，没人追才怪了。可怜的追求者，要是他知道他送的花都被这么处理了，不知道心里会不会难受。

郭泰来也相当好奇，赵晏晏身高一米七九，平常还爱穿个漂亮的高跟鞋，站起来海拔一米八五朝上，敢下定决心追她的那小子得有多高才敢有这种勇气？

　　郭泰来也是一米九的大个，可他就不敢对赵晏晏有一点非分之想。胖子的体形，站在赵晏晏身边就自惭形秽，更别提赵晏晏可能的强大的家庭背景了。

　　不对啊！郭泰来想过这些之后才又意识到，自己是不是太自卑了？自己可是有纳米机器人"金手指"的强者啊，怎么就不能对美女有欣赏和喜爱之情了？

　　得到纳米机器人的时间太短，还不足以让胖子的性格产生什么剧变。胖子也有自知之明，只靠着一手精加工的手艺，还不足以让赵晏晏对他另眼相看，更别说垂青了。

　　"我就喜欢了，不行吗？"郭泰来挺直了胸膛，霸气无比地自言自语了一句。

　　"喜欢什么，可以和我说说吗？"郭泰来的背后，猛地传过来一声熟悉的甜美女音，正是赵晏晏。

　　郭泰来吓了一大跳，心理活动居然说了出来，更过分的是还被赵晏晏听到了，太没面子了。

　　不过，郭泰来是个豁达的胖子，通常在陌生人面前会拘谨，但赵晏晏显然已经不是陌生人。胖子没记错的话，那天晚上自己还用了赵晏晏用过的杯子喝水来着，赵晏晏都没什么异议，这已经算是有"交情"了吧？

　　"喜欢你啊！不行吗？"面对有交情的熟人，那胖子就是个口无遮拦的愣头青，张嘴就回答了一句。说完之后才意识到坏了，怎么又把心里话说出来了。

　　"原来是喜欢我啊，谢谢你喜欢我。"赵晏晏如花的面孔出现在胖子的面前，笑吟吟地回答道，"不过，请排队。按照先来后到的顺序，你大概能排到九百多号。"

　　郭胖子的高大身躯立刻萎了，变得垂头丧气的样子："我还以为我会特别点呢。"

"你的确很特别啊！"赵晏晏笑得十分开心，看到胖子吃瘪她就莫名地高兴，"你是敢说出喜欢我的人当中最胖的那个。就凭这一点，相信我，我会记住一辈子的。"

郭泰来翻起了白眼，这样记住有什么用？还不是路人一个？

"对了，这么早叫我来什么事情？"开过玩笑，郭泰来问起了正事，"还有，你大早上呼我让我过来，你居然比我还来得迟，说不过去吧？"

"迟到早退只是限制你的。"赵晏晏一副理所应当的表情，"我是老板，想什么时候来就什么时候来。"

郭泰来被赵晏晏强大的理由震撼了，嘴唇哆嗦着半天没说出话来。

"对了。"赵晏晏从随身背着的帆布包里面掏出一张 A4 纸，在郭泰来面前扬了扬，"某个人的外骨骼座椅申请专利号已经下来了，你要不要？"

"要！"郭泰来几乎是用抢的把那张红头文件纸抢到了手里，仔细地看个不停。

郭泰来递交了申请已经三周，申请的是发明专利，按照流程，约一个星期出专利申请号即以后的证书专利号。约三个月出初步审查合格通知书，约六个月进入初步公告，约九个月进入实质审查，约十二个月出第一次审查意见通知，约十八个月出第二次审查意见通知，约二十二个月授权，交纳相关证书费后约两个月出证书。整个申请时间约为两年，有效期为二十年（申请之日起算）。

专利号其实早已经下来了，但郭泰来还没去领取，想等三个月拿到初步审查合格通知书之后再去领取。赵晏晏帮他拿回专利号，他当然开心。

"我这边已经调查过，你申请之前国内还没有同类型的发明，国外也没有。"赵晏晏等郭泰来小心地把那张红头文件纸收起来之后才说道，"鉴于我已经购买了你的专利，所以我打算把国外的专利也注册一遍，你有意见吗？"

"没有没有！"郭泰来飞快地摇头，"最好把能注册的全都注册下来。"

"你不觉得吃亏？"赵晏晏很是认真地问道。

郭泰来还是摇头。十万元买一个外骨骼座椅的专利，对赵晏晏是小钱，可对郭胖子来说却是巨款，何况还有一篇毕业论文外加自己梦寐以求的钛粉，郭泰来觉得值了，并不亏。

外骨骼座椅只是郭泰来脑海中那些好东西当中其中最简单的一类。现在郭泰来并不缺更值钱的专利，他缺的是提升纳米机器人的机会，只要满足这一点，一个简单专利算什么？

"我就是好奇。"郭泰来冲着赵晏晏问道，"怎么好像一下子认真起来了，真要注册国际专利？"

"当然！"赵晏晏笑了笑，给出了答案，"这不是华夏要加入 WTO 了吗？专利的东西，总要重视起来的。"

第十三章

测量校准

上

赵晏晏叫郭泰来过来，第一件事情就是把之前草拟的那个转让协议换成了正式的合同。

郭泰来对此毫无意见，这意味着他在签字之后，就会收到属于自己的十万元专利转让费用。有这十万元，足够让家里父母过上不用那么担心下岗的生活了。

收钱当然是好事，郭泰来当仁不让地签了正式协议。不过他注意到正式合同并不是自己将专利转让给赵晏晏，而是转让到一家叫作京城克里斯蒂娜科技发展有限公司的名下。

"这个克里斯蒂娜公司……"郭泰来虽然签得痛快，但签之前还是问了一句。

"是我的公司。"赵晏晏飞快解释道，"我的英文名叫 Christina，取了个中文音译名。"

人比人气死人啊！郭泰来还在学校里苦等着本科毕业，比他小一岁的赵晏晏已经马上要博士毕业，名下还有自己的公司，果然不在一个水平线上啊！

看着郭泰来签好字，赵晏晏收起了属于自己的那份转让合同，这才冲郭泰来说道："钱你打算要现金还是支票？"

支票这么高档的东西郭泰来还没机会接触，更加不懂，所以他马上做出了选择："现金。"

"那需要我们一起跑一趟银行。"赵晏晏转头问郭泰来道，"没问题吧？"

"绝对没有任何问题！"郭泰来几乎是拍着胸脯保证了，谁要觉得收钱有问题那才是傻子。

"我记得某人在某天晚上很不客气地叫我'师妹'来着。"赵晏晏听郭泰来回答得这么干脆，直接翻起了白眼，"有没有这回事？"

"完全没有，师姐你肯定是记错了！"在十万元人民币的转让费面前，郭泰来果断地抛弃了节操，"师姐"叫得娴熟无比。

"真的？"赵晏晏看着郭泰来一副胖墩墩的小人面孔差点忍不住笑出来。

"绝对是记错了，师姐！"郭泰来这一声"师姐"叫得比刚才还要大声，一句话的重音完全落在这两个字上。

"既然这样，那我们一起去照澜院。"赵晏晏虽然憋着笑，但脸上的笑容却是无论如何都无法遮掩，"前面领路，师弟！"

"得令，师姐！"郭泰来也耍宝，瞬间化身狗腿，殷勤地在前面带路。

"哈哈哈哈！"赵晏晏再也憋不住，爽快地大笑起来。

一瞬间，郭泰来又仿佛看到了一朵娇艳的鲜花在自己面前绽放，那景色简直让人舍不得挪开眼睛。

"对了，还有个事情，你按照我的身材，帮我加工一套外骨骼座椅。"路上一边走，赵晏晏一边和郭泰来说起了另一件事情。

"没问题，师姐！"郭泰来再次把胸脯拍得砰砰响。

两人走出实验室，一路往照澜院走去，路上还不断地说笑，赵晏晏笑靥如花的情景落在了不少人的眼中。无数看到这一幕的人都捶胸顿足无法理解，一个这么猥琐的胖子，怎么就能和校花开心地聊成这样？凭什么那个和校花说笑的人不是我？

"用什么材料打造最好？"赵晏晏并没有理会这些目光。这样的目光，从小到大从国内到国外她都不知道见过多少了，从没放在心上，反倒是更关心自己的外骨骼座椅。

"师姐你用的话，用钢材造得太重，不合适。"郭泰来直接否掉了自己用的那套钢材打造的东西。

"轻的话，铝合金呢？"赵晏晏问道。

"铝合金强度不足，不过只是师姐你的话，应该没问题。"郭泰来上下打量了赵晏晏一遍，别看赵晏晏一米七九的身高，但她身材匀称苗条，体重应该不会超过一百斤，用铝合金也勉强合适。

"还有更好的选择吗？"赵晏晏听郭泰来的话里意思还有更好的材料，马上问了出来，对于郭泰来十分无礼地打量自己身材的事情也就忍了。

"钛合金。"郭泰来言简意赅地说出了最合适的材料。未来梦境中看到的外骨骼座椅就是钛合金制品。

"钛合金倒的确是合适，可惜成本有些高。"赵晏晏自己也懂钛合金的材料特性，点了点头。

"只打造你的一套而已，能高到哪里去？"郭泰来随口回答道。

"也对！"赵晏晏对此也表示同意，不过她马上转向郭泰来质疑道，"你这么处心积虑地推荐钛合金，而且之前还要微米级的纯钛粉，到底在打什么主意？老实交代，你要钛粉做什么？"

"我说要尝尝味道你肯定不信了。"郭泰来没料到这都能转到质问自己要钛粉的用途上，异常地无语，只能装疯卖傻。

"你说呢？"赵晏晏目光立刻不善起来。

"其实是用来加深功力的。"郭泰来立刻换了个说法，结果立刻招致更加不善的目光。

"好好说话，说人话。"赵晏晏怒视着郭泰来。

"不是早和你说过吗？有个白胡子老头，教过我一种功法。"郭泰来顶着赵晏晏的审视目光，半真半假地开玩笑道，"那功法不但治好了我的近视眼，而且还让我的手特别稳，眼力也特别好，直接目测就能测量尺寸。"

赵晏晏的目光已经带着恼怒了，可胖子依旧还在继续。

"你仔细想想，我一个胖子体育不好，体力也不行，平常跑上几百米就全身肌肉哆嗦。"郭泰来不怕赵晏晏发火，径自说道，"我凭什么能一晚上刮几十万个极其细微的点还稳定得不出一点差错？只要手抖一下，那个叶片就废了。"

什么白胡子老头教授气功的说法连小孩子都骗不过，可是此刻听着郭泰来的话，赵晏晏却找不出一个反驳郭泰来的理由来。是啊，凭什么一晚上几十万个点不出一丝的差错？明明胖子的体育成绩也十分一般，从来没有表现出过体力好的样子，加工的事情根本无法解释。

"那你表演一下气功给我看看。"赵晏晏半信半疑地接受了郭泰来的说辞。

"功力太浅，表演不出来。"郭泰来一本正经地拒绝道。

"好，你不是要钛粉加深功力吗？等我给你找到钛粉，你要是没办法让我相信，毕业之前你就当我的散打陪练吧。"赵晏晏恶狠狠地威胁道，"忘记告诉你了，我是 1995 年女子散打四十八公斤级个人锦标赛全国冠军。"

下

取钱的过程是在赵晏晏凶巴巴的目光下进行的，包括拿到钱之后郭泰来又取了三万给家里汇款，给郭建军打电话解释这是专利转让的第二笔款，全都有赵晏晏陪同。

"跟我去实验室！"等到郭泰来做完这一切，赵晏晏才命令道。

"干什么？"郭泰来反射性地心虚问道，"你现在又没有钛合金，不用这么着急吧？"

"你不是说你目测就能测量尺寸吗？"赵晏晏恶狠狠地威胁道，"现在就给我去实验室，我倒要看看你目测能有多精准。"

别看赵晏晏说得那么凶，可她内心深处已经有些相信了。当然，不是相信什么白胡子老头气功之类的，而是相信郭泰来近视眼恢复和目测尺寸。刘老那天和她说过一次，胖子做曲轴的时候全程都没有动一次测量工具。

5 微米的加工精度，一次都不用测量仪器，这实在是有些天方夜谭了。所以赵晏晏找到了机会，绝对要亲自验证一番。

进了 9003 大楼，这次赵晏晏没带郭泰来去惯导实验室，而是直奔

CIMS（数控机床）实验室，这里才有最精密的测量工具。

郭泰来目前学过的知识中，千分表就是最精密的工具了，可到了实验室才知道，还有更精密的。

德国 ASIMETO 矩形块规，0 级精度，全套块规保存在 20 摄氏度的恒温测量室当中，这才是真正能够精确到 1 微米的测量神器，可惜的是，使用也只能在恒温环境中进行。

之前郭泰来只用过千分表校准，当他听完赵晏晏的介绍，知道这才是真正的精准测量工具的时候，顿时大喜过望，按照上面的刻度，紧盯着每一个块规，脑海中开始下达指令。

"校准双眼 3D 测量机制。"

"开始校准，请指定参考物。"

……

每看一块，郭泰来就校准一块尺寸，每一块郭泰来都仔细地看了至少一分钟，整个下来，一个多小时都过了。

不过，这也让郭泰来的双眼测量精度真正地达到了 1 微米，之前千分表也是 1 微米，但是没考虑到千分表本身的温度影响，精度标尺虽然高，可是依旧还是有一定的误差。经过块规再次校准，可以说最后的那一点误差也消失了，真正地 1 微米就是 1 微米。

赵晏晏十分有耐心地等着郭泰来，当然，她也不是干等，而是在初始化另外的一种测量工具。

激光比长仪，这个更强悍，同样也需要恒温 20 摄氏度，是能精确到正负 0.2 微米／1000 毫米的超强悍测量长度的仪器，测量和读数只能通过显微镜来进行的测量工具，可以说，目前来说，国内最精确的测量仪器就是这台了。

如果那个叶片没被带走，也是送到这里来进行测量，现在却被赵晏晏用来当作测试郭泰来目测能力的工具。

"还有这种神器？让我看看这种精度是什么表现。"郭泰来听完赵晏晏的介绍，差点一头扑上去抱着激光比长仪来校准，总算知道这种高精密仪表不能有半点的振动干扰，这才忍住，但还是让赵晏晏操作一遍，让自己看看如何测量。

赵晏晏也不推辞，戴着手套拿了一块块规，放在激光比长仪上测量，得到结果后，才让郭泰来从读数显微镜上观察结果。除了块规，还有一些规则测量的样品，也都一一地测量到 0.2 微米精度。

"校准双眼 3D 测量机制。"

"开始校准，请指定参考物。"

……

又是一番操作下来，郭泰来的双眼经过激光比长仪的校准，测量精度再次提升，已经达到了变态级别的 0.2 微米精度，而且还是最科学最精准的 0.2 微米。

到了这个精度，再往下在宏观加工行业里基本上已经没什么意义，因为只要是稍稍的一点扰动，有可能是一次呼吸都可能会影响到测量目标的尺寸变化。

现在郭泰来的脑海中显示某些目标的测量结果，小数点后面从第三位开始一直就是在变化着的。

校准之后，郭泰来基本上可以在加工领域再也不用任何测量工具，他的双眼比市面上任何工具都精准。

"好了，考吧！"郭泰来心满意足了，面对赵晏晏的怀疑，很是胸有成竹地让赵晏晏出题。

赵晏晏一点都不客气，块规不停地变换组合，然后让郭泰来目测。

郭泰来也没有藏拙，为了让赵晏晏彻底死心，每一次都说得异常精准，甚至精准到了 0.2 微米，和激光比长仪一个级别。

有时候说出来的不是恰好加起来的整数，上激光比长仪一测，郭泰来居然说得分毫不差，简直让人不敢置信。

"你是怪物吗？"赵晏晏进行了不下上百次的测试，除了块规之外，还随即找了一些东西来测量，郭泰来总是能够精确无比地说出尺寸，让赵晏晏再也不敢相信自己的眼睛。

"显然不是！"郭胖子今天心情好，收了十万元不说，还真正校准了自己的目测精度，好事都赶到一块儿了，全程都是笑着的，此刻回答也是，一脸的笑眯眯。

胖子虽然胖，可却长得喜庆，这一笑起来，更是一副极具亲和力的面孔。赵晏晏惊讶之余，看着胖子这张喜庆的脸，一时之间倒也觉得胖子顺眼了许多。

离开CIMS实验室的时候，赵晏晏还是一脸的不可思议。胖子的表现，几乎颠覆了赵晏晏的认知，甚至有那么几个时刻，赵晏晏都忍不住想要相信郭泰来说的白胡子老爷爷教的气功的说法了，不然正常的人类哪有这么变态？

"这个评价请用在你自己的身上。"赵晏晏是把最后这句评价直接说给了郭泰来听的，郭泰来听后非但不生气，反而马上以其人之道还治其人之身，反过来送给了赵晏晏："用在那个比我还小一岁但却马上就要春季毕业的博士生师姐身上。"

"好吧，你这么说倒是让我更能接受了。"赵晏晏把概念往自己身上一套，立刻就觉得能理解了，水木大学的学生，谁还没点过人的本事？

赵晏晏自己在学习上是妖孽，那么郭胖子在目测上的能力和加工上的能力也就很正常了。

"你不是说国庆节前完成论文吗？"目测上没能刁难到胖子，赵晏晏分开的时候，再次恶狠狠地威胁郭泰来，"如果到时候没完成，就做我的陪练。"

第十四章
三喜临门

上

全国散打个人锦标赛冠军，哪怕重量级不够，郭泰来也绝对相信赵晏晏在训练场上能把自己打得找不着北。

也许有人会喜欢被漂亮的学妹玉臂玉腿打在身上，但郭泰来绝不是那其中之一。何况，被散打全国冠军抽在身上，可未必是享受。

为了自己不被当成凄惨的陪练沙包，郭泰来也只能打起精神，飞快地填充毕设的论文。

好在上周已经把框架完成了，而且一些必要的数据和图纸都是现成的，论点论据充分，只是往进填充内容还是相对简单的，郭泰来每天就乖乖地跑到实验室，抢占那台公用的电脑，飞快地完成作业。

宿舍的牲口们也算是知道了郭泰来的悲惨遭遇，顿时对赵晏晏做指导老师也没那么羡慕嫉妒了，纷纷用可怜的目光看着胖子。

谁又能知道，美丽无比的天才校花，居然还是一个散打高手啊？全国锦标赛冠军，人形暴龙啊！

白天拼命写，晚上还要加班，紧赶慢赶，郭泰来总算是在国庆放假之前，完成了自己的毕业论文。长出了一口气之后，打印出来简单装订好，然后乖乖地送到了赵晏晏的面前。

"放这吧！"赵晏晏看起来很开心，指着自己的办公桌，让郭胖子把论文放下，自己却开始收拾桌面，打算离开。

"你不给看看？"郭泰来傻了眼，自己这么辛苦赶完的论文，赵晏晏居然不看？

"马上要放假了，还看什么论文？"赵晏晏一副理所应当的样子，"等放假回来我再慢慢看。"

"那你让我国庆节之前必须完成！"郭泰来急了，自己这一周起得比鸡早睡得比狗晚，这么辛苦才赶完的论文，赵晏晏居然一眼都不看，还要放假回来才看，早知道这样，自己这么辛苦做什么？

"是你自己最开始说的国庆节完成啊！"赵晏晏明显忍着笑，脸上却一脸无辜地回应道，"又不是我最开始逼你的。你这人讲不讲道理？"

一口气憋在心里，郭泰来气得一句话都说不出来。赵晏晏却是一阵咯咯娇笑，提起包包，潇洒地冲郭泰来摆了摆手，径直走了，只剩下郭泰来一个人在风中凌乱。

这绝对是赵晏晏故意的，郭泰来可以肯定。就是因为自己那天加工叶片的时候嘴贱叫了一声"师妹"，所以才会有后面的这一系列的压迫。早知道这样，当时就乖乖地叫师姐了，悔得郭泰来直想大嘴巴抽自己。

一个人溜达着出了9003，郭泰来垂头丧气地往宿舍走。胖子的心都宽，走到半路郭泰来就已经缓过来了。

仔细想想，这也是好事啊，国庆节就把毕业论文弄完了，接下来的两个学期岂不是无事一身轻？随便自己瞎折腾浪玩了？前面要是不忙，后面哪有这种舒服？

"打牌打牌！"等胖子回到宿舍的时候，脸上已经是兴高采烈了，一推门冲着里面的几个牲口大叫道，"庆祝我论文写完，打牌打牌，快快快！"

以猪一般的生活度过了整个国庆假期，8日早上，郭泰来睡到自然醒，这才慢慢地走向实验室。论文写完了，总要指导老师给自己修改意见，然后再改一改，指导老师点了头，基本上论文答辩就没什么大问题了。

指望自己的院士导师亲自指点一篇本科论文那是绝不可能的，郭泰来也没敢奢望，赵晏晏的水平足够指点自己了。

进了实验室，郭泰来又看到每个办公桌上多了几朵新鲜的红玫瑰，肯定又是赵晏晏的追求者送的，可惜了他们的一番心思。

赵晏晏有单独的办公室，门开着，郭泰来在门口轻轻敲了几下，然后就直接走了进去。

进门转过隔板郭泰来才发现不对，办公室里除了赵晏晏还有别人。仔细看了一眼，郭泰来吊儿郎当的表情也都赶忙正经起来，冲着听到声音抬起头来的那位白发老头鞠躬问好："侯老师好！"

这位白发苍苍的老头不是别人，正是赵晏晏的导师，华科院的院士，郭泰来毕业论文挂靠的导师侯永宁。他老人家还兼任惯导实验室的主任。郭泰来鞠躬问好，一点都不过分。

"你就是小郭吧？"侯院士很和蔼，冲着郭泰来微微一笑，"你这个体形倒是有特点，没见过也绝不会认错。"

"对，就是他。"郭泰来还没来得及回答，旁边赵晏晏就已经开了口，"也只有他这种体形的人，才会想到要做一个穿在身上的椅子。"

赵晏晏的话让郭泰来一阵的无语，什么叫穿在身上的椅子？那叫可穿戴式座椅，品位比那个"穿在身上的椅子"不知道高到哪里去了。

"呵呵！"侯院士似乎已经习惯了赵晏晏这种语气，呵呵笑了笑，指了指旁边的椅子，"小郭，来，坐！"

郭泰来乖乖地走过去坐好，乖得如同幼儿园的小朋友，就差背着手听侯院士讲课了。在这种学术大牛而且还是为国奉献一生的老人面前，郭泰来有着发自内心的尊重。

"你的论文我看过了。"侯院士让郭泰来坐下之后的第一句话就把郭泰来给吓到了。

一个小小的本科生，一个本科毕业论文，值得院士亲自去看？水木大学牛是牛，可再牛的学校，一个本科生，他也毕竟只是个本科生而已啊！

赵晏晏在旁边没说话，但是眉毛却是冲着郭泰来示威一般地挑起来，分明是在暗示，她并没有辜负郭泰来那一周的辛苦，不但她自己看了，而且还推荐给侯院士看了。

郭泰来赶忙还给赵晏晏一个感恩戴德的眼神和笑容，这人情大了，只要侯院士亲自看过提出一些指导意见，论文再改过之后，郭泰来就是想不通过都难了。

"液压系统在可穿戴式座椅上的应用，论文论述得很完整，数据也充分，设计还有实际生产价值，是一个不错的产品。"侯院士先给了肯定的评语，"国家正推行产学研一体化，你这个产品倒是很有推广价值。不过，单纯地从论文角度来说的话，本科毕业是足够了，但作为我挂名导师的话，却稍显有点简单了，你明白我的意思吗？"

下

侯院士说得这么明白，郭泰来怎么会不明白？认真地点了点头，表示自己明白。

老一辈都是相当认真的人，刘老是这样，侯院士也是这样。身为学术大牛，既然在论文上挂名了，那就意味着论文和他是分不开关系的。

郭胖子这篇论文，毕业足够了，随便挂个普通的导师名字就可以。但要挂上侯院士的名字，恐怕就有些不够格了。

"小郭你不要有别的想法。"侯院士等郭泰来消化了一下，才又接着说道，"如果你只想本科毕业，没有问题，我依旧可以帮你挂这个名。"

这是什么意思？郭泰来心里开始打鼓，只想本科毕业？莫非自己还能多想想别的？

郭泰来也不是一开始就是这么一个大胖子的，人家当年也曾经瘦过，而且就在大一的时候。

大一暑假上学期军训完的时候，郭泰来还是一个只有一百五十斤的瘦子。这个数字在别人的身上可能显得有点重，可是在身高一米九的郭泰来身上就显得很正常。用同班女生的话来说，当年郭泰来也曾经是苗条细杆的一个长腿大帅哥学霸来着。

郭泰来之所以会变成一个胖子，是因为打球出的事。大二上学期的时候，郭泰来打球受了伤，右脚跟腱断裂，做了手术才好。可也因为如此，一个运动场上的佼佼者变成了一个至少半年之内走路都需要别人搀扶的半残。

这事情对郭泰来打击很大，很长一段时间以来，郭泰来都是靠着狂吃来消解内心的烦闷。本身擅长运动的人饭量就大，这么一吃更加拦不住，加上没办法运动，体重在半年之内就增加到了两百四十斤，身体如同吹气球一样地发了起来。

因为身体的缘故，郭泰来倔强地没想着休学，结果耽搁的课程没补回来，大二开始挂科。

作为能考上水木大学的学霸，在学习这种事情上再次遭受挂科的惨烈打击，越发地郁闷，整个大二郭泰来就这么浑浑噩噩地度过，结果就导致大二下学期末的时候体重飙到了两百八十斤。算起来，大三大四两年郭泰来体重才增加了四十斤，已经算是他控制得很不错了。

这段经历让郭泰来成了一个学渣，六十分万岁，以混到毕业为大学短期目标。暂时来说，毕业没有问题，但想要考研，胖子还没那个自信。至于保送读研或者直博，郭胖子更是想都没想过。

现在侯院士突然这么说，这是什么意思？郭胖子顿时间浮想联翩。

"胖子，之前没和你说，现在外面的事情发展得已经差不多，也可以告诉你了。"赵晏晏在旁边补充道，"上次你帮我们做的那个叶片，已经发挥出了超乎想象的作用。"

没有外人，赵晏晏当着侯院士的面，把郭泰来最开始做两根曲轴到刘老多了个心眼让万经理对日本方面隐瞒事实，再到对方处心积虑地设计用水轮机的叶片来试探，让对方误会，最终促成了日本方面松口。

现在日本方面已经开始和华夏洽谈放开 5 微米精度数控出口的事务，不出意外的话，再有一个月就能落实。

郭泰来到现在才知道，原来自己的两次出手，竟然起到了这么大的作用，达到了这么大的效果。如果真按照原来的进程，恐怕得华夏进了 WTO 之后才会慢慢放开吧？

不知不觉间，居然就小小地实现了一下想要改变这个世界的小目标，郭泰来忽然间心情大好，一种小小的成就感在胸腹之间回荡，那感觉真的很舒服。

"王教授那边对你很欣赏，只要你愿意，他可以通过系里和学校，以特殊贡献的名义保送你读他的研究生。"赵晏晏把王教授的意思告诉了郭泰来，"现在只等你点头，你可以考虑一下。当然，我不建议你考虑得太多。"

"愿意愿意！"郭泰来凭什么不愿意？水木大学保送读研，天大的好事，要是自己的父母知道了，不知道会有多骄傲。

郭泰来甚至现在就能想到，父亲肯定乐得合不拢嘴，母亲绝对会在邻里中给自己宣扬保送水木大学研究生，而且还在大学期间就设计出高科技的东西卖了专利赚了几万块巨款，他们一定会从心底为自己高兴。

"小郭啊！"看郭泰来这么开心，侯院士也笑着问了一句，"你跟着王教授读研，如果顺利毕业的话，愿意不愿意跟着我老头子做几天研究？嗯，读我的博士生，愿意吗？"

"愿意愿意！"郭泰来头点得和磕头机一般，华科院的院士亲口招揽，郭泰来完全没有不愿意的理由啊！

"不过，想做我的博士生，有个小小的条件。"侯院士看着郭泰来，笑着说道。

"您说您说。"郭泰来差点想要拍着胸脯让侯院士随便提条件了，总算是知道点分寸，才没那么开口。

"你的毕业论文，能不能写得更深入一些？"侯院士笑着说出了自己的条件，"只要你让我满意，等你研究生毕业，就是我的博士生了。"

"保证完成任务！"郭泰来表情一板，十分认真地保证道。

今天绝对是郭泰来的幸运日。王教授答应给自己保送研究生，连侯院士都亲口招揽做他的博士生，双喜临门啊！不对，不是双喜，赵晏晏看起来放假之前捉弄了他一把，可她却把论文拿给了侯院士看，这绝对是大人情，说明她对自己的观感有改变，第三喜，三喜临门。

这三桩喜事，随便哪一件说出去，都能让宿舍里那帮牲口们尖叫然后宰郭胖子一顿了。特别是第三喜，美人垂青，宰一顿之后还得按到床上臭揍一顿。

"对了，你对加工方面有天赋，你给看看这个东西做得如何？"郭泰来脑子里还在晕乎，侯院士已经开口询问了。

郭泰来赶忙集中精神，然后看向了侯院士指着的放在桌上的那个装置。大概有两个拳头大小，一堆齿轮陀螺什么的组合在一起，暂时还看不出来什么用途。

"表面处理得不错，装配得也还好，尺寸咬合得挺不错。"郭泰来看了几眼就知道了具体的尺寸和装配情况，也不矫情，直截了当地说出了自己的评价。

第十五章
前途无量

上

"只是不错？"侯院士皱起了眉头。

"侯老师，毕竟只是量产的零件而已。"郭泰来现在对机械加工上的理解，当然能看出这些都是量产的零配件，"也不能要求太高了。或许等 5 微米的高精度数控进口了，可以做得更精密一些，到时候就看装配的功夫了。"

侯院士点了点头，这是大实话。暂时来说，量产只能做到这个精度，装配也是如此，不太可能更进一步。不过，在学校里，在实验室里，做的是研究，却完全可以要求配件和装配更精密。

"这是晏晏最新设计的陀螺仪的机械部分。"侯院士并不怕郭泰来知道的更多，直接把名称说了出来，然后冲郭泰来问道，"如果让你来做的话，能做到什么程度？"

"让我跟着刘老再学上一两个月，零件可以更精密，我还可以让装配公差再降低十倍。"郭泰来看了看零配件的尺寸和咬合的情况，思索了一阵，才给出了一个答案。

不光是侯院士，连赵晏晏脸上都露出了喜色。不过赵晏晏似乎早就知道会是这样，只是笑了笑，并没有表现得特别惊喜。

"如果……我是说如果。"侯院士冲着郭泰来问道，"如果让你等比例缩小，还要做到这么精密，还得保证每部分工作正常的话，你能做到多小？"

这个问题有点难度，至少郭泰来不能马上回答，而是先拿起那个陀螺仪的机械部分，拨动了里面的陀螺，观察陀螺仪的运转方式。

机械陀螺仪的原理其实并不难，但这个显然不是纯粹的机械陀螺仪，很有可能还会结合一些光电之类的部件做成复合的陀螺仪，而且还要保证各部分工作正常，互相不能干扰，并不是一件容易的事情。

"您需要有多小？"观察一会儿之后，郭泰来反过来问了一句，"设计上要求的最小尺寸是多少？"

"如果考虑光电部件和计算芯片的话，缩小十倍能不能做到？"侯院士没有说话，而是赵晏晏开口问道。

"再小一点也可以做到。"郭泰来给出了很肯定的回答，"不过要提前打造一套小型或者微型的工具。另外，因为尺寸变小带来的传感部件就需要重新设计。"

工欲善其事必先利其器，这个道理，侯院士和赵晏晏都明白，对于郭泰来的这个前提并不觉得意外。正相反，他们很惊喜。至于郭泰来说的尺寸变化传感部件要重新设计，这根本就不是问题。

"接下来的三个月，我会不断地调整设计，每次调整你都要帮我加工出整套的零配件并装配起来以便我们做实验。"赵晏晏双眼看着郭泰来，很认真地问道，"你要打造一套工具，一个星期够吗？需要的材料提交一个清单，由实验室购买。"

"多好的材料都可以？"郭泰来顿时兴奋起来，反问赵晏晏道。

"暂时不可能提供你顶级的材料，想要争取速度，只能在国内购买。顶级材料只能小规模在国外采购，但时间上可能会拖后。"赵晏晏在侯院士面前表现得很自然，非常有条理地回答道。

"可以先用国内的做一套，暂时满足你开始的设计。等顶级材料买到了，再考虑做最后的成品。"郭泰来马上给出了一个解决方案，"可以吗？"

赵晏晏看了一眼侯院士，侯院士微微点了点头，然后赵晏晏才又看向郭泰来这边。她相信，郭泰来肯定已经看到了侯院士的点头。

"我没问题了。"郭泰来赶紧表态，侯院士可是自己几年后的老板，无论如何也要在他面前表现得好一点。

"好吧，问题解决了。"侯院士拍了拍手笑了起来，"总算是可以进行到最后一步实际检测效果了。"

做出这款全新设计的复合陀螺仪并不是那么容易，要实验就得有成品出来，但暂时实验室还没找到一个完全能够理解他们设计意图的高级钳工来帮忙打造实物。用普通工人光是解释沟通就得耗费很大的精力，包括刘老在内，沟通起来都不是那么轻松。

好容易出现了一个精仪系的本科生还有着一手比刘老还要精湛的加工手艺，有本科生的基础，沟通完全没有问题，很多机械原理都不用再额外解释，自己还是个装配高手，这简直就是一个稀世珍宝啊！

也就是侯院士知道得晚了点，被王教授抢了先，否则的话，这样的宝贝早就应该抢下来保送直博，哪里能轮到王教授？

不过也没办法，之前刘老突发奇想，等到大家开始实施欺骗计划的时候，为了保密，郭泰来的能力只有少部分人才知道，连赵晏晏都是后来才知道的，侯院士那么忙，更是没办法兼顾到。

等到赵晏晏也加入到计划中的时候，学校和几个部委都在暗中配合，想抢郭泰来也来不及了，只能眼睁睁地看着郭泰来被王教授抢先定下。

现在这个方案是最好的折中，同时考虑到了两个实验室两个项目组的需要，毕竟各自做郭泰来的导师，真需要郭泰来动手帮忙的时候，郭泰来肯定也不能坐视，算是勉强平衡了两边吧！

但对郭泰来来说，这可就是天上掉下来的两个金馅饼了。

哈哈哈哈！侯院士已经先离开了，郭泰来总算能在赵晏晏办公室稍稍地改变成松垮的坐姿。以后自己也是保送水木大学读研读博的优等生了，说出去不但家里人会开心，自己也绝对地有面子。

特别是成为侯院士的学生，简直可以说是在自己的学术生涯上镀了一层金灿灿的颜色，以后只要自己想往这个研究方向上深入，学术上可以说是一片坦途，前途无量啊！

"师姐！"一个人面对赵晏晏的时候，郭泰来立刻换上了一副谄媚的表情，"多谢师姐帮忙，再过几年，我们就是真正的师兄妹关系了，谢谢师姐！"

"什么师兄妹关系？师姐弟！"赵晏晏故作厌恶地看了一眼郭泰来的恶心表情，出声纠正道，"另外，别想得太美，想让侯老师满意，那可不是什么容易的事情。"

下

从赵晏晏的办公室里出来，郭泰来觉得自己好像做了一场梦一样。

说实话，毕业论文再写得有深度一点，让侯院士满意并不是多难的事情。郭泰来在未来梦境中见过那么多的好东西，深入一下太简单了，毕竟只是本科毕业论文，太夸张了也不合适，不是吗？

美梦来得太突然，郭泰来都有些猝不及防。晕晕乎乎中，郭泰来就走到了校办工厂钳工车间这边，看到了刘老，殷勤地把刘老请到了工作间，然后向他请教。

"从你自己的内心来说，你愿意读研读博然后留校在系里工作吗？"刘老年老成精，面对郭泰来的请教，不慌不忙地捏着健身球反问道。

"当然愿意了！"郭泰来毫不犹豫地回答道。

从小郭泰来就是父母的骄傲，而这份骄傲到了郭泰来考上水木大学之后升到了最高。郭泰来很清楚地记得从小到大父母将他们能提供的最好的东西都给了自己，他也一直在努力地想要让父母保持这份骄傲，直到大二的时候跟腱断裂。

本来以为自己只能混到毕业然后进入到社会工作了，可忽然之间在大四下学期上天给了自己一个天大的转折，到现在，保研读博都已经唾手可得，为什么不让父母的骄傲维持下去直到更高？要知道，郭泰来现在可不缺钱。

"那你还纠结什么？"刘老笑着反问道。他也乐意看到自己的这个关门弟子郭胖子有一个高起点的平台，在国内，还有比水木大学博士生更高的起点吗？

"没有了！"郭泰来终于踏实下来，心不在半空中飘着了。

在学校做研究，同样可以将未来梦境中的那些东西实现，不是吗？赵晏晏都有了自己的公司，自己过段时间有了足够的资本，同样可以开出自己的公司，学术和改变世界两不耽误。

"我要是你，就去拜访一下王教授。"刘老在旁边不遗余力地指点着，胖子太开心了，很多事情都忽略了，身为师父，他有义务指点这个胖徒弟，"不用带什么礼物，直接去实验室拜访，他会很开心地用你干活的。"

胖子绝对是听人劝的人，所以刘老指点之后，他立刻满怀诚意地没带任何东西直接去了 CIMS 中心去拜访王教授了。

王教授当然已经知道了日本现在已经开始洽谈 5 微米高精度数控出口的事情，见到郭泰来，也是很开心。他才接到了赵晏晏电话，说是郭泰来同意做他的研究生了，现在郭泰来就找上门来。

"刘老那边不是打了申请说是想要和你拆掉一台老车床然后重新打造配件重新装配吗？"对郭泰来，王教授也没客气，明年就是自己的学生了，现在也是学生，支使起来没有半点心理负担，"系里和学校都已经同意了，你们去搞，你尽快把刘老那一手装配的手艺学上手，以后实验室的加工中心你来装配。"

日本人打的什么主意，王教授一清二楚，上面也同样明明白白，不过他们那种封锁加经济的手法的确是成功了不少次，国家现在还穷，有时候不得不放弃一些项目，上面也很是心疼。

可越是这样，上面越是要咬着牙力挺国内的某些研究，哪怕只为了打破西方国家的技术封锁，也要支持他们继续研究下去。这次骗到了 5 微米的数控，可还有更高精度的，总不能一直靠骗吧？

接下来的研究中，郭泰来的技术很关键。王教授和侯院士一样，同样乐意看到自己的项目组当中有一个拥有着足够的理论基础知识，同时动手能力还超强的成员，所以郭泰来越厉害，他们越高兴。

郭泰来乐颠颠地领了任务出来，第一时间就直奔离宿舍不远的长途公用电话亭，给郭建军打电话。保研这样的好消息，一定要告诉自己的父母，让他们好好地开心开心。

接到郭泰来的电话，郭建军简直高兴得要疯了。特别是郭泰来告诉郭建军，要他不用那么辛苦，郭泰来已经有了新的专利设计，很快就能再赚到一笔钱，足够郭建军和丁玉梅生活无忧了。加上国家给的下岗买断工龄的补偿款，他们夫妻完全可以不用再待在这个烂厂子里受气了。

郭泰来知道自己的父母会很开心很骄傲，但他不知道的是，郭建军和丁玉梅知道了这消息，一起商量之后，第二天一早就双双到了厂里，将下岗申请拍到了那个脑满肠肥一直在克扣工资刁难他们的厂长的脸上。

当天下午，郭泰来已经保送水木大学研究生而且设计出高科技专利还赚了钱的消息就传遍了整个厂区。而郭泰来本人，也从大二变胖之后，再次成为那片区域里无数小孩为之痛恨不已的"别人家的小孩"。

人生得意须尽欢，但人不能太得意，太得意的后果就是郭泰来完全忘记了自己在高兴不已的情况下答应了什么，第二天整理的时候，才发现自己竟然犯了这么大的错误。

答应了王教授重新打造机床配件学习装配，答应了赵晏晏要打造一套工具和量身定做一副外骨骼座椅，答应了赵晏晏要给她制作陀螺仪部件，答应了侯院士要更改论文，还要提交原料清单，当这些活全都涌上脑海的时候，郭泰来已经痛苦地呻吟了起来。

天哪，这么多活集中在一块，岂不是要累死？还好提交材料清单很快，半天完成，可剩下的活，哪一件都不是三两天的事情，而且还要同时进行，胖子悲催地发现，自己一天忙下来，竟然加起来连半个小时的休息时间都没有。

手忙脚乱四脚朝天地忙碌了半个月，打造出了一套小型工具，并且拆了那台莱茵老车床并重新打造了几个配件，体重减重三公斤之后，胖子终于迎来了一个好消息。

赵晏晏从特殊渠道订制的微米级的钛粉，终于到手了，现在已经送到了实验室，就等郭泰来过去用了。

接到消息，郭泰来开心得差点跳起来，二话不说，直奔9003。

第十六章

收礼物

上

说实话，郭泰来等钛粉已经等得有些着急了。

这么长时间以来，郭泰来只有一万个纳米机器人，除了一些简单的事情之外，什么都不能做。

倒是加工方面和双眼测量方面有了变态一般的实力，可是这对于郭泰来的愿望来说还远远不够。不说别的，只说让自己的身体健康，就无法实现。

目前郭泰来只能简单地清理血液中的细微血栓，控制手臂肌肉，轻微地消耗一些血脂，就连纳米机器人控制系统也因为数量不足而无法升级，无法开放更多功能。

"胖子！"正要拐进实验室，在实验室门口的大厅里，郭泰来忽地听到了一个似曾熟悉的声音。

扭头看去，胖子立刻笑了出来。

大厅里站着几个各种精心打扮的年轻人，一个个都人五人六的，每个人手里都捧着鲜花。

开口的那个，还真见过一面，就是那次做曲轴的时候那个万经理身边的年轻人，应该是万经理的儿子。这是郭泰来后来知道的。

此刻万经理的儿子相当地有意思，西装革履，头发梳理得整整齐齐，上面不知道喷了多少发胶，油光水滑，光亮得估计苍蝇上去都能滑倒。

在他的右手中，正捧着一束红玫瑰，左手拿着一个包装精美的礼品盒，上面还扎着漂亮的蝴蝶结，不知道里面是什么东西。

不过，这样的打扮这样的做派，郭泰来一眼就能断定，这家伙也是一个赵晏晏的追求者。

类似这样的追求者，郭泰来这些日子见得多了，每天都有。实验室每个人的桌上都有好几朵鲜艳的红玫瑰，每天还都要换新的。有时候人来得扎堆，实验室放不下，还会送到一些系领导房间和别的实验室。

"万……"郭泰来叫了一个字，忽然发现，自己只知道对方姓万，并不知道他叫什么，忽然间就叫不出来了。

"我叫万明。"见胖子竟然还真记得自己，万明顿时喜出望外，赶忙自报家门。

上次万经理临走的时候，让他多接触一下胖子，打好交道，万明早就把这叮嘱抛到了九霄云外，一个手艺活不错的学生而已，有什么值得交往的？就算胖子活再好，难道他毕业还能去做一线钳工？

所以这些天万明根本就没有找过胖子，更别说和他套交情了。不过这次，万明看到胖子却觉得自己真是运气太好了。

追求赵晏晏的俊彦们谁不知道，最近赵晏晏的实验室去了一个大五的胖子，总是能和赵晏晏说上话，只可惜谁也不认识胖子而已，否则的话，让胖子帮忙说说好话岂不是大好事？

至于说他们会不会因为赵晏晏垂青胖子而嫉妒，那是不可能的。光看胖子那个体形赵晏晏也不可能找上他，听说是胖子一手好钳工，给赵晏晏打造精密零件，所以才得到了校花的另眼看待。

万明之前来的几次都没碰上过郭泰来，也没看到过郭泰来进出实验室，只是知道有个胖子而已。今天看到郭泰来，忽地心中一动：钳工好的胖子，莫非就是这个胖子？

"我叫郭泰来。"郭泰来也自我介绍了一下，熟人叫他"胖子"无所谓，陌生人也这么叫，他可不喜欢。

"好久不见啊！"万明把花交到左手，和胖子握了一下手，虚伪地客套了一下，然后马上问出了自己想要问的问题，"你这是……去实验室？"

"是啊！"郭泰来很自然地点头回答，握手的同时也是同样地反问道，"你这是……给赵师姐送礼物？"

"是啊是啊！"万明顿时开心起来，果然是这个胖子，这下好了，有内应了。

"那怎么不送进去？"郭泰来纳闷地问道。你不送进去，大家桌上怎么能有鲜花？

"嗨，其实你也知道，这花就这么送进去，肯定到不了赵小姐手上。"万明倒也不隐瞒自己的心思，直截了当地说道，"胖子，那个，郭泰来，你帮个忙，帮我把花和礼物送给赵小姐好不好？"

郭泰来还在沉吟，万明就赶忙许下好处："你多多帮忙，我请你吃饭，好不好？"胖子嘛，一看就爱吃，用请客吃饭来酬谢绝对没问题。

"行，看在你请客的分上。"郭泰来本来不打算答应，但想想万明的老子那个万经理貌似还算是个人物，反正捎带手的事情，也不麻烦，顺势也就答应了下来。

"不过，我可不敢保证师姐会收你的东西。"郭泰来把丑话说在前面，免得自己帮了忙还不落好，"要是师姐不要这些东西，我再拿出来还你。"

"那哪能呢？"万明是标准的富二代，送出去的礼物别人不收哪里还有脸收回来？旁边就有情敌，如果这么做了，那让别的情敌怎么看他？稍微传几句话就能让他再也没脸出现，"赵小姐要是不要，你就收起来得了，算我送你的。"

万经理早就让他和胖子拉交情套近乎，礼物既然赵晏晏不收，反过来给胖子也没浪费，一来二去这不就能熟悉起来，也能完成父亲的嘱咐，还可以名正言顺地找父亲要钱。

"你说的啊！"郭泰来当然无所谓，他有九成九的把握，这些东西赵晏晏肯定不要，那岂不是自己的？白送上来的礼物，还不用有什么心理负担，笑纳了！

万明一脸的笑意，连连点头。旁边几个情敌看着脸都绿了，这家伙竟然认识这个胖子，那很有可能礼物能送到赵晏晏手上啊！

"等着，我这就去师姐办公室！"郭泰来也不管旁边几个人的脸色，接过万明手里的鲜花和礼品盒，然后刷卡打开实验室大门，径直地走了进去。

万明在外面，透过玻璃能很清楚地看到郭泰来在赵晏晏办公室门口敲了敲，然后就推门走了进去。

这么顺利？万明有些患得患失起来。旁边的几个情敌更是眼睛看得都直了，整个实验室谁都不敢随便带东西给赵晏晏，胖子竟然就这么大大咧咧地进去了？

没一会儿工夫，赵晏晏的办公室打开，胖子先走出来，然后是赵晏晏。

赵晏晏虎着脸，把鲜花往外面的一个办公桌上一放，又把已经拆开的礼品盒直接扔到了胖子怀里，扭头回了办公室，砰一声摔上了门。

下

完了，没戏！

隔着玻璃看到这一幕，万明的心都凉了。本来赵晏晏平常就不好接触，好容易有个能接触到她的胖子，竟然送进去的东西都被扔出来了。

郭泰来悻悻地拿着礼品盒走到门口，打开了实验室的门走了出来。

"万明，师姐说你的礼物她不喜欢。"说着，郭泰来伸手将礼品盒送了过去，"喏，还给你，你收好。"

"嗨，说了她不要归你，还回来干吗？"脸上很沮丧，可万明还是没要礼品盒，旁边还有情敌在看，怎么可能这样跌份？

"那我收着了。"郭泰来也没客气，收回手，看了一眼脸上很不自然的万明说道，"那个，万明，师姐说她不喜欢你的礼物。"

"嗯，我知道。"万明不知道郭泰来什么意思，一句话还要说两遍？

"师姐只说她不喜欢你的礼物。"郭泰来撇了撇嘴，只能把话说得更明白一些，"她没说不收你的礼物，明白？"

胖子的第二次提示让万明精神一振，没说不收，只是不喜欢？再结合已经被打开的包装盒，万明眼前一亮，原来是这样！是自己送的礼物不合她的心意，而不是不收礼物，原来如此，原来如此！

"我明白了！"万明的变脸比川剧演员还要厉害，立刻眉飞色舞起来，"胖子，谢谢你！"

"记得请我吃饭！"郭泰来毫不客气地笑纳了这份感谢，然后大摇大摆地拿着礼品盒，刷卡进了实验室。

万明匆匆地走了，旁边的几个送花的追求者似乎也得到了提示，互相看了一眼，也都飞快地散去。

等外面没闲人的时候，郭泰来才抱着礼品盒再次进了赵晏晏的办公室。整个实验室，估计也只有侯院士能不敲门进赵晏晏的办公室，但侯院士肯定不会做这么失礼的事情。而剩下的人当中，也只有郭泰来敢敲一敲门也不管有没有人答应就闯进去。

"胖子，你在玩什么？"赵晏晏对郭泰来这么大大咧咧地闯进来一点都不意外，紧盯着郭泰来，等着他的解释。

刚刚郭泰来抱着花和一个礼品盒子进来，什么话也没说，就在那边拆礼物，外包装拆掉，还是没多说什么，自己倒了杯水喝了，然后让赵晏晏做出个发怒的表情把花和礼品盒给送出去，赵晏晏一脸的莫名其妙，但还是照做了。

现在，她正等着郭泰来给她一个解释。

"你的仰慕者给你送礼物而已，我帮他拿进来。"郭泰来很舒服地靠在赵晏晏对面的椅子上，吊儿郎当地对赵晏晏说道。

"我不收任何追求者的礼物。"赵晏晏很认真地重申了一遍自己已经在实验室里说过好多次的规矩。

"没让你收啊！"郭泰来一脸的无辜表情，"你不是扔出去了吗？"

"然后呢？"赵晏晏没明白胖子在玩什么，继续问道。

"你扔出去就不是你的了，你不要嘛。"郭胖子理所应当地说道，"我拿去还给人家，当着其他情敌的面，他当然不能拿回去了，那多没面子，对吧？"

"所以呢？"赵晏晏还是隐隐地咬牙了。

"所以东西就归我了啊！"郭胖子伸手拿过礼品盒放到了桌面上，

两手搓了搓，开心地说道，"有人送礼物给我，美好的一天，人生真是充满了惊喜啊！"

刚刚并没有打开，也没有看到是什么礼物，现在只有他们两个人，胖子可以很从容地欣赏万明送给赵晏晏的礼物了。哦，现在是胖子的。

赵晏晏差点被气乐了，送给自己的东西自己不要，然后故意当着那么多人的面退回去，对方不好意思要，胖子就正大光明地据为己有了？

"那你在外面和那个家伙说了什么？"赵晏晏也注意到了外面那些人的变化，又追问了一句。

"我告诉他们你不喜欢这个礼物。"郭泰来实话实说道。

这话听起来似乎没什么问题，智商极高的赵晏晏并没有觉得胖子说得不对。反正不管是谁，只要追求她送给她的礼物，她都不喜欢。

"那他们怎么走了？"赵晏晏没想通的是这点，难道是那些家伙知难而退了？以前拒绝过那么多次，也没见他们少送花啊！每天让她不厌其烦，胖子的话这么管用？

"哦，我提醒了他们一下，你只是不喜欢他们的礼物，并不是不收。"郭泰来依旧还是如实说出。

瞬间赵晏晏就明白了胖子的打算。那些家伙以为自己只是不喜欢礼物，肯定会想方设法地打听自己的爱好，然后挑选更多的礼物送上。只要自己不要，胖子就会厚着脸皮收下来。那些追求者什么也没得到，自己平白背负了恶名，只有胖子能得到实惠。

"死胖子！"赵晏晏几乎要怒了，确切地说，她已经怒了，冲着郭泰来咆哮道，"那是送给我的礼物！"

"没错啊！"郭泰来很平静地回答道，"可你不是不要吗？那就不是你的了。我还给人家，主人也不要，非要送给我，我又不用担心他们追我，看他们拿回去也不容易，怪累的，我就勉为其难笑纳了。"

"我可从来没有说过不喜欢他们的礼物而不收，我是从来不收任何礼物！"赵晏晏恨不能此刻就把胖子拉到散打训练场上狠狠地揍一顿，不过显然不现实，只能冲着郭泰来咆哮道。

"那你去和他们说啊！"郭泰来双手一摊，一脸无辜地说道，"你们之间沟通不畅，难道要我负责吗？"

赵晏晏一向对那些来追自己的家伙们不假辞色，别说说话，好脸色都没给过几次，让她去和那些人解释，怎么可能？

"是不是我理解错了？"郭泰来一脸奸笑地冲赵晏晏说道，"这样吧，我去弥补，待会我就去打印几个'不收礼物'的大字贴到实验室门口，这总不会弄错了吧？"

"死胖子！"赵晏晏是彻底被这个无耻的胖子气得连脾气都发不出来了，只能无语地冲着郭泰来喊道，"无耻！"

"夸奖夸奖！"郭泰来不以为耻，振振有词道，"穷人的孩子早当家啊！"

"钛粉！"赵晏晏咬牙切齿地笑了起来，"没有了！"

"师姐，我错了！"郭泰来顿时屈服。

第十七章
真那么好吃

上

贴几个"不收礼物"的大字就能让那些家伙不送礼物？显然是不可能的，这个态度那些家伙们早就知道，他们哪天停止送花了？

胖子根本就是在狡辩，所以愤怒的赵晏晏立刻捏住了胖子的软肋，不给他钛粉了。

虽然不知道郭泰来为什么一定要微米级的钛粉，胖子就始终没说过实话，但这绝对能拿捏住胖子。果然，胖子立刻屈服了。

"你惹下的麻烦，你给我解决！"赵晏晏看着胖子这一副奴颜婢膝的样子，和刚刚的那副小人得志的面孔形成明显对比，气过之后赵晏晏都想笑。

可想而知那些家伙听到胖子的那番话之后会怎么做，也就是说，不管怎么着，胖子可能都会在众人眼皮子底下收到一批自己不要的礼物，便宜这家伙了。有时候真是不甘啊！

"解决很简单啊！"郭泰来听到赵晏晏有松口的意思，立刻出谋献策道。

"简单？"赵晏晏冷笑了一声，"你以为他们是为什么这么死缠烂打？"

"因为你漂亮啊！"郭泰来不假思索地回答道。

"漂亮的人多了，怎么没有几十人连着几个月不断地围着转？"赵晏晏听着郭泰来说自己漂亮，脸色好了一点，但还是冷笑着问道。

"那不是别人没有水木大学双博士学位吗？"郭泰来好话立刻送上，"师姐你这么漂亮身材这么好，还这么有文化有品位高端大气上档次的，打着灯笼都难找啊，当然围的人多了。"

"幼稚！"一连串的好话，让赵晏晏的脸色再次好看了一些，但还是给了胖子一句"幼稚"的评价。

"不全对啊？"郭泰来摸了摸下巴，猜测道，"那就是追到你能有大好处了。对不对？师姐家庭背景肯定不一般吧？"

这是显而易见的，但郭泰来最后才说出来。

"那又怎么样？"赵晏晏问道。郭泰来的确是猜对了，其实并不难猜，只是她一直不想面对而已，其实她心里比谁都清楚，否则也不会这么问，也不会说郭泰来幼稚。

"你一天不嫁人，他们就一天不会消停啊！"郭泰来虽然不知道这种深厚家庭背景的人家是怎么考虑儿女的婚事的，但看过不少的小说和影视剧，总是知道一点的，"而且到时候你父母和家人也会帮你参考的，帮你挡下大部分的压力，所以你根本不用担心这些事情啊！他们也不太敢对你如何的。"

胖子的言下之意，其实还是自己搞的这点小动作并不会影响赵晏晏什么，她甚至还可以和以前一样什么都不用做，胖子拿到礼物进她的办公室一下拆开然后拿出去就行，毫不影响她的研究，只是胖子能落点好处而已。

会不会被那些家伙知道，进而报复胖子，这更不是问题。胖子是在刚刚才想通的，每次肯定都拿礼物还回去，那些家伙不要，胖子再贪污。而且胖子会很厚道地给赵晏晏报个名字，绝不会让那些人连在赵晏晏耳边出现的机会都没有。

"我不会结婚的。"赵晏晏看着郭泰来，很平静地说道。

"啊？为什么？"胖子不解地问道。

"不为什么。"赵晏晏很坦然地说道，"我是不婚主义者。我在国外的同学很多都是。结婚生子这些正常人做的事情有什么意思？浪费时间，有这时间，还不如在实验室里多调试几次程序，或者多做几个设计。"

郭泰来看着赵晏晏明媚无比的面孔，忽然之间有些可惜，又有些心疼，说不上来的感觉。

"解决了！"郭泰来心中叹息，双手一摊，冲着赵晏晏说道，"多简单？"

"解决个头！"赵晏晏大怒，脏话也脱口而出，"我是不想要他们骚扰我！不要在我周围出现！"

"那也简单啊！"郭泰来没心没肺地笑道，不等赵晏晏暴怒就赶紧说出了办法，"等我收几天礼物以后，就贴个告示，不收礼物，欢迎擅长高等数学材料力学量子力学以及散打的优秀男士交流。你只要豁出去几天，把敢来的挨个揍一顿，他们很快就会乖乖地知难而退的。"

"别急，听我给你分析。"看赵晏晏就要暴起了，郭泰来急忙安抚，"相信我，打得过你的，肯定没你学得好。能和你讨论量子力学的，肯定打不过你。你不是还缺陪练吗？正好有人送上门来，把你看不顺眼的使劲揍一顿先出口气再说。前几个揍得惨一点，后面的还敢纠缠的能有几个？"

"那要真有一两个变态能打过我还学得好呢？"赵晏晏开始认真地考虑郭泰来的这个馊主意，貌似很有可行性的样子。

"拜托，打女人的人，品性不好，滚蛋。"郭泰来直接否定道，"只要他敢动手，以后就别想做人了。"

"嗯！"赵晏晏是真的开始考虑怎么执行这个计划了，"你说的有道理，我怎么早没想到呢？"

胖子偷偷地长出一口气，这关算是糊弄过去了。赵晏晏在考虑可行性，完全没有意识到胖子说的是等他收几天礼物之后再这么做。连胖子自己也没想明白，自己看到万明之后怎么就忽然之间想出来这么一个馊点子。

也许是隐藏在心中的那种偷偷的喜欢暗恋以及有自知之明不敢奢望的矛盾心思，看到那些追求赵晏晏的人，心里不爽，所以才会坑他们一把吧？

对了，钛粉。郭泰来想起来今天来这里要办的正事，看赵晏晏心情已经不那么坏，急忙提了出来："师姐，不是说钛粉买到了吗？给我看看？"

"钛粉？"赵晏晏抬头看着郭胖子，明亮的双眼里忽地多了一丝狡黠，"是好像有这么点东西来着，貌似是二十克的样子。不过我突然忘记放到哪里去了。也许有人要是办事让我开心了，我就会想起来。"

"师姐有事您吩咐。"郭泰来人在矮檐下，当然要低头，赔着笑冲着赵晏晏讨好道。

"嗯，有个死胖子某天晚上让我给他泡方便面来着。"赵晏晏抬头看着天花板，忍着笑说道，"中午我突然想吃方便面了，谁给我泡好了端过来？"

"我！"某个死胖子急忙举手，"我最擅长泡方便面了，交给我。"

下

看着慢条斯理但又优雅无比的赵晏晏樱桃小口一点一点地吹凉方便面，很淑女地挑起来一小筷子悄无声息地放入口中，细细地咀嚼、吞咽，郭泰来简直要抓狂了。

吃方便面不吃得稀里呼噜那还能叫吃方便面吗？都已经沦落到吃方便面的地步了，还优雅个什么？

特别是这种郭泰来已经着急地想要拿到钛粉研究一下的时候，赵晏晏吃得越慢，郭泰来就越着急。更让胖子绝望的是，他表现得越着急，赵晏晏就吃得越优雅，仿佛是成心要看郭泰来着急。

早知道，当时就不那么嘴贱了。郭泰来总算是接受了教训，以后面对赵晏晏，一定拣她爱听的话说，绝不再犯。

总算是等到赵晏晏吃完了方便面，郭泰来长出了一口气，正打算开口，却发现赵晏晏打开了抽屉，从里面拿出了自己用的勺子，然后又是一勺一勺淑女地喝汤。

啊啊啊啊！郭泰来几乎要抱着头崩溃了，可是他还不敢催，只能继续耐着性子等，脸上还得赔着笑。

"嗯！虽然味道不怎么样，但是既然某人很认真地泡好的，也就马马虎虎算是过关了。"欣赏了一会儿郭泰来的这种矛盾表情，赵晏晏的心情爽了，给了个合格的评价。

"师姐就算是吃方便面，也能给人一种吃白金汉宫晚宴的感觉，大气，优雅，漂亮。"郭泰来立刻狗腿地附上马屁。

"这是你要的钛粉。"赵晏晏爽了，折腾了一番胖子，把那天晚上的气全都找了回来，又因为胖子给出了个馊主意，以后可以摆脱大部分的死缠烂打的家伙，所以她没有继续折磨郭泰来，直接从办公桌的抽屉里拿出来一个密封的小试管，放到了桌上。

郭泰来的眼睛立刻亮了起来，伸手就要拿过来。

胖手刚碰到小试管，却被一只小手给压住了。那柔腻的触感，让胖子当场就愣住了，傻傻地看着赵晏晏，不知道她什么意思，或者说又要出什么幺蛾子。

"你要钛粉到底做什么？"赵晏晏的目光很纯净，这次她是真的只是想要知道胖子要钛粉的目的。

"不是说了吗？想要增加功力嘛！"郭泰来面不改色心不跳地回答道。

"白胡子老头教你的功法，是吧？"赵晏晏眼中隐约又有了怒气。

很显然，赵晏晏是不会相信这么无稽的说辞的。可是郭泰来又不能实话实说，就算实话说了，赵晏晏会信？退一万步，赵晏晏信了，在这么一个研究狂面前坦白，郭泰来自己还怕被赵晏晏解剖了来找出纳米机器人。

"……"郭泰来只能无语沉默，没办法回答。

还好，赵晏晏坚持了一会儿，看着胖子可怜的眼神，手一抬，放过了他，任由郭泰来拿走了小试管。

试管到手，郭泰来没着急打开密封盖，而是先在灯光下看了看。

银灰色的极细粉末，在旁人眼中看到的是一小撮细腻到极致的粉末，可在郭泰来的眼中，看到的却是一个个不规则的颗粒。每个颗粒的直径，都没有超过 1 微米，的确是微米级的钛粉，甚至有过之而无不及。

"师姐，这些东西多少钱？"郭泰来冲着赵晏晏问道。上次提条件的时候就说过，他会买下钛粉，会付钱。

"实验室买了一批钛合金，打算做实验。"赵晏晏没得到郭泰来的回答，略有不满，"这些钛粉只有二十克，价格不高，算是你给我做外骨骼座椅的加工费。"

"谢谢师姐！"赵晏晏这么说，就是不用郭泰来再付费了，郭泰来当然开心。

打开密封盖，郭泰来忽然犯了难。虽说纳米机器人可以复制，但是，这些钛粉怎么使用？

胖子先伸手进去，蘸了一点点钛粉，拿出来放在眼前看着。

"复制！"脑海中胖子已经下达了指令。

"请提供微米级纯钛粉。"

除了这条反馈的消息之外，没有丝毫的动静。控制系统也好，纳米机器人也罢，没有一点异常的举动。

难道控制系统就不能控制纳米机器人到自己手指上隔着细胞吸收这些钛粉吗？

"数据不足，无法实现！"

又是一条提示信息，让郭泰来彻底地无语。

看来，想要把钛粉送入体内，恐怕就只有一种方法了。郭泰来苦笑了起来。

又看了看钛粉，郭泰来忽地冲着赵晏晏问道："师姐，纯钛粉应该是没有毒性的吧？"

"是的。"赵晏晏没好气地回答道。

"也不会被胃酸腐蚀吧？"郭泰来又问了一句。

"抗腐蚀性很强，在你体内肯定是不可能被腐蚀了。"赵晏晏回答了一句，然后莫名其妙地问道，"问这个干吗？难道你要吃？"

"不是早就告诉过你，我想尝尝味道吗？"郭泰来立刻理直气壮地回答了一句，然后就在赵晏晏不可思议的目光中，将手指伸入口中，舌头明显地舔了上去。

"你疯了？"赵晏晏简直不敢相信自己的眼睛，这死胖子居然真的要尝味道？

当时赵晏晏问郭泰来用途的时候，郭泰来的第一个回答就说是要尝尝味道，第二个回答才说是要加深功力。难道说，胖子说的是实话，真想尝味道？

"到舌头吸收钛粉，复制！"郭泰来没在意赵晏晏无比惊讶的表情，脑海中给控制系统下达了具体的指令。

"舌部 I 型纳米机器人检测到钛粉，吸收复制中……"

"所有 I 型纳米机器人移动，准备吸收复制中……"

一条反馈指令信息让郭泰来差点泪流满面，原来真的要吃进嘴里才能进入体内啊！忙碌了这么长时间，终于等到了可以提升纳米机器人数量的这一天，真期待复制到足够数量之后控制系统升级会有什么新功能。

脑子里这样感慨满足着，胖子的脸上也显示出一阵品尝到了什么美味佳肴的幸福表情，口中甚至配合地发出了一阵满足的呻吟。

胖子这样的销魂表情让赵晏晏看着一阵地纳闷。不会吧？胖子真是个这样的变态？吃钛粉？

莫非真的那么好吃？

第十八章

升 级

上

　　郭泰来能感觉到，一万个纳米机器人已经全部都集中到了舌部，然后几个合在一起，从味蕾的细胞中钻出去，借助人体本身的吸收能力，将钛粉牵引到了自己的身体细胞组织内。

　　手指上蘸那么一下，最多也就是百分之一克，可是对于纳米机器人目前的复制来说，已经足够了。

　　一个纳米机器人只有0.15微米的长宽高，按照体积密度计算，一个纯钛的纳米机器人也不过才1.5乘10的负11次方微克，就算是一百万个，也才0.000015微克。注意，是微克，百分之一克，足够复制一百万个一百万了。

　　人体的确神奇，微米级的钛粉本来就比细胞还小，在舌头上的所有的钛粉很快都被体表细胞和组织液吸收，随着血液循环，流到了全身各处。

　　钛粉无毒，也不会对身体有什么刺激作用，这么点钛粉进入体内，对郭泰来的身体没有任何影响。他的外观更是一点都看不出来之前和之后有什么区别。

　　可是在郭泰来的体内，一万个纳米机器人飞快地分别聚集在距离自己最近的钛粉上，开始复制。

　　"复制需要多长时间？"郭泰来询问了一下控制系统。

　　"个体复制需要一个小时。"控制系统明确地给出了复制的时间。

有时间就好，反正一个小时郭泰来也肯定等得起，慢慢等着就是。

　　直到此刻，郭泰来才算是彻底放下心来，口中再次发出了一声满足的呻吟，恢复了正常。

　　赵晏晏一直在看着郭泰来，看着他舔到手指上的钛粉，看到他好像在品尝美味一般地陶醉，看到他忽然呆立在原地全身紧绷，最后看到他满足地呻吟一声然后全身放松，完全无法理解为什么。

　　"谢谢师姐！"郭泰来是真诚地冲赵晏晏道谢，要不是她动用了实验室以及个人的力量，这些微米级的钛粉可没那么容易得到。

　　"你不是说有了钛粉就能加深功力吗？"赵晏晏好看的眉毛杀气腾腾地竖了起来，"证明给我看啊？要是无法证明，那你就当那个靶子被我揍得惨一点给那些家伙们看吧！"

　　"时间，时间！"郭泰来急忙地解释，"修行加深也得有时间吧？"

　　"那我给你三天时间。"赵晏晏忽地想起来郭胖子还打算要收几天礼物，冷笑了一声，把手指关节捏得嘎巴嘎巴响，"到时候连你说的通知一起给我挂出去。"

　　郭泰来已经迫不及待地想要看到复制之后的效果，心里哪里还放得下别的，也不管赵晏晏说了什么就连连点头，随后找了个借口，一溜烟地跑了。

　　"复制完成，可控制 I 型纳米机器人数量两万。"

　　一个小时后，郭泰来终于等到了这个消息，心中的狂喜已经无法形容。

　　不过，数量才两万，距离目前控制系统的上限一百万还远，继续复制。

　　整个上午的时间，郭泰来就在那个公用计算机的座位上呆坐着，一动不动，闭着眼睛，仿佛睡着了一般。

　　赵晏晏纳闷不已，还出来看过两次，看郭泰来的样子，越发地不知道他在做什么。后来实在忍不住了，走过去敲了敲郭泰来的桌子，皱眉呵斥道："要睡觉回你宿舍去睡，不要在这里影响别人！"

　　郭泰来并不是真的睡着，周围的动静都瞒不过他。睁开眼看到赵晏晏愤怒的面孔，二话没说，乖乖地拎着包走人。还好，他正常的行动并不妨碍纳米机器人自我复制，没必要在这里惹得赵晏晏不爽，以后还要教训他。

校办工厂钳工车间刘老的工作间没人，先去那边待着。

两万在一个小时之后变成了四万，四万又变成了八万，十六万，三十二万，六十四万，等到最后一次的时候，参与复制的就只剩下三十六万个，剩下的二十八万个纳米机器人就闲了下来。

这个时候郭泰来依旧还是什么都没做，慢慢地等着时间流逝，等着一百万个纳米机器人完成，控制系统达到控制上限的时候会发生什么。

郭泰来可是清楚地记得，控制系统提示过，机器人数量达到控制上限就是控制系统升级的条件，郭泰来很期待升级之后的变化。

一万个纳米机器人的时候，控制郭泰来的手臂肌肉就能让他做到5微米的加工精度，一百万个，能达到什么地步？

"复制完成，可控制 I 型纳米机器人数量一百万。"

"I 型纳米机器人达到可控制数量上限。"

"控制系统升级条件达成，是否升级？"

"升级！"郭泰来毫不犹豫地下达了升级指令。

这次，郭泰来是直接进入了睡梦状态中。幸亏郭泰来就是在工作间里面坐着，否则这一下就能把他摔够呛。

郭泰来做了一个梦，仿佛梦到了纳米机器人的来历。

也许不是这个宇宙，科技发展到极高的地步，不知道什么时代的研究人员制作了时间机器，可以发送探测器回到某个过去的宇宙。但因为技术的限制，只能送回体积极其细微的物体，而且每次最多只能发送一万个。

这一款纳米机器人就应运而生，通过时间机器将这些体积极小的纳米机器人发送回过去某个宇宙，用于收集历史资料并发送回未来。完成使命之后，这些纳米机器人就开始休眠。

类似的搜集资料过程进行过多次，为方便管理，每一批次的一万个纳米机器人当中，都保存着另外的一次收集任务的位置坐标。

每一次的任务，选择的目标都是人类历史上有名的历史和自然名胜。很明显，故宫就是一处最有名的历史名胜。

郭泰来在故宫游玩的时候，正赶上一次引力波爆发，其中蕴含的某些信息波动恰好激活了休眠的纳米机器人和这次任务的控制系统，然后郭泰来就幸运而又莫名其妙地有了一个控制系统和一万个纳米机器人。

在梦的最后，郭泰来看到了一幕壮观的情景，一颗陨石拖着长长的火尾从天而降，狠狠地砸在了一片地面上，轰出一个巨大的陨石坑。

忽然间，视野猛地变小，在那颗已经快要燃烧殆尽的陨石上，有一万个郭泰来熟悉的纳米机器人就附在上面，静静地休眠着。

郭泰来瞬间醒来，脑海中多了一个经纬度坐标，同时，一条提示消息出现。

"系统升级完成！当前版本，V1.39。"

下

"坐标是什么？"郭泰来又问了一句。

"控制系统升级条件，获得坐标处的休眠纳米机器人携带的数据。"控制系统给出了详细的介绍。

还可以升级？郭泰来心中顿时一喜，只要有升级条件就行，郭泰来不介意自己多辛苦一些。

控制系统升级后有什么变化？郭泰来没感觉出来。

"升级后有什么新功能？"郭泰来在脑海中问道。

"请自行摸索。"控制系统给了郭泰来一个令他相当无语的回答。这已经不是第一次，郭泰来刚刚拥有控制系统的时候，就一样不知道能做什么，都得自己摸索着。

别的先不管，但加工能力郭泰来肯定要试验一番的。这可是现在自己能拥有保研资格，能赚到十几万元的根本，郭泰来一定要先确认。

人就在刘老的工作间里，有的是工具，随便找了块废钢夹在工作台上，郭泰来就开始从最基本的锉削开始，一样一样的工艺试验过来。

稳，前所未有地稳。从拿起锉刀开始，郭泰来就察觉到了和以前的不同。

一百倍的纳米机器人带给郭泰来的并不仅仅是手臂肌肉的加强控制，而是全身所有肌肉的全面控制。

加工过程中，有全身肌肉参与进来带给双手的稳定度是以前只有手臂和小部分肩背部和腿部肌肉结合完全不同的，如果说以前的加工稳定度能有 10，那么现在绝对能达到 100。

光是锉刀一项，在郭泰来换了最精细的锉刀之后，一锉下去，旁人看着可能只是虚虚地蹭了一下，没用上什么力气。可是郭泰来的双眼，却能清晰地看到，工件的表面被精准地削去 0.5 微米。

是的，锉刀的加工精度，已经能让郭泰来准确地达到 0.5 微米，这已经可以超过绝大多数的高精度数控加工中心了。剩下的仅有的几个高精度加工中心，大部分也最多只能做到这个地步，也许只有寥寥无几的那么几台最强的加工中心能比郭泰来的手工强上那么一点点，但也极其有限。

接下来，就是别的工具，一样一样地试过来，除了锯因为工具本身的工作性质不太可能达到很高的精度之外，其他的全都无一例外地大幅度提升。

总体下来，说郭泰来手工能加工到 0.5 微米的加工精度完全没有问题。

另一个发现更让郭泰来惊喜，纳米机器人能够将大量工作和运动中产生的乳酸消耗掉。

上次加工曲轴和叶片的时候，因为时间紧，每次做完，乳酸都会大量堆积，郭泰来的手臂都酸疼得无法忍受，事后必须要大量的休息和按摩才能消除。

这次同样出现了这样的症状，郭泰来也是鬼使神差地下达了一个清除乳酸的指令，立刻就有纳米机器人开始执行。

纳米机器人能够燃烧脂肪获得动力，乳酸这种不完全代谢的产物同样可以，唯一遗憾的就是机器人数量太少，只有一百万个，对于肌肉运动产生的庞大的乳酸无法及时消除，只能部分地减轻酸疼，却不能够完全地解决。

也许等以后数量再次提升的时候才能做到吧？到时候，或许郭泰来就是一个不知疲倦的人了。

数量提升了百倍的结果，就是正常状况下消耗脂肪的速度提升了百倍，这样意味着减肥效果加快了百倍。如果说原先需要六万多年，现在就只需要六百多年了。

当然，不能这么算，郭泰来完全可以用纳米机器人控制肌肉运动来自发消耗掉体内贮存的脂肪，只是因为不想一下子将体重减轻下去，才会有意识地控制速度而已。减肥，对于郭泰来已经彻底不是问题。

钛粉装在那个密封的小试管当中不安全，说不定怎么不小心就会碎裂。趁着在刘老的工作间，郭泰来很轻松地制作出一个空心的钢制项链坠，将剩下的钛粉都倒了进去拧好，又不厌其烦地打造了一条不锈钢质地的项链，将项链坠挂到了脖子上，这样就万无一失了。

其实，体内储存的那些钛粉，已经足够复制数亿数十亿的纳米机器人了，但谁知道以后会怎么变化，还是带在身上保险，随时可以使用。

做完这个项链之后，郭泰来才满心欢喜地慢慢地溜达回宿舍，和舍友们打牌吃饭庆祝之后，美滋滋地躺在床上，憧憬着自己以后的美好生活，进入了梦乡。

"装配的应力不用我说原理，你应该知道。"第二天，郭泰来跟着刘老继续学习装配，刘老循序渐进地讲解，郭泰来已经学到了装配螺丝的紧固这边，"我们先从上紧螺丝的扭矩开始。"

之前讲的精准对位什么的，对郭泰来没有什么难度。他的双眼测量目前的精度，能让郭泰来做得比刘老巅峰时刻还要精准，哪怕是那种要求最严格的需要严丝合缝并且垂直或者平行的汽缸和活塞的装配，郭泰来都能一把搞定，不需要多次调整。

今天讲到了精密仪器的连接紧固部分，这就涉及了螺丝的紧固程度，涉及了带着扭矩的工具。有设计装配要求的，自然是按照设计的要求调整扭矩，没有的，就需要自己来靠着经验判断，是太紧还是太松。

扭矩的测量，自然少不了扭力测量仪，钳工车间里的这个测量仪，已经能精确到 1 牛米。郭泰来拿着扭力仪不厌其烦地操作着，然后测量着，感受着。

"是否记录扭矩测量效果？"当感受测量了不下千次之后，郭泰来的脑海中，陡然收到了控制系统的询问信息。

果然如此。郭泰来毫不犹豫地选择了记录测量效果，想来能够靠着双手感受力量测量扭矩就是控制系统升级之后的新功能之一。整整一天，郭泰来都在钳工车间测量并重现，飞速地掌握了1牛米精度的扭矩控制。

当然，其中少不了对于双手力量的控制和力臂长度的极精准测量。其中，车间的一套普通砝码也让郭泰来单手双手能稳定感受到1克精度的质量测量。

"师姐，实验室有什么精准的扭力测量仪吗？有多精准的砝码？"1牛米的扭矩精度、1克的质量精度已经无法让郭泰来满足，他第二天就直奔实验室，找赵晏晏去问了。

第十九章
出师考核

上

实验室当然有高精度分析天平，也有高精度的扭力测量仪。经过郭泰来一天的校准，单双手都已经可以轻松准确测出 1 毫克的重量变化，同时也将扭矩测量的精度校准到了 0.001 牛米。

接下来，刘老就给郭泰来讲到了确定工件重心和动平衡这方面。装配陀螺仪也好，高精度机床也好，这两方面都是极其重要的，也是最不容易掌握的。

只是，刘老还是低估了郭泰来的妖孽程度。当这家伙双手能够分辨出 1 毫克的重量区别的时候，加上他强悍到无以复加的计算能力，任何规则的工件到了他的手上，都几乎能够瞬间判断出重心所在。

动平衡的精髓一个是加工精度高、对称，另一个就是各个方向上重量均衡，重心要完美地落在轴重心才不会引起振动。这方面，在刘老指点了几下之后，郭泰来拿着练习的工件，很轻松地就解决了问题，让刘老看得目瞪口呆的同时，也是满意得无以复加。

有徒如此，夫复何求？

虽然刘老没说过要收郭泰来当弟子的话，郭泰来也没说过要拜刘老为师，可是两个人的心里，已经把这个关系彻底地坐实。虽然郭泰来有时候说话没大没小，但对刘老，他真的是当成师父来看待的。

"试着自己做一套工件，来实现动平衡。"刘老给郭泰来布置了一个作业，或者说考核，"等你做出来能让我点头了，你就可以不用来学了。"

这是刘老的毕业考试，郭泰来异常地重视。要做一个什么样的东西，才能够符合刘老的考核要求？

第一时间，郭泰来就想到了赵晏晏的陀螺仪。不过显然，陀螺仪这种高度机密的设计是不可能拿给刘老的，也不可能在钳工车间来做。

马上郭泰来就从陀螺仪当中联想到了一个好玩的东西，指尖陀螺。

未来的梦境中，郭泰来看到过一幕场景，就是日本制作的一个指尖陀螺，疯狂转动超过了 24 分钟才停下来。

那个指尖陀螺创造了吉尼斯世界纪录，持续旋转时间达到 24 分 46.34 秒。日本企业 MinebeaMitsumi 提供了陀螺的轴承、轮圈和精密螺母，三菱精机则负责设计、组装和测试。Minebea Mitsumi 成立于 1951 年，是微型球轴承制造商，在微型超精密球轴承领域占有世界最高的份额。这个吉尼斯认证的精密"玩具"价值四百五十美元，其背后的价值在于长期精密制造的技术积累。

不能不说，未来的日本在高精密轴承方面，有着强悍的技术优势。不过现在，郭泰来也想要自己挑战一下。

设计方案，郭泰来的脑海中都有，实现需要的两个仅有的障碍就是材料和加工。材料这方面，郭泰来暂时没有什么好办法，只能求助于赵晏晏。

"刘老的出师考验？"赵晏晏听完郭泰来的来意之后也产生了兴致，"需要均质耐磨的高硬度钢材，成品精加工的时候还需要一个洁净的无尘室？"

郭泰来点了点头。

"你要做什么？"赵晏晏非常感兴趣地问道，"说说看？"

"还是先不说了，等我做出来你就知道了。"郭泰来卖了个关子，"总之，和你的陀螺仪制作有关，绝不会让你失望。"

"好！"赵晏晏一听后面这句和自己的陀螺仪有关，二话不说立刻点头，"无尘室我能解决，均质耐磨的高硬度钢材，你最好去找找王教授，他那边做加工中心，材料等级很高，不用我再绕弯子找别人。"

郭泰来一愣，然后啪地一拍自己脑门。自己还有个硕士生时期的导师呢，这种事情不找他找谁？而且做出来对王教授那边也有好处，不是吗？

王教授这边更好说话，听到郭泰来的这个要求，二话不说就拨了两公斤特种轴承钢给他。这是做高精度加工中心轴承的，绝对符合郭泰来的需要。

郭泰来在校办工厂那边先打好了几个零件的粗坯，然后连带刘老工作室里的工具一起打包，带到了赵晏晏专门在实验室这边搭的一个无尘工作室里。

所有人都看得出来胖子认真了。以前胖子做曲轴也好，做水轮机叶片也好，最多就是戴着一双普通的劳保手套制作的，可是这次，郭泰来竟然罕见地戴着橡胶手套，穿着特意定做的无尘操作服还戴着口罩操作。而且要求洁净无尘的环境，难道是害怕灰尘影响到精度？

胖子在无尘工作室里，一待就是三天。外面的人谁也不许进去，只能透过门口的窗户看着胖子在操作台上挥汗如雨。要知道，即便是复杂的水轮机叶片，胖子也不过就是一夜之间十二个小时之内就搞定的，可他这次加工的东西，居然连着三天。

更可怕的是，胖子每半个小时都要休息十分钟，特别是每一次操作之后，都要用吹风球吹走上面的每一点加工残渣，简直认真到了极点。

赵晏晏罕见地没有给胖子使脸色，反倒主动地承担起了胖子的后勤工作，每天到了饭点都会给胖子从校外的饭店定做精心搭配的餐点，晚上还有宵夜，周到得让人无法置信。

郭泰来没有没日没夜地赶工，而是充分地保证了自己的休息时间，晚上一到时间，会主动到无尘车间旁边的休息室睡觉。有纳米机器人帮助，胖子每天都能进入深度睡眠，彻底地休息。

没加工完成的工件，胖子会精心地锁在细绒垫底的盒子里，连搬动都小心翼翼。赵晏晏和其他人尽管好奇，可看胖子这么慎重，也都耐着性子没有偷着打开。

加工用了一天半的时间，但是接下来的装配，又耗费了胖子一天半的时间。能用手工装的地方，胖子全都是用自己的双手，不能用手的，也都是用硅胶镊子而不是金属镊子，确保不会因为摩擦带来半点的不平衡。

"师姐，改天演示的时候如果你能把吉尼斯世界纪录的公证人员叫来就好了。"第二天晚上睡觉之前，郭泰来和赵晏晏多嘴了一句，因为未来日本人就是这么干的。

"我去组织。"郭泰来没料到赵晏晏竟然一口答应下来，"我倒是要看看你会给我带来一个什么样的惊喜。"

下

因为要约吉尼斯世界纪录的公证人员，导致连侯院士都被惊动了。

被惊动的不只是侯院士，系领导、校领导全都听说了这件事。最终导致郭泰来要演示的那天，出席的人从刘老、赵晏晏和王教授三个人变成了十几个。三个系领导，还有四个实验室主任、两个副校长都过来看热闹。

还好，只是内部演示，还没到公开约吉尼斯公证人员的时候，但这个阵容，已经足够吓人了，一般的学生，如果在这么多重要人物的环视下，恐怕连话都说不出来了。

胖子最近的变化很大，特别是在机器人数量狂增百倍之后，自信了不知道多少倍。对自己的手艺有信心，别说面对的只是系领导和校领导，更高级别的领导恐怕胖子都能信心十足地给介绍。

赵晏晏是感触最深的，胖子在拿到钛粉之前还是一副任人宰割的态度，赵晏晏说什么就是什么，可现在胖子已经理直气壮地使唤她，完全没有讨好的感觉了。那是从内心深处发生的变化，并不只是行为态度上的改变，赵晏晏能察觉到这一点。

郭泰来的这种转变，真的是很让赵晏晏惊讶，她很好奇郭泰来到底拿到钛粉做了什么，怎么会有这样的变化？可惜这些天一直没抓到胖子，有很多疑问都没办法问出来。

今天名义上是胖子的出师考核，刘老托大，坐了中间。其他人算是观礼，都没计较这个。大家只是想要看看胖子做了什么创纪录的东西，需要约吉尼斯的公证人员。

"做了什么东西，可以给我们看看了吧？"刘老笑呵呵地问道，他也忍了好几天了，比其他人还要心急。

"小东西，小东西，算是个小玩具。"郭泰来早有准备，先拿出来几个普通的三齿指尖陀螺，给几个人分了一下。

没料到这么多人，所以提前做的这几个还不够人手一个，只能两个人一个，让大家知道是什么东西。

"这玩意叫指尖陀螺，平常在手指上转一转，压力大的时候平缓一下精神。"郭泰来简单说了一下这东西的用途，一边说一边手里拿着一个转了一下，让大家看清楚，"就是个减压玩具。"

刘老上手就觉得不一般，这个小东西看起来简单，可是以他的手感，竟然没办法发现这小东西有任何一点不平衡的地方。轻轻一拨，指尖陀螺就在手指上开始旋转起来。

它转起来之后，刘老感觉更是清晰，东西虽然小，但动平衡真的是做得精致，一点都没有偏振的感觉。轴也做得很不错，只是那么轻轻地拨了一下，就在手上转了一分多钟这才停下来。

光是这个转动时间和转动的时候那种几乎没有任何声音平稳无比的感觉，就让刘老心中暗暗地点头。如果胖子搞的声势不是这么大，这个手指陀螺已经足够出师了。

识货的可不只是刘老，众人看着手上转得欢的小陀螺，一个个都难掩心中的惊讶。大家来之前都了解过背景，知道这是胖子从设计到生产再到装配最后到测试一个人包办的，虽然从设计原理上来说，这东西没有一点难度，可从制造生产的角度来说，却是让人大开眼界。

全金属打造，镜面表面，没有感觉到一丝的偏振，没有感觉到一点转动的摩擦声，这可以说是手工打造的极致了。而且轻轻一转就要一分多钟才能停下来，这已经足够吊打百分之九十九的国企产品了。

赵晏晏连拨了好多次，这小东西有意思，如果心情烦躁或者思考某个问题的时候，拿在手上轻轻地转一下，的确是能让自己的注意力转移，达到减压的目的。

市面上貌似还没有类似的东西，这东西要是运作一下，说不定又能开出一个小小的产业来。想到这里，赵晏晏对于郭泰来又是另一番看法。看来有必要等这次之后马上让胖子注册专利，有些钱可以让国内的企业赚，不能让外国人赚去。

在郭泰来的未来梦境中，指尖陀螺是从2016年开始才慢慢流行起来的，之前已经出现，但没那么铺开来。对于1996年的人来说，提前了二十年的小玩具，的确是让人耳目一新。

"你打算拿这个申请吉尼斯世界纪录？"赵晏晏不解地问道，"申请哪方面的？旋转时间最长？还是什么？"

领导们其实也好奇这一点，只是他们不好意思问，免得让别人觉得他们沉不住气，赵晏晏问是最合适的了，她年纪最轻，而且属于学生，地位最低，问得再出格也没人会说她。

"不是。"郭泰来笑着摇头道，"这个只是让大家知道指尖陀螺是什么东西而已，那几个样品随便做做的，送给领导们拿去把玩。"

一边说着，郭泰来一边把谜底揭晓，把桌面上的其他东西扫到一边，露出一个小木盒来。大家的目光刷地全都盯了过去。

郭泰来没有直接把木盒打开，而是拿出一双橡胶手套戴在了手上。胖手，手套紧，不是那么容易一下子戴好。看着他笨拙地往手上套那个弹性橡胶手套，赵晏晏忍不住单手扶额，在领导们面前这样，真不知道该怎么形容胖子。

摇了摇头，上前两步，赵晏晏帮着郭泰来把手套整理好，这才给了胖子一个没好气的眼神，退后了几步把视线让开。

"真正要申请的是这个。"郭泰来戴着手套打开了木盒，里面是一个泡沫防震保护的塑料密封袋。

胖子把密封袋从泡沫中扯出来，众人才看清，里面是一个圆形的滚珠轴承一样的东西。

"这是我设计并制作的一个高精密轴承指尖陀螺。"郭泰来一边小心地打开密封口，一边冲着众人介绍道，"这个才是我要挑战吉尼斯世界纪录的东西。"

"轴承和轮圈以及螺母都是用机床轴承钢制作的，其实航空铝材更合适更轻一些。"郭泰来给大家介绍道，"等有机会再做一个，打破现在的这个纪录。"

第二十章
高精密陀螺

上

戴着手套，郭泰来给各位领导展示了一下手上的陀螺。

见郭泰来这么慎重，倒是没有领导不专业地伸手触碰。明显郭泰来就怕自己手上出汗出油沾到陀螺上影响了陀螺的平衡，水木大学的校系领导，再不懂技术也不会那么无知。

"秒表！"郭泰来冲着赵晏晏吩咐了一声，招来了赵晏晏一个十分不满的回瞪。

郭泰来也好委屈，不冲着赵晏晏叫，难道让侯院士来做？还是让其他领导来做？

还好，赵晏晏也只是瞪了胖子一眼，乖乖地拿出秒表来，准备好计时。

在众人的目光注视下，郭泰来做好，右手拇指食指夹住精密陀螺的轴心上下两边，左手搭在陀螺边上，深吸了一口气，猛地一转。

几乎就在郭泰来脱手的同时，赵晏晏也按下了秒表，上面的数字开始疯狂地跳动起来。

郭泰来将右手臂放到了自己的右腿上，然后慢慢地放开了右手拇指，陀螺就那么在郭泰来的右手食指上平静稳定地旋转着，没有丝毫倾斜的迹象。

没有声音，没有倾斜，如果不是陀螺一直在旋转形成一个圆环样的情景，刚进来的人一定会以为这个陀螺是静态的，只是平放在郭泰来手指上的。

谁也没有说话，大家的目光完全被那个亮闪闪的金属镜面表面的高精密陀螺所吸引，所有人都目不转睛地盯着胖子手指上的陀螺，如同那是一个绝世美女一般，再也挪不开。

半分钟，一分钟，二分钟，三分钟……

旋转到了一分钟的时候大家还觉得正常，毕竟刚刚胖子给大家的那个三齿手指陀螺就能转一分多钟。到了两分钟三分钟的时候大家也觉得正常，胖子说要拿这个打破纪录，显然要比那些手指陀螺时间要长很多才行。

可是当旋转到了五分钟，那个陀螺依旧还是维持着安静平稳高速旋转的时候，众人的脸色就全都凝重了起来。

八分钟，十分钟，十二分钟……

此刻所有人已经开始屏息了，生怕自己的呼吸声太大，惊动到胖子手指上的陀螺。

郭泰来也觉得有些累了，维持一个姿势还得平稳不动，需要不小的体力，他的额头已经见了汗，汗珠缓缓地沿着额头滑下来，几乎要流进胖子眼睛里了。

正想要找东西擦擦，一个软毛巾覆盖到了胖子的额头，将那些汗水瞬间吸收。然后那个软毛巾就塞到了胖子的左手中。

胖子感激地看了一眼帮他擦汗还递给他毛巾的赵晏晏，给了她一个微笑，然后继续维持着一动不动的姿势。

"我们是不是太严肃了？"郭泰来又擦了一把汗，然后出声想要缓解一下严肃气氛，"其实说话不影响的。"

"闭嘴！"赵晏晏板着脸直接呵斥了郭泰来一句。

旁边的领导们全都是用不满的目光看着他，郭泰来顿时再也不敢尬聊，乖乖地闭上了嘴巴，充当高精密陀螺的支架。

十六分钟，十八分钟，二十分钟，终于，众人看到陀螺的旋转慢了下来，可以看清陀螺圈上那些圆洞的形状了。不过，旋转依旧十分地平稳，就如同是固定在郭泰来的手指上一般。

郭泰来已经擦了好多次汗了，除了一动不动的累之外，众人凝重的表情也让他不停地出汗。

陀螺越转越慢，开始慢慢地有了一些倾斜的角度。

二十一分钟，二十二分钟，二十三分钟，到了二十三分多的时候，高精密陀螺终于停止了旋转，一头歪倒。郭泰来眼疾手快，瞬间将整个陀螺抓住，才没让陀螺掉落。

赵晏晏也在这个时候按下了秒表的按钮，时间停顿在二十三分十四秒七七上。

"二十三分十四秒七七。"赵晏晏看了一眼秒表，报出了准确的计时数字。说完之后，她才长出一口气，好像这时候才全身放松下来。

其他人也同样是在听到了这个时间数据之后，才吐出了一直屏着的这口气。左右互相看看，都看到了大家眼中的兴奋和激动。

只有郭泰来觉得有些遗憾，未来日本人的纪录是二十四分四十六秒三四，比这个多了一分多钟。不过转过头想想，郭泰来也就没那么遗憾了。

那个二十四分多的纪录，是在未来十几二十年之后，而且用的是更轻更好的材料，特别是那个公司动用了五十个人耗时六个月才完成，而郭泰来省去了设计的时间，制作也前后只用了三天，只比原纪录差一分多钟，还想怎的？

"你是怎么想到这个的？"刘老实在是太满意，满意得不行了。再没有比这个转动时间更让刘老开心和激动的了。

"不是接下来还要给师姐制作陀螺仪吗？"郭泰来嘿嘿笑了笑，表现出一个憨厚的胖子应有的做派，"同时我也希望通过这个陀螺，可以让人们感受到平稳的感觉，就像精密的旋转设备借助我们的指尖在外太空静静旋转一样。"

一边说着，郭泰来一边把陀螺往刘老手里送过去："刘老，你试试看。其实没必要戴这个手套，只是我有些强迫症而已。"

郭泰来虽然这么说，可是刘老却绝对不会觉得没必要，二话不说就管赵晏晏要手套，反正这里是实验室，这种手套多的是。

胖子第一个给刘老，其他领导们虽然想看得要命，可也得先忍着，毕竟是刘老的徒弟出师的考核，总不能喧宾夺主。

不过，王教授可是已经按捺不住，没上去抢，却已经死死地盯着这个高精密陀螺，生怕它下一刻飞了："这个陀螺，我敢保证，就算是日本人现在也做不出来。侯老，用这个精度做出来的陀螺仪，要是还达不到设计目标，那只能说是你们设计有问题了。"

还没收胖子做学生呢，王教授已经忍不住要给自己未来的学生说好话了。就胖子从制作到装配这个高精度陀螺上表现出来的能力，他新设计的下一代高精度机床，绝对能够达到设计要求，甚至说不定还能够超出设计预期。

提前定下胖子，果然是他今年最正确的决定，捡到宝了。

下

侯院士当然没话说，就他看到的郭胖子做的这个高精密陀螺，简直已经颠覆了他的想象。侯院士就没想着国内能做到这种地步，连赵晏晏也一样，否则的话不会一开始因为郭泰来的加工精度高而重新修改设计。

这个高精密陀螺一出，赵晏晏的设计恐怕又要重新修改了，因为可以做到更高的精度，这也意味着陀螺仪能够做得更小更精密，稳定度更高，精准度也更高，自然带来的结果就是惯性制导方面的精度大幅度地提升。

整个国家的国防工业，简直能因此得到无与伦比的跨越式提升。唯一可惜的是，这只能是胖子手工加工的结果，量产还没办法达到。不过这也无所谓，先用胖子的手工来验证最先进的理论，等到以后量产加工精度提升了再指导实际生产。

国家的产业进步，从来都是理论先行然后实际操作跟上的，不是吗？

侯院士在这里激动地琢磨，旁边的几个系领导和实验室主任也全都在琢磨。

微机械实验室主任不用多说，这么高的加工精度，简直就是给微机械实验室量身定做的啊！可惜，早不知道这个胖子，竟然被王教授给抢了先，连博士生都被侯院士给定下了，亏了。

看来以后想要让胖子帮忙，还得先欠下 CIMS 实验室和惯导实验室的人情。还好，都是系里的实验室，肥水没流外人田，肉还烂在锅里。

系领导琢磨的又是一回事了。侯院士看到这个陀螺仪和加工装配精度想到的是他目前导航陀螺仪的设计开发，可是身为精仪系的领导，考虑得更加全面，全局观更强。

日本方面正在和华夏积极沟通 5 微米加工中心的引进，已经到了实质性执行的地步。这个高精密陀螺一看就精度更高，特别是王教授说了，日本人现在也做不出来，那意味着什么？几个系领导激动得都要打摆子了。

全球顶级精密加工，精仪系会成为翘楚。系里在国内外的声望会达到最高，各种国际赞誉以及合作纷至沓来，天哪，只要想到那种美好的未来，几个领导就恨不能立刻把胖子复制克隆几个，让精仪系形成量产能力。

就算这只是个笑话，那也不妨碍在胖子的帮助下，王教授这边能够在高精度加工中心上获得突破性的进展，到时候给国家给学校给系里会带来怎样的辉煌，想想就觉得未来很美妙。

"那个，胖子，这个高精密陀螺的加工精度能达到多少？"一个系领导看胖子总算是闲下来开始不停地擦汗，很是和颜悦色地问了一句。他不记得郭泰来的名字，只能跟着大家都叫"胖子"。

"1 微米以下，大概 0.5 微米的样子吧！"郭泰来豪爽地擦了把汗，憨厚地回答道。

虽然胖子的语气是有些不确定的语气，可胖子脸上表现出来的自信，让熟悉他的赵晏晏已经完全可以肯定，这个高精密陀螺的加工精度一定是达到了 0.5 微米级。

赵晏晏记得很清楚，曲轴也好，水轮机叶片也好，貌似加工精度也就是 5 微米，也就是说，这么短的时间内，胖子竟然又把加工精度提升了到了以前的十倍？

联想起胖子要钛粉的时候说的加深功力的说法，以及老爷爷教授功法能让手更稳的说法，赵晏晏忍不住开始怀疑起来，难道胖子说的老爷爷功法是真的？不然怎么可能有这么大的提升？

"嗯，郭同学，这个高精密陀螺，能不能暂时先不提你是作者，先标记到你们系里实验室名下？"一个副校长此刻也开了口，虽然说这个很不好意思，但他还是说了出来。

这个时候，不暴露郭泰来比暴露郭泰来能够获得的国际利益更大，所以大家只能先隐瞒郭泰来的存在。

"不是否认你的功绩，而是暂时先隐瞒一段时间。"副校长见郭泰来还在擦汗没说什么，急忙解释了一句，"该给你的奖励什么都不会缺，只是先对外隐瞒一段时间，可以吗？"

"我就是实验室的人啊！"郭泰来笑了笑，"我做的，不就是实验室做的？"

这个陀螺是出师的考核，只要不妨碍郭泰来的主要目的，其他的一切都好商量。何况上两次合作郭泰来都得到了高额的货币奖励，在给国家争好处这件事上，郭泰来很配合。

"小郭有这个觉悟，好同志。"副校长满意地拍了拍郭泰来的肩膀，"等到合适的时候我们再做这个吉尼斯的纪录认证，想必到时候欧美日本很多人的表情会极其精彩。"

刘老在那边已经开始旋转陀螺，同样也是停在手指上。不过刘老年纪大了，手臂还受过伤，只撑了不到十分钟就撑不住了。侯院士和王教授都拿着试了一遍，也就是王教授从头坚持到尾，其他人都只是上手感受了一下那种平稳安静的旋转感觉，就都适时地停了手。

"刘老，您看您的考核，我算是过了没？"等大家都看了一圈了，郭泰来才狗腿地凑到刘老身边，向着刘老问道。

"过了过了！"刘老开心得嘴巴都合不拢，日后这件事只要宣扬出去，就是刘老慧眼识珠，收的关门弟子不负众望为国争光，天大的光荣，这要是刘老还不通过，那就没有谁能通过了。

这算是到了尾声，几个领导待了一会儿之后，就结伴离开，接下来的事情他们还要商量之后再决定如何往下操作，总之一定要放一颗大大的卫星。

侯院士和王教授也没多待，他们也很忙碌，很快各自返回自己办公室，这边就只剩下郭泰来和赵晏晏以及刘老三个人。

"我去改设计！"赵晏晏眼神复杂地看了一眼郭泰来，忽地咬着牙走向自己的办公室。临近毕业了，居然出来了这么个妖孽，逼得赵晏晏这个完美主义者不得不两次修改毕业设计，时间紧迫，也顾不得留在这里和胖子扯皮了。

"就剩咱们爷俩了。"郭泰来和刘老面面相觑，"刘老，我请客，我们去庆祝一下。"

"走，吃烤鸭去！"刘老健身球一捏，叮当作响，"就得你请客，你可是大款，你不请谁请？"

第二十一章
随口指点

上

那些领导在场，刘老许多话都没说，只有他和胖子两个人的时候，才说了出来。

"那几个领导，有那么一两个懂一点点皮毛的，但在专业方面也只是半吊子。"刘老破天荒地和胖子碰了一杯小二锅头，让胖子受宠若惊，"加工精度，就知道加工精度，难道就没想到，那其中包含的装配和动平衡功底有多优秀吗？"

"至少人家也没有不懂装懂地指点什么。"胖子豁达，笑呵呵地冲刘老说道，"专业的事情交给专家去办，人家不插嘴，那就是好领导了。"

"那倒是。"刘老点点头，"我就是气他们没说到点子上，今天的考核，明明是给你的装配和动平衡的考核，和加工精度有什么关系了？"

郭泰来赔着笑，嘴里也不客气地吃着卷好的鸭片。这可是他请客，而且百万纳米机器人让他信心倍增，减肥已经不算是什么事了，美味的烤鸭可不能辜负。

曲轴和水轮机叶片被上面拿来布了个局，这次的高精密陀螺可比那两个技术难度高多了。正如刘老所言，体现的不仅仅是加工精度，而且还有超乎想象的装配和动平衡调整，也不知道能爆出多大的后果。

这些暂时和郭泰来无关，反正外面不会有人知道这是他的出师考核，等到某一天上面安排好了，肯定又能爆出一个大新闻。

因为纳米机器人数量增加，这些天郭泰来不是在学习技能，就是在校准自己的手感，尤其这三天，完全是连轴转，都没离开过实验室，今天总算是轻松了。

上次万明送给赵晏晏的礼物郭泰来还没来得及看是什么，当时只是打开了包装纸，做出一副拆开的样子退回去，万明没要，还留在赵晏晏的办公室里。光顾着吸收钛粉了，都没来得及拿走。

还好，赵晏晏给保留着，并没有因为自己不要而扔出去，估计也是看破了胖子的那点小算盘，看在胖子给她出主意的分上，默许胖子借她的名义捞点小好处。

美美地睡了一大觉，睡到自然醒，都快中午了郭泰来才起床，溜溜达达地赶到了实验室。

"胖子，你可算来了，帮我送个礼物。"刚走到实验室门口，就被几个帅哥包围，每个人手里一个包装好的礼物，纷纷围了上来。

这几个也是等急了，胖子一个星期了一直没出现，他们准备好了东西却没办法送进去。想找别的实验室同学帮忙，但那些家伙可没有胖子的胆子，都不敢接，他们只能耐着性子等胖子出现。

今天总算是等着了，一群人看到胖子的庞大身影出现，全都如同见到了救星一般。

"一个一个来！"郭泰来急忙大喊一声，看众人停下来但每个人都目光灼灼地看着自己，心里不由得一软，想起赵晏晏的警告，只能换了个口气，"那个，写上名字，我帮你们送进去。"

几个人大喜，纷纷在上面补充，也有早已经写好的，直接就送到了郭泰来的手中。

"先说好，我不保证师姐会收下，她要是不要，我会给你们拿回来。"郭泰来还是把丑话说到前面，不等那些人开口，直接摆手道，"不用说送给我，我也不要。"

说完，抱着六七个盒子直接刷卡进了实验室，然后直奔赵晏晏的办公室。

赵晏晏果然在，皱着眉头对着电脑，不知道在琢磨什么。听到声音，看到郭泰来抱着的盒子，目光立刻凌厉了起来。

"别发火，我马上去贴告示。"郭泰来看赵晏晏屏幕上是一个 CAD

的界面，就知道她正在琢磨设计，也不敢让她大发雷霆打断思路，刺啦刺啦地撕开了几个包装盒，也没看里面的东西，抱着就往外拿。

东西都送出去了，胖子还叮嘱那几个人，让他们稍等一下，自己飞快地跑回实验室打印告示去了。

没一会儿的工夫，郭泰来拿着双面胶和一张 A4 纸出来了，飞快地把 A4 纸贴在了实验室门口的墙上。

几个人定睛一看，立刻全都露出了苦笑。

不收礼物！
　欢迎有识之士沟通交流高等数学、材料力学、量子力学方面的前沿科技。
　欢迎散打高手交流切磋。
　另：工作期间不得打扰。

赵晏晏

以赵晏晏名义贴的一张告示，直接让几个人全都熄了火。

高等数学、材料力学和量子力学，这种纯学术研究有什么乐趣？前沿一点的内容估计这些人加起来都未必如胖子知道得多，更别说能和赵晏晏沟通交流了。真要坐在一起说这些，那简直就是摧残。

几个人悻悻地带着各自的礼物走了，郭泰来这才心安理得地回到了赵晏晏的办公室。

"打发走了。你以后也许会轻松点。"郭泰来一把将自己肥硕的身子扔进一把椅子当中，这才冲着赵晏晏问道，"上次万明留下的礼物呢？那可是我的，你可不能贪污。"

"拿着东西滚蛋！"赵晏晏没好气地从旁边文件柜里翻出礼物盒子扔给了胖子，没好气地赶人。

"哈，这就走这就走。"郭泰来拿到了东西，脸上立刻笑开了花，万明的东西，坑了也就坑了，据说日本人花了几十万才从万明他爸嘴里买到消息，才给了自己五万，小气的家伙，只能从他儿子身上找补回来了。

走到门口，郭泰来回头看了一眼赵晏晏的屏幕，又看了看赵晏晏，她似乎有些赶时间却又追求完美，导致设计中遇到的问题迟迟不能得到解决，估计正在发愁呢。

"不用刻意追求最小的效果，研究也要循序渐进。"脑海中有更先进的东西，但赵晏晏的性格，显然不会欣慰接受，这毕竟是赵晏晏的论文、赵晏晏的研究，所以胖子也只能提示一句，"振动轮式硅微机械陀螺仪的敏感结构尺寸外径 1.8 毫米，内径 1.2 毫米，厚度 20 微米就足够了，再小就该研究框架式硅微角振动陀螺仪了。"

赵晏晏闻言，眼前一亮，原来如此，突然间思路打开，脑海中再也没有其他，直接坐到了电脑前，开始疯狂地记录起来。

下

果然是天才，只是一句话的提醒，赵晏晏就能找到方向然后深入往下。

郭泰来没敢再说话，要是被赵晏晏反应过来，揪着他要讨论这方面的更高深的东西，郭泰来可就没词了。还是先看看自己坑了万明什么好东西再说。

打开包装盒，郭泰来就看到了一个熟悉的标志，Cartier。卡地亚表，看来这次赚大了。

翻开表盒，一款女表静静地躺在盒子当中。看到这块表的同时，郭泰来脑海中就浮现出几个字，TankFrancaise。

今年卡地亚推出的 TankFrancaise 腕表以革命性的手镯腕表概念代表了 Tank 腕表在技术、美学和功能研发中的新阶段。Tank 腕表尊崇绝对的美学准则，堪称极致优雅的代名词。

这块白 K 金的 TankFrancaise 至少也要两万块人民币才能拿下。这些富家公子们泡妞果然是财大气粗不惜血本，郭泰来的父母一年都赚不来这一块表，他们却可以拿着随随便便地送人。

不管了，笑纳！郭泰来心安理得地欣赏了一会儿手表，合起来，等回家的时候送给妈妈戴。她这辈子估计都没见过这么好的表，让她也开心开心。

坐在公用电脑前面，郭泰来开始琢磨自己最近还有什么事情。刘老昨天晚上已经明确表示郭泰来可以出师了，那学习方面就可以告一段落。摆在眼前的，还有几项工作。

一是给赵晏晏用钛合金打造一副外骨骼座椅。钛合金已经买到了，只等郭泰来动手，这个可以一两天内完成。

二是要深化自己的毕业设计论文，这个也不难，空下来有一周时间足够了。

王教授那边还让拆装车床，郭泰来既然出师了，可以先放一放。通过那个高精密陀螺，大家对郭泰来的加工装配手艺其实已彻底放心，不用再浪费时间练手了。

最后剩下的就是按照赵晏晏的设计制作装配全新的陀螺仪就行，这么说起来，倒是也没那么忙碌，只要先把那个外骨骼座椅打造完成就行。

想到就做，郭泰来也没和赵晏晏打招呼，免得打断她思路，自己从实验室里领取了钛合金，然后直奔校办工厂。

现在郭泰来已经是校厂的熟人，钳工车间来去自如，根本不用和领导打招呼什么的。直接进了刘老的工作间，郭泰来开始干活。

钛合金难加工，这是所有人的共识。液压油缸和活塞也没必要去车工车间做，那些老车床能不能加工钛合金还两说，还是用钳工的这些工具直接搞定吧！

赵晏晏的尺寸，根本不需要如何精准地测量，再精准的皮尺，能准得过郭泰来的双眼？这么多天的接触下来，郭泰来早就把赵晏晏的身体尺寸背熟了，随口就来。

郭胖子这边做得起劲，赵晏晏那边也是一片顺利。之前有那么一点点技术难点，郭泰来一句话如同醍醐灌顶一般，指点了迷津，赵晏晏立刻就不再纠结，找到了解决问题的思路，然后后面的想法一股脑地冒了出来，几乎都停不下手来。

等到赵晏晏终于完成了完整设计的时候，才发现整个实验室已经没有了别人，只剩下她一个。不过这种状况是常态，研究深入的时候，经常会有通宵达旦的时候。

　　舒服地伸了个懒腰，赵晏晏对自己能在一天之内解决问题十分地满意。忽然之间，赵晏晏想起了事情的来龙去脉，貌似是那个可恶的胖子提醒了一句，自己才找到了解决问题的思路的。

　　"死胖子就知道站着说话不腰疼。"赵晏晏顿时对郭泰来刮目相看，"不是他自己的设计，他当然不会追求完美了。这家伙竟然能找到这么一个关键的思路，看来以后有必要多和胖子交流一下，嗯，下一个课题有目标了。"

　　胖子解决问题的思路并不复杂，赵晏晏相信，多给自己一段时间，她自己也能解决，因为她已经想到了和这个方法类似但稍微简单点的解决思路，只是没有胖子这个简单方便而已。

　　但胖子能想到，这就让赵晏晏很满意了。一个思维敏捷外加动手能力超强的家伙，如果专职做自己的研究助手的话，想必会对自己的研究有极大的推动作用。忽然之间，赵晏晏有些后悔没能早些认识胖子，而且胖子还被王教授和侯院士给预定了，今后几年肯定没办法帮她。

　　唉，没办法，难道她还能和侯院士抢人？何况胖子跟着王教授和侯院士攻读硕士博士这是大好前程，自己的一个研究助手又能有什么前途？

　　可惜啊，胖子是唯一的一个能让她在某些时候不设防的人，有些时候胖子的做法还真让人捧腹。就拿他那个坑追求自己的家伙礼物来说吧，回头想想还真是个贱人。

　　一边想着，赵晏晏一边走出实验室，然后就看到了墙上的那个告示。一想到那些讨厌的家伙们看到这告示的时候是什么脸色，赵晏晏连胖子竟敢冒用她的名义发告示的事情也忘在脑后，不会追究了。

　　给赵晏晏制作外骨骼座椅，郭泰来自然不能像给自己做那么随便。除了要满足使用功能之外，还得要轻，还得要灵活不妨碍行动，更重要的是，还得好看。

　　还好，材料本来就是钛合金，虽然密度大，可因为强度高，具有同样的支撑重量能力，反而比铝合金更轻。灵活性方面，因为尺寸刚刚好，而且郭泰来的加工精度极高，注油之后有了足够润滑，任何一个部件活动都悄无声息。

倒是好看方面还得参考赵晏晏自己的意思，看她喜欢什么颜色。两天下来，郭泰来已经完成了所有的加工和装配步骤，只剩下着色和外部装饰了。

带着东西，郭泰来直奔实验室，打算让赵晏晏决定颜色。刚到实验室推开赵晏晏办公室的门，还没等他问问题，赵晏晏就提前开了口。

"你来得正好。"赵晏晏看起来很开心的样子，"校领导已经决定了，下周三在学校召开一场发布会，现场请吉尼斯世界纪录的公证人员来公证你那个高精密陀螺的旋转时间，顺便给那些把持着技术不放的家伙们下个套，看他们反应如何。"

第二十二章
又一个圈套

上

给外人下套，郭泰来暂时还不关心。反正他不出面，到时候只要看热闹就行。现在要紧的是，让赵晏晏选个喜欢的颜色。

"给我做的外骨骼座椅做好了？"赵晏晏听完郭泰来的来意之后，也是一阵惊讶，随即才琢磨过来，这已经是第三天了，以郭胖子的快手，真要快做的话，恐怕最多一夜就能完成。

胖子用了三天才把东西拿过来，显然这个外骨骼座椅的用心程度是不能和那个高精密陀螺相比的。不过也没那个必要，只是个外骨骼座椅而已，自己在实验室做研究的时候，穿着这个可以随时随地地高姿势坐着休息，实验室的椅子低，有些时候只能站着。

"就用金属色，我喜欢。"赵晏晏看到这一套明显比胖子自己用的那套精密了许多的外骨骼座椅，一眼就喜欢上了。她喜欢机械，喜欢机械的美，喜欢金属色倒不是说假话，是真的喜欢。

指挥着胖子指点自己穿上这套座椅，今天穿的是牛仔裤和T恤，赵晏晏试着活动了一下，没有一个地方不合适，就连和自己身体贴合的部位，曲线竟然也异常地贴合，整个就是为自己量身定做的。

事实上也是如此，本就是量身定做的，可赵晏晏却从来没有让郭泰来测量过自己的身体数据。这家伙能做得这么合体，他那双贼眼肯定已经不知道测量多少次了，否则哪里有这么贴身的？

"我的身材还不错吧？"一边来来回回地走着试验这套外骨骼座

椅，赵晏晏一边很是随意地问道。

"那是……"刚说了这两个字，胖子才觉得不对，但看着赵晏晏略有些冷厉的眼神，不知道怎么的就想要实话实说，忍不住一咬牙，"那是相当地不错。"

"看了很多次了吧？"赵晏晏的眼中似乎有火要冒出来。

"不多不多。"郭泰来急忙否认，再上赶着找死就是自己蠢了，伸手指了指自己的双眼，"你也知道我这双眼的测量精度，一眼就够了。"

"意思就是不值得多看，是吧？"赵晏晏似乎还是很不满意地冷哼道。

"不是不是，很好看，经常看！经常看！"郭泰来急忙分辩，这姑奶奶怎么突然要在这上面爆发了？

眼看着赵晏晏似乎想要借题发挥，郭泰来急中生智大声问道："想不想要了？不想要我带回去改改我自己用。"

本来就是想要耍弄胖子一下，看胖子着急了，赵晏晏目的也达到了，心情舒畅，趾高气扬地命令郭泰来道："看在你辛苦的分上，我就不追究了。我的设计已经出来了，过去看看图，给我最快的时间做出来。"

做工件总比陪着喜怒无常的赵晏晏好，郭泰来二话不说，立刻坐到了赵晏晏的电脑前，打开 CAD，开始看图。赵晏晏本来想要打印出来的，被郭泰来拒绝了。

"保密的东西，不要随便打印。"郭泰来指了指自己的脑袋，"虽然我学习成绩不怎么样，但看看图纸记下来的本事还是有的。"

这个赵晏晏相信，郭泰来除了给自己制作外骨骼座椅的时候画了图之外，其他时候都很少看图。也就是叶片需要的数据多才要了个笔记本电脑随时看着，高精密陀螺自始至终都没有图纸。外骨骼座椅的图纸还是为了申请专利。

"对了，你的那个手指陀螺，我已经帮你做了专利申请。"想起来高精密陀螺，赵晏晏不忘记给胖子说一声，"图我找人帮你画了，手续也帮忙做了，你是不是应该请客？"

"请！"郭泰来现在有钱，一点都不怕赵晏晏宰自己，他巴不得赵晏晏多吃自己几顿呢，"你说地方，现在就去。请大美女吃饭，多有面子！"

"想得美！"把胖子折腾一番，赵晏晏开心了，冲着郭泰来一阵呵斥，"赶紧给我干活，老娘我春季毕业你不知道？哪里有时间浪费？要不是你非得要把陀螺仪做那么小，我早就做完毕业论文了！"

"马上干活！"郭泰来招架不住，急忙退出来。他真想质问赵晏晏一句：陀螺仪做多大还不是你说了算？可惜，到最后也没敢。反正她春季毕业，做完设计样品基本上就没他什么事了，不会太久。

吉尼斯发布会是在一周之后，这一周的时间，足够郭泰来把全新设计的电动陀螺仪机械部件打造出来了。胖子怕赵晏晏不满意，还特意用了最高的精度，安装上也是极尽精准，试运行的时候，一次模拟通过，堪称完美！

郭泰来的工作，到此已经算是告一段落，剩下的也就是等到发现了这个设计的问题修改的时候重新做一下修改过的部件就行，郭泰来总算是清闲了下来，只要负责自己的毕业论文深化就行。

并不是十分隆重的吉尼斯发布会在周三准时召开，一切看起来都很自然，精仪系这边向吉尼斯总部提出了申请，他们派了人过来现场公证，流程完全正常。

不正常的是，其中一个公证人员原本是华夏人的，这次却不知道什么原因换了个法国人。可能是因为学校在申请的时候表现得有些过分，让吉尼斯总部觉得有必要派一个外国人来公证，不能随便地给华夏人一个纪录？

更巧合的是，正好这个时候有个日本访问团到了水木大学参观访问，本来精仪系并不是他们的参观目的地，可恰好有个秘书过来向陪同的校领导汇报被听到了，其中两名团员很有兴趣，索性一起过去看看。既然是参观，去精仪系也一样是在学校内参观，不是吗？

出面演示的是王教授，郭泰来和赵晏晏都没有出面参加，对外的解释，是精仪系全新的加工成果演示，顺便冲击个吉尼斯纪录。

当王教授拿出那个高精密陀螺的时候，观看的人当中就有几个人脸色有点不正常了。等到王教授介绍了一下要冲击的世界纪录，并且认真地让公证人员开始计时，狠狠地拨动了陀螺的时候，几乎所有人都已经无法从王教授手指上平稳旋转的高精密陀螺上移开目光了。

下

"不可能！这绝不可能！"同样的惊呼声几天后在不同的几个国家的某些绝密会议室当中相继响起。

"华夏人怎么可能做得出那种精度的陀螺？"日方依旧还是上次的那些人，不敢置信的是那个花白头发的老人。

外行看热闹，内行看门道。

普通的学生和参观的人员看到的只是精仪系这边申请了一个吉尼斯的认证，然后那个陀螺在旋转了整整二十二分钟的时候，创造了一项在手指上旋转的世界纪录，由现场的吉尼斯三位公证人员共同见证，并当场填写颁发了中英两种语言的证书。

成功地创造世界纪录，让不少学生和在场参观人员一阵欢呼，热烈的掌声持续了五分钟之久。认证现场热闹成一片。

可是，不少人的眼中，看到的并不是这种热闹，他们的注意力，完全都集中在了那个高精密陀螺上。

从王教授慎重无比地戴着橡胶手套进行试验他们就明白，这个高精密陀螺的加工和装配精度恐怕是极高的，连赤手的油汗都害怕影响到，那该有多厉害？

事实上，从旋转到了五分钟开始，就已经有人要崩溃了。可那个该死的陀螺竟然在这种状况下活生生地旋转了足足二十二分钟，那哪里是看着人们屏息静气期待的二十二分钟，分明就是让人如坠地狱的二十二分钟啊！

这些看着这一幕的内行，哪里能想到王教授心里正懊恼无比，因为他的手没有胖子稳，以至于高精密陀螺的旋转时间生生地少了一分钟，否则的话，这纪录至少也能到二十三分钟。

即便只是二十二分钟，也已经让几个别有用心的内行无比地煎熬，看着王教授手上的那个陀螺，恨不能立刻抢下来仔细地观察一番。

幸运的是，"草包"的校领导似乎并不明白其中的意义，拿到证书之后，还很好奇地冲王教授要过那个陀螺来想要看看。

王教授并不情愿，但是却拗不过一个系领导的说情，只能要求让校领导戴了一双手套才把陀螺拿过去。

校领导看了，有好奇的外宾也想看看，似乎一切就成了理所应当。每个感兴趣的外宾都得到了机会，戴着手套试一下这个精密的陀螺。

有心人也注意到了，王教授在讲解他们如何设计如何加工和装配的时候一直心不在焉，目光始终在那个陀螺的身上。

几个有心人终于耐着性子，等前面的人把玩之后，把高精密陀螺拿在了手中仔细地观察。

只从那个陀螺表面的镜面效果，内行就能大概判断出这个加工精度来。再感受了一下手指尖上旋转的平稳和宁静，有经验的人也不得不承认，精仪系这次真的是拿出了不得了的东西。

别看只是个小小的陀螺，可是其中蕴含的设计加工装配动平衡调整上的科技含量，却绝对是这个世界顶尖的。

再听那个王教授介绍，光是设计和修改就进行了十七遍，前后耗费了整整一年多的时间，数十名研究生和博士生，外加顶尖的操作工，全新设计的概念数控齐上，才有了这次申请吉尼斯纪录的发布会。

其中的辛苦，王教授多次强调，可是某些人却只牢牢地记住了王教授只说过一句还是语焉不详的那个词，全新设计的概念数控。

现在会议室里讨论的，就是这个可能的全新设计的概念数控。

貌似水木大学出风头的想法很强，认证过程中竟然还有电视台全程录像。这也让没有参加发布会的人们能够从电视当中看到当时的情景。

尽管电视的分辨率很低，可是这不是还有参观者的现场照片吗？特别是那个高精密陀螺，有心人找了机会拍摄得清晰无比。角度也很全，正面侧面底面全都有，完全可供众人参考。

"美蓓亚这边按照同样的规格能不能做一个样品出来？"老人问道。再不相信，有录像有照片和现场那么多人证明，大家也得相信。

好在有完整的照片，他们同样可以让目前加工水平最高的美蓓亚集团（MinebeaMitsumi）按照尺寸复刻一个（美蓓亚就是那个陀螺的轴承制作者，三菱精机负责设计组装和测试）。

"照片当天晚上就发给了美蓓亚，他们用了两天时间打造了同样的陀螺。"负责外事联络的年轻人飞快地回答了老人的问题。

"结果如何？"不光是那个白发老人，其他人也很关心复制的结果。

"东西就在这里。"年轻人打开了一个桌上的盒子，露出了里面的高精密陀螺，送到了老人面前。有心想说些什么，但却欲言又止。

"说吧！"老人看到了他的犹豫，闭上了眼睛，静静地等着。

"美蓓亚的加工时间太短，这个陀螺，只能转十分钟。"年轻人不再犹豫，飞快地说道，"他们说了，给他们一个月的时间精心打磨，保证能够达到二十分钟以上。"

陀螺最难的是设计和选材上，对方已经提前做完了这些，只剩下加工组装和测试，难度相当于减少了百分之八十。以美蓓亚的加工实力，有图纸的情况下，两天内能加工的最高等级也就是这个极限了。现在美蓓亚还不是二十多年后的那个美蓓亚，还不是那个创造了多项轴承纪录的美蓓亚。

"5微米高精度数控已经开放给了华夏，而且我们也已经抢先得到了足够的订单，证据已经转给了欧美同行。"白发老者看着那个同样精美的精密陀螺，语气很有些不善地说道。

如果是以前，看到国家能做出这种精密陀螺，他肯定只是欢喜。可现在，却被水木大学的一个陀螺给硬生生地比下去了。这叫人情何以堪？

"可从这个陀螺看，水木大学是不是在这方面又有了突破性的进展？"这是所有人心中的猜测，"我们是否要重新考虑高精度加工中心的对华策略？"

……

同样的讨论，还发生在欧美几个国家，内容却都是大同小异。

更高精度的加工中心肯定还是封锁，只不过，在5微米精度的数控上，欧美日各方都已经不约而同地打开了封锁，华夏国内企业可以自由地进口。只不过，在国产机床还没有量产之前，价格却不会再降下来了。

第二十三章
改论文

上

在赵晏晏的全新设计做出来之前，郭泰来基本上是很清闲的。手头上唯一的工作，就是深化修改一下自己的毕业论文。

赵晏晏太着急了，或者说太想要追求完美了，这不好。

郭泰来的手工生产能力的确是能够满足她研究上的更进一步深究，但问题是，没有了那个尺寸上从大到小的变化，没有了在生产使用中积累的经验，配套的产业没有发展起来，光是手工制作，充其量也就是只能满足一个实验室的需要，没办法促成产业升级。

上次赵晏晏就卡在那个尺寸上好几天，她也不想想，从十几厘米的大小直接变成了不到两毫米，这其中直接缩小了近百倍了，还不满足？饭要一口一口地吃，路要一步一步地走，直接就想飞，怎么不上天呢？

吐槽了一下，郭泰来也不去实验室赵晏晏面前晃，免得被抓壮丁，就窝在宿舍不紧不慢地琢磨。

控制系统升级留下的那个坐标，郭泰来大概地查了一下，是在辽省，那边应该有个陨石坑。郭泰来本来想近期就去一趟的，可是一直有事情忙碌，而且赵晏晏已经被自己的精细手工逼得往更小的方向设计陀螺仪，随时会让郭泰来干活，她是绝不会允许郭泰来随随便便地离开一段时间找不到人的。只能等赵晏晏毕业之后再考虑。

宿舍的几个人已经知道了郭泰来毕业后的去向，对于郭泰来能够被特招保研，大家也都替他高兴。特别是二哥，他毕业后直博，郭泰来保研读博，还能和他在学校里待几年。

老三刘阳是京城人，家里已经给找好了单位，毕业就去工作。老四虽然不是本地人，但也提前打好了招呼留在京城。都在京城，时不时也能见面。只有老大毕业直接去斯坦福，以后可能会留在美国。

现在还不是分别的时候，大家还不会伤感。特别是郭泰来是额外特招保研，不占用系里的名额，也没人会因此而不满，有些同学有小小的忌妒，那也没办法，谁让他自己成绩不好又没有胖子这样的手艺，那也只能自己老老实实地复习去参加考试。

至少今后五年的时间不用担心怎么安排，确切地说，应该是六年半。今年还有大半年，硕士生三年，博士生三年。如果王教授或者侯院士满意的话，到哪个博士后工作站参加工作也不是不可能。差不多了就回学校任教或者科研，水到渠成的事情。

可以说，胖子的生活基本上一路坦途了。只要胖子的身体健康，实现为祖国健康工作五十年的宏伟目标不是梦，有纳米机器人和控制系统在，这些是问题吗？

当然，这一切的前提，就是胖子的毕业论文能让侯院士满意，否则就只能跟着王教授读完硕士之后再谋求下一步。

简单的外骨骼座椅肯定是不能让侯院士满意的，换一个题目？郭泰来在床上琢磨了一番之后，决定还是在外骨骼上面做文章。但一个本科生的毕业论文，又没有必要把所有的东西都抛出来。

嗯，把机械外骨骼的控制实验拿出来，应该足够满足本科毕业论文的要求了。而且这个控制实验也是机械外骨骼控制系统的前提理论，侯院士如果和军方合作比较多的话，应该会对这个十分感兴趣。任何先进的技术，都会首先在军事上应用，这一点是毋庸置疑的。

未来梦境中，从1995年起，美国陆军上校杰克·奥布瑟克就协助推进外骨骼研究了。

一直到2000年，一位美国科学家雅各布森宣称他找到了DARPA（美国国防高级研究计划局）悬赏解决问题的答案，这个问题是如何让操作者与机器人互动。为证实自己的直觉，雅各布森请公司摄影师和他的女儿一起帮他做个实验。

这个实验让摄影师扮演外骨骼，他的女儿扮演内部操作者。她背对父亲，站到他脚上，她的脚趾压在他的脚趾上。他们握着手帮助平衡。她开始朝前行走。摄影师的任务就是和女儿保持同步，让自己的脚始终保持在她脚下。几分钟后，他们的行动宛如一人。他女儿完全掌握决策——走多快，什么时候转弯——摄影师只是一步一步地努力模仿她。

该演示向雅各布森证明，只需要几个接触点——比如脚和手——一台聪明的机器就能明白绑在它身上的操作者的动作意图，并配合行动。依据这个简单的原理，基于压力传感器的机械外骨骼控制系统开始慢慢地发展起来。

当然，这个是简单的，2004年日本机器人专家没有用这种压力传感器，取而代之是把感应器附着到穿着者身上，接收他（她）的肌肉信号，以确定他（她）的行动意图。这套机械外衣的控制系统能够学习、模仿穿着者的自然姿态。这意味着，至少需要三十分钟时间，两者才能协调一致——不能指望一穿上就行动自如。

郭泰来基本上可以把这两种方式都写出来，第一种实验完全能够找几组不同的人实现，后一种作为第一种的补充。理论验证应该是没有问题的，相信这篇论文完成后，侯院士应该会满意吧？

想好了目标，郭泰来立刻动身，直奔9003，虽然那边只有一台公用的486，但有总比没有强。

赵晏晏也看到了郭泰来，但她这两天的设计正到了关键的地方，没理会胖子，自顾自地设计。郭泰来也乐得赵晏晏没找自己麻烦，用最快的速度将原先的论文框架加长，把后面的机械外骨骼实验部分增加了进来。

一个有实物的外骨骼座椅，一个能验证的机械外骨骼控制实验，还有一个暂时不能验证但是理论可行性上暂时还看不出问题的控制理论，三个加在一起，要是侯院士还不能满意的话，郭泰来也就没办法了。这只是个本科论文，不是吗？

框架结构搭好，郭泰来就开始填充内容。郭泰来也是抱定了早做完早解脱的心思，连着加班一周，总算是把这篇论文也完善了出来。

"胖子，过来给我做样品！"说来也巧，郭泰来这边论文刚完成存到了软盘里，那边赵晏晏也完成了自己的设计，直接找上了胖子。

下

赵晏晏召唤，郭泰来不敢怠慢，直接飞奔赵晏晏办公室。

"图纸在这里，用最快的速度给我做出来。"赵晏晏指了指自己的电脑，打开了 CAD，让郭泰来看图。

打印大型图纸用实验室的普通打印机肯定不行，还需要晒图机，太浪费时间，胖子这家伙上次就说过能记住图纸，所以赵晏晏压根就没打算把图纸打印出来。

"好！"郭泰来答应一声，坐在椅子上开始看图。赵晏晏可是提前给了十万元呢，这么大方的金主可不能轻易得罪了。

详细地看了一遍之后，郭泰来心里就有了数。这款新设计的陀螺仪，机械制造方面，对目前郭泰来的技术而言，完全没有半点难度，郭泰来要是辛苦点，今天下午最多加上一个通宵，明天早上就能给赵晏晏打造出两套来。

"对了，我的论文也修改了，要不你也给看看？"郭泰来想起自己的论文，冲赵晏晏提了一句。赵晏晏还是自己论文的指导老师，给她先看看完全没有问题。

"那你打印出来。"说实话，赵晏晏相当地惊讶，这才多长时间胖子就改了自己的论文，是不是有点太儿戏了？想到这里，赵晏晏警告道，"你最好确定你不是糊弄事，否则的话，你知道后果的。"

"怎么可能？"郭泰来一个劲地喊冤，"你可是我的指导老师，我糊弄谁也不能糊弄你不是？"

"知道就好！"赵晏晏很满意这个回答，然后看着胖子把软盘塞进了她电脑的软驱，就在她的办公室里打印起来。

十几分钟之后，打印完毕，郭泰来也没出办公室，直接就从赵晏晏文件柜里找了个文件夹把打印好的论文夹好，交给了赵晏晏。和赵晏晏说了一声自己去领材料然后去上次那个无尘工作间去干活，离开了办公室。

领材料很顺利，实验室早就采购好了材料，只等打造实验品，郭泰来一个申请，前后也就不到半个小时的时间，材料就搬到了无尘工作间。

郭泰来全副武装，自己的那套外骨骼座椅，刘老的那套精品工具和后来自己打造的一套微型工具，全新的工作台，赵晏晏送的防护眼镜，实验室配备的防尘口罩，全都装备在身上，心中过了几遍图纸，然后开始动手。

一直工作到晚饭的点，郭泰来才饥肠辘辘地从工作间出来。大家都知道郭泰来干活时要保持安静，都很自觉地没有过来打扰。不过，郭泰来一出来，就看到了脸色有些不对的赵晏晏。

"出什么事了？"赵晏晏的脸色太严肃，让郭泰来以为出了什么大事。

"你跟我来！"赵晏晏很认真地冲郭泰来说道。

"我还没吃饭呢。"郭泰来哀叫一声，"饿死了！"

当然，胖子也只是装可怜说这么一声，赵晏晏仅仅瞪了他一眼，胖子就乖乖地脚下一点都没敢停顿，主动地跟着赵晏晏进了她的办公室。

"这论文是你写的？"赵晏晏此刻真的是很认真，认真得让郭泰来都有些害怕，"不是你从哪里抄的？"

"多新鲜？还能是你写的不成？"郭泰来几乎要怒了，好歹自己辛苦加班一个星期呢，"这些天我就在那台公用电脑上干活，你又不是没看到？抄的？我倒是想去抄？网络都不给连接，内网打个MUD都不行。"

"你这个压力传感器的试验，你真的成功过？"赵晏晏却如同没听到郭泰来的吐槽一般，依旧还是认真地问道。

"当然！"郭泰来当然知道这实验是成功的，不过怎么也得找个成功案例，所以胖子当仁不让地成了自己做过实验的当事人，"我和我小堂妹小时候就这么玩过。"

实验看起来并不难，两个小孩这么玩很有可能，只是没人往这上面想而已。赵晏晏已经有些惊叹了，都说自己是天才，可胖子显然也不差，能从小时候的游戏想到压力传感器的控制系统，简直就是天才的想法。

可赵晏晏并不能完全相信胖子的话，还是慎重地问道："那我可以找人重现吗？"

"当然。"郭泰来毫不犹豫地拍胸脯，"你找两个个头悬殊一点的，最好是父女两人，更容易实现。如果两个人十分钟之内还不能步调一致由小孩主导的话，那一定不是亲生的。"

赵晏晏根本没理会胖子最后的那一句笑话，低头琢磨了一会儿，冲郭泰来问道："那些配件什么时候能做完？"

"你要急的话，我今天晚上熬个通宵，明天早上就能弄完。"郭泰来飞快地回答道。

"那你今天多辛苦一下。"赵晏晏回应道，"你的论文后半段我还要看看，你先别和其他人说。"

"行！"郭泰来答应一声，看赵晏晏也没留他，主动离开，饿得不行了，先去吃饭再说。

赵晏晏今天真奇怪，路上郭泰来还在奇怪，也不知道发生了什么事情，居然这么神经兮兮。

晚饭过后，郭泰来抱着饭盆和方便面又回到了实验室。要熬夜，当然要做好准备，不然大半夜饿得不行总不能再跑到校外去吃夜宵吧？

再次全副武装地进了无尘工作间，胖子干起活来立刻又忘记了时间，一直到完成了一套陀螺仪的零配件之后这才停下手来。看看表，正好十二点，夜宵时间到了。

兴冲冲的胖子走出了无尘工作间，从无尘洁净室刚出来，郭泰来就愣住了。这个点了，实验室里竟然还有人。更可怕的是，这两个人一个是赵晏晏，一个是侯院士，听到动静，都往他这边看过来，好像正坐在那边等着他。

两人的脸色都很严肃，看着郭泰来的目光也让胖子一阵心虚，发生了什么事情？

"侯老师，我说的没错吧，他肯定这个点出来。"一边说赵晏晏一边站了起来。

郭泰来以为她要做什么，结果发现赵晏晏竟然拿着胖子的饭盆，撕开一包方便面，倒热水给他泡上了。

天哪！出了什么大事，让赵晏晏这么反常？

第二十四章
课题方向

上

上次做水轮机叶片，郭泰来让赵晏晏帮着泡了一包方便面，后来郭泰来被整了好几次，最后反过来帮赵晏晏泡了一次面才算是解决。这次赵晏晏居然主动帮自己泡面，太阳打西边出来了？

有侯院士在，郭泰来没敢说什么揶揄的话。当然，就算是侯院士不在，估计他也不敢。

侯院士和赵晏晏之前好像在说胖子，胖子也不知道他们到底在说什么，只能看着。

眼看着赵晏晏给他泡好面，甚至把盖着的饭盆都送到了他面前，郭泰来犹自不敢相信自己的眼睛。

揉了揉眼睛，再睁开，没错，是赵晏晏和侯院士两人没错，不是幻觉。

再看饭盆，也没错，的确是自己的饭盆。揭开盖子，里面是统一炸酱面，味道也没错，那边垃圾桶里扔的袋子也对。这真的是赵晏晏给泡的？

"没下毒吧？"郭泰来小心翼翼地冲着赵晏晏问道。

侯院士扑哧一声笑了出来。看胖子这么一副可怜兮兮的样子就知道肯定没少被这个宝贝弟子折腾，太可怜了。

"没下毒！"赵晏晏气得咬牙切齿的，老娘我主动帮你泡面你还不领情，"就是放了点泻药！"

"那我就放心了！"郭泰来小心地拍着胸脯，一副受了惊吓又放宽心的样子，让侯院士更想笑，却让赵晏晏越发地气恼。

忽然之间就没话了，实验室里很安静。郭泰来不知道他们两个这个点在实验室干什么，乖乖地坐着，一边擦汗一边等着面泡开，空气中弥漫着一股泡面调料的香味。

"晚上我找了三组人来做你的那个压力传感控制实验。"赵晏晏忽然开口道。

"有人超过十分钟没？"郭泰来看着饭盆，好像那才是比赵晏晏还漂亮的美女，不过胖子的语气中却包含着强大的自信。

"没有。"赵晏晏忽地笑了起来，郭泰来抬头的一刹那，仿佛看到一朵最美的鲜花在自己眼前绽放。

"我就知道。"郭泰来比赵晏晏还开心，然后直接转向了侯院士这边，冲着侯院士问道，"老师，这篇论文您还满意吧？"

侯院士为什么会出现在这里？显而易见，肯定是赵晏晏做完实验之后给侯院士看过了，不然侯院士那么忙，怎么可能特意半夜里来实验室等他这个小小本科生。

特别是在刚刚泡面的时候，郭泰来还看到实验室门外貌似还站着两个笔直的影子，心里就更有谱了。

"很满意！"侯院士并不隐瞒自己的情绪，他对这个胖子是越来越满意了。

"你这篇论文里的东西，还没有和其他人说过吧？"侯院士最想确认的就是这个问题。

晚上赵晏晏风风火火地来找他，两人一起组织了三组大小人来重现胖子论文中的实验，无一例外全部成功。甚至赵晏晏和侯院士都亲自上场和其中两个小孩试了试，都是在很短时间内就能配合默契。

这说明什么？说明胖子论文中的这个压力传感器控制系统在理论上是绝对可行的。后面的那个全身传感器的理论，单从理论上分析，以侯院士和赵晏晏的学识，完全没有问题，极具可行性。

郭泰来在论文中并没有多说机械外骨骼的应用前景，只说了控制理论，但侯院士和赵晏晏却是第一时间就想到了单兵外骨骼装甲。正如郭泰来认为的那些，任何高科技，最先肯定是用在军事方面的。

机械外骨骼加上动力就是动力外骨骼，更倾向于军用，除了能够增强人体能力的这一基本功能外，还要具有良好的防护性、对复杂环境的适应性以及辅助火力、通信、侦察支持等军用功能。

国外已经有了这方面的研究投入，但是并没有什么实质性的成果。侯院士连夜咨询了一番这方面的专家，对机械外骨骼方面已经有了一定的了解。

特别是侯院士和一个这方面的专家朋友聊过之后，说起了胖子的论文，直接引起了对方的兴趣，短短半个小时之内，就引起了军方的关注。

在国际上还没有成熟的机械外骨骼的控制理论的时候，水木大学的一个大五本科毕业生居然已经拿出了成熟的控制模型和两套理论，并且完成了论文，而且还经过侯院士担保，极具可行性，军方的专家不关注才怪。

这也是为什么侯院士和赵晏晏深夜出现在这里的原因。另外，赵晏晏的军事敏感性很不错，居然读了论文之后就意识到事关重大，当场叮嘱郭泰来不要和外人说。

"刚完成就交给师姐了，还没来得及和任何人说过。"郭泰来也不是傻子，拿出来这个东西就是想要国家在这方面能先走一步，现在侯院士这么慎重，已经达成了他的目的，郭泰来当然不会节外生枝。

"那就好，那就好！"侯院士如释重负地松了口气。如果郭泰来和别人聊过，恐怕还得把其他人暂时控制起来，现在这样最好。

"你既然设计了这两个控制模型，想必你也知道机械外骨骼的应用前景。"侯院士斟酌了一下词汇，才清晰地表达出来，"这对我们国家的军事科技有着重要的推动作用，所以，你知道的，必须要保密。"

"没问题。"郭泰来答应得异常地爽快，这有什么的，惯导实验室里的这些东西都要保密，太正常了。

"有件事不好启齿。"侯院士犹豫了一下，有点不好意思，但终究还是说了出来，"我让你修改深化了论文，可因为这方面的要求，恐怕还得让你继续使用原来的论文了。这么重要的控制理论，不适合出现在本科毕业生的毕业论文答辩会上。"

"没问题没问题！"郭泰来连连表示没问题。他修改论文的最直接的目的是想要得到侯院士的认可，其他方面只是捎带手的能推一把就推一把，现在最主要的目标完成，其他的都是旁枝末节，郭泰来完全没有反对的意思。

"那你，还愿意往这个方向研究下去吗？"侯院士看着郭泰来，又问了一个问题。

<h2 style="text-align:center">下</h2>

赵晏晏也在看着郭泰来，想知道他的回答。

郭泰来从来没想过这个问题，但侯院士问起来了，郭泰来也琢磨起来。侯院士也没催，静静地等着。

"不会。"好一会儿之后，郭泰来才摇了摇头，然后冲两人解释道，"我擅长的是机械加工方面的东西，软件编程和工控差得远，而且兴趣也不在这里。那个控制模型只是小时候玩过的游戏突发奇想，不是我在这个方面有多专精。"

胖子在机械加工方面的天赋，知道的人里面那是有口皆碑的。就算是不知道的，只要让他们知道胖子是高精密陀螺的制作者，他们也绝不会怀疑这一点。

不过，机械外骨骼的控制系统要研究的更多的是通过压力传感器来进行驱动的控制系统，编程和工控的工作占据了绝大部分，机械加工方面反倒只剩下一点点，完全无法发挥胖子的强项。

侯院士点了点头，对郭泰来的观感又多了几分。至少胖子对自己认识得很清楚，知道自己擅长什么不擅长什么，很好。

赵晏晏刚要说点什么，却被侯院士阻止了。有些话，他要亲自和郭泰来说，不用借赵晏晏的口，这点担当侯院士还是有的。

"我的那个老朋友，对这个课题十分感兴趣。"侯院士也不隐瞒，冲郭泰来解释道，"本来想着如果你要是感兴趣，他愿意做你这方面研究的导师。既然你不愿意，那这个课题能不能允许我那个老朋友继续研究？"

侯院士的老朋友，刚刚已经说了，同样也是一位华科院的院士。看上了这个课题，想要研究，还要郭泰来点头？

郭泰来简直受宠若惊了，人家这是表达对他的基本尊重，郭泰来也不是那种不知好歹的人，况且他本来就志不在此，怎么可能反对？

"这可折煞我了。"郭泰来一脸的惶急，冲着侯院士连连地摆手，"我就是把小时候的游戏思维拓展了一下而已，完全不用考虑我的意见，怎么处理都可以。"

"行，那我就替我那个老朋友谢谢你了。"胖子这态度很端正，侯院士也很开心，自己看上的好苗子没离开，老朋友也有了新的课题，两全其美。

"对了，这件事情，包括这个模型，要绝对保密。"侯院士想起来最重要的事情，特意郑重其事地叮嘱郭泰来，"以后把这些都烂在肚子里，难得又有了一个国际上领先的课题，总要多领先一段时间才好。"

郭泰来二话不说答应下来。开玩笑，机械外骨骼的研究最开始绝对是用在军事领域的，不保密才怪，郭泰来可不想哪天有关部门因为泄密找上自己。

"面要凉了，快吃吧！"正事说完，侯院士不忘记提醒了一下郭泰来。

恰好就在侯院士刚说完这句的时候，胖子的肚子里很不争气地咕噜一声，三个人的实验室里，异常地清晰。

赵晏晏顿时间忍俊不禁，捂着小嘴笑了起来，让胖子一脸的尴尬。

侯院士也知道自己在场胖子肯定放不开，刚刚他也看到了，胖子满头大汗就没停过。这可是11月的天气，显然胖子在无尘工作室里干活卖力，不能让胖子吃不舒坦。所以他也没多待，叮嘱了胖子几句之后，就离开了实验室。

郭泰来看得清楚，侯院士离开的时候，实验室门外两个笔直的身影也跟着离开了。不知道那两位是什么来意，上次见侯院士可没看到他们。

"别看了。"只剩下赵晏晏和郭胖子，赵晏晏也放开了，顺着胖子的目光看到了外面，随口解释道，"他们是以防万一的，一旦你和其他人说过这方面的内容，他们会第一时间去给那些人宣讲保密纪律。"

郭泰来撇了撇嘴。那么笔挺的身姿，肯定是出身军队的，他们去宣讲保密纪律估计效果一定很震撼。

不过，没发生的事情，郭泰来也不会去琢磨，眼下肚皮要紧，赶紧掀开饭盆，飞快地拌了几下已经泡得稀软的面条，也不管口感如何了，狼吞虎咽地吃起来。

刚吃了两口，胖子忽然想起来赵晏晏不喜欢大口吃面的声音，立刻停止了大开大合的动作，小心翼翼地吃起来，尽量不发出声音。

看着这个小细节，赵晏晏心中微微点了点头。别看胖子貌似心大，可有些时候还是挺在意自己的感受的。

"制作的进度怎么样？"赵晏晏可不会学胖子半夜里吃宵夜，这可是身材的大敌，哪怕是学霸美女，赵晏晏对于自己的身材也是极为注意的。

"已经做完一套了，还没组装。"郭泰来把嘴里的面咽下去，赶忙回答道，"等我再做一套，一起组装起来，明天早上你就有两套实验室产品可以用来测试了。"

"辛苦你了，胖子！"赵晏晏难得地对郭泰来和颜悦色一次。看胖子已经吃完了一包泡面，还特意主动地帮胖子泡上了第二袋。

胖子再次受宠若惊了。一晚上被惊了好几次，胖子都已经有点习惯了。

"这次做完，我估计等我毕业前，最多只会有一次修改，以你的速度，估计最多两天就能搞定。"赵晏晏陪着胖子一起等泡面泡好，聊起了天，"你论文已经做完，还有一个半学期，打算做什么？"

"没什么特别的安排。"郭泰来也起了谈兴，"准备趁着空闲学个车，去外地旅游几次。你也知道，我手里有点钱了，想出去看看。有机会的话，看看能不能再遇上点高精度加工的活，赚点零花钱。"

郭泰来有钱，赵晏晏当然清楚，那十万元还是赵晏晏给的呢。胖子这个安排也正常，大五没课，该干的活都干完了，难道还不允许胖子出去走走或者勤工俭学？反正胖子不愁找工作，总比玩游戏荒废了强。

"行，等我毕业，看有什么适合你做的活，我帮你介绍。"赵晏晏大包大揽起来。开玩笑，胖子的手艺，一般人还真用不起，等自己忙过这段毕业，看看爸爸的集团里有什么高精尖的活让胖子干吧！他们那个集团，这种人才不知道缺多少。

　　两人愉快地在言谈中达成了协定，郭泰来开开心心地吃完第二袋泡面，再次钻进无尘工作室，开始干活。

第二十五章
缺 钱

上

一个通宵做完，郭泰来成功地组装好两套最新陀螺仪的实验品，郑重其事地交给了早上过来的赵晏晏之后，郭泰来就解放了。

赵晏晏说了，最早的修改也得是寒假之后答辩之前，所以，从现在开始到寒假结束，胖子就是一只自由的胖子了。

"对了，师姐，你说，十万块，够不够在南门外买一个院子啊？"郭泰来要离开实验室的时候，忽然想起了什么，冲着赵晏晏问道。

"南门外？中关村这块？"赵晏晏一愣，"我哪知道？"

"你不是地头蛇吗？帮忙给问问。"郭泰来笑嘻嘻地请赵晏晏帮忙，"这不是要读研读博嘛，我琢磨着，学校门口买一个房子，到时候也方便。"

"这样啊！"赵晏晏明白了郭泰来的意思，"我让我公司的员工帮你问问。不过，你得有心理准备，恐怕未必够，中关村附近，发展得正迅猛，不一定会那么便宜。"

"不用到中关村那块，就东门或者南门口这里的民房就行。"郭泰来急忙摇手，"主要是离校门近，来回方便。"

"行，我知道了。"赵晏晏点了点头，"他们问好了我呼你，你记得回电话就行。"

郭泰来终于可以很长时间不用来 9003 了。走出楼门的时候，郭泰来只觉得一身轻松。

南门外或者东门外，现在叫作五道口，在未来梦境中，那里有个更加强悍无比的外号，宇宙中心。有的没的先在这里置办一套房产，等到日后拆迁的时候原地置换一套或者几套楼房即可。不用太费心力，就可以轻松实现千万富翁或者亿万富翁的小目标。

当然，在这里置产主要还是考虑到今后郭泰来很可能会在水木大学读研读博然后留校工作，学校旁边住，方便。父母到时候也可以过来，感受一下祖国的心脏和窗口的生活，让他们两个享享福。

有点钱就买房，会不会被人说胸无大志？说就说吧！郭泰来才不在乎，谁得实惠谁知道。

回宿舍先补觉，休息了一天之后，郭泰来开始琢磨怎么去那个陨石坐标那边。控制系统升级带给郭泰来的只有好处，之前是被事情牵绊住了不能去，现在郭泰来已经迫不及待地想要去看看了。

去辽省，郭泰来查过，只有绿皮火车，到了安山再换汽车到县城，然后再去目的地可能就要租车或者采用其他方式了。总之不是那么方便。

正在为难是自己一个人去还是找个人结伴一起去的时候，呼机响了。赵晏晏办公室的电话，郭泰来出楼门找了个公用电话亭给回了过去。

"房子有消息了，过来一趟。"赵晏晏言简意赅，直接让胖子过去。还好，这次没用8888来呼胖子，算是给了胖子一点面子。

"哪个位置的房子？多少钱？"郭泰来二话不说，直奔实验室，进了赵晏晏办公室就问。

"这是我的员工昨天跑了一天的结果。"赵晏晏递给了胖子一张表格，上面很清楚地列着十几个选择，地址、面积、房屋状况、院子面积、价格等都列在上面，后面还有照片。

"最便宜这个才八万？"列表是按照价格排序的，最低的那个只要八万。

"面积最小，加上院子才四十几个平方，而且房子的状况很差，已经是危房了。"赵晏晏看过，自然知道郭泰来说的是哪个，直接否定道，"与其买这个，还不如加点钱买个更好的，至少马上就能住。"

这一点郭泰来同意，不光要考虑现在就能住的问题，还要考虑以后拆迁的选择，那个房子显然太偏，不选。

郭泰来目光直接看向了排第一的那个。两进的院落，加起来差不多有一千平方米，一亩半大小，房子前后两进有十间，但价格也着实地喜人，八十万。不用看照片，光看这个面积，郭泰来就被吸引住了。

"最贵的那个？"赵晏晏仿佛看穿了郭泰来的心思，"你有那么多钱吗？现在你身上，满打满算加上家里也就十五万吧？"

胖子默默地点了点头，满脑子那个房子和价格。这个时候价格才八十万，也许等到二十年后，拆迁置换到的房产价格能超过一亿。有了这个，以后自己完全不用担心什么工资奖金之类的东西，为国家做贡献就行了。

"师姐有钱吗？"郭泰来忽地满脸堆笑，冲着赵晏晏问道，"要不师弟我先借点？"

"滚蛋！"赵晏晏直接丢给郭泰来一对白眼，"我的钱也不是大风刮来的，凭什么平白无故借给你？你是我什么人？"

"我不是你师弟吗？"郭泰来笑得异常地狗腿，简直笑出了周星驰《鹿鼎记》当中多隆的精髓。

"叫我师姐的多了，每个过来都找我借钱，我还活不活了？"赵晏晏完全无法直视胖子的这副嘴脸，一脸厌恶地扭过头去。

"那我帮师姐干活来还，行不？"郭泰来继续商量着。

"那你打算做到什么时候？博士毕业吗？"赵晏晏倒是不介意使劲地让胖子干活，但胖子胃口太大，开口就是几十万，现在可是1996年，赵晏晏就算是有钱，也不可能随随便便地拿几十万出来给胖子。

"对了，师姐你是怎么有钱的？家里给的？"郭泰来故意问道，特意说了最后一句，激怒赵晏晏。

"闭嘴！"赵晏晏果然受不了这个激，直接把答案说了出来，"我在麻省读书的时候，帮美国几个企业解决过一些技术上的问题，那是我光明正大赚到的报酬。"

解决技术问题？郭泰来眼前一亮，看着赵晏晏问道："上次师姐不是买了我的专利吗？要不，我再卖师姐你几个？"

"可以啊！你还有什么专利，说说看。"赵晏晏是从国外回来的，对于专利收益她很看重，胖子竟然还有没拿出来的技术专利，她倒是可以评估一下，值得的话，公司里囤几个专利也不错。

上次从胖子手里买的外骨骼座椅的专利，已经授权一个公司生产，目前已经接到了国外小批量的订单，总价值已经超过了三十万美元，买专利的钱早就赚了回来。

"师姐你不是做陀螺仪吗？"郭泰来二话不说，随便从脑子里摘出来一个和赵晏晏相关的说道，"惯导目前还是军用，但我用陀螺仪针对国外斯坦尼康防抖动摄影平台做了个优化设计，更小更轻，师姐要不要买下来？"

噗！赵晏晏闻言，刚喝的一口水直接喷了出来。

下

赵晏晏自己在别人眼中就是个妖孽，这一点赵晏晏很清楚，所以她经常会面对一些看她高山仰止的目光。当然，赵晏晏也有值得骄傲的本钱，小小年纪有这样的学术水准，碾压同年龄所有人。

可是，赵晏晏从来没有见过如胖子这样思维有如此发散性而且敏锐的家伙。

胖子这家伙，一手好钳工就不说了。这是生理上的天赋，赵晏晏羡慕不来，也不羡慕。但胖子每每总能从一些大家从未注意到的角度思考问题，并能找到一些别人无法发现的关键点，这就厉害了。

因为身体胖，站立的时候体力消耗大，所以胖子就发明了外骨骼座椅。那东西的机械原理简直简单到令人发指，可以前就是没有一个人想到过。

从那个外骨骼座椅，胖子能在深化论文的时候直接进化到了机械动力外骨骼，甚至还用小时候玩的一个游戏就建立了一个控制模型，简直让人无法置信。简单的原理，胖子总能通过简单的现象归纳出来并应用。

现在胖子缺钱，赵晏晏才刚提了一句可以用专利换钱，结果胖子就直接说一个陀螺仪优化斯坦尼康防抖动平台的设计，而且貌似还是因为她在做陀螺仪所以才想到的，这叫人情何以堪？

"师姐你做的是高精尖的惯导系统。"胖子发现了赵晏晏的异常，急忙替她解释，"时间这么紧，肯定没时间琢磨民用方面的东西。我这不是闲着吗就乱想了想，其实师姐你要是做的话，肯定比我设计得更好，只是你没时间而已。"

这话让赵晏晏稍稍能接受一些。她最近这几年的确是很赶时间，匆匆地本科毕业，匆匆地硕士毕业，现在又要匆匆地博士毕业，除了手头上的课题，很少考虑其他。

真要说胖子的设计能有多难，原理简单到发指，要是她真要琢磨的话，也许真能琢磨出来。不过，谁知道呢？

"做出来看看！"赵晏晏不打算和胖子废话了，直接让胖子自己做出来。反正她相信胖子肯定能做出来的。

郭泰来答应一声，就要去安排，忽地想起了什么，转头冲着赵晏晏苦笑道："师姐，推荐一款小巧省电的无刷电机吧！"

陀螺仪做得越小，就越需要电机辅助，赵晏晏的设计也同样需要，这方面她既然设计好了，肯定已经有好的选择，郭泰来就不费那个劲了。

赵晏晏正要说话，桌上的电话响起。赵晏晏也不避讳胖子，直接拿了起来。

也不知道电话里说了什么，赵晏晏眉头皱得很深："我这里也没有好的耐热合金资料，你先去了解下国外的情况。"

之后赵晏晏就再没说什么，静静地听完，挂了电话。

"耐热合金？"郭泰来现在满脑子是钱，恨不能立刻能用各种东西换钱，"很值钱？能换多少钱？"

"去做你的优化设计，少管闲事。"赵晏晏心情不好，直接赶人，"无刷电机资料我过会儿给你，去去去，少在我面前晃，心烦！"

郭泰来可不想在这个当口去触赵晏晏的霉头，二话不说跑了出来，就坐在公用电脑那边默默地琢磨做哪个东西出来。未来梦境中看到的手持稳定器很多，找个看起来最适合现在的相机使用的就行。

赵晏晏做事很周到很认真，虽然心情不好，可没一个小时的时间，不但电机的资料给了郭泰来，连样品都拿了一个给他。

　　既然有东西有尺寸还有实物，郭泰来也就不那么选择障碍，直接挑了一个最合适的双手手持单反稳定器设计，跑去申请了点铝合金，然后直奔钳工车间刘老的工作间。

　　现在赵晏晏心情不好，实验室是禁区，反正一个稳定器也不是什么军事机密，还是远离实验室为妙。刘老的工作间东西齐备，足够郭泰来使用了。

　　这样的小东西，郭泰来脑海里有详细的设计，随随便便大半天就做出来了。组装起来，郭泰来还跑了一趟宿舍，把刘阳的海鸥DF-2单反相机给借了出来，跑回工作间加工了一个配套的热靴，安装了上去。

　　双手抓着横向的握把，郭泰来小范围地扭动着双手和身体，相机的镜头却始终冲着一个方向，而且一定范围之内连位置都不会改变，成了，现在还是惯性驱动，等加上软件控制电机转动之后，防抖动防震完全没有问题。

　　"师姐，手持稳定器做好了。"郭泰来把东西一包，相机也没拆，趁着没下班，直接跑进了赵晏晏的办公室，把东西展示给赵晏晏看。

　　"里面一个陀螺仪，现在还是惯性控制，所以效果不是很好。"郭泰来解释其中的原理，"加上电机，师姐你找人做个控制系统，正向晃动的时候，电机就反向转动抵消这个旋转，很简单吧。有电机驱动，比斯坦尼康的机械式要轻便灵活多了，而且还不需要使用之前那么复杂地调试，如何？"

　　郭泰来的讲解言简意赅，因为他知道，赵晏晏一听就能明白，人家是搞惯性导航的，还能不知道陀螺仪什么原理？

　　赵晏晏看着郭泰来半天就给她拿到面前的这个小巧的架子，再伸手从桌上拿起来一个文件夹打开，看着里面几张斯坦尼康需要穿在身上操作的那种又大又重的照片，抬头看了看郭泰来，一时之间，竟然不知道说什么才好了。

　　明明很简单的一个道理，陀螺仪这玩意，随便叫个学过大学物理的学生过来都知道原理，可是有几个人能这么发散地想到用这种方法来制作手持稳定器？

死胖子真是个天才！

"可是你并没有做好控制系统，对吧？"赵晏晏鸡蛋里挑骨头地说道。

"原理又不复杂，师姐你又不是不知道，我工控系统开发方面不行。"郭泰来十分地无语，赵晏晏这明显是在耍赖嘛，"算了算了，行不行，给句话，不行我拿走，找王教授那边问问去。"

"行。"赵晏晏知道也不能逼迫胖子太狠，急忙开口，"你这个设计我买了，你这些天，配合我公司的人，把专利申请做了吧！"

第二十六章
防抖动演示

上

"师姐！"一听这话，胖子立刻眉开眼笑起来，搓着手问道，"那个，师姐打算多少钱买这个设计？"

"三十万吧！"赵晏晏琢磨了一下，给出了一个价格，"毕竟接下来我还得组织人手开发那个控制系统。"

"才三十万？"郭泰来有点不满意了，"国内外玩摄影的人可不少，完全可以照着人手一个的大市场卖啊，太便宜了吧？"

"不便宜了。"赵晏晏瞬间就变成了一个精明的公司女总裁，"开发还要投入，到时候也不可能是我们公司组织生产，肯定还需要授权给其他公司生产销售，我们也只是从中赚取一些授权费用而已，国内的状况你也知道，基本上东西一出来没几天就有人仿制了，三十万真不低了。"

三十万加上郭泰来手里的十万，不过才四十万，距离那个目标八十万还差一半呢，郭泰来有些不甘心。不过赵晏晏说的是事实，现在华夏国内的知识产权保护，还真就那么回事。要不是要加入WTO，恐怕情况会更糟。赵晏晏愿意出三十万买设计，已经很良心了。

"多少加点啊！"郭泰来露出一副可怜相，冲着赵晏晏卖萌。

"那等到时候授权出去了，再给你一部分分成。"赵晏晏看胖子可怜兮兮的样子，忍不住心一软，"一天赚三十万了，你别不知足。这东西，也就是个民用市场，到时候看看市场规模吧！"

"谁说只是民用市场？"郭泰来不服气了，冲着赵晏晏反驳道，"军用侦察机上难道不能用？"

刚说完这句，郭泰来就猛地反应过来。自己刚刚说了什么啊？要是民用市场打开的话，自己还能有一部分分成，可要是用在军事设施上，那岂不是要先保密几年再开放？

啪啪啪，郭泰来懊恼地想哭，连抽自己几个大嘴巴，叫你嘴贱！

赵晏晏却是看着郭泰来抽自己嘴巴无动于衷，冷笑着看着死胖子。东西一拿到手赵晏晏第一反应就是用在侦察机上了，就看胖子会不会主动说出来了，果然，一试探就试探出这家伙的心思了。为了这么点钱，竟然拼命抽自己嘴巴子，死胖子，革命年代绝对是个容易收买的汉奸！

"算了，三十万就三十万吧！"郭泰来也看到了赵晏晏的冷笑，低头认命了，"多少是个多啊！"

"哼！"赵晏晏冷哼了一声，决定不理会死胖子了，看着心烦。

"那个……"郭泰来忽然小心翼翼地抬起头来，冲着赵晏晏问道，"师姐，如果……我是说如果。如果我能再提供一个防抖动云台的设计思路或者课题，能不能再给点补助？"

"还有？"赵晏晏瞪大了眼睛，死胖子是机器猫吗？随随便便能从兜里掏出一种新技术？忽地想到什么，冲着郭泰来警告道："要是同样的陀螺仪原理，大同小异，那就算了。"

"拜托，师姐，你也是搞研究的，这种设计能脱离陀螺仪吗？"郭泰来十分地不满，和赵晏晏争辩道，"没有陀螺仪，怎么平衡定位？用GPS吗？且不说人家开放不开放给你接口，难道你拍个照还得看有没有卫星信号？控制平衡方面有突破就不错了！"

"说说看，哪方面的？"赵晏晏是专业的，当然知道自己的要求有点过分，但她还不甘心被胖子说服，也不想认错，傲娇地问道。

"先说好，课题能不能给补助？"郭泰来得要先问清楚，要是没好处，郭泰来就决定忍一忍再说。

"机械外骨骼控制系统的课题肯定暂时是不可能了。"赵晏晏口气软了点，"你也知道，国家没钱，学校研究所也都一样，找到个方向不容易，但要大量投入也不现实。"

这是现状，不是赵晏晏一个人能改变的。赵晏晏也不可能用自己的私人公司去补助国家的研究，没有这个先例，而且这样做的话，显得公私不分。

"那再有新课题结果也一样了？"郭泰来有些悻悻地问道。

"如果类似上次机械外骨骼控制系统的课题，你完成了建模的方法，对方厚道的话，估计你会在论文上得到一个署名。"赵晏晏对此也无可奈何，"好一点是第四作者，差一点就是个感谢名单。"

"那算了！"郭泰来摇了摇头，不纠结这个问题了。国家还穷，他也理解。看着赵晏晏，郭泰来忽地问道："师姐，如果说，我做一种民用的设计，完全不涉及军事方面的，卖给国外的相关公司，会不会价格能好一点？"

末了，生怕赵晏晏误会，又多解释了一句："就像师姐你一样，随手顺路解决几个小技术问题，收点授权或者咨询费什么的。"

"那倒是可以。"赵晏晏脸色好了一点，她也是这么做的，没道理谴责别人，"不过，你懂国际专利的注册？你能找到国际买家？还是你能和国外买家自由交流沟通？"

胖子是个学渣，赵晏晏很早就知道了。这家伙英语只过了四级，还是能看不能说的哑巴英语，这问题直接击中了胖子的软肋。

一说起这些操作上的问题，胖子就傻了。是啊，自己居然哪一点都搞不定，这条路也被封死了。就算郭泰来可以让老大帮忙翻译，但注册国际专利以及找买家这种事情，老大也帮不上啊！

看着郭泰来垂头丧气了，赵晏晏才慢慢开口道："这些事情，我倒是可以帮忙。我们公司之前操作过多次国内外的专利买卖授权，还算是有经验。你要不要试试？"

"什么条件？"郭泰来立刻抬起了头问道。

"注册国际专利的费用你得自理，我们可以帮你办理全部的手续。"赵晏晏看着郭泰来，很是公事公办地说道，"我们帮你联络买家，帮你谈判，争取最好的条件。嗯，我们可以协商一个最低价格，低于这个价格成交，不够的我补给你。这次的佣金也可以不收，用你刚刚说的那个研究课题做中介费，如何？"

"成交！"郭泰来一听，顿时乐开了花，二话不说，立刻答应。

下

"说说你的课题思路。"既然达成了交易，赵晏晏自然不会轻松放过郭泰来。

虽然手持稳定器也的确能够快速地解决一些相机稳定方面的问题，但是既然能够多一种思路，为什么不多参考一下呢？

"这个，也和我小时候玩过的一个游戏有关。"郭泰来也没有多卖关子，直接说出了答案，"找一只鸡来，活鸡，我演示给你看。"

赵晏晏一脸蒙，一只鸡？演示防抖动平台？这是不是有些太玄幻了？

是的，郭泰来要演示的，就是后世有名的鸡头防抖动试验，后来几个著名的车企还用这个作为创意来做广告，基本上资深网民都看到过那个实验。

"你要是敢耍我，今天就陪我到拳台上练习。"赵晏晏绝不会相信一只鸡和防抖动平台有什么关系，如果真有仿生学上的课题，这世上那么多科学家，不早都发现了，还能轮到郭泰来？

反正也要下班了，赵晏晏收拾好东西，把郭泰来做的那个手持稳定器锁好，然后和郭泰来一起直奔照澜院菜市场。当然，相机郭泰来要拿回来的，那是刘阳的。

菜市场有活鸡卖，郭泰来掏钱，兴致勃勃地买了一只看起来很有活力的母鸡。随后，两个人就有点不知道该去哪里了。

实验室？带一只活鸡去实验室显然不合适，这又不是实验室的项目，弄脏弄坏了可不合适。去钳工车间也不合适，教室更不行了，赵晏晏又不想去郭泰来的宿舍被人参观，想了想，赵晏晏只能带郭泰来去自己的住处。

赵晏晏不是住的学生宿舍，而是在西门教工家属区有一个一居室，当然，这是租的。

进门，很干净清爽的一套小房间，赵晏晏也没要郭泰来换鞋，只是要求他马上演示给自己看。

"其实，你只是从来没有注意过而已，这个不是你的研究领域，所以没有观察过。"郭泰来先给赵晏晏打预防针，然后开始演示。

"你注意看着鸡头。"郭泰来提醒赵晏晏道。

在赵晏晏的注视下，郭泰来将母鸡的身子小范围之内来回地移动着，上下左右前后，鸡头完全固定在一个位置，一动不动。甚至于郭泰来稍微地左右扭动一下母鸡身体的角度，也一样如此，上下角度变化，同样一动不动。

赵晏晏直接看傻了。她属于那种从小都是家里照顾长大，读书的时候虽然有生活能力，可也是直接在超市买成品肉的主，活鸡都没见过几次的，哪里会注意到平常这么常见的母鸡，竟然还有这样的能力。

"怎么样？研究研究，是不是可以另做一个防抖动平台？"郭泰来得意扬扬地一边着母鸡的身体，一边向赵晏晏邀功。

"你混蛋！"赵晏晏很快就从科学的角度开始看待这个现象，多看了一会儿之后，立刻就意识到了其中蕴含着的更深层次的东西。

"干吗骂人？"郭泰来正演示得高兴，听到赵晏晏的骂声，一脸的不解。看了看鸡头，再看看赵晏晏，忍不住问道："没错啊，鸡头不动弹啊，这还不是自然界的防抖动平台？"

"老实交代，你这是不是打算接下来研究的五轴加工中心的联动轴？"赵晏晏生气就生气在这里，这个鸡脖子维持着鸡头稳稳不动的原理，岂不就是一个五轴中心？上下左右前后，左右偏转上下偏转，这不就是个五轴吗？

鸡头用来制作防抖动平台完全没有问题，但很明显郭泰来这是一箭双雕，既敷衍了自己，又能直接拿去到王教授那边开发五轴加工中心，这胖子居心不良，坑自己一把。

"哎？"郭泰来自己也没有意识到，但赵晏晏一提醒才发现，原来真是这个道理啊！忍不住又动了动鸡身，观察了一下鸡脖子，顿时露出了笑容："还真是。你不说我还真没意识到，明天带给王教授看看。"

看胖子的架势，并不像是作伪的样子，想来胖子一开始是真没想到。不过，赵晏晏这一下提醒，貌似真的给胖子提供了一个思路，说不定，连郭泰来跟着王教授读研究生的课题也都可以定下来了。

"哈哈哈！我就知道，这一定是一个伟大的发现！"郭泰来喜出望外，大笑出声，魔性的笑声让赵晏晏实在听不下去了，只能赶人。

"哎哎？不是吧？来你家到了饭点了连顿饭都不管？"郭泰来大惊，冲着赵晏晏惊问道。

"还想吃饭？"赵晏晏气不打一处来，"抱着鸡门口等着，我打个电话，等我和你算账！"

郭泰来乖乖地被赶出门，站在楼道里等着，好一会儿之后，赵晏晏才出门来，冲着胖子一声招呼："走！"

看赵晏晏脸色不好，郭泰来也没敢多问去哪里，老老实实地跟着赵晏晏下了楼，在家属区拐了几个弯，上了另一座楼。到了目的地之后敲开门，郭泰来才发现，原来是王教授家。

王教授提前接到了电话，正在等着他们。王教授的夫人也在，很热情地把两人迎进了门，看郭胖子还抱着一只活鸡，很是莫名其妙。

进门后，赵晏晏和王教授说了两句，然后就和王教授以及教授夫人一起坐在客厅沙发上，让郭泰来站在客厅里给演示。

可怜的胖子只能乖乖地站着，抱着那只母鸡再次给演示起来。

一番演示之后，王教授也看呆了。教授夫人也是水木大学的，虽然不是精密仪器专业，但现象还是能看明白的。

"他说这个可以做相机的防抖动平台。"赵晏晏也不管站着的胖子，自顾自地和王教授交流起来，"但鸡脖子我怎么看怎么像五轴加工中心的联动轴，王老师您看呢？"

"有意思！"王教授也看得入迷，指挥着胖子让胖子多演示了几次之后，才笑着说道，"有些东西还真的能加入到我的新研究中。"

"这鸡肉我们也吃了几十年，活鸡也见过不知道多少次了，还真没发现鸡头鸡脖子还有这样的作用。"教授夫人也是一阵的感叹，"小胖子，观察力很仔细啊！"

第二十七章
耐热合金的消息

上

得知胖子是自己丈夫明年的研究生之一，教授夫人硬是留着赵晏晏和郭泰来吃了顿晚饭才让他们离开。不过，郭泰来买的那只活鸡却被王教授留下了，明天他会带到实验室，让他的研究生开始研究。

当然，赵晏晏这边也没有闲着，她回去不知道会联络谁，但那个防抖动平台肯定会启动课题研究。

郭泰来因为王教授的说情，险之又险地没有被赵晏晏拉到拳台上暴揍一顿，回到宿舍之后，为了庆祝自己在赵晏晏拳脚下死里逃生，特意在宿舍小范围内组织了一场隆重的打牌宵夜一条龙的庆祝活动。

睡到自然醒，胖子想着那个一千多平方米的院子，决定先把钱搞定再说，这一天天的，谁知道价格会不会变化，还是先落在手里为妙。想想就兴奋，拆迁之前的宇宙中心五道口自己有一套一千平方米的院子和十间房，牛×大了。

赵晏晏已经答应自己帮自己注册专利并负责找买家了，那还等什么？郭泰来二话不说，直奔钳工车间，先把东西做出来再说。

纯民用的，不牵涉任何军事方面的东西，郭泰来脑子里也有的是。想想其中简单的，行了，就是它了——Snap'n Grip 万能扳手。

一个大尺寸的内六角活动部件，加上手柄附带的卡紧部件，就组成了一个万能扳手。当然，手柄两头各自装一个活动部件，一头大号的，一头小号的，基本上从最小号一直到中号的螺母全部都能搞定了，单配一个大号的，连最大号的螺母也可以解决。

其实说白了，这就是一个可调尺寸的扳手，用处和活动扳手一样，只不过覆盖的尺寸比较多，比起厂子里常用的那种活动扳手更轻更方便而已。原理上同样简单，看到实物一眼就能看破，只是很多人从来没想到过而已。

但这毕竟是两种不同的原理，所以完全可以申请一个实用新型的专利。常用的工具，不会牵涉什么保密之类的东西，如果生产的话走量也可以，就看赵晏晏的公司怎么操作吧。

反正这样的小东西郭泰来脑子里多的是，郭泰来也没有什么太大的期望，这个设计，只要能给他拿回来十万美元，郭泰来就满足了。十万美元加上前面赚到的，足够郭泰来买下那个一千平方米的大院子了。

这个万能扳手对郭泰来目前的加工能力来说，完全不是问题。虽然没有工程塑料，但不妨碍郭泰来先用钢材做两个出来。

一番鼓捣之后，郭泰来很快拿着两个亮闪闪的样品，再次直奔9003，杀到了赵晏晏的实验室，去找赵晏晏。

车间里有的是各种型号的螺栓螺母，郭泰来顺路带了一堆，在赵晏晏的办公室当中，又给赵晏晏演示了一遍。

"这个怎么样？不会牵涉到保密什么的吧？"郭泰来把两个万能扳手都给了赵晏晏让她拿着自己使用着玩，一边问道。

赵晏晏自己使用了几下，的确很舒服，而且几乎适合每一个型号的螺母，称之为万能扳手一点都不过分。

再看向胖子的时候，赵晏晏心中就有了一些惊讶。这个死胖子，难道真的是个机器猫？随随便便地就能从兜里掏出来一堆好东西？

"胖子，你既然这么喜欢机械，为什么会挂科？"赵晏晏十分不理解这一点，明明是个观察力敏锐创造力极佳的家伙，怎么考试成绩是个学渣？

"那个，不是跟腱断裂以后有一段灰暗的人生吗？"郭泰来还能怎么说，只能用这个理由来解释了。反正大家也全都是这么认为的，多赵晏晏一个不多，少她一个也不少。

根据赵晏晏之前调查到的资料，胖子的成绩在大一的时候还是不错的，主要是大二受伤后堕落了，包括体形也是，从大二受伤之后开始暴涨。想想也正常，一个正常人差点变成残疾，有那么一段时间心里无法接受也不是不能理解。

"对了，胖子，怎么看你好像比国庆节前瘦了点呢？"想到胖子的体形，赵晏晏才注意到，胖子好像变瘦了点。

"没错啊！上个月又瘦了十斤。"说起这个来，郭泰来得意扬扬，有纳米机器人控制肌肉，郭泰来可以在神不知鬼不觉的情形之下靠肌肉消耗热量，变瘦太正常了，要不是郭泰来不想瘦得那么快，还能变化更大，"怎么样？厉害吧！"

胖子的嘚瑟换来的是赵晏晏的鄙视。人家赵晏晏就从来没有担心过体形会变化，比起胖子不知道高明到哪里去了。

"你怎么能想到这么多的东西？"赵晏晏忍不住好奇地问道。

"平常多注意了。"郭泰来下意识地回答道，难道赵晏晏想要追根究底？挖出自己的秘密？

"既然你这么厉害，那有没有注意到有什么我们平常没注意到的耐热材料？"听着郭泰来的答案，忽地想到胖子就如同机器猫的口袋一般，赵晏晏鬼使神差地问出了这个这几天一直在烦恼的问题。

"耐热材料？"郭泰来记得前几天赵晏晏电话里就说过这事，不知道是不是有关，直接回答道，"有的是啊。我家那边有四个耐火砖厂，那算不算？"

"金属，耐热合金。"赵晏晏只能多解释一句。耐火砖当然是耐热材料，但她要的是耐热金属合金，而不是其他材料。

合金？郭泰来忽地心中一动，没熔化的陨石里面，会不会有耐热合金？自己不是正要找机会去一趟辽省吗？借助赵晏晏的力量，似乎省得自己组织了。

"没熔化燃烧完的铁陨石算不算？"郭泰来立刻问道。

"有可能，还得拿到实物检测了物理特性才知道。"赵晏晏没料到胖子还真能回答，但一听是陨石，立刻就没了兴趣，"不过，真正有价值的我们买不到，国外的那些陨石猎手，专门搜集各种陨石，他们只会卖给出价最高的家伙，我们没那么多经费。"

"谁说是国外了？"郭泰来忍不住反驳道，"国内就有啊！"

下

"国内？"赵晏晏摇了摇头，"上交给国家的那些，基本上都有人研究过了，没什么特别好的表现。至于那些没上交的，你知道的。"

现在国家经济还不够强，有人捡到了交给国家，最多就是一个奖状锦旗，撑死五百块钱。可是要是卖给那些陨石猎手就不一样了，很大一部分发现的陨石其实都流向了国外。目前国情如此，没办法深究。

忽然意识到胖子说这些肯定是别有用意，赵晏晏猛地问道："你知道哪里有？你手上有？"

"我手上没有。"郭泰来急忙摆手，"不过我知道哪里有。"

"你认识的人？"赵晏晏追问了一句。

"不是。"郭泰来摇头否定，"暂时还没人知道。"

"那你是怎么知道的？"赵晏晏双手抱胸，冷冷地看着郭泰来。

"这个，小孩没娘，说来话长。"郭泰来找了个舒服的姿势在赵晏晏的对面坐好，才慢慢地说道。

"那就长话短说。"赵晏晏直接打断了胖子的摆谱，"你怎么知道那是陨石的？"

"我堂堂一个水木大学精仪系的……学渣……"郭泰来在赵晏晏的注视下，实在没脸说出来"学霸"这两个字，只能悻悻地说道，"学渣就学渣吧，但我还不至于连一个陨石轰击出来的大坑里的没烧干净的东西都认不出来吧？"

"大坑？多大坑？"赵晏晏下意识地问道，随手端起杯子喝了一口。

"不大不大。"郭泰来摆摆手，谦虚地说道，想了想系统升级时的景象，大概预估了一下，双臂展开做了个合抱的姿势，"大概有两千米的直径吧！"

噗！赵晏晏成功地再次把口中的水给喷了，直接喷到了对面郭泰来的身上。

看着胖子做出合抱的姿势，赵晏晏直觉地以为郭泰来会说个一米多或者两三米的直径，结果死胖子竟然开口就是两千米，怎么可能？

等到手忙脚乱地收拾了桌上的水渍之后，赵晏晏也懒得管胖子身上的，冲着胖子没好气地挥了挥手："滚蛋滚蛋！国内还没有被证实的陨石坑，更没你这么大的陨石坑，哪凉快上哪玩去。"

"好吧！"郭泰来一副被人揭破谎言的尴尬表情，"我承认我夸张了，其实直径只有一千八百米左右。"

赵晏晏已经彻底没话了，只是冷冷地看着郭泰来。

"不信拉倒！"郭泰来知道赵晏晏不信，他也不在乎，站起身来，冲着赵晏晏丢下一句，"赶紧的，国际专利和买家的事情帮我操办起来，样品我留下，这几天我要出去一趟，没事别找我。"

"你去哪里？"赵晏晏把两个万能扳手先放回了抽屉中，头也不抬地冲着郭泰来问道。

"正好有事去那个陨石坑看看。"郭泰来也不隐瞒，这也没必要隐瞒，"看看顺便能不能给你带一两块纪念品回来。"

"死胖子你说真的？"赵晏晏抬起了头，一脸惊讶地看着郭泰来问道。

"当然！"郭泰来真没开玩笑，所以他表现得很坦然，一点都不心虚。

"你家乡？"赵晏晏又问了一句。

"不是，辽省那边的。"郭泰来回答道。

"你去过？"赵晏晏再问。

"没有。"郭泰来飞快回答。

"那你怎么知道的？"赵晏晏再次有些生气地盯着胖子问道。

"那个，我不是梦中有个白胡子老爷爷吗？"郭泰来根本不想解释，也没办法解释，只能胡诌。

"打住，上次你说的是白胡子老爷爷教你气功的。"赵晏晏又开始捏手指，"你吃了钛粉还没给我表演功力加深呢！"

"就是梦中的白胡子老爷爷啊！"郭泰来一口咬死，"现在不是正在给你演示功力加深吗？想想看，我从小到大没去过辽省，但却在梦中看到了几万年前陨石轰击地球的情景，多神奇！多玄妙！要不是我功力大涨，怎么可能梦到这种情景？"

"你觉得我会相信？"赵晏晏冷笑着问道。

"没指望你相信啊！"郭泰来一副死猪不怕开水烫的架势，"但我打算这两天就走这是真的，没骗你。"

"那你滚蛋吧！"赵晏晏不想再看死胖子了，低下头看向了屏幕，懒得理胖子。

郭泰来无所谓地扬了扬眉毛，自己离开了实验室。反正招呼打过了，信不信是赵晏晏的事情。

当天下午，郭泰来从银行取了钱就直奔人大那个火车票销售点，开始排队买去安山的火车票。还好，这会儿不是什么假期，还有票。可惜只有硬座。

晚上胖子正在收拾东西，呼机忽然嘀嘀嘀地响了起来，拿起来一看，8888，赵晏晏在呼他。再看看时间，晚上八点多了，这美女在搞什么？自己不是中午才告诉她要出门吗？

赵晏晏也是在郭胖子离开之后才开始仔细琢磨的。对于胖子，她有些迷茫了。

从陨石中发现一些神奇的材料配方，这是很正常的事情。陨石的形成，一般是在星系核心中生成，高温高压，会出现各种奇异的物质，比如超导体、超强的合金等等，这也是各国针对陨石研究方兴未艾的一个重要原因。

郭泰来说梦中见到了陨石轰击地球的情景，赵晏晏一个字都不会信，同样地，不管是梦中的还是现实中的白胡子老爷爷她也绝不会相信。但郭泰来说的陨石坑，她却有些动摇了。

死胖子这个人怎么说呢？手艺上没的说，一等一的好手工。可其他方面，有时候表现得就是一个精神病，但他拿出来的那些设计和大家平常都见到却没人想到的思路，简直就印证了一句"精神病人思路广"的名言。特别是拿到钛粉之后，他居然真的当着赵晏晏的面舔了一口，他真的吃了。

那个陨石坑到底有没有？这个问题简直让人头疼。

一直纠结到了晚上，赵晏晏不想头疼这个问题了，所以直接打电话给那个询问她耐热合金的人。

"这有什么可纠结的？"电话里的人笑了起来，"总之就在国内，横竖不就是跑一趟的事情吗？你把那个胖子交给我，我带一个陨石研究的专家和一个司机，拉上胖子走一趟，也就三两天的事情。"

　　赵晏晏立刻不头疼了，直接8888呼胖子，让他马上过来。

第二十八章
神神叨叨

上

"干什么，师姐？"郭泰来一脸的疲惫，今天出去买票排了半天队，又没带外骨骼座椅，生生地站了两个多小时，他这个身板，累得不行了，正想好好睡一觉呢，却被八点多叫到实验室，胖子也难受啊，语气也不太好听。

"一个陨石专家和一个金属研究专家组成的小组，你负责带路，去一趟你说的陨石坑。"赵晏晏也不给胖子解释什么，反正胖子肯定也隐瞒了不少事情，赵晏晏只是吩咐，"明天早上出发，有没有问题？"

"你早说啊！"郭泰来叫苦连天地抱怨起来，"我就买了一张票，还排了半个下午的队，一张票，怎么带两个人？"

"三个人！"赵晏晏就喜欢看着他被自己支使的团团转的时候那种无奈表情，很享受，这在其他人的身上是感受不到的，享受了一会儿之后才慢慢悠悠地说道，"还有一个是司机，你不用坐火车去了。"

"那我的火车票岂不是要作废了？"郭泰来虽然也是身家十几万的小富翁了，可短短两三个月的时间，还不足以让他改掉从小到大养成的节俭习惯，顿时又叫了起来。

"把你的火车票给我，明天我让人退掉。"赵晏晏没好气地瞪了郭泰来一眼，给你安排车子直接跑省得到处换车了，死胖子还敢不满意？

"退票有手续费，损失算谁的？"郭泰来振振有词地叫嚣道。

"算我的，我给你补上。"赵晏晏无语地盯着郭泰来，说出了这一句，然后又补了一句，"等你的专利卖出去了，我会让公司扣下一万美元作为他们的出差补助什么的。"

"师姐我错了！"胖子秒怂，事关他自己的收益，一张火车票才不到一百块，损失一万美元，那简直就是割肉啊！

"明天早上八点出发，他们会在九食堂门口那条路上等你，千万别迟到。"赵晏晏忍着笑看着胖子表演，"如果你们这趟成功发现了好东西，那就算了，要是发现不了，一万美元，外加做我的拳靶子。"

"保证完成任务！"郭泰来赶忙一个立正，义正辞严地保证道。

"滚蛋滚蛋！"赵晏晏没好气地挥了挥手，让死胖子从眼前消失。

看着郭泰来飞快地跑掉，赵晏晏也是一阵感慨。真是的，自己把事情想得太复杂，不就是跑一趟，两三天的事情吗？值得纠结一下午？浑然没有意识到，为什么自己只是在胖子身上纠结。

郭泰来出来之后才意识到，自己并没有拿到对方的联系方式。不过想想也就算了，自己这么明显的体形，那些人要是站在宿舍楼门口还能认错，那还叫什么专家？

有人有车一起过去也不错，省得自己还得一个人过去问路租车找地方什么的，有组织真好啊，什么事都能这么简单。

第二天一早，郭泰来早早起床吃过早饭，就在宿舍等着。七点五十的时候，胖子提着包乖乖地往出走，他可不想迟到让赵晏晏抓到把柄。

"你是郭同学吧？"刚走出楼门，还没往外拐，门口一个大汉就直接迎了上来，"我是此行的司机，我姓王，叫我小王就行。路上请多关照。"说着，伸手就帮郭泰来拿包。

"别，你年纪比我大，还是叫你老王。"郭泰来也没客气，反正包也不沉，就是几件换洗的衣服而已，东西交给老王，自己也跟着老王往外拐。

拐出去就看到了一辆大切诺基停在路上，京牌。老王直接带着郭泰来就往车子那边走去。

看老王走路的架势和刚刚站在那里笔直的身姿，郭泰来完全可以肯定，老王绝对是一个军人出身。

还没走到车边，车子门就打开了，下来两个人，一男一女，看起来都年轻，不会超过三十岁。

"郭同学吧，我姓李，李雨竹，是晏晏的好朋友，这次麻烦你了。"女的先开口，十分热情。

"李姐好！"郭泰来嘴甜，一听是赵晏晏的好朋友，那不能怠慢了，赶紧招呼好。

"我姓陈，陈志安，研究地质的。"那个男的紧跟着自我介绍，冲着郭泰来伸出了手。

"郭泰来，幸会幸会！"郭泰来伸手握手，打着招呼。不用问，陈志安是地质专家，那一定是研究陨石的，那李雨竹就是金属材料专家了。

"上车说。"李姐是此行总指挥，手一挥，指挥大家上车。

郭泰来最胖，只能坐副驾驶位，李雨竹和陈志安并排坐在后排。一辆大切诺基只坐四个人，很宽敞。上了车，老王也不管目的地，先往学校外面开再说。

"我们去哪里？"开过了十食堂路口了，李雨竹才在后座开口问道。

"我地图上已经标好了。"郭泰来提前做过准备工作，辽省的地图都已经买好，上面的大概位置都标了出来，闻言直接把地图展开，先给老王看。

"辽省。"老王一看就是经常跑的老司机，瞄了一眼就知道了大概目的地，也没细看准确的目的地是哪里，先往关外开再说。

李雨竹却从胖子手里要过了地图，和陈志安一起慢慢地看着。

这次的目的地，就是华夏 2009 年才会被证实的辽省鞍山市岫岩满族自治县境内的岫岩陨石坑，也是华夏第一个被严格科学证实的陨石坑。

华夏领土约占地球陆地总面积的十五分之一，却一直没有证实和发现陨石坑，这和中国的地质大国的形象完全不匹配。岫岩陨石坑的发现，结束了华夏陨石坑研究领域长达三十年的尴尬。

"这里？"陈志安看着目的地，皱起了眉头，"八十年代已经有过同行在这里考察分析过了，暂时还没有发现陨石撞击的冲击辨识。如果是这的话，我们可以不用去了。"

"那是你们没往下挖到足够深度。"郭泰来在前面调整座位打算休息，闻言直接给了一句，"相信我，在正确的位置往下挖三百米，会有十分确切的证据发现的。"

那种惊天动地的大撞击的情景，回想起来，直径不到一百米的陨石直接撞击到了四百米到六百米的撞击深度，光是击碎的岩石回落就形成了两百米厚的砾岩层。

"你怎么知道的？"陈志安惊讶地看着郭泰来问道。

"我就是知道！"郭泰来指了指自己的脑袋，往后一靠，闭上了眼睛。

李雨竹和陈志安互相看了一眼，都有点不妙的感觉。

下

未来梦境中，那个地质团队就是在陨石坑地层295米深处发现了经过陨石撞击形成的冲击角砾岩。加上之前在浅表发现的陨石撞击引起的高温高压环境下才能形成的高密度柯石英，以及撞击引起的石英击变面状页理，三个关键证据确定了岫岩陨石坑。

当然，郭泰来要找的东西没有埋那么深，从脑海中看到的那些情形看，最多也就是在几米深的地下，郭泰来还是有办法弄出来的。否则他也不会大老远的只带几件换洗衣服就往这里跑。

陈志安有些怀疑，但此行的指挥是李雨竹，李雨竹没说话，他也不多说什么。他也的确没有去过那个地方看过，正好借此机会过去看看，确定一下，说不定能发现些什么呢。

李雨竹却好像对郭泰来信心很足，不知道是因为赵晏晏的缘故，还是因为其他，反正一直没说不行，就这么一路开过去。

从水木大学到陨石坑，足足有八百公里的路程，以现在的路况，至少要跑两天。

司机老王很厉害，车子开得很稳，而且大路非常熟，根本不用问路。一直到两个小时第一次休息的时候，他才看了确切目的地的地图。然后就再没有多说什么，更没有多问，一看嘴就很稳。

中途找了个小旅馆住了一夜，早睡早起养足精神，到了第二天中午的时候，就赶到了岫岩陨石坑。

"要是看这个盆地的环境，还真像是陨石坑。"在开进去之前，车子停在外面，大家站在边缘看着那个一千多米直径一百五十米深的大坑，陈志安这个最不相信的人也不由得感慨了一声。

"要是不像，估计你们那些同行也不会过来研究分析。"李雨竹看着这个大坑，笑着回应了一句，忽地转向郭泰来，"胖子，这个坑直径有多少？"

"直径差不多一千八百米左右，深一百五十米左右。"郭泰来如实地回答道。

"壮观！"李雨竹感叹了一声，然后命令道，"走，我们进去。胖子，你带路。"

这两天的吃住，郭泰来已经和李雨竹、陈志安、老王混熟，其他三人都毫不顾忌地称呼郭泰来"胖子"。

车子停在了那个罗圈里村外面，陈志安和老王进了村子打听，李雨竹却和郭泰来在外面车子里等着。

"胖子，你确定地方对？"李雨竹再次冲郭泰来问道。

"没错，就是这里。"郭泰来很肯定地回答道。

李雨竹也不多问了，就在车子里假寐。郭泰来却走下车子来，看着周围的地形地势，脑海中一点一点地对比着。

没多久的工夫，陈志安和老王就回来了。

"村子里倒是有些奇怪的传说，可是都和陨石坑没什么关系。"陈志安回来后就一直摇头。

李雨竹好奇了，问起有哪些奇怪的传说。

"什么井里浮油了，黑土能烧了，普遍长寿了，等等，且不说是不是真的，就算是真的，也和陨石撞击没什么关系。"陈志安是专业人员，自然不会被这些现象迷惑。

"胖子，怎么说？"李雨竹转向了郭泰来这边，老王和陈志安也看了过来。

"稍等！"郭泰来往前走了几步，忽地闭上了眼睛。

脑海中闪过陨石撞击的情景，郭泰来把脑海中的情景和周围的环境疯狂对比起来。

好一会儿之后，郭泰来的右手伸了出来，斜斜地指向了天空中一个方向，缓缓地移动着，慢慢地指向了地面，看样子，仿佛是手指划过了一道痕迹。

几年之后，陈志安和他的团队完整地做出了陨石撞击模拟效果图的时候，这才想起来，当年胖子斜斜指出的那一道痕迹，分明就是他们经过计算模拟出的撞击痕迹。陨石就是从胖子指着的那个方向，然后沿着胖子手指指向的方向一头撞进地下的。

此刻的胖子还没有给陈志安留下高深莫测的形象，只看到他装神弄鬼一般地手指划过，然后胖手指又从地面上转向了另一个方向，看起来好像是溅起的东西又往那个方向落。

"神神叨叨的。"陈志安皱起了眉头。

皱眉的不光是陈志安，还有李雨竹和老王，但他们两个都没说什么，都在看着胖子表演。

郭泰来终于睁开了眼睛，目光落在一个位置。还好，不是在村里，也不是在这个陨石坑的最中央。

确定了地方，郭泰来拔腿就往过走。并没有太远，走了差不多两百米，就走到了地头。郭泰来随手找了根枯枝，插了上面当作记号。

"就这里了！"郭泰来冲着跟着走过来的李雨竹、陈志安和老王拍了拍手说道，"李姐，往下挖七米左右，应该能找到你想要找的东西了。"

跟过来的三个人面面相觑，见过神神叨叨的，没见过胖子这么神神叨叨的。这是在干什么？闭目养神一会儿，手指随便地指了指几个方向，最后落在一个地方，然后就是这里了？还是七米左右的深度，一定有要找的东西？这胖子，莫非真是个骗子？

此刻连李姐心里都无力吐槽了，难道胖子就是不知道在哪里看到了关于这里有人研究过陨石坑的资料，所以忽悠他们？不对啊！赵晏晏可是说了，胖子有时候神神叨叨的，但干活的时候从来没有含糊过啊！

"老王，有工具没？"郭泰来不管三人心里怎么想的，直接冲着司机老王要工具，"你们不挖，我自己挖！"

"有！"老王呆了一下，看了看李雨竹，急忙回答道。飞快地跑回车子那边，把车子开了过来。打开后备厢，里面有几把工兵铲，还有两把镐头，这是出发前就准备好的。

胖子直接拿了把镐头，就在那边开始奋力地挖掘起来。三个人莫名地看着，老王长叹一声，也拿了把镐头，过去帮起忙来。

11月份，土地还没有冻得特别瓷实，胖子手劲大，很快刨下去几十厘米。刨了一会儿，忽地停下手来，捡起了一块石头，直接冲着陈志安扔了过去："陈哥，你看看。"

陈志安也没在意，一块带泥的石头而已。满不在乎地走过去踢了两脚，蹲下扒拉了两下，猛地露出了震惊的神色。

"柯石英？"陈志安简直不敢相信自己的眼睛，怎么可能？

第二十九章
成功吸收

上

七八十年代，陆续有地质局的工作人员对岫岩陨石坑进行过地质填图和人工重砂等样品分析，这里曾经也一直是华夏学者关注的一个疑似陨石坑。

但过去的研究工作均没有取得坑区岩石和矿物冲击变质的资料，特别是缺失石英等矿物的击变面状页理等关键证据，该坑的陨石撞击成因未被证实。

现在突然之间见到了一块高密度柯石英，这也意味着，几个关键证据之一已经找到。如果能找到更多的证据，那么岂不是真的可以证明这里就是一个真正的陨石坑？

一想到这个谜底很可能将是由自己这一趟揭开，陈志安直接就兴奋了，再也顾不得质疑郭泰来，怪叫一声，抱着那一小块柯石英哆嗦起来，让后面看着的李雨竹担心不已，生怕他一个不小心在这里打摆子。

"陈哥别激动了，你周围走走看，说不定还能发现点什么。"郭泰来看到了这一幕，摇了摇头，冲着陈志安叫道，"那边坑底有个河沟，去找找吧！"

四个人当中，也就郭泰来这几个月做钳工活力气大一点，老王军队出身也还可以，陈志安虽然是地质专家，但让他做这种挖土的出力活肯定干不来，还不如给他找个他能干的活，免得干扰到自己。

通常来说，这种确定的陨石坑如果有河沟的话，里面有很大的可能会有裸露出的岩层，上面有很大的可能能够发现一些强烈变形的石英颗粒。当然，胖子是明知道这里肯定是陨石坑的。

陈志安现在过去找，运气好的话，就能发现一些足以更进一步证明这里是陨石坑的结构变形颗粒。如果他运气逆天，说不定一眼就能看到面状页理结构。

"我做什么？"李雨竹此刻也对郭泰来信心大增，冲着郭泰来问道。

路上陈志安就给大家科普了陨石坑的证据，所以李雨竹也知道，发现了柯石英就已经具备了极大可能，那么这里完全可能出现没有燃烧干净的铁陨石。如果能找到的话，说不定就能在其中发现一些属性超强的合金配方。

证明陨石坑那是陈志安的专业，可是寻找耐热合金配方可是自己的事情。现在李雨竹也已经有些急不可耐了。

"还早，李姐你在那边歇会儿，待会儿我们要是顺便挖出来点有用的石头你就先帮陈哥收着。"郭泰来在那边挥汗如雨地挥舞着镐头说道。总不能让李雨竹来干这些累活吧？

挖个几十厘米容易，可想要往下挖七米的话，可就没那么容易了。光是要挖开的坑口就得至少几米方圆，否则直筒上下，连那些刨下来的土方都不知道该怎么往出弄。

李雨竹看着郭泰来和老王辛苦劳动的身影，忍不住抚着额头闭上了眼睛。

老王是军人，一向吃苦耐劳，干活不会偷奸耍滑这个正常。可是胖子你身为一个水木大学的学生，就打算两个人自己挖七米深的微冻土，有没有点统筹能力？

"我去召集几个村民，雇用他们来挖吧！"实在看不下去了，李雨竹摇了摇头，招呼了老王一声，让他过来开车载着自己往村子里去。

胖子也发现自己有点蠢，索性就在旁边坐着等着，能不用自己出力，胖子当然乐意了。

辽省农村，这个时候肯定是没什么农活的。既然有城里来的看车牌还是京城来的人雇用他们挖一个大坑赚点外快，大家还是很乐意的。没多长时间，就有七八个壮劳力带着工具赶了过来，开始在胖子已经挖开的地方一通挖掘。

这片区域，有八九米深的风化土层，土地肥沃。也幸亏如此，郭泰来才有把握能够在一两天内挖出来，再深的话，就是岩石层了。

人多力量大，七八个壮劳力一起动手，效率提高了好几倍，只一个小时，就差不多挖下去两米多深。其中，挖出来的比拳头大的石头都被李雨竹收到了一起，等着陈志安回来鉴别。

郭泰来沿着留出的斜坡走进了这个两米多的深坑中，走到坑底俯下身的时候，就立刻收到了控制系统的信息提示。

"五米范围内发现携带数据休眠中的纳米机器人，是否激活？"

郭泰来心中一喜，位置果然没错，就是这里。五米范围内，说明距离纳米机器人已经不足五米，就在脚下。

当然不能现在激活，谁知道剩余的能量还有多少，要是这时候激活，等到挖到了地头的时候耗尽了能量，那岂不是悲剧？

一想到一万个携带数据的纳米机器人就在自己脚下，郭泰来表现得就如同刚刚发现了柯石英的陈志安一般，有点坐卧不宁，不停地绕着坑转来转去。

不过，越往下，坑的面积就越小，能容纳的人也就越少，挖得自然也就越慢。一直到晚上，也才挖了四米多，下面还有差不多三米的距离。

总共四个人，就在这个罗圈里村借宿住了下来。

陈志安表现得比郭泰来和李雨竹还要兴奋，因为他在那个河沟里，真的发现了变形的石英颗粒。虽然还没发现面状页理，但这些发现已经足以让陈志安激动不已，他已经有九成的把握证明，这里就是一个陨石坑了。

村里唯一的村委会的电话只能打市话，不能打长途，陈志安只能等明天天亮之后赶到县城打电话招呼队伍带上分析仪器赶过来。

要说仅有的一个还没有收获的就是李雨竹了，郭泰来都能确定下方肯定有纳米机器人存在，只有李雨竹还一无所获，未免心中有些惴惴了。

第二天一早，陈志安和李雨竹一起坐着"大切"去了县城打电话。

陈志安那边直接联系单位，派人过来。李雨竹却是直接给赵晏晏打通了电话。

"晏晏，胖子是不是个什么大师啊？"电话打通的第一句话，李雨竹就是质问赵晏晏。

"谁？胖子？大师？"赵晏晏听着李雨竹的声音乐了，"就他还大师？"

"可他从来没来过这里，过来就站在那边闭着眼睛算了一会儿，直接指了个地方，挖了没几下就挖出来一块柯石英，还说铁陨石就在下面，你说神不神？"李雨竹苦笑着说道。

"你在开玩笑吗？"赵晏晏直接蒙了，还能有这样的操作？

<h2 style="text-align:center">下</h2>

还好，还没真的挖到铁陨石，所以李雨竹也不敢肯定那下面到底有没有，这次过来，她是一肚子的话想和人倾诉而已。

胖子一路上表现得太像神棍了，特别是到了陨石坑之后，简直就是能掐会算的大神，这让李雨竹这个一直在科学熏陶下长大的人根本无法理解。和胖子不能说，和陈志安不能说，和老王也说不着，只能借着打电话的机会和赵晏晏说。

今天继续往下挖，陈志安在打过电话之后，就不停地催促着赶紧往回赶。他在河沟里已经有了更多的发现，迫不及待地想要更仔细地查看一番。

昨天挖坑的时候挖出来的那些石头，晚上的时候陈志安已经清洗整理过一遍了，里面有三块柯石英，还有两块斯石英，只是在浅表层就发现了这么多明显的证据，陈志安已经被刺激得无法平静了。

一想到华夏第一个可被科学证明的陨石坑将会由自己来证明，陈志安就干劲十足。昨天晚上大半宿没睡，今天一大早就跑来打电话，来回赶路居然也没有一点疲惫。

从那个一路质疑的陈志安到一个无比亢奋的陈志安，其中的变化，只需要一块石头，一块郭泰来随手指了个地方随手用镐头刨了几下刨出来的石头。

李雨竹还在等，她从陈志安的身上，隐约看到了自己的未来，不出意外的话，恐怕自己就是下一个陈志安。

大坑还在往下挖掘，每挖掘下去一米，郭泰来就要亲自下去观察一下。虽然没能探查到纳米机器人的准确位置，可是越来越近的提示还是告诉他，距离已经不远了。

到了第二天下午的时候，那个大坑已经变成了一个碗状的深坑，上面开口大，下面越来越小。而深度，也已经达到了六米八。

这个时候，郭泰来让挖掘的村民停手，自己沿着螺旋形的坡道跑到坑底，自己动手。他甚至都没使用那些工兵铲和镐头，而是找村民借了个用来锄野菜的单手用的小锄头，开始一点一点地往下刨。

李雨竹也坐不住了，直接跟着郭泰来下到坑底，站在旁边比郭泰来高一点的坡道上，细细地看着。

郭泰来挖得很仔细，他生怕自己用力太大把那些纳米机器人给弄得消失不见。单个个体0.15微米的尺寸，在这些泥土里消失，想找都找不到。要知道，里面可是有郭泰来梦寐以求的数据。

脑海中控制系统的提示越来越近。郭泰来也越来越激动。还好，纳米机器人控制下的手臂还能保持足够的平稳，一点一点地如同考古一般将最后那几厘米的土层翻开来。

咔嗒，小锄头忽地铲到了一个硬物，发出了清晰的声音。郭泰来的手一顿，随即大喜过望，继续拿着小锄头，按照刚刚感受到的深度，一点一点地把周围的土层飞快地全都铲起来。

李雨竹还以为刚刚那一声只是又遇到了一块普通的石头或者柯石英，并没有太在意，她的全部心思都在可能找到的铁陨石上，其他的，李雨竹不感兴趣，她又不是陈志安，会对研究石头沉迷。

可是，当胖子在周围挖掘了一番，竟然开始用双手来清理铲松的土层之后，李雨竹也开始激动了。胖子这是发现了什么？

没过几分钟时间，李雨竹就看到了答案。那是一块和之前挖出来的石头完全不一样的不规则石块，但却足足有篮球大小。之所以说不一样，是因为上面被胖子的胖手擦过的地方露出来一点点金属的光泽。

那一瞬间，李雨竹的心如同加速的马达一样，疯狂地跳动起来，属于自己的那一份惊喜，也要到来了吗？

郭泰来却没顾得上关注李雨竹，他的脑海，已经整个地被控制系统的疯狂提示信息填满了。

"发现休眠的携带数据纳米机器人，是否激活吸收？是否激活吸收？是否激活吸收？"

居然连着提示了三次，而且已经不是询问是否激活，而是询问是否激活吸收，可见纳米机器人已经近在咫尺，可以吸收了。

这还有什么可说的？郭泰来二话不说，直接给了肯定的回答："激活吸收！"

"一万个纳米机器人休眠指令下达！"

"激活指令下达！"

"吸收指令下达！"

"吸收中……103……308……573……"

第一条指令让郭泰来愣了一下，为什么要下达休眠指令？但随即马上明白过来。控制系统最多只能控制一百万个纳米机器人，自己体内的机器人数量已经足额，想要控制吸收外部的一万个携带数据的纳米机器人，那就必须要自己体内的一万个纳米机器人休眠，用来腾出控制名额。

眼看着正在吸收的数字上升，郭泰来自己也是有些疑惑，到底是怎么吸收？上次的钛粉还是自己吃进去的，这次难道纳米机器人会从自己的体表进入体内？

事实上，第一次那些纳米机器人是如何进入郭泰来体内的，胖子到现在都不知道。但想来尺寸那么小，真的要进入自己的身体，还是很容易的，胖子也不会在这个问题上纠结。最重要的是自己终于将这一批携带数据的纳米机器人吸收了，不是吗？

虽然纳米机器人在持续地吸收中，可郭泰来的手并没有停，依旧还在小心地如同挖掘一根完整的人参一样，小心地从周围把土抠下来，露出整个石块的边缘。

终于，当郭泰来收到了吸收完毕的提示的时候，那一整块篮球大小的陨石也露出了真容。

脑海中否决了控制系统马上吸收数据并系统升级的询问，郭泰来将那块篮球大小的陨石艰难地抱了起来。系统升级可能会沉睡一场，现在还不是升级的时候，时间地点都不合适。

　　"你别伸手。"郭泰来阻止了李雨竹的手，"八十多斤，你抱不动。"

　　一路抱着陨石送到了大切诺基的后备厢里，郭泰来才松了一口气。浑然没有注意李雨竹悄悄地给老王下了个命令，让他测量一下陨石挖出来的深度。

　　"天哪！它可真美！"李雨竹看着已经露出不少金属光泽的陨石，如同看着这天底下最美的艺术品，整个人都沉浸了进去。

第三十章
大　师

上

又在罗圈里村借宿了一夜，第二天一早，郭泰来和李雨竹就坐着老王开的大切诺基往京城赶。

铁陨石已经找到，这里又没有什么分析仪器，想要知道各种属性，就只能回京城。李雨竹不是陈志安，她不需要留下来验证陨石坑的证据，所以，一大早就催着上路。

其实在晚饭的时候，李雨竹和陈志安以及老王看郭泰来的目光就已经彻底不一样了。

陈志安不用说，当他发现了越来越多的变形石英颗粒的时候，就已经对这里是陨石坑笃信不疑了。现在他只需要找到更多的证据就行。而这一切都是因为郭泰来坚持说这里是陨石撞击形成的。

李雨竹的态度变化最明显，连说话的语气都有些不同。郭泰来真的找到了铁陨石不说，更可怕的是，下午她让老王事后量了一下，那块铁陨石所在的深度就是七米，误差在十厘米之内。对于一个本身直径就二十多厘米的铁陨石来说，完全可以说，就是在七米深度找到的。

三个人可都是明明白白清清楚楚地听到郭泰来指着那个地方说过，地下挖七米，就能找到东西。现在真的在七米深度找到了铁陨石，这说明了什么？

神机妙算！算无遗策！似乎用这些来形容郭泰来都有些不合适，可是大家一时之间又找不到更合适的形容词。

如果说这地方是以前被人挖掘过，之前的人没注意过忽略了，却被郭泰来看资料的时候分析出来了，那也不足为奇。可是这地方不管是他们直接看地貌还是走访那些村民，从来就没有外来人在那片挖掘区域的几十米内做过什么，甚至连村民们都没有在那片种过地。

一块深埋在地下七米深的铁陨石，没有借助任何的装备，没有参考过任何的资料，相隔八百公里之外，来到一个陌生的从来没有来到过的地方，往地下一指，就能准确地找到，这岂是"神奇"两个字能解释的？

仿佛忽然之间，陈志安和李雨竹都对自己这么多年学的专业有了质疑，难道真的存在那种超自然的无法解释的能力？否则胖子，不，大师的这个行为如何解释？

早上出发的时候，比任何人都心急要找到更多证据的陈志安很稀罕地没有一大早去河沟那边找证据，而是亲自送了郭泰来和李雨竹离开，特别是给了郭泰来详细的联系地址，千叮咛万嘱咐有事一定要招呼，能办的绝没有二话。

为此，郭泰来特意提醒了陈志安，打洞的时候就在陨石坑最中央的区域，往下三百米，绝对有收获。

如果说上次郭泰来在车上说往下挖三百米一定能有证据陈志安和李雨竹是当作耳旁风的话，现在这句话立刻就被奉为了金科玉律，不管找到多少其他证据，在大师说的那个位置往下打三百米的孔取样是一定要做的。

到了县城的时候，李雨竹让老王在邮局边上停车，进去打了两个电话。一个是给自己的单位，让他们准备好分析仪器，一回去就连夜干活。另一个电话则是打给了赵晏晏。

"真的假的？"赵晏晏简直不敢相信自己的耳朵。能在陨石坑这边找到陨石撞击的证据已经让她惊讶了，可死胖子居然在地面上准确地指出七米深地下埋藏的铁陨石的存在，这简直颠覆自己的三观啊！

路上还是开了一天半。如果是出发之前，李雨竹肯定会先让老王把自己和铁陨石送回研究所，然后再让他送郭泰来。可现在，李雨竹和老王一致同意，将郭泰来先送回学校，他们再去研究所。

李雨竹当然留下了自己的联系方式，她甚至还有胖子的呼机号。郭泰来也没啥要求的，只是让李雨竹要是发现了什么好的合金配方，至少让他知道一下大概的属性，说不定什么时候会需要用来加工点东西。

这个小小的要求，李雨竹一口答应。反正东西是郭泰来发现的，而且他也很懂规矩，没有要详细的数据，不要配方，只是要大概的物理指标而已，不是什么大问题。

老王开车当然不好说什么，但把郭泰来送到楼门口的时候，亲自提着郭泰来的那个不重的衣服包，执意要把胖子送回宿舍。临走的时候，特意留下了自己的呼号，拍着胸脯保证，大师哪天需要用车，随时招呼，随叫随到。

"大师？"等老王走了，正在宿舍里的老四才饶有兴味地盯着郭泰来问道，"什么大师？那个人干什么的？为什么叫你大师？"

"哦，司机老王。"郭泰来笑着解释道，"出去一趟，一路上给他侃晕了，现在觉得我是上知天文下知地理的大师，特别尊重我。"

"出去干吗了？有收获吗？"郭泰来走，他们知道，但不知道去干啥，郭泰来当时也只是借着赵晏晏的名义说是出趟差，他回来了，老四才问起。

"还行，一切顺利。"郭泰来想想过程，的确是一切顺利，"就是一路没机会洗澡，我先去洗一个。"

路上住的小旅馆条件也不好，在罗圈里村里更是没什么机会，只能忍着回学校来洗。这一趟出去来回五天，胖子还挖坑搬东西出了一身的汗，身上都快要臭了。

11月份了，不能在宿舍洗凉水澡，正准备端着脸盆和换洗衣服去公共澡堂，呼机忽然响了。胖子拿起来一看，8888，赵晏晏在紧急呼他。

没办法，只能就这么脏着先去实验室。8888呼自己，赵晏晏肯定是有要紧事，否则她会发电话号码让自己回过去。郭泰来也顾不得洗澡了，直奔实验室。

"什么味道？"一进赵晏晏的办公室，坐在她面前，赵晏晏就伸手捂住了鼻子皱眉问道。

"刚回来还没来得及洗澡。"郭泰来解释了一句然后问道,"什么事情?这么急叫我过来?"

赵晏晏却没回答,只是上上下下地仔细打量着郭泰来,好像在看一个陌生人一般。

"那个,胖子。"赵晏晏看够了,终于开口问道,"大师是怎么回事?你到底耍了什么戏法让李姐他们对你深信不疑?"

下

"哈,他们几个道行太浅,被我一阵胡吹乱侃,立刻就对我奉若神明。"原来是为了问这个事情,郭泰来哭笑不得,立刻换成了一副高深莫测的表情,"早就和你说了,梦中的白胡子老爷爷。"

"滚蛋!"胖子一开口就是胡说八道,赵晏晏一脚踹了过去,将郭泰来的胡编乱造给踹回了肚子里,"这次算你过关了,赶紧滚回去洗澡,臭死了!"

"没啥要紧事啊?那你用8888呼我过来干吗?"郭泰来大怒,紧急呼叫自己过来就是为了问这么一句话?这不是辜负自己顾不上洗澡就急匆匆跑来的这一番辛苦吗?

"问问也不行吗?"赵晏晏自知理亏,小声地嘟囔道。

赵晏晏实在是太好奇了,郭泰来当时在实验室的时候,就好像对那个地方一定会有陨石深信不疑,哪怕赵晏晏不相信,郭泰来自己貌似也买了去辽省的火车票要自己过去,显然信心不是一般地足。

不过,那个时候她也只以为郭泰来是从别的渠道得到了消息想要自己去实地验证一番,却从没想到死胖子竟然还有一手能掐会算的本事,过去之后往地下一指,在七米深处就找到了铁陨石,连深度都说得分毫不差,这就太让人无法理解了。

有心想要追根问底,可胖子的态度显然就是在搪塞。一个梦中的白胡子老头,谁会相信?死胖子身上肯定有什么别人不知道的秘密,可是郭泰来不想说,赵晏晏也不会强迫。

"帮你注册国际专利和销售的代理协议，你签一下。"赵晏晏当然有理由让郭泰来哑口无言，一份代理协议就让郭泰来乖乖地闭嘴，屁颠屁颠地赔着笑脸签上了自己的名字，刚刚被赵晏晏用 8888 紧急呼过来的不爽早已经不翼而飞。

离开了实验室，郭泰来用最快的速度跑回宿舍，然后急匆匆地到公共澡堂洗了个澡，又急急忙忙地冲回了宿舍。

得到那些携带数据的纳米机器人已经好几天了，在外面却一直没有合适的机会读取数据，也不能让系统升级。从辽省回来的路上强忍着没有升级系统，回来了还被赵晏晏叫去浪费了来回一个小时的时间，郭泰来已经迫不及待地想要升级了。

和宿舍里哥几个打了声招呼，说自己连着好几天没睡好，想要早睡了，大家也都理解，声音都小了许多。

郭泰来躺在床上，感激地和几个哥们儿道了一声谢，然后发出了升级的指令。转眼间，郭泰来就进入了熟睡状态中，呼噜声瞬间响起。

"我靠，不是吧？"刚刚还在说话，转眼就打呼噜睡着了，胖子该有多累？二哥惊讶了一声，然后立刻捂住了自己的嘴巴。

其他三个人看了看，刘阳一摆手："走，出去到别的宿舍去玩，让胖子睡会儿。路上肯定累坏了。"

几个人蹑手蹑脚走出了宿舍，反锁了宿舍门。没一会儿工夫，楼道里旁边几个宿舍的声音都小了不少。

睡梦中，郭泰来又得到了一个坐标，同时看到了一幅场景。一片纳米机器人附在一块白色的物体上，被置放在一个玉棺中。玉棺放进了一个水晶椁子中，水晶椁子又放进一个檀香木函，檀香木函放进一个镏金函中，外面又套了一层丝绸包裹，放进了一个铁函中。铁函被置放在一个密龛中。至此，景象才消失。

一直到第二天早上十点，郭泰来才睁开了眼睛。刚睁眼，脑海里就传来了系统的提示。

"读取数据完成！"

"系统升级完成！当前版本，V1.41。"

怪不得一醒来就觉得神清气爽，原来是系统一下子升级了两个小版本啊！从 1.39 升级到了 1.41，也不知道多了什么功能。

郭泰来的脑海中刚闪过这个念头，控制系统忽然就给郭泰来反馈回了消息。

"增加部分体内检测功能。"

"增加刺激体细胞生长修复功能。"

"增加手指触觉定位功能。"

"提升纳米机器人控制上限数量至五百万。"

"纳米机器人在体内移动速度提升四倍。"

还有这种好处？郭泰来顿时喜出望外。上次系统升级，有了什么新功能还得自己摸索，现在提升了一个小版本，居然多了功能提示，太好了，省了自己不知道多少摸索的时间。

"检测身体。"既然多了部分检查身体的功能，郭泰来二话不说立刻让纳米机器人开始检查身体。

不一会儿，三高、冠心病、重度脂肪肝、老慢咽、足底筋膜炎、跟腱炎这些以前就有的毛病纷纷被查了出来。除此之外，还有一些其他的新问题也被发现。

"血管内有轻微血栓，可清除。"

"胆囊中有少量结石，可清除。"

"肾脏中有少量结石，可清除。"

"跟腱部位陈旧性撕裂损伤，可修复。"

看着这些提示，郭泰来终于开心地笑了起来。不光是这些，除了三高、冠心病和中度脂肪肝之外，慢性咽炎、足底筋膜炎和跟腱炎这三项上，也同样标注着可修复。

这也意味着，只要修复这些炎症和损伤，清除掉血栓结石，郭泰来的身体健康程度能够提升一大截。太好了！

不过，在此之前，郭泰来最先要做的，还是先复制纳米机器人，将数量提升到五百万的上限。纳米机器人当然是越多越好，别的不说，至少清楚血栓结石以及修复的速度，将会是现在一百万的数量的五倍吧？

"复制纳米机器人！"

郭泰来立刻下达了复制指令。太好了，终于又发现了一个新的升级条件，郭泰来都有点忍不住想要控制系统连续升级了。

顾不上其他，郭泰来飞快地起床洗漱，然后直奔图书馆查询那个坐标的资料。

在图书馆里，郭泰来很快找到了新得到的坐标位置，从大范围上看，那应该是在宝贝鸡市。

根据梦中看到的情景，再结合自己的猜测加上查询到的一些资料表明，那一批纳米机器人是依附在法门寺地宫当中珍藏的佛祖真身指骨舍利上。

好消息是 1987 年法门寺的地宫已经被发掘出来了，佛祖真身指骨舍利也被发现。

坏消息是，佛指舍利肯定是被保护重重，想要接近，绝不是一点的难度。

第三十一章

挖 人

上

查到这个结果，郭泰来也是一阵庆幸。幸亏是在法门寺地宫，要是秦皇陵的话，那恐怕这辈子就彻底没戏了，除非自己愿意做一个盗墓贼，而且成功率绝不会超过百分之一。

目前暂时不清楚宝贝鸡市那边的情况，但郭泰来还是能够先把握现在的时间。

十二点钟的时候，纳米机器人数量就已经到了四百万。这时候只要腾出来一百万个纳米机器人去复制剩下的一百万个名额，其余的三百万纳米机器人被郭泰来一股脑地命令清除血栓。

几个月前郭泰来出院之后就让清理过一次血栓，那个时候血栓已经不是很大，足足用了十一天的时间。不过那个时候只有一万个纳米机器人，速度自然慢。

现在负责清理的数量是三百万，是以前的三百倍，清除速度自然也提升了百倍以上。本来发现的血栓就是微量的，体积不大而且还分散，当五百万个纳米机器人复制完成的时候，血管中的微量血栓也几乎在同时再次被清除完毕。

接下来自然不是休息，而是全面地清除胆囊结石和肾结石。体内的结石，不管是哪里的，都会比较麻烦，趁着还没有犯病的时候清除掉最好。

之前没有体检功能的时候机器人就没有检测出来这些结石问题，

现在查出来了自然不能坐视不理，特别是明明有能力清除的时候。

等到晚上睡觉之前，胆结石和肾结石已经被清除得差不多。纳米机器人的处理方式是粉碎成极细的碎片，随着新陈代谢，胆结石那些细微的碎片会随胆汁进入到消化道排出体外，而肾结石碎片也会随着尿液排出体外。

尽管什么都没有看到也什么都没察觉到，可当听到结石被清除干净的时候，郭泰来还是莫名地感觉到身体一阵的轻松。也许这是心理作用吧！

"修复跟腱陈旧性撕裂伤！"怀着忐忑的心情，躺在床上的郭泰来下达了修复跟腱旧伤的指令。

跟腱撕裂是郭泰来的一个心病。从一个运动健将变成一个三百多斤的胖子，根源就在此。直到现在跟腱其实都没有恢复完全，走路都有些许的别扭。同学们都能看得出来，只是大家都照顾郭泰来心情，默契地从来没说而已。实验室那边的赵晏晏他们也是一样，这一点水木大学里的人素质就是高，从没有当面对人评头论足的表现。

"修复中……"

郭泰来努力地想要感受到点什么，可是跟腱那边却似乎完全没有什么感觉。就在这种期待和忐忑中，郭泰来慢慢地进入了梦乡。

一觉醒来，郭泰来才发现，修复进度才完成了百分之四点七多，还不到百分之五。稍稍计算了一下，才觉得正常。

人体细胞大概是四十万亿到六十万亿，折中取五十万亿，假设跟腱占据了其中的百分之一，那就是五千亿个细胞。再假设其中只有十分之一的细胞需要修复，这部分细胞有五百亿个。每个纳米机器人修复一个细胞需要一分钟的时间，一分钟总共可以修复五百万个细胞，折合下来总共需要一万分钟，不到七天的样子。八个小时，的确是只占百分之四点多。

整整一周时间成了郭泰来放飞的时间。他的毕业设计已经完成，赵晏晏那边还暂时用不到他，国际专利那边注册和找买家也不是几天能搞定的事情，刘老那边也已经出师，王教授这边忙着新的五轴加工中心的项目立项，掰着手指数来数去，还真没有郭泰来要忙碌的事情。

这几天郭胖子过得相当惬意，除了每天下午定时的一个小时的锻炼时间之外，其他的时间，简直就和世界上最舒服的猪没有区别。每天睡到自然醒，然后各种吃喝玩乐。午饭晚饭宵夜，台球录像游戏厅，通宵 MUD，要多爽有多爽，要多气人有多气人。

他们 106 宿舍的人去向都已经定下来了，根本不需要再担心什么找工作考研之类的事情，比起其他苦逼的考研考托考 G 忙着毕业设计忙着找工作的同学，五个人的日子简直让其他宿舍的人嫉妒到想要集体臭揍他们一顿。

郭泰来特别地开心，尤其是在第七天晚上打牌的时候，简直是忽然之间赌神附体，大杀四方。几个舍友被郭泰来一连串的排山倒海般的牌运杀得面如土色，当然，他们的面色已经看不到了，都已经被纸条贴满，只露着一双眼睛。

"跟腱陈旧性撕裂伤修复完成。"这条提示信息就是郭泰来忽然之间精神振奋的源头，人开心，连牌运都跟着强悍了起来。

一边打牌，郭泰来一边试着屈伸受过伤的右脚，脚跟给郭泰来传来的反应，和几天前完全不同。那一丝若有若无的揪扯感觉彻底消失，自如得就如同现在郭泰来的双手一般。

要不是现在宿舍里人都在，郭泰来都要哈哈狂笑了。这不，借着打牌大赢的机会，胖子无比狂放的大笑声让几个室友都看不下去了，在他第十三次狂笑的时候，众人把牌一扔，然后把胖子按在他的床上又是一顿乱捶。

第二天一早，郭泰来罕见地一大早起床，一个人跑去了操场。在看台上，郭泰来也不顾京城的气候寒冷，脱了鞋仔细地看了看自己当年受伤的右脚。

当年开刀的疤痕还在，并没有消除，但是里面隆起的一个小肉团却已经消失不见，就如同一个正常人的右脚，无论做什么动作，都没有半点肌腱揪扯或者粘连的感觉，这种自在的感觉，真好。

现在所有的纳米机器人都集中在两只脚的脚底，修复足底筋膜炎的损伤。之前为什么胖子会做一个可穿戴式座椅，就是因为足底筋膜炎导致的多走一会儿多站一会儿就会脚疼，虽然主要是因为胖子体重大，而且会频繁复发，但能修复一次就能缓解不少痛苦。

足底筋膜炎之后，就会轮到慢性咽炎，一大早刷牙干呕实在是太难受了，总算看到了解放的曙光。

八点多胖子才回到宿舍楼，刚走到楼门就碰到了刘阳正要出来找电话呼他，有人来找胖子，正在宿舍里等着。

下

回到宿舍，郭泰来就看到一个看起来很靓丽的青年女白领正坐在宿舍的凳子上，和老大老四谈笑风生。怪不得刘阳还要跑出来呼自己，原来是有美女才显得这么殷勤。

见到郭泰来进来，也不用等人介绍，女白领就站了起来，冲着郭泰来伸手，落落大方地说道："你就是郭同学吧？你好，我是魔都美蓓亚公司的员工，我也姓郭。我有事想找你商量，可以吗？"

胖子这么明显的体形，只要知道郭泰来基本信息的人都不会认错，一眼就能认出来，绝不会说错。

郭泰来伸出手，和美女白领轻轻握了下手，同时也打量了一下这位美女同宗。11月底的天气了，在京城她居然还穿着一套 OL 裙装，丝袜高跟鞋，身形显得十分高挑，脸上画着淡妆，挺漂亮。老大老四如同发情的公猪一样恭维，她的确是有吸引人的本钱。

"郭小姐什么事情？"见多了赵晏晏，再看这位郭小姐其实就觉得一般了，郭泰来的表现很正常。老大他们明显不行，一副没见过女人的样子。

"方便到外面走走吗？"郭小姐笑着问道。

"好吧！"郭泰来扫了一眼眼巴巴看着自己的老大老四和刘阳一眼，点了点头，顿时惹来他们几个一阵谴责的目光。

"到校门口找个咖啡馆吧！"出来之后郭泰来才发现，对方开了车来。郭泰来也没拒绝，坐上对方的车，一直开到了校外。

可能是怕郭泰来误会，车子并没有开很远，就是在西门外圆明园的门外靠近燕京大学那边找了个小咖啡馆。

"郭同学，上次创造吉尼斯纪录的那个超精密陀螺，是郭同学一手设计制造的吧？"进咖啡馆坐好，郭小姐还帮不会叫咖啡的郭泰来叫了一杯拿铁，等咖啡端上来了，这才笑着开了口。

"怎么说？"郭泰来不知道对面的郭小姐什么打算，所以装傻充愣装糊涂。

"你放心，WTO的备忘录已经签了，1微米数控的限制也已经对华夏放开。"郭小姐微笑着冲郭泰来笑道，"你不用担心会有什么不好的影响，事实上，我们也已经深入调查过了。"

高精密陀螺带给欧美日各方极大的震撼，都以为华夏的加工设备水平已经有了极大的提高，为了遏制华夏数控产业的发展，正好借着华夏谋求加入WTO的机会，10月底的会议谈判中，都不约而同地放开了1微米精度数控的限制，达成了协议并且签署了备忘录。

这些日子郭泰来不是往外跑就是待在宿舍玩，没有关注这方面的内容，并不知道这些。闻言也是有些惊喜："真的？"

他倒是没有怪赵晏晏没告诉他这些，事实上，这种级别的谈判，别说赵晏晏，就是侯院士都未必能够知道细节，他们能做的也许就是给国家提供一些技术上的顾问，主导和参与那是整个国家的力量。谈判成功，也不可能会想到其中有一个小人物的贡献，还要来特意通知他一声。

"这次你们华夏打了个漂亮仗，说实话，虚虚实实真真假假，相当漂亮。"郭小姐用很真诚的语气说道，"我个人表示相当地佩服。郭先生做的那个高精密陀螺我亲眼看过，叹为观止！"

"你不是华夏人？"郭泰来立刻听出了其中的隐含意义，反问道。

"非常抱歉，在宿舍欺骗了你们。"郭小姐站起来，很郑重地鞠躬道，"鄙人是日本美蓓亚三美集团公关事务部副部长玉川晴子，这是我的名片。"

"郭小姐，不，玉川小姐。"郭泰来接过了名片，及时地改变了称呼，"你中文说得真好。那魔都美蓓亚是你们分公司了？什么时候成立的？"

"1994年4月份。"玉川晴子飞快地回答道，这不是什么机密，完全不用害怕让胖子知道。

"那玉川小姐你的真正来意呢？"郭泰来好奇地问道。

"郭先生，经过我们事后调查才知道，你是上次那颗高精密陀螺的真正制作者，对此我代表我和我们公司，对郭先生高超的设计制造装配能力，表示由衷地赞赏。"日本人就是礼节多，说话间，坐在座位上的玉川晴子就又欠身冲郭泰来微微鞠躬。

暴露了？不过听到WTO已经签署了备忘录，郭泰来也就不紧张了。估计是日本方面签了以后才意识到哪里不对，集中到学校里详细调查了一下，发现了端倪。

毕竟只是学校，不是什么保密单位，胖子在实验室里做活，见过的人也不少，有时候几个同学偶尔聊个天就会不经意地泄露秘密，被日本人在事后调查到，也不算什么特别大的事情。

不过，这事情得和赵晏晏说一声，否则她做的那些东西要是也被人知道了，恐怕也不是好事。只是，博士论文不是要公示，研究方向研究结果什么的，应该都会被人查到吧？难道赵晏晏做的项目并不是她的毕业论文项目？

"我们对郭先生的水平十分钦佩，请问郭先生有没有到日本留学的意愿？"玉川晴子也没有多卖关子，直接说出了她的意思，"我们公司愿意帮郭先生运作此事。我们可以保证早稻田大学的全额奖学金、博士学位，读书期间，公司愿意为郭先生支付每个月一百万日元的生活补助，毕业之后，如果郭先生有意来本公司工作，我们可以保证不低于每月五百万日元的薪资。"

"人民币和日元的汇率是多少？"郭泰来愣了一下，随即问道。

"一百万日元差不多折合人民币六万五千元左右。"玉川晴子不怕郭泰来问得多，就怕他不问。

在现在华夏大学生毕业人均工资不到一千五的年代，每个月六万五简直就是天价，而且还是著名的早稻田大学的博士学位，外企员工身份，这些对一个华夏国内的普通大学生来说，绝对是无法抵御的诱惑。

"这么多啊？"郭泰来也没想到，自己在日本人眼中居然这么值钱这么重要。

不过很显然，玉川晴子要失望了，郭泰来是个愤青。

"我考虑考虑。"郭泰来也没有马上拒绝，而是留下一个考虑的答复之后，拒绝了玉川晴子送他回学校的好意，一个人慢慢地溜达了回去。

第三十二章

新 闻

上

"师姐，WTO 备忘录签了？ 1 微米数控已经对我们开放了？"郭泰来从西门进来，一路溜达琢磨一番之后，直接到了实验室赵晏晏的办公室，进门坐下就直接问道。

"啊？有这事？"赵晏晏这些天也是忙得昏天黑地，实验要做设计要做还要准备论文，也没关注这方面的消息。惯导实验室也不像 CIMS 那样对这个很重视，所以根本不知道最新消息。

不过赵晏晏有办法，直接拨了个电话询问一番，放下电话后就对郭泰来点头："有这事，刚签了才两天，还没对外宣布。"说完之后，赵晏晏才惊讶地问道，"你怎么知道的？"

"有个漂亮的日本女人找了我。"郭泰来也没隐瞒，把玉川晴子找自己的事情说了出来，连带的那些条件也都和盘托出。

"我就知道瞒不了多久，学校这种环境也瞒不住。"赵晏晏笑了起来，"日本人终于反应过来了。可惜，迟了，已经签了备忘录，他们想反悔也不行。"

郭泰来其实也是极有成就感的，虽然这事当中他只是前期出力，但是却改变了历史的进程。至少在未来梦境中，国内的数控封锁开放和发展起来，是在新世纪，而不是现在。提前了几年，也算是捎带手地改变了一些世界。

"日本人的邀请我要怎么答复？"郭泰来冲着赵晏晏问道。尽管他心里已经有了想法，可还是想要知道一些旁人的看法。

"条件很好，可以考虑啊！"赵晏晏自己是出国进修过的，当然不觉得这是多么不能接受的事情，"早稻田大学还不错，全世界排名也在前五十之内，很厉害。去早稻田大学读个博士，然后再回国工作，这不是很好吗？特别是每个月还有一百万日元的生活补助，高薪啊！等你读完博士，在日本省点花回来都可以在二环内买几套房了。"

"如果我想留在国内读书呢？"郭泰来又问道。

"那就当这事没发生过，那个女的没来过。"赵晏晏现在和郭泰来关系不错，但她还没有到控制或者指点郭泰来人生选择的地步，只是提出自己的看法，怎么选择，还是要郭泰来自己，"国内也是一路坦途，就是多花一年，先读完硕士再读博士，不像早稻田可以直博。当然，国内也没那么多补助。但你要学日语怎么也得一年吧？算起来时间也差不多。"

看郭泰来好像有点蔫蔫的样子，赵晏晏有些奇怪，胖子一向是个乐天派，怎么遇上了这种好事还要纠结？

"你怎么看起来好像很不爽啊，怎么了？"赵晏晏当着郭泰来也不会藏着掖着，直接问了出来，"明明是好事啊？"

"我就是有些感慨。"郭泰来的确兴致不高，蔫头耷脑地说道："签了备忘录什么的这些事情，居然还是由一个日本人来告诉我。而且还是他们最先联系我，国内竟然没有一个企业哪怕对我说过一句'毕业后来我这里工作'的话。"

明知道国家力量在推动，领导们也未必会通知自己，但郭泰来心里就是有点小别扭。矫情！

赵晏晏是极其聪明的一个人，智商轻松碾压胖子，闻言立刻明白了郭泰来纠结的原因。

"你是想说，上面的领导们对此毫不重视，用过了就不管了吧？"赵晏晏有些苦笑地问道。

"我要求不高吧？事办成了把结果告诉我一声，这很难吗？"郭泰来看着赵晏晏问道。

"大领导未必知道这个事情，知道的小领导也会很忙，反正一两天之内，这些事情都要上新闻的，自然不用特意告诉你一声。"赵晏晏笑着说道，"至于国内的企业没有找你，你也不想想，你已经确定了要读研读博，眼看着就是留校的安排，谁会找你？国家也好，企业也好，暂时拿不出那么高的薪资，也未必能给出比你现在这条路更好的选择，怎么找你？"

"好吧，我自作多情了！"胖子豁达，心情好得很快，赵晏晏这么一说，郭泰来本来也没多难受，一点点烦恼飞快地烟消云散，"最近有什么好消息吗？说说让我开心开心。"

"说起好消息，倒是刚刚接到一个。"赵晏晏觉得郭胖子来得正好，笑着说道，"李姐托我给大师你说一声，他们那边的分析结果出来了，陨石当中的确有几种合金，其中一种相当地耐高温，除此之外，还耐磨，屈服强度超过国内现有的所有钢材，让我特意感谢你一声。"

"真的？"郭泰来高兴了起来，这的确是一个好消息。

"当然！"赵晏晏也很开心，李雨竹找到了合适的材料，对于赵晏晏的整体研究是有极大推动作用的，她也是受益人。

"能生产了吗？"郭泰来兴奋地问道。

"怎么可能？"赵晏晏撇了撇嘴，"刚拿到手才一周的时间，也就刚够测试物理属性分析化学成分的工夫，怎么可能生产？就算是能做，也只能是实验室里小规模地合成一些，绝不可能量产。"

"可惜了！"郭泰来叹了口气。

"可惜什么？"赵晏晏不解地问道。材料学的研究，不一向如此吗？先找到配方，实验室合成，最后研究工艺，形成规模化量产，没什么问题啊？

"要是能生产个几百公斤，哪怕少点，也能做个好玩的东西了。"郭泰来不无遗憾地叹息道。

"好玩的东西？"赵晏晏立刻来了兴趣，"什么好玩的东西？"

"耐高温又耐磨，多好的材料，做个转子发动机，多好玩？"郭泰来最喜欢和赵晏晏谈论这种话题了，他知道赵晏晏本科有汽车系的学位，所以立刻说出了自己的打算。

让赵晏晏用"相当地耐高温耐磨"来形容的材料，那就绝不是普通的耐热耐磨，绝对是性能高出一大截的好东西。郭泰来在未来梦境中见过很多好东西，但转子发动机却是郭泰来一直想弄一个来玩玩的。

可惜，转子发动机已经是马自达的产品了，不太可能有什么专利抢注之类的事情。但能够大幅度提升性能的话，弄出来也绝对是相当好玩的事情。

下

赵晏晏果然十分地感兴趣。基本上，只要是玩汽车的，就绝对会对转子发动机感兴趣。

"转子？"赵晏晏的双目都有了神采，"按照现在的马自达 RX-7 复制一个？还是有性能提升？"

"材料耐磨嘛，当然使用寿命更长。"郭泰来理所应当地回答道，"我的加工精度做得高一点，装配精度更高一点，能让发动机更安静更平稳，但能不能提升性能，这就要看热效率转换了，我能优化一些机械部分，但你也知道，软件控制方面我是弱项，你能做发动机的 ECU 控制吗？"

"刷个 ECU 而已，能有多难？"赵晏晏显然对于郭泰来竟然不知道自己的真实实力而有些小小的愠怒，"我在美国上学的时候，可是和同学合作，手工装配过一辆福特，并且重新调校了发动机，比起原先的输出功率提升了百分之二十。"

"厉害！"郭泰来立刻竖起了大拇指，能手工装配一辆汽车的，不管是谁，郭泰来都会表示一下钦佩。

"嗯，你优化一下机械部分，我可以加大喷油和进气，提升一下燃烧室温度。"赵晏晏也开始琢磨起来，"新材料可还有一个耐热的特性，提升燃烧温度完全没有问题，不但可以充分燃烧提升热效率，还可以减少积炭。"

赵晏晏对郭泰来说的优化机械设计一点都不怀疑，那个高精密陀螺上体现出来的设计功力，绝对是令所有看到的人都叹为观止的。所以她立刻就想到了该怎么优化 ECU 方面的内容。

"按照已经知道的材料特性，热效率在现有基础上至少能提升百分之四十，输出功率至少也能增加百分之三十。"越说赵晏晏越兴奋，甚至已经开始琢磨具体的数据了。

"醒醒吧！"郭泰来不得不打断赵晏晏的梦，"材料还无法生产，说什么都是虚的。"

赵晏晏也从幻想状态中清醒过来，郭泰来说得对，现在只是知道有这么一种材料配方，离真正能应用还早得很。

正在扫兴间，赵晏晏桌上的电话忽地响了起来，赵晏晏伸手拿起，只是"喂"了一声，紧接着就变成了倾听，不时的"嗯嗯"几声，听了几句之后，忽地抬起眼扫了一眼对面吊儿郎当的胖子，眼中露出一丝异样的光芒。

放下电话，赵晏晏才冲着刚刚还有些抱怨的胖子提醒了一句："晚上记得看《新闻联播》，滚蛋滚蛋，不要妨碍我干活。"

《新闻联播》？搞什么？郭泰来一头的雾水，但赵晏晏却一句话都不想解释了，甚至话都懒得和他说了。没办法，郭泰来只能悻悻地离开，不知道说得好好的，怎么就突然之间翻脸了。

宿舍里还没电视，郭泰来只能叫上刘阳一起，到校外找了个有电视机的饭店，赶着点吃饭。

刘阳也是莫名其妙，胖子发什么神经，居然要看《新闻联播》？平常胖子也不是入党积极分子啊！不过既然胖子请客，那刘阳也就无所谓了。

《新闻联播》的开始，肯定是领导很忙，中段才是华夏人民很幸福。

"我国加入 WTO 进程取得了阶段性进展，已就多方面的商贸协定签署了备忘录。"领导很忙的后半截，有一个一句话的简讯。

更让郭泰来意外的是，那条简讯配的背景图，却是一张旋转着的高精密陀螺的照片。别人不知道，郭泰来自己做的陀螺，难道还认不出来吗？

"这条肥硕的胳膊好熟悉！"刘阳和郭胖子是死党，还是一个宿舍的，连郭泰来没穿衣服的样子都见过，何况那么明显的一条胖胳膊，一眼就认了出来。

"胖子，你别告诉我，那个转陀螺的是你。"精仪系高精密陀螺打破了吉尼斯世界纪录的消息身为精仪系学生的刘阳怎么可能不知道，不光那个胳膊熟，连陀螺都是那个创纪录的高精密陀螺，绝对没错。现在那个陀螺就摆在9003的陈列室当中，作为精仪系的历史一分子任人参观。

话是这么问，但刘阳能肯定，绝对是胖子，否则怎么可能早不看新闻晚不看新闻，偏偏要在今天看？

郭泰来的眼睛已经笑得眯成了一条缝，今天白天他还在因为自己没有得到消息而不爽，晚上《新闻联播》就来了这么一个大礼，郭泰来的心里立刻什么气都没了，只剩下傻笑。

和刘阳一起喝了两杯啤酒，就在郭泰来以为人民很幸福已经快要结束的时候，忽地又听到了一条和自己有关的消息。

"经过我国地质科学家的辛苦勘探，历时数年，成功证实了我国境内第一个地外天体撞击构造——岫岩陨石坑。

"我国研究人员从宏观和微观两个方面论证了岫岩陨石坑的撞击起源。从目前揭示的科学信息上看，岫岩陨石坑带给了我们远比预料更为丰富的系列科学未知，值得我们视为瑰宝加以挖掘。

"岫岩陨石坑的发现填补了我国领土上这类独特地质构造形迹的空白。这项研究的进展，体现了我国在陨石坑和冲击变质领域的进步，与国际上该科学领域研究水平差距的缩小。对该坑开展多学科交叉和深入系统的研究，将为我国陨石坑和冲击变质提供知识积累和培养专门的科学人才。"

陈志安他们工作果然够快，才短短一周多的时间，就已经拿出了这么多的证明和论文，厉害。

虽然这条新闻依旧还是一句话都没有提到郭泰来在其中的作用，但郭泰来已经笑得合不拢嘴，让对面的刘阳误会他还沉浸在肥胳膊上了《新闻联播》的快乐中无法自拔呢！

郭泰来相信，这并不是赵晏晏的安排。自己和她聊天的时候，她就没有往外打过电话，最后还是有人通知了她，她才告诉自己让自己看《新闻联播》的，只能说，国家还是没有忘记有功之臣，不然的话，为什么那个简讯的背景图片不是谈判或者签字，甚至还不是吉尼斯公证的时候王教授的胳膊，偏偏就是自己的胖胳膊呢？

　　一整个晚上，胖子脸上的笑容就没有消失过，一直到上床睡觉的时候都是如此。

第三十三章
自己干吧

上

"我上了《新闻联播》。"一大早胖子就起来嘚瑟上了，宿舍的其他几个人昨天晚上就被胖子狂轰滥炸过一次了，早上一听，立刻都在被窝里捂住了耳朵。

"你大爷的，大早上不睡觉嘚瑟什么？"刘阳在床头找了一会儿没找到合适的东西扔过去，只能大骂道，"你只是一条胳膊上了《新闻联播》，你个肥胳膊，去死！"

一片抗议声中，胖子被赶出了宿舍，才七点就不让人好好睡觉，又不是还要上课的学弟学妹，至于吗？

心气顺了的胖子，吃好了早饭之后直接跑到了校厂去找刘老。他们之前就说要把那个1933年的莱茵老机床重新打造一遍，现在郭泰来总算是要动手了。

"太好了。"刘老也十分高兴，"五年前我就在外面存了几吨特种钢材，风吹日晒了五年，应该可以见天日了。"

做车床简单，但想要做一个精密的车床那就不是那么容易的事情了。不是说随便找一块合适的材料动手就能制作了，这样仓促上马的唯一结果就是做出来的配件会不精确，严重的甚至还会变形，那是别管多高的加工精度都无法弥补的，因为其中有一个最关键的问题，材料本身内部的应力。

在内部应力没有完全释放的时候就开始加工，之后必然会变形，无可避免。

释放材料内应力有多种办法，经常采用的是热处理，也有通过人工敲打振动的方式，高科技的还有超声波冲击震荡来优化应力或者改变应力的方向，但通常来说，释放效果最好的方法就是自然时效消除内应力，就是放到自然条件下进行消除。当然，这种方法也是最慢的。

国内很长一段时间无法做出真正的高精度机床，有时候也和材料方面有关系。现代人节奏太快，很少有人能沉下心来用几年的时间来等待一根圆轴或者一根导轨释放应力。尽管热处理能快速地消除应力，但消除效果并不是十分理想，低精度的还好，偏偏高精度车床什么的，要求极为严格，造出来的东西精度不足，这也是原因之一。

放了五年的材料，当然最好了。郭泰来和刘老先没管材料，而是先把那台老车床给拆了。说实话，那台老车床，最值钱的也就是那个床身了。理由一样是因为内应力，旧车床的床身一向是车床机床厂的最爱。所以，床身还是要保留的。

其他的零配件，就得全部都重新制作更换了。郭泰来也好，刘老也好，都是老手，很快就在几个过来帮忙的车工帮助下，将那台老车床彻底地拆开来。

所有零配件的图纸都不用重新测绘，而且郭泰来也不打算重新造一个几十年前的老车床，有这个条件，还有放了五年的好材料，干吗不造一个先进一点的？

直接造一个先进的五轴加工中心那是不可能的，就算是郭泰来有这个手艺，控制芯片和控制系统他也没办法做出来。所以，郭泰来的打算，是以这个老车床的床身为基础，打造一台高精度的机械车床。嗯，只是车床，不太可能还有别的功能了。

未来梦境中，高精度车床有不少，郭泰来选择了一款最能够适合这台老车床床身的。当然，床身肯定要经过一系列的加工，毕竟是几十年前的老款了，某些地方需要修改才能适合新款的车床。

电机要重新选择，齿轮箱里面的东西全部都要重新设计，其他的轴承导轨等零配件也都是一样，大概算起来，足够郭泰来每天正常工作两三个月的工作量。去掉寒假，足够忙到明年4月份了。稍稍懒散一点，能撑到 6 月份，到时候正好忙毕业答辩，然后毕业放假，等着 9 月份开学就读研究生。

这计划很好。郭泰来简单地和刘老说了一下自己的打算。当刘老听到郭泰来不想要打造老车床而是想要做一款自己设计的高精度车床的时候，哪里还会不同意？郭泰来表现得越好，作为郭泰来的师父，他的脸上就越有面子。

其他部分都好说，纯机械的部分郭泰来可以自己打造，但是电机不行，电机除了加工还要绕线，郭泰来没学过，所以只能找一个市面上合用的电机。而这方面的拨款还没有，刘老也没有太好的型号建议，只能去找赵晏晏。刘老去申请资金，郭泰来去找电机。

"电机？"赵晏晏问清楚了郭泰来要做什么，了解清楚郭泰来需要的参数之后，并没有拒绝，"我让公司的人帮你查查型号，不过你有经费吗？"

这是系里和王教授那边同意的项目，额外的费用肯定是要审批，赵晏晏也不可能直接帮郭泰来垫资，郭泰来自己也不可能出钱，所以赵晏晏才会有这一问。

"你先问好型号和价格。"郭泰来如实地说道，"刘老那边已经去申请经费了，不知道能申请多少。"

"你确定打算要自己设计自己制造？"对于郭泰来说要自己设计一款全新的高精度车床，赵晏晏在经历了那个高精密陀螺之后对郭泰来的设计和制造装配能力毫不怀疑。

"为什么不？"郭泰来很奇怪赵晏晏怎么会问出这样的问题来。

"如果你是打算这么做的话，那你最好走正规的项目审批流程。"赵晏晏指点道，"你要先拿出来设计稿，由专家审议一遍，拿到可行性报告之后，才能申请制作经费，然后走采购流程，最后再动手，完成之后验收。"

"这么复杂？"郭泰来大惊。真要这么走一趟流程，那岂不是黄花菜都凉了，自己毕业了都未必能开工。

"所以我好奇啊！"赵晏晏真的是很好奇，"你不是打算重新把所有的配件打造一次然后装配吗？怎么又改了设计？"

"本来打算靠这个练习装配的。"郭泰来也有点无奈,"可是上次不是做了个高精密陀螺吗?这个练习就可有可无了。与其只是弄一个原样的,还不如做个新的。"

"那你为什么不自己做,不要经费?"赵晏晏忽地建议道,"这会简单很多。"

下

公事,只要牵扯到经费,那都不是可以轻松糊弄的,反倒是不牵扯经费的时候,很多操作可以灵活一些。

另外,就是涉及已经审批的项目更改,不管大小,总归是有一堆的麻烦事。还是那句话,不牵扯到钱,大家还都好说,一牵扯到钱的事情就麻烦了。

郭泰来愣住了,他一个普通学生,还没有经历过这种项目操作的完整过程,之前的几次都是不牵涉到拨款或者有赵晏晏帮他搞定后面事情的,完全不知道这里面这么复杂。

"刘老已经去申请经费了。"郭泰来只能对赵晏晏坦白。

"很不乐观。"赵晏晏摇了摇头,"虽然涉及的钱不一定会多,但光是你的设计图纸和论证可行性分析,你今年什么都不用干了,忙碌这件事吧!不过也好,走这么一圈,你也就能知道一个完整的项目流程了,就当学习了。"

这么麻烦?郭泰来是个很怕麻烦的人,自己做一个高精度车床,原本就是一拍脑袋的事情,现在竟然变成这样,始料未及。

接下来的事情果然验证了赵晏晏的猜测。在赵晏晏公司的员工找到几个不那么完全合适的电机的同时,刘老那边申请的经费也没有批下来。

王教授已经叫郭泰来过去,让他先完成他想象的那个高精度车床的设计思路和图纸,然后他先审核一下,再找其他专家论证,走个流程。

太复杂了!最让郭泰来不满意的是,现有的电机并没有完全适合郭泰来要求的。不是尺寸不合适就是要求的功率或者转速或者 KV 不合适，就算是有钱，也买不到现成的，只能定做。

"看来只能自己做了。"郭泰来再次和赵晏晏碰头之后，瘫在赵晏晏对面的椅子上，"你说的一点错都没有。"

"研究就是这样，一牵扯到钱的事情就很麻烦。如果只是多出点力或者不要钱，那倒是好说。"赵晏晏有经验，说完之后好奇地问道，"你还会做电机？"

"不会也得学了啊！"郭泰来懒洋洋地说道，"不然连电机都没有啊！总不能真的做一个一模一样的 1933 年的老车床吧？那有什么意义？"

"做电机也要材料，也要经费。"赵晏晏笑了起来，"你怎么解决？"

"之前的拨款中包含了电机部分。"郭泰来叹了口气，说道，"不是为了让我练习装配吗？连电机的材料都买了，只等我上手。"

"那你还赖在我这里干吗？"赵晏晏瞪起了眼，"还不去干活？"

今天的赵晏晏穿了一件红色的毛衣和紧身小脚牛仔裤，还有一双七厘米的高跟鞋，没穿棉袄外套，身材十分地修长，站起来的时候，郭泰来都快要看傻了。

顺着郭泰来的目光，赵晏晏就看到了自己的身上，这死胖子居然敢这样看自己，赵晏晏大怒，忽地眼珠一转笑了起来："好看吗？"

"好看！"在赵晏晏面前，郭泰来从来不掩饰自己的欣赏，非常诚实地回答道。

"师姐我虽然不想结婚，但如果你能变成和施瓦辛格一样的好身材，师姐就做你的女朋友好不好？"赵晏晏丢给郭泰来一个好看的媚眼，娇滴滴地问道。

郭泰来全身一哆嗦，明明是这么娇嗲的声音，怎么听起来这么可怕？

不过，这么好的机会，郭泰来就算是脱层皮也要争取，咬着牙冲着赵晏晏问道："师姐你说真的？"

"当然，只要不结婚，做你一辈子女朋友又怎么样？"赵晏晏笑靥如花地说道，"想不想挑战一下？"

"啊啊啊啊啊！"郭泰来几乎要狂叫起来，"为了师姐女朋友，拼了！"

看着胖子如同要发狂一般地亢奋着走出了自己的办公室，赵晏晏摇了摇头，坐回座位，忽地又看了一看外面胖子离开的背影，心中一阵疑惑。几天没见，怎么胖子好像走路的姿势都有点变化了呢？

兴冲冲的胖子直接找上了刘老："师父，你会绕电机吗？教教我！"

刘老苦笑着摇了摇头，他是九级钳工不假，但也不是万能得什么都会，不过刘老几十年的高手真不是盖的："我倒是认识一个绕电机的高手，你去跟着他学几天。"

这次刘老找的是一个电机厂的老工人李师傅，从中华人民共和国成立后就在做电机，做了几十年了，绕电机一绝。李师傅绕出的电机，就是比其他一个班组的人绕出来的更稳定更高效，这就是区别。

"电机线圈其实原理很简单，你一个大学生肯定很容易就能弄懂。"李师傅指点得一点也不藏私，他现在也是退休人员，能指点高手也很快乐，"进出线位置、连接线方式、线圈端子及匝数、线圈端部长度、线圈的节距、线圈的形式、每极每相槽数、极相组、线圈端部长度等这些东西不弄错，这就是基本功。但怎么做到最优，就需要动脑筋了。"

李师傅自己不动手，指点着胖子从最简单的电机开始绕线圈，这方面胖子上手极快，超强的动手能力加上好脑子好记忆力，很容易就绕出了合格的电机。

学会了基本功，李师傅才开始教授他比别人厉害的地方。

首先就是选材。线圈的选择，李师傅就很仔细，也很重视。粗细均匀质量上乘的线材是绕出好电机的前提。

这一点上，郭泰来强悍的双眼测量功夫表现得比李师傅还要强悍。李师傅发现不了的细微瑕疵，郭泰来都能看得一清二楚。

然后就是缠绕时的松紧度和位置，李师傅绕出来的线圈，松紧合适，匝数均匀，光看着就有一种美感。不过，这也没难住郭泰来，他双手装配时用力大小能精确到 1 毫克力，连扭矩都能精确到 0.001 牛米，只看李师傅做了一次，然后感受了一下李师傅线圈上的力量，就又快又好地绕出了一组比李师傅还要赏心悦目的线圈。

"老刘，哪里找的好苗子？"李师傅在看到郭泰来绕出的线圈之后，直接就惊呆了，冲刘老这边挥起了拳头，"把这个胖子让给我吧！给我几个月时间，我把我一辈子的绝活都教给他。"

第三十四章
春 节

上

刘老当然不可能同意自己的弟子被别人挖走，但学东西还是可以的。

李师傅还有一个绝活，别人绕线圈，有时候得仔细地盯着才行，可李师傅的手指十分地灵活，而且触觉绝对出色，光是靠着手指的触感，他就能够准确地判断出线材的粗细，判断出精准的位置，并且能够绕出精确的线圈。

用刘老的话说，就是老李头手指头敏感，能闭着眼睛摸出个麻将牌的水准，没什么好嘚瑟的。这话一出，让郭泰来差点笑喷，也让李师傅吹胡子瞪眼，差点和刘老翻脸。

不过话说回来，有时候绕线圈，眼睛真的看不到，这时候手感和经验就成了大部分的解决之道。不是不能在能够看到的地方绕好然后机器收紧，但这和纯手工精制作业还是有些差别的。

本以为郭胖子在这方面会是弱项，可谁能知道郭泰来脑子里还有个控制系统和五百万个纳米机器人啊？上次系统升级的时候提供的手指触觉定位的新功能，根本就是这个能力的超级版啊！

郭泰来试过，闭着眼睛摸出麻将牌实在是太简单了，连每个麻将牌的大小，字体上沟壑的深浅，颜色填充得是否均匀都能摸出来。

事实上，手指触觉定位的精度能够做到和双眼 3D 测量一个精度。也就是说，哪怕是在漆黑无比的房间里，郭泰来也能准确地靠手指定位测量出精确到 0.2 微米误差的尺寸。

相比之下，李师傅的那个闭眼绕线圈的绝活，在郭泰来这里也就是熟悉基本功外加练习几次的事情。精确度比李师傅不知道高出了多少。

跟着李师傅，郭泰来学习了一个星期。李师傅就发现，他这辈子引以为自豪的绕线圈的绝活，竟然已经被郭泰来全部都学了过去，甚至于还能青出于蓝而胜于蓝。惊得李师傅连呼"妖孽"。

时间进入了 12 月份，京城的天气已经滴水成冰，可郭泰来这段时间却是干得热火朝天。不用再申请经费，王教授和系里都允许郭泰来"胡闹"，反正他们都知道郭泰来的水准，最差也会得到一台全新的老车床，所以放手让郭泰来和刘老制作。

郭泰来也根本没有画图纸，所有的东西都在郭泰来的脑海中，基本上郭泰来都是上手就做。先在各个车间做出半成品，然后到那个无尘工作间进行手工精加工，白天的时间基本上都耗在了这台车床上。

对于郭泰来只是要做一台车床却需要重新做一台电机，刘老并不觉得有什么不对，对于郭泰来的加工能力以及现学的绕线圈的能力，他一点都不怀疑，唯一有点担忧的就是郭泰来设计电机的能力。

毕竟郭泰来只是精仪系的学生，而不是电机系的，特别是郭泰来之前绝对是个学渣，挂科多门，他真的能设计出合用的电机吗？

"放心吧，师父。"郭泰来一点都不急，他又不是要设计制作步进伺服电机，不需要软件控制，他需要的只是一个功率合适、转速稳定可调、噪声低、安静稳定抖动小的无刷电机而已，只要通过更改电压就可以做到这些，未来梦境中有完整的实物，照猫画虎还做不出来？

随着时间推移，车床的零件半成品一个一个地被制造出来，导轨、轴承、齿轮箱、丝杠、电机、爪盘、刀具系统、尾顶等，全都是半成品，只剩下最后一步精加工到最高精度。这次胖子十分地卖力，每天加班，速度很快。

随后就是一系列的热处理，所有的半成品都被处理过一遍，到了这个时候，郭泰来也停了手。

所有做好的半成品，除了电机之外，再次被放在一个简陋的储藏间储藏起来。这个房间只有四个柱子和一个房顶，为的就是让这些半成品再次存放一段时间，消除一下加工带来的应力累积。

当然，这个时间就相对短了些，不会一放几年，热处理之后有那么两三个月就差不多了。等过了寒假，最多一个月就可以进行最后的精加工和装配了。

时间已经到了1月份，没几天就要放寒假了，郭泰来也算是在假期之前好好地休息了一场。

赵晏晏在放假之前找了郭泰来一次，不过并不是让郭泰来做什么，而是约好了时间，让他寒假开学之后重新制作两套修改过设计的陀螺仪。这将是她最后一次修改，随后就会带着实物参加春季博士论文答辩，最多一个月的时间，赵晏晏就会毕业。

这段时间，郭泰来也一直在通过别的渠道打听法门寺佛指骨舍利的消息。佛指骨舍利现在被法门寺妥善保管，一般展出的也都是玉质的"灵骨"，也就是所谓的"硬骨"，仿制品。平常想要接近真品，除非有极为深厚的背景，或者和法门寺的高僧们有极深厚的交情，否则的话绝不可能。

但是，有一天是例外的，那就是四月初八的"佛诞日"，又称为浴佛节。这一天，法门寺会举行盛大的法事，同时，真品佛指骨舍利也会被请出来受信众瞻礼膜拜。今年显然是赶不上了，明年四月初八，是阳历五月十四日。

这是郭泰来能够找到和想到的最有可能接近佛骨舍利的办法了。尽管心里想得要命，可郭泰来也只能耐着性子等着佛诞日到来。这也是他能够沉下心来做车床的原因。

连着几天看着学弟学妹们疯狂复习疯狂考试，郭泰来心情很舒畅地让学校给提前订了半票，跟随放假回家的学生大军，一起上了回家的火车。

晋省老家里，父母接到郭泰来电话之后已经等得望眼欲穿了。随着郭泰来的回家，家里立刻变成了欢乐的海洋。郭泰来爱吃的面条丁玉梅早已经给擀好，卤子郭建军也已经做好，只等郭泰来回来就下锅。

郭泰来自己在火车上饿了大半天了，中午就没吃饭，一直忍到晚上，就等着这一顿妈妈亲手做的手擀面。捧着大碗，吃得稀里呼噜的，简直如同饿死鬼投胎。

下

胖子吃饭的时候，郭建军和丁玉梅就坐在旁边看着，看着自己的胖儿子狼吞虎咽地吃着他们亲手做的面条，心里就有一种由衷的满足感。

"又瘦了，这是吃了多少苦啊！"丁玉梅看着郭泰来已经明显比暑假瘦了一圈的体形，忍不住一阵心疼。妈妈就是这样，哪怕明知道你应该减肥，可真的看到你瘦下来的时候，还是会第一时间觉得你吃了很多苦受了很多罪。

旁边的郭建军一阵的无语，郭泰来瘦是瘦了，但那是比他暑假的时候。现在郭泰来的体重至少还有二百六十斤，放在哪里都是一个大胖子，这也叫瘦？

倒是郭泰来这一个学期不断传来的好消息让他们无比地开心。先是卖出自己设计的专利赚了几万元，比他们两口子一年的工资加起来都多。因为连着两次的汇款，让郭建军和丁玉梅终于下定决心，再也不用看那几个讨厌的厂领导的脸色，十分硬气地将申请下岗报告拍到了他们脸上。当时走的时候，不知道有多少人心里羡慕。

特别是儿子还说了，专利注册的可不止一个，以后还会有源源不断的收益，这就更让他们高兴了。儿子有赚钱养家的能力了，还不值得开心？

没过多久，学校里又传来儿子直接保送研究生的好消息，不仅如此，研究生之后的博士生导师都已经定了下来，还是华科院的院士，这年头，一个水木大学的博士生头衔，可是比县委书记还要让人肃然起敬的。

总之，郭泰来重新变成了郭建军和丁玉梅的骄傲，那种满足感，是没有做过父母的人无法理解的。

"妈，这是我给你带的礼物。"郭泰来吃完饭，就兴冲冲地把从万明手里坑来的那块卡地亚 TankFrancaise 腕表拿了出来献宝。

打开表盒，丁玉梅一看到这块方方正正的腕表就被迷住了，目光再也挪不开。腕表本来就漂亮，再加上还是儿子送的，丁玉梅脸上的笑容就没消停过。

"这是卡地亚今年的最新款。"郭泰来帮着丁玉梅把手表戴上，后退了几步，煞有介事地点着头夸赞道，"漂亮，爸，你说是不是？"

郭建军异常羡慕嫉妒地看着老婆手腕上的漂亮腕表，很憋屈地点了点头。臭小子，就知道讨好他妈，就不知道他爸也眼巴巴地看着吗？

丁玉梅高兴得合不拢嘴，大冬天的，虽然在室内，还是把袖子撸起老高，翻来覆去地看着。这还不过瘾，又到镜子前面仔细地看来看去。看她脸上的得意劲，估计要不是晚上的话，她都忍不住要冲到平常串门的那几家炫耀了。

"爸，等我哪天找齐材料，亲手帮你做一块。"看郭建军羡慕，郭泰来忍不住笑着和郭建军说道，"那块是买的量产货，到时候我给你做一块全世界的绝版。"

"嗯，表什么的无所谓，你有这份心就好。"郭建军立刻心气平了，脸上笑得褶子都出来了，"这个卡地亚，还是个名牌吧？这块表得有三百块？"

"还好还好。"一直在老家生活的父母目前肯定不知道卡地亚到底是个什么等级的名牌，郭泰来也不点破，至于价格，郭泰来具体也不清楚，"别人送给我的，我借花献佛送给我妈。"

"什么眼光，这么好的表三百块能买？"丁玉梅不乐意了，刚刚郭泰来可是说了，卡地亚今年的最新款，一看就是高级货色，三百块那是在侮辱谁？又低头仔细看了看，丁玉梅才肯定地说道，"至少一千！哼！"

春节，郭泰来一家子过得很开心。丁玉梅的那块坦克腕表在厂里家属区获得了一致性的赞赏，每天丁玉梅的头都是昂得高高的，即便是大冬天的，她也一定会撸起左手的袖子，恨不能让全天下的人都看到自己儿子送的那块表。

这股嘚瑟的劲头一直到某个识货的高手认出来卡地亚的坦克腕表之后才让丁玉梅收敛起来。一听说这块表至少几万块，丁玉梅差点儿惊得咬掉自己的舌头。怎么可能？

"卡地亚可是世界十大名表的品牌，和劳力士是一个级别的。"别的品牌可能大家都不知道，但一说劳力士，众人就都清楚了，那绝对是名表中的名表了。卡地亚和劳力士一个级别，那自然更是名表了。

一块表，几万块？自己夫妇两人一两年的工资？还是世界十大名表品牌，这还了得？丁玉梅吓得再也不敢轻易地把表亮出来了，回到家就收得好好的，恨不能家里立刻买个保险柜还得挖地窖把保险柜放到地窖里。

可以说，整个春节期间，机械厂家属院里，最有面子的人就是丁玉梅和郭建军夫妇了。走到哪里都会迎来无数羡慕的目光，多少人串门聊天的话题都和丁玉梅郭泰来有关，就连郭建军，在老伙计们眼中也是教子成龙的典型，郭建军和丁玉梅走路都觉得发飘。

家里的亲戚们，也全都改变了以前对郭泰来的观感，都开始以全新的目光来审视这个前几年忽然间暴肥今年又瘦下来一点的胖子。对于郭泰来的评价也都正面了许多，亲戚关系都好了不少。

度过了一个忙碌虚荣以及胡吃海塞的春节之后，郭泰来在郭建军和丁玉梅依依不舍的目光中，再次踏上了回学校的路途。郭泰来走的时候，是郭建军送他到火车站的，丁玉梅一直在楼上没有下来，但郭泰来知道，楼上的妈妈肯定会一直看着自己的身影离开，还会偷偷地抹眼泪。儿行千里母担忧，无论什么时候这一点都不会改变。

开学之后，郭泰来直接被赵晏晏拎到了实验室，开始全力制作她重新设计完善的陀螺仪实物。

郭泰来也不得不承认，这次赵晏晏的设计的确是完善了许多，基本上已经达到了这个尺寸的极限。虽然对于郭泰来来说难度并没有提高多少，但以后想要量产，恐怕还需要在量产工艺上做许多的调整和提升。

当然，这完全不会耽搁赵晏晏毕业。而就在赵晏晏要答辩的前三天，郭泰来接到了赵晏晏的电话，万能扳手的专利有人感兴趣了。

第三十五章
毕业和买房

上

"哪里的公司感兴趣？他们愿意出多少钱？"郭泰来坐在赵晏晏对面，有点肆无忌惮地盯着好像越来越美丽的赵晏晏问道。

"俗气，就知道钱。"赵晏晏并没有直接回答，而是冲着郭泰来伸开胳膊问道，"你看我今天有什么变化吗？"

"没有！"郭泰来直接摇头，"衣服还是年前穿过的，也没看你变胖变瘦，很正常啊！"

"我就知道！"赵晏晏没好气地白了郭泰来一眼，"对牛弹琴！俗！"

"你是饱汉子不知饿汉子饥，你又没有穷过，怎么可能理解？"郭泰来对此并不反驳，他的确在乎钱，但郭泰来并不觉得自己追求金钱有什么不妥，反正又不是贪婪，正当收入，无可厚非。

"好吧！"赵晏晏也知道郭泰来这家伙钻钱眼，不再卖关子，飞快地说道，"德国的一家公司，开价二十万美元。"

"真的？"郭泰来大喜，在他心目中，有十万美元就足够了，没想到能卖出二十万美元。

"根据我公司负责人的分析，万能扳手的专利价值在三十万美元左右。"赵晏晏以很公事化的口吻说道，"如果你能等半年的话，应该可以拿到三十万美元上下。"

"不用那么久。"郭泰来直接否定，"二十万美元卖了。"未来梦境中，类似的东西多了去了，还不差这一个。

"你确定?"赵晏晏看着郭泰来皱眉问道,"这可是相差十万美元,你半年的时间,在国内可赚不了这么多。"

"够用就行!"郭泰来笑了笑,"这个扳手也没什么技术含量,你知道的,我在乎的不是这个。如果你不想亏,那你先买下来,然后高价卖出去好了。"

"你说的啊!"赵晏晏对此并不反对,她并不缺十万美元,但是什么都不用多做只要一个员工来回谈几次,多耗费半年时间就能赚十万美元的话,那也不错啊!

"没错,我说的。"郭泰来一脸的大度,"被你赚走总比被德国人赚走强,成交了!"

赵晏晏盯着郭泰来看了一会儿,终于不耐烦地摆摆手:"赶紧滚蛋,不要待在我面前碍眼!"

"走了!"郭泰来二话不说起身,哼着小曲就往外走。

走到门口的时候,郭泰来忽地停下来,转回身来冲着赵晏晏道:"师姐,你的发型没有变化,但头发比我上次剪短了3毫米,一般人根本就看不出来改变。另外,你的耳钉换了一个,虽然颜色款式一样,但直径尺寸相差0.3毫米。还有,师姐你左边的眼线比右边长了一毫米,唇膏颜色很浅,但嘴角部分没有涂匀。两边的眉毛高度相差0.1毫米,长度相差1毫米。如果这是你准备答辩时候的妆容,还是稍有欠缺。"

说到这里,赵晏晏已经目瞪口呆了,郭泰来停顿了一下,紧接着说道:"不过,总体来说还是很漂亮。不,非常漂亮,沉鱼落雁,那些答辩老师会彻底被吸引的。谢谢师姐!"

一连串地说完这些,郭泰来飞快地走出了赵晏晏办公室,带上了门。

赵晏晏本来还有些小生气,听到这些,看着郭泰来离开,惊呆的脸上忽地就多了一缕笑容,扑哧一声笑了出来。

"死胖子!"赵晏晏小声骂了一句,然后拉开抽屉,掏出一个小镜子看了起来,难道自己化的妆真的有些小瑕疵?

忽然之间心情就好了很多,赵晏晏想了想,肯定是帮助胖子卖出了专利自己还赚了一笔的缘故，助人为快乐之本嘛！

这几天没事，郭泰来就在赵晏晏答辩的时候，特意去旁听了一把，也顺便感受一下毕业答辩的气氛。

赵晏晏那天的妆容和服装的确是答辩会上的，不过这次比起上次来，更加精致了一些。别人不知道，但郭泰来知道自己肯定是惊艳了那么十几秒的。

事实上，博士论文在答辩之前，已经公示过，甚至可能已经发表在某些期刊上。这次答辩委员会的老师们，主要的问题并不是赵晏晏的理论有什么问题，而是集中在实际操作中到底有没有起到论文中的作用，以及某些实验过程和结果能否重现上。

这一次赵晏晏的论文中，将陀螺仪缩小到了一个匪夷所思的尺寸，比起之前的技术水准有了数十倍的差距，这显然不是一般的工艺能够做出来的。而这么小的陀螺仪，竟然还能更加地精准，这就让人有些吃惊了。

如果理论和实际都成立，那就意味着国内在精细陀螺仪方面有了突飞猛进的进步，直接可以和国际接轨，填补了国内空白是最基本的，领先国际水准都不是不可能的。

当然，这一切疑问在赵晏晏拿出了一整套的从十几厘米一直到几厘米、十几毫米、几毫米的不同尺寸的陀螺仪的时候全都烟消云散。甚至于赵晏晏还现场用最大的陀螺仪和最小的陀螺仪演示了一番。

实际成果显著，最小的不到两毫米的微陀螺仪的效果甚至比最大的那个还要好，不管是零位输出还是分辨率，灵敏度和测量范围，全都高出一大截，简直可以说是革命性的成果。

正常几十分钟的答辩，硬是拖到了三个小时，各路专家对于赵晏晏的全新设计惊叹不已的同时，询问得异常地周密，从理论到工艺到运行过程中的问题甚至于研发过程中遇上的 bug，问得十分地详细。

赵晏晏如同女诸葛一般，不管什么样的问题都是毫不惊慌，侃侃而谈，从里到外地给讲清楚，表现得落落大方，同时又足够地专业。

数十个问题之后，终于所有的答辩老师全都不再提问，答辩主席询问在场其他听众有没有问题，没有人举手，答辩主席随即宣布论文答辩至此完成。

听众清场，里面的教授们开始研究是否通过答辩，十分钟之后，答辩主席请赵晏晏进去，当场宣布论文答辩通过。

"恭喜恭喜！"郭泰来第一时间去给赵晏晏道贺，"从此脱离苦海，可喜可贺！"

赵晏晏也十分开心，感谢了答辩老师们，又简单地和侯院士沟通了一会儿之后，才和郭泰来一起离开了会场。

"请客！"郭泰来大叫道，这种时候，他才不会客气。

下

"今天我表现得怎么样？"赵晏晏很豪爽，立刻答应请客，但在只有两个人的时候，还是问了郭泰来一句。

"相当完美！"郭泰来毫不犹豫地举起双手大拇指，"居里夫人面临答辩的时候，也不会表现得比你更好了。"

"算你会说话。"赵晏晏之前的一段时间忙得昏天黑地，连寒假都没休息，只是春节休息了几天，这会儿总算是解放了，拍了拍郭泰来的肩膀，"想吃什么？说！"

"烤鸭！"郭泰来立刻大声说道。

"不行！"赵晏晏直接否决，"烤鸭太肥，而且学校周围没什么好的烤鸭店，再说一个。"

"那就炸酱面吧！"郭泰来蔫了，立刻换了一种。

"瞧你这点出息！"赵晏晏很鄙视，自己请客居然就让自己请吃一碗面？

"我是晋省人，爱吃面，不行吗？"郭泰来理直气壮地顶撞道，反正今天赵晏晏肯定开心，不会因为这点事翻脸的。

"好吧！"赵晏晏看了看郭泰来，"我知道有个地方，炸酱面做得地道，一起去吃。"

一胖一瘦两个人走在一起，周围来往的同学们看到似乎并不觉得奇怪，大家都被赵晏晏的美丽所吸引，下意识地会忽略了胖子吧！何况，这种情况，要说他们是恋人，那是绝不可能的。别说一般同学不会这么认为，连赵晏晏的那些追求者都不会误会。

"先说好，吃面就吃面，不许吃得稀里呼噜乱响！"赵晏晏最不能忍胖子的就是胖子吃面会吃得十分响亮。

"吃的声音响亮那是对厨师的尊重，说明我认可他的厨艺，认为他做得香，你懂不懂餐桌礼仪？还博士生呢！"郭泰来今天是足够放肆了，毫不留情地反驳赵晏晏。

"专利转让费！"赵晏晏根本不理会死胖子的狡辩，只是轻飘飘的五个字。

"你赢了！"郭泰来再次秒尿，当机立断认输，扭过头去，好一会儿才悲惨地酝酿出一句话来，"经济基础决定上层建筑，我这也是不得已！"

死胖子的花样搞怪让赵晏晏笑得花枝乱颤，差点停不下来。她开心的笑容让那些路过看到的人一阵地高兴，仿佛能够分享到她的快乐一般。只是大家目光一往旁边看，有个死胖子，好吧，忽略。

赵晏晏找的地方果然地道，就在五道口，面条筋道，炸酱醇美，郭泰来吃了一碗还不过瘾，又补充了一碗打卤押面，这才满意地拍着肚皮点头。

当然，吃的过程中，郭泰来也是尽量不发出声音，免得让赵晏晏不爽。

"好地方，以后要常来。"郭泰来很满意，连连称赞。

吃好饭，赵晏晏带着郭泰来去了一趟公司，签了专利转让协议，随后跑了一趟招商银行，胖子开了一张一卡通，才把二十万美元存进去。

有钱了，郭泰来第一个念头就是马上去买房。看好的那个大院不知道还在不在，找个公用电话拨通了上次查到的房东电话，联系房东。

胖子运气好，那个大院还没卖掉，倒是价格涨了五万。不过，在郭泰来答应用美元付款之后，对方立刻答应，十万美元成交。这会儿的美元汇率，大概在八点三到八点四的样子，但黑市上有可能到九，房东当然愿意。

赵晏晏一直陪着郭泰来，公司派了个车子和司机，一路接送。用了两天时间，完成了过户手续。

拿着房产证，胖子都有点不真实的感觉。自己这就成了有房一族了？还是宇宙中心的房子？还是宇宙中心一千多平方米前后两进院子的房子？

"这房子你得重新装修一下才好住。"赵晏晏站在院子里，四处看着点评着。

"不用那么麻烦。"郭泰来明知道没几年就会拆迁，怎么还会投入装修？到时候装修又不给算额外补偿费用，何苦费那个劲，"就把前面这几间里面简单清理一下，能住就行，装修过几年再说。"

"随便你。"赵晏晏不置可否，"你的房子，自己整理。"

"对了，你的单位定了吗？还在京城吗？"郭泰来问起了赵晏晏的去向，答辩通过，就等着毕业典礼了，赵晏晏应该找好了单位。

"定了。"赵晏晏也不隐瞒，"南方集团下属的一个研究院。"

"南方集团？"郭泰来怎么听怎么觉得耳熟，突然反应了过来，"兵工集团？"

"嗯！"赵晏晏嗯了一声。

"这种单位允许你在外面开公司？"郭泰来有点无法想象了。

"家里人的意思，不去不行，我已经在别的地方任性了，工作上不得不妥协。"赵晏晏摇了摇头，"给了我时间，让我慢慢放手这边的公司。"

"什么时候报到？"郭泰来问道。

"拿到毕业证就走。"赵晏晏回答道，"就这几天了。"

"好吧！还需要做什么就尽管叫我。"听着赵晏晏这么说，郭泰来似乎心里也有一种空落落的感觉，连买房的快乐都被冲得一干二净了。

赵晏晏走了，估计实验室也就没人罩自己了，好在毕业设计已经做完，不用担心什么。

几天之后，赵晏晏终于还是毕业离校了，离开的时候只是在郭泰来的呼机里留言，并没有再约他见面。

2月19日，伟人逝世，举国哀悼。

郭泰来的心情连续好几天都不怎么好，没精打采的，直到伟人的追悼会开完，也没缓过来。

懒洋洋的胖子一直到了 3 月份，才恢复了精神。想着去宝贝鸡市还有两个月的时间，于是决定，趁着这两个月，把那台高精度车床给做出来。

半成品也已经放了两个月，都是经过热处理预释放过应力之后又自然存放的，足够消除内应力了。

这次郭泰来也做得异常地投入，每一个零件都是精心加工，用刘老的话说，严苛程度已经达到了航空航天件的级别。3 月底的时候，所有的成品都已经完成，就只剩下装配。

装配还是在无尘工作间的那个房间里进行的，旧车床底座早被搬到了这边，加工好的零配件也都在这里，在刘老的见证下，郭泰来开始一件一件地按照顺序装配。

装配的工作又耗费了二十天时间，之所以耗时是因为郭泰来要求太严格，要求太高。

"终于完成了。" 4 月底的时候，郭泰来终于完成了车床的装配工作，只等上电调试了。

第三十六章
高精度车床

上

"师父，你来给电。"郭泰来让刘老来做第一个启动车床的人。

刘老也没客气，这台车床是他眼睁睁地看着胖子一点一点打造出来的，其间还用自己的经验指点过胖子很多，可以说，这就是他们两个人的心血。要第一次上电调试了，刘老当仁不让。

嗡，电机开始转动。听着声音刘老就是一愣，声音这么低？

电机是郭泰来设计安装的，零配件的打造都是 0.5 微米的精度，加上胖子出色的装配技能和动平衡调试技能，这台电机运转起来竟然只是一种低沉的嗡嗡声，不仔细听居然听不到。

郭泰来假模假式地在电机的防护罩上立了一枚硬币，电机转了两分钟，上面立着的硬币却纹丝不动。

刘老知道郭泰来这个电机肯定不一般，但没想到除了噪声低之外，居然连丝毫的震动都没有。尽管电机的震动本来就微乎其微，可这么平稳的，绝对少见。

有点不信邪地把手放在电机的防护罩外壳上，刘老仔细地感受了一下。一般的电机，以刘老手指触觉的灵敏，超过 1 丝的震动绝对能察觉得到。可是胖子做的这台电机上，竟然连超过 1 丝的震动都没有，简直让人无法置信。

电机安静，连带得整个车床也没有那么大的噪声。当然，现在没有开始加工进刀，声音自然很低。

车床算是半自动的，能手工进刀，也能自动进刀，唯一要说不那么高大上的，也就是只是个车床而已。

郭泰来更改了电机，更改了齿轮箱，更改了导轨，更改了能改的一切。甚至于连尺码标注都有不同，经过几级齿轮放大的标尺，是可以直接精确到微米这个单位的。唯一要说没有做的，也就是刀头了，手头上没有好的刀头钢，只能先用外面买的量产货然后自己精磨。

如果是别人，新车床的各种尺寸调试恐怕都得花个一两天的时间，郭泰来这里完全不用，双眼一看双手一摸就知道精确尺寸，车间里用的那些卡尺和千分表还不如郭泰来的双眼精确，在车床装配好的同时，其实就已经同步完成了调试。

胖子做的是高精度车床，自然不会在上面车坯料，直接找了一个半成品的短轴，夹具夹好，尾顶顶好，调整好车刀的位置，然后进刀。

"嗯，进刀平稳匀速，可以。"刘老在旁边看着点了点头。九级钳工，做点车工活简单得很，也有资格点评。

车个短轴很简单，胖子做得举重若轻，一刀到底。

"现在外径是 1.5 厘米，确切地说，是 15.02 毫米，半径有 1 丝的余量。"郭泰来退刀之后，直接说了个尺寸。

刘老拿了个千分表，开始仔细地测量。他不是不相信郭泰来的眼睛，而是要自己测量一下。否则的话，裁判和运动员都是郭泰来，那岂不是让胖子有了作弊的机会？何况他是真的想要知道这个 1 丝的余量能不能精确地车出来。

眼看着郭泰来在那个放大的标尺上调整了 1 丝，然后继续进刀。长轴进刀的部位上立刻绽放出一蓬细丝。1 丝的量，比一根头发还要细一半，这一进刀，正是车出一道极细的丝线。

郭泰来盯着进刀的情形，一直到车完这一刀，操作着退刀后，脸上露出了笑容："师父，车掉 1 丝，不多不少。"

刘老已经迫不及待地拿着千分表上去了，看到测量结果，刘老笑得眼睛都快要眯成一条缝了。不过他并没有多得意，而是指挥着胖子，继续进刀，这次换成 5 微米，接下来是 3 微米，2 微米，最后是 1 微米。

直到 1 微米的一刀车完，测量下来还是精准无比的时候，刘老再也忍不住，身子一软，坐在了后面胖子及时放过来的椅子上。忽然之间，一个快七十岁的老头，就那么流下眼泪来。

郭泰来也没说话，他知道刘老肯定激动，其实胖子自己也很开心，亲手打造出一台精度1微米的车床，如果有这台车床，最开始万经理求上门来做曲轴的时候，这台车床就能搞定了，根本不用胖子用钳工手艺打磨。

"好！胖子！好！"刘老激动得只剩下说好以及叫"胖子"了，来回好几次之后，终于说了句别的，"退休了收了你这个徒弟，还真给我长脸！"

师徒两人在这个无尘工作间当中坐了好长时间，基本上什么都没干，就是看着这台车床聊天。

刘老回忆了很多他在工作中遇到的困难、人和事情，感慨了一番被技术封锁的艰难。郭泰来就坐在旁边静静地听着，老人家这些话估计不知道憋了多少年想和人说了，今天看着这台车床的突破，让刘老好好地打开话匣子释放一下也好。

"胖子，你是不是喜欢上赵晏晏了？"说到了最后，刘老发泄得差不多，忽地话锋一转，转到了郭泰来的身上。

突如其来的一问让郭泰来一愣，随即赶忙否认："哪有，她怎么可能看得上我！"

"喜欢就喜欢，这有什么好难为情的？"刘老却是人老成精，把郭泰来这两个月的表现看在眼中，把他闷闷不乐的时候同样也看在眼中，大概齐也能猜出胖子的心事了，"赵晏晏那么漂亮的小姑娘，要是你不喜欢才奇怪呢！"

"和她说过吗？"刘老转头看了看郭泰来，冲着他问道。

"没敢。"郭泰来在师父面前，也不想隐瞒了，低着脑袋说道，"师姐她说她是不婚主义，这辈子不打算结婚了，还说如果我能成功变成健美的大块头，她就做我女朋友。"

"那你还等什么？"刘老笑了起来，"赶紧练啊！"

"你觉得有戏？"郭泰来悻悻地看了一眼刘老，"她家里人都能直接安排她去南方集团，家世那么好，人又那么漂亮，聪明，学识好，我只是个普通工人家庭出身，可能吗？"

"你不试试怎么知道？"刘老当然知道赵晏晏家庭背景很厉害，"她答辩那天我也去了，我还从没看到过她有那么开心的笑容。你们年轻人不是常说嘛，梦想还是要有的，万一实现了呢？"

下

很显然，现在还不是实现郭泰来梦想的时候，但是，却是王教授被惊呆的时候。

接到刘老的电话，王教授就立刻火急火燎地赶到了无尘工作间这边。好在都是在 9003，虽然刘老在电话里没说什么，但是他和刘老合作多年，刘老语气里的那种兴奋他能听不出来？

王教授心里也十分好奇，郭泰来到底组装出一个什么样的车床出来。

之前申报这个组装项目的时候，也是为了让郭泰来装配练手，对于后面王教授的新加工中心设计很有帮助。可是，后来郭泰来出师的时候那个高精密陀螺已经证明了一切，郭泰来已经根本不需要再用什么组装车床来练手了。

但已经审批的项目想要撤销却比较难，后来郭泰来终究还是决定要动手了，想要申请定制全新电机的经费，这个却是不能再批准。后来郭泰来这边索性不申请经费，而是用已经申请到手的开始干活，王教授也就暂时不再关注，这时候突然接到刘老兴奋的电话，能让刘老还兴奋的东西，能是简单的东西吗？

虽然是在老车床的床身上重新制作的，但是郭泰来还是把旧床身也修整了一下。整个车床光灿灿的，外形又是用的未来梦境中的设计，显得十分高大上。

王教授对于外形倒是并不在意，他感兴趣的是性能。电机一开动，王教授就立刻察觉到了不对。虽然王教授不是电机系的教授，但他设计高精度数控怎么可能少得了电机这一环？经验丰富的王教授不用看，只听声音就能听出来电机的好坏，更何况郭泰来立在上面的硬币还一直在那里立着，就没有倒下来过。

从立着的硬币看到了电机上，王教授脸色立刻变了，这是什么型号的电机？怎么没有标牌没有厂家？可是为什么看着那崭新的电机壳子有点眼熟呢？

不对，不是电机壳子眼熟，而是电机壳子表面粗糙度的问题，这个纯金属的电机壳子，竟然是高精度加工出来的？哪个厂家会这么奢侈？

"你做的？"王教授瞬间就想到了原委，之前刘老打报告要申请买电机的经费不是被驳回了吗？既然没有经费，那就不可能到外面采购，加上这么高的加工精度，王教授马上就意识到是郭泰来的作品。

"从里到外，包括每一根导线甚至线圈组的绕制，全都是胖子一个人做出来的。"郭泰来还没说话，刘老就在旁边插话了，"为了这个，胖子跟着我的一个老伙计整整学了一个星期的绕线圈，怎么样？"

"杰作！"王教授盯着电机的眼睛都挪不开了，"是怎么控制转速的？控制芯片选的什么？"

"完全靠电压控制。"说到技术上的问题，刘老就不行了，只能是郭泰来开口，"您也知道，我在工控软件方面实力还有些欠缺，只能用最简单的方法来控制。"

"好！好！"王教授已经不知道该怎么形容自己的心情了。光是这一个电机就让他激动了。这还只是电压控制，如果改成芯片步进控制，岂不是比现在他们用的那台最好的采购的电机还要出色？

纯机械式的车床，王教授看了几眼就能直接上手了。他直接拒绝了郭泰来要演示的打算，自己亲自动手。再没有比自己亲手体验一下更准确的测试结果了。

不过，当他看到特别设计的标尺上的标注后，直接傻在了当场。

"1微米的精度？"王教授简直不敢相信自己的眼睛，"能做到？"

"能不能做到，试试不就知道了？"刘老嘿嘿地笑着，一边递给王教授一个半成品零件。

王教授很熟练地将零件夹好，在动手之前，先用千分表仔细地测量了零件现在的尺寸，然后才调整标尺，开动了车床。

只车到一半，看着那细如牛毛，不，比牛毛还要细的金属丝在刀尖上卷出来，王教授就已经信了大半。强忍着激动，等着这一刀车完，退刀关机之后，王教授才拿着千分表再次详细地测量。

因为激动的缘故，王教授两三次都没有将千分表靠对地方，郭泰来想要帮忙都被他拦住，硬是自己在几个方向上全都精细地测量了一遍，看着上面的读数，王教授一度瞪大了双眼，满脸的不可思议。

要是这是个高精度数控机床，那达到这个精度王教授并不觉得奇怪，可是这偏偏是一个半手动半自动的机械车床啊！所有的一切都是机械联动，连电机都只是靠着电压变化来改变转速而不是控制芯片。天哪！这怎么可能？

如果是一个外行，对于这台车床能做到这个精度，估计也就是"哦"一声，然后惊叹一句"太棒了"，一切就没有了下文。

可王教授是一个绝对的内行，这个机械车床里面表现出来的技术含量，简直匪夷所思，让人无法用言语来形容这其中的牛×。

光是那个齿轮箱，那么多齿轮的组合，用来传送动力却不会带来超过毫米级的震动，那就是令人无法想象的夸张，可问题是，手工控制标尺进刀，竟然也能精确到 1 微米，这是人能做出来的事情？

说句不好听的，这车床原封不动地拆开，换个人安装，精度能差出十倍去。至少四个齿轮咬合带动的 1 微米的细微移动，就秒杀了王教授所知道的国内任何一个装配大师，连刘老都不行。

更夸张的是，这台车床还是郭胖子一个人从头到脚设计制造装配的，这其中体现出的是郭泰来在设计制造和装配上的大师级的功底。哪怕是王教授自己，也许能按照最高等级的加工精度设计出这样精密的车床，但也仅此而已，造不出来。

从确认这个车床的精度开始，王教授就知道，自己绝对是捡了个大便宜，去年当机立断收了郭泰来做研究生，简直就是最正确的决定。有郭泰来在，他脑子里很多精细的设计就完全可以实现了。

以前发愁的是能设计但造不出来，看来，以后要考虑如何把设计做到最优化，才能对得起这样的手艺了。有这样的手艺，以后国家的高精度数控将会发展到一个什么样的高度？

第三十七章
顺风顺水地吸收

上

胖子简直就是个宝贝啊！王教授越来越觉得自己提前把郭泰来收成学生简直就是神来之笔，否则的话，这宝贝不就被侯院士给收走了吗？

"这台车床，得搬回我们实验室。"王教授已经按捺不住想要看看这台车床的内部结构了。别的不说，光是齿轮箱就够他研究一段时间，更别说那个电机，如果用芯片而不是手工控制，加上控制系统，这不就是一台数控车床吗？

搬车床可不是那么容易的事情，这么重，整体搬肯定是不行的，最简单的还是拆开来，一件件搬过去。难点是重新安装的话，安装不到位或者过头都会影响精度，不过原始的设计师和制造者装配人员都是郭泰来，那自然是没有任何问题，正好可以通过拆卸装配让王教授了解一下内部结构。

这对于王教授正在设计的加工中心很有帮助，所以王教授强烈要求要搬到 CIMS 实验室，而不是留在惯导这边。

"你只要把这台车床的设计和装配都写清楚，你的硕士论文基本上就差不多了。"打开外壳，看到了里面的结构，只看了几眼，王教授就直接给出了定论。

"要不，你还是好好学一学工控吧！"王教授知道郭泰来在机械制作方面是绝对的高手，但工控方面却是他的短板，想要设计制作数控加工中心，不会工控编程那简直就是灾难，也不够全面。

"嗯，等开学后我好好学一下这方面的课程。"这可是自己下个学期的导师，郭泰来当然是忙不迭地点头答应着。

重新装配车床并不是一个简单的活，虽然郭泰来已经装配过一次，但这一次的时间也不会少于半个月。想到浴佛节马上就要到了，郭泰来觉得还是先请个假为好："王老师，我过几天有点事情要出去一趟，装到一半可能要停上几天。"

"没事，有事你先忙，毕业之前装好就行。"王教授对此并不在意，人自己已经预定下来三年研究生了，不在乎这几天的时间。况且现在郭泰来严格意义上来说还不算是自己的研究生，自己也没权利干涉他大五的时间安排。

"对了，车床的事情先不要说，搬到我们实验室之后，开学你再用这个申请课题。"王教授想得全面，叮嘱郭泰来道。

其中，有让郭泰来用这个做课题的想法，当然，更多的也是王教授的私心。这台车床，放到 CIMS 实验室之后，再对外公开，国内外将不会再对精仪系能做出高精度加工中心有任何怀疑。

搬走车床还需要王教授和惯导这边打招呼，毕竟一开始就是占用了惯导实验室之前的无尘工作间。不过这些都是王教授的事情，郭泰来只要负责干活就行。现在嘛，郭泰来该去订票了，去长安的火车票。

毕业论文已经做完，侯院士也点了头，指导老师赵晏晏也毕业了，现在连王教授也准了假，郭泰来在毕业之前，基本上可以说是自由自在了。

刘老先回去了，郭泰来送了刘老之后，自己也琢磨着到人大那边去买票。刚走到主楼西楼这边，就看到有人穿着整套摩托服骑着一辆大摩托轰轰轰地经过。

郭泰来也没在意，但那个骑摩托的却转了个弯，掉回头来停在了郭泰来面前。骑手摘下头盔，郭泰来才发现，居然是万明。

上次坑了万明一块坦克腕表，不过郭泰来并不觉得愧疚，是万明自己要送给他的，又不是郭泰来强要。但现在看到万明，郭泰来也挺意外的，赵晏晏已经毕业了，他怎么还在这边转悠？

"铃木 VZ400？"看着万明胯下的坐骑，郭泰来一眼认出了标牌，"这是你爸爸引进的车型？"

"是啊！"万明拍了拍摩托油箱盖，笑着问道，"怎么样？"

"不怎么样！"郭泰来摇摇头，"要是本田 NR750 的话还凑合。"

"你开玩笑吗？"万明家里是做摩托的，怎么可能不知道 NR750？瞪大了眼睛，"那可是号称日本神车，日本的国宝级摩托，他们怎么可能转让给我们？这车有什么问题吗？"

"稍有点可惜啊！"郭泰来微微摇头。

"怎么可惜了？"万明飞快地追问道，好不容易才从日本人那边谈下来的，怎么到了胖子这里就可惜了？他这几天骑着这个摩托，可是狠狠地吸引了一大波的目光啊！

"高档摩托，要么就是仰着头，手高高地开，像哈雷。要么就是趴着开，整个人爬在摩托上，大多数的赛车都是这种。"郭泰来学着驾驶摩托的动作，"像这种中规中矩地端坐着开的，没个性，开出去看着唬人，但是并不酷，你懂的。"

万明也是水木大学的，当然明白酷的意思，闻言也是皱起了眉头："难道我爸引进这款摩托引进错了？"

"没有错！"郭泰来摇头道，"国内现在追求个性的人虽然有了，但并不是很多，从市场角度来说，还是很合适的。"

改革开放已经不少年，可是人们还没到那种真正追求个性的年代，普通大众认知的才是最适合的。从这个角度来说，这款摩托很适合。

万明听懂了，他是经管系的，当然明白适合大众的才是销量最好的。不过，作为年轻人，他还是喜欢那种个性的。

"可惜，NR750 买不到。"万明叹了口气，冲着郭泰来问道，"要去哪里？我带你过去。"

"去人大买票。"郭泰来乐得有人载他过去，也不客气，直接说了自己的目的地。

"上车！"万明很豪爽，戴上头盔扶起摩托，让郭泰来坐到后座。

"你要是能弄到材料，我可以给你做一辆 NR750。"万明这人虽然是富二代，但为人还挺豪爽，一般人也不会见到他还要送他一程，坐到后面，抱住万明的腰，郭泰来说了一句，"不过那些电子设备得你自己想办法。"

"真的？"万明当然知道郭泰来的手工有多牛×，当下大喜，"先送你，回头我就去准备材料！"

下

买票很顺利，郭泰来排队，万明也没离开，就在那边等着。不过他一身酷炫的摩托服和身边的VZ400很是吸引目光，特别是万明还算是一个小帅哥，更是让那边的年轻美女们频频目视。

等到郭泰来排队买到票的时候，万明已经和一个小美女聊了好一会儿，看他们的样子，似乎聊得挺愉快的。

郭泰来二百六十斤的体形站在万明身边，简直就是一个最好的衬托，把万明衬托得越发地玉树临风。万明要载着郭泰来回学校，分别的时候，小美女依依不舍的样子，让郭泰来不得不佩服。

"话说，你这么好的条件，何苦非要追赵晏晏呢？"郭泰来坐在万明背后冲着万明问道。摩托马达声音大，郭泰来只能在他头盔边上喊。

"我爸让我追的。"万明倒是不隐瞒，"其实我也没多大兴趣，她穿高跟鞋站起来比我还高。不过我爸说了，试着追一追，能追上有好处，追不上也无所谓。"

赵晏晏家世很好，追她的人当中，估计十个里面有九个是贪图她的家世，至于美貌反而是排在第二位。剩下的十分之一，估计是被她的美丽吸引，真正因为她的学识她的性格而追她的，绝无仅有。这也是为什么郭泰来帮着赵晏晏贴出告示之后就无人问津的原因。

现在想想，赵晏晏也过得挺难受的。她的不婚主义的产生，恐怕也是因为被各种纠缠给弄烦了才会有这种逃避的想法。

赵晏晏毕业应该有两个月了，现在也不知道她什么情况，更加不知道她在什么单位，只知道是在南方集团的某个下属研究所，但具体在哪里也不清楚。这种单位，肯定是保密军工单位，私自打听也不太好。

万明很够意思，一直把郭泰来送到了宿舍门口，临走还特意要了郭泰来的呼机号码，说是他马上就让家里老头子搜集材料，等着郭泰来给他做 NR750。另外，他把自己的宿舍房间号和京城的手机号留给了郭泰来，让郭泰来有事就去找他。

这个富二代性格还可以，没有那种居高临下的态度，该表达谦逊的地方比如在刘老他们面前的时候也很乖，家教不错，以后倒是可以试着交往一下。

和宿舍的几个兄弟说了自己要去长安的事情，大家也没有人觉得不妥当，更没人追问原因。倒是刘阳，一个劲地让郭泰来往回带肉夹馍羊肉泡馍啥的，被其他几个兄弟一顿痛骂，路上三十多个小时的火车，5 月份的天气，带回来还能吃吗？

上次赵晏晏安排的人和车，出行十分方便，司机也是熟门熟路，这次可就只能靠自己了。

郭泰来买的是卧铺，一路摇晃着赶到了长安。他提前到了几天，正好是四月初四。

下车后郭泰来就打车直奔法门寺，熟悉了一下路程，在客堂这边报名参加佛诞日法会，没想到法门寺竟然包食宿。食宿和皈依费用交了一百多，然后就被安排在客房住下。胖子运气好，今年还有位置，有些时候都是提前几个月预订。

安排好之后郭泰来才长出一口气，幸亏运气好，否则今年就没戏了。说不得就只能找别的关系，那太麻烦了，幸亏啊。

佛诞日当天，凌晨三点，胖子就和其他浴佛祈愿的信众一起起床，沐浴更衣。别人做什么郭泰来都跟着照做，他只要进去能拜一下佛骨舍利就行，乖乖地跟着香客的大队伍排队。

七点整，四众弟子已在大雄宝殿前整齐列队，高唱释迦牟尼佛圣号。释迦牟尼太子像在香花、幢幡、宝盖及钟鼓齐鸣、梵呗清悠的氛围中，被从宝塔地宫恭迎至大雄宝殿。将释迦牟尼太子像恭迎到大雄宝殿后，众弟子们在佛前忏悔发愿，同赞佛陀功德。在“我今灌沐诸如来，净智庄严功德聚，五浊众生离尘垢，同证如来净法身”的念诵声中，开始用香汤功德水为释迦牟尼太子像沐浴。

胖子老老实实地跟着别人一起，该拜就拜，该念经就念经，总算是等到了机会到释迦牟尼太子像前祭拜。拜完之后，又得以被允许到地宫祭拜佛骨舍利。

进了地宫的第一步，郭泰来脑海中就得到了提示信息。

"十米范围内发现携带数据休眠中的纳米机器人，是否激活？"

上次在陨石坑这个距离还只是五米呢，这次就已经扩展到了十米。这次提示是发现了纳米机器人，还没有提示吸收，郭泰来耐着性子往中间走了几步，到蒲团上跪拜了下来。

"发现休眠的携带数据纳米机器人，是否激活吸收？是否激活吸收？是否激活吸收？"

又是一阵急促的提示，这次郭泰来不再犹豫，直接下达指令："激活吸收！"

"一万个纳米机器人休眠指令下达！"

"激活指令下达！"

"吸收指令下达！"

"吸收中……155……617……1085……"

郭泰来在蒲团上，连连地跪拜，努力地拖延着时间。一直到他拜了九下之后，才收到了吸收完成的信息。

至此，郭泰来总算是长出了一口气，这一趟法门寺之行，还算是顺利，应该是佛祖保佑。站起身来，郭泰来又诚心诚意地冲着佛骨舍利深深地三鞠躬，心中感谢了一番佛祖，这才从另一边走出去。

老老实实地跟着众人完成了法会的所有仪式，一直到下午三点，郭泰来终于走出了法门寺。

出了寺门之后，郭泰来还回身冲着法门寺的大门拜了一拜。这一趟简直是顺风顺水，没有一点波折，分明就是佛祖保佑。虽然郭泰来是从小被无神论熏陶长大的，但这也不妨碍他虔诚地感谢佛祖。

纳米机器人已经吸收，但是数据郭泰来却没有马上吸收，还是老规矩，等回到宿舍再操作这一切。

好不容易来了一趟长安，自己身上又有钱，这时候郭泰来不趁机好好地在长安吃一遍他们的美味小吃，那岂不是辜负了这一番辛苦？趁着发车还有几个小时的时间，郭泰来直奔钟鼓楼小吃街，不管减肥不减肥了，先大吃一顿再说。

第三十八章

以后还想混吗

上

红皮快车回到京城的时候，已经是傍晚，地铁 2 号线积水潭下，坐 331 回到了水木大学南门，郭泰来刚下车，就收到了传呼。

京城的号码，挺陌生，不知道是谁，但郭泰来还是找了个公用电话拨了回去。

那边电话一接起来，郭泰来刚"喂"了一声，就听到了熟悉的声音。

"是大师吧？我是陈志安！"陈志安电话里的声音很兴奋，对郭泰来的态度十分地恭敬，"大师，我们打到了三百米深度了！"

郭泰来走的时候说让他们往下钻孔三百米，一定会有发现。因为他看到的未来梦境中，就是在地下二百九十五米的地方发现的角砾岩，成了证实陨石坑的重要证据之一。

从岫岩陨石坑离开的时候是去年 11 月份，到现在已经是 5 月份，钻孔到最近才打到三百米深度。不过可以理解，11 月其实就是东北的冬季了，郭泰来能两天之内挖下去七米，是因为上面是一层覆土层，全是土，最多就是冻土。

实际上，几万年来，陨石坑撞击形成后，坑内积水形成了小湖泊并沉积了上百米厚的湖泊沉积物，再下面的两百米则是击碎的岩石回落形成的近二百米厚的砾岩层。冬天往砾岩层打孔二百多米，那绝不是轻松的事情。

这其中调拨物资、申请经费、设备到位、人员到位等一系列的工作就能做到春节后。而事实上，这个时候依旧还是东北的春天，钻探难度可想而知。能在两个多月钻到三百米，也算是很厉害了。

"发现了什么好东西？"郭泰来笑着问道，他是知道未来梦境中那个深度打出了东西，但不知道陈志安他们是不是真的打出来了。

"角砾岩！"陈志安在电话里听着郭泰来仿佛一点都不惊讶的口气，再次被郭泰来那种神机妙算一样的本事折服，"能够证明岫岩坑是陨石坑的重要证据之一！"

"二百九十五米？"郭泰来又笑着问了一句。

"什么？"电话里陈志安已经变成了尖叫，好像真的没听清一般。

"我说，二百九十五米？"郭泰来很平静地再次重复了一次。

电话那头突然就没有了声音，陈志安已经被郭泰来轻描淡写地说出的这个数字给吓住了。打孔带出来的样品，都是做好标记之后直接运回地质大学这边分析的，那边的钻探队根本就不知道什么深度什么位置得到了什么结果。

而发现了角砾岩是今天的事情，知道的仅限于实验室里的几个人，而这几个人全都没有离开过，更没有对外联系过。也就是说，根本不可能有人告诉郭泰来是什么准确的深度发现了证据。

"是的，大师！"几乎沉默了有半分钟，陈志安才又开始说话，不过他已经是满脸煞白，脸上全都是莫名其妙流出来的汗水，周围几个人看得一阵好奇，大家面面相觑，不知道陈志安和电话里的人在说什么，居然吓成这样。

"话说，貌似你上次随便在沟里找找就找到了一些证据啊！"郭泰来有些奇怪地问道，"你不是说有些同行之前也在那边看过吗？怎么会没发现？"

"以前国内曾从事陨石坑探索的同行可能缺乏这方面的物理学基础，给证实陨石坑带来不少困难。"这个问题陈志安能回答，喘了口气，飞快地回答道，简直一点都不带耽搁的。

"那这次又要重新公布一次？"郭泰来问道，"还是上次《新闻联播》里说过的就算？"

"上次已经有了除此之外的其他所有证据，已经可以证实了。"陈志安赶忙回答道，"加上这个，就成了铁证，谁也不能反驳了。"

"恭喜你们，重大突破啊！"郭泰来笑着恭喜道。

"也要多谢大师你。"陈志安没二话，赶忙表态，"今天分析结果一出来，就想着赶紧给大师报个喜讯。以后大师有空，随时欢迎到地质大学来找我。"

"好！"郭泰来爽快地答应着，心里也十分高兴，又一件事证明了自己未来梦境的正确，还有比这更快乐的事情吗？

"你们刚得到结果，肯定很忙，不占用你时间了，你们忙！"陈志安忽然之间好像没话了，郭泰来也主动地客气了一声然后挂了电话。

还没进校门就又有一个喜讯，这几天真是一连串的好事，值得开心。

想想回去食堂也没饭了，索性就在校门口吃了一碗两块五的刀削面，然后优哉游哉地往学校里溜达。

刚走到三教，呼机又响了。郭泰来一看，还是学校里的号段，加紧走了几步，往前走到十食堂这边报刊亭，开始回拨。

电话是王教授打的，他是问郭泰来回来没有。上次郭泰来请假的时候，说过回来的日子，这是掐着点问的。

知道郭泰来已经回了学校，王教授很开心："明天穿身好的，早上九点到那个无尘工作间。我已经把那个工作间从惯导实验室要过来了。"

无尘工作间其实是当时赵晏晏他们另外安排的一个大房间，并不是在惯导实验室里面，王教授要过去也好，这就省得郭泰来再费工夫拆卸搬运组装了。不过，这和穿身好的有什么关系？

"明天系里会组织一个小发布会，你的这款高精度车床也会亮相。"王教授很耐心地解释道，"作为设计制作者，你要接受记者们的采访。"

"为什么这么急？"郭泰来有些不理解，冲电话里的王教授问道。

"因为欧美有些家伙不死心，想要借机找碴儿。"王教授并不因为郭泰来只是个本科生而轻视他，笑着说道，"这款车床一发布，也可以让人实际操作检验效果，有些他们以为的谣言就会不攻自破。"

郭泰来懂了。有些家伙还是不相信国内有了高精度数控。这款高精度车床一出，许多人就会无话可说。车床都能做到这个精度，那么想必其他方面的加工装配不会差到哪里去，最多就是操作系统还有瑕疵，这也就让他们必须正视国内的机床产业，不会再设置更多的障碍。

现在打压，国内的发展起步慢，一直会是弱点，如果还要封锁，等国内自己发展起来了，可就没他们多少事了。

下

华夏已经在很多方面表现出过这一点，一旦华夏能够制造了，所有的所谓的"高端"货色立刻就会变成白菜价，这一点是很多华夏之外的家伙们不得不考虑的。

郭泰来本来打算今天晚上就吸收那些纳米机器人里的数据，接到这个电话，却不得不再推后一天。毕竟早上九点就要到场，时间不够的话，郭泰来怕中途出什么变故，现在控制系统和纳米机器人是自己安身立命之本，决不能有失误。

回到宿舍，自然又是和宿舍里一群牲口们的打牌庆祝。已经是5月份了，基本上大部分的毕业生的毕业设计都已经完成，论文也写得差不多，只等毕业答辩了。所以，空闲的人很多，也很能玩得起来。

这是大学生活中仅有的开心时刻了，宿管这边也给面子，都要毕业的人了，熄灯时间晚了两个小时，让他们尽情闹腾。

半夜欢腾，郭泰来美美地睡了一觉，然后把自己打扮得衣冠楚楚的，直奔实验室。不过有一点郭泰来没料到，他的正装都是减肥之前的，现在瘦了七八十斤下去，虽然还是二百多斤的胖子，可是原来的西服已经不合适了。没办法，只能借了刘阳的一件大号的西服，凑合着能看，就这么穿着过去了。

发布会并不是特别地隆重，但是却有几个老外在，看起来像是记者的样子。郭泰来这个设计制作者只是在那边陪着站了半天，本来以为会有人采访他，后来才发现自己想多了。

王教授在，CIMS 实验室还有其他几个教授在，谁会相信一台1微米的高精度车床是一个学生设计制造出来的？

"您在开玩笑吗？王教授！"一个国内的记者直接就当场发出了质疑，其他几个记者，看着郭泰来的目光中都带着一股鄙视。

是，水木大学的学生是很优秀，但是，本科生，大家谁不是本科生过来的？也许这个胖子的确是参与了这个项目，甚至于他的的确确肯定是在其中起了一定的作用，设计了某个部分或许是某个重要部分，可那又怎样？

本来王教授是打算让胖子好好地出一趟风头的，但风头偏偏不来找郭泰来，任凭他们怎么说，那些记者们都不相信。别说国外的记者不相信，连国内的几个记者都不相信，这就有点尴尬了。

一个华夏工程院院士、两个博导、三个硕导在场，要几个记者相信这个东西是一个本科生设计制造的，谁信？都是业内的资深人士，光一个齿轮箱就够几个研究生做几年吧？水木大学也不能这么不要脸吧？这话虽然没说，但大家的目光可都是这个意思。

再说下去，郭泰来就要变成一个有背景的子弟借着这个项目镀金了。说不得几个正义感爆棚的记者就要深挖水木大学教育腐败问题了。

王教授的一番好意，最终只能默然不再解释，别人宁可相信是王教授的设计，也只有他才有这个资历和专业做出这样的车床。

最后郭泰来只能是在车床上秀了一把一丝车八刀、刀刀有铁屑的微操作功夫，让懂行的几个记者一阵惊呼。给郭泰来的最高评价，就是一个优秀的车床操作手，好车工。

这才符合大家的认知嘛！一个好车工，当然在车床设计中有必不可少的作用，但没必要抬那么高，把他说成是设计者，不是吗？

"无耻！"郭泰来离开车床的时候，隐约听到了一声很低的骂声，但郭泰来无动于衷，默默地让开。

"胖子，什么感觉？"刘老当然也在，只不过这个场合他一个退休老头没什么出面的资格，看着胖子最后被排挤在外面，那些人都在如同看什么稀罕玩意一般地看着那台高精度车床，刘老心里也是说不出的滋味，凑到胖子身边，低声地问道。

"没什么感觉。"郭泰来看着那些人，摇了摇头，貌似平静地说道，"也许他们只是误会。"

说没感觉那是假的，谁能容忍自己辛辛苦苦几个月做出来的东西被人一句话否定？这些家伙根本容不得解释，他们以自己的常识判断，就得出了郭泰来做不出来这东西的结论，凭什么？

胖子心中是十分愤怒的，这个愤怒却不是针对王教授或者其他几个教授，毕竟几个教授众口一词地说是郭泰来的作品，可偏偏那些记者们不信。

外国的记者一向是高傲的，俯视华夏的。没办法，这个年代，很多外国人都是这么认为的，华夏是落后的，是效率低下的，是论资排辈的，他们一向是戴着有色眼镜看人的。可是，连国内的那几个记者也是如此，这就让郭泰来有些怒了。

这种感觉，就如同《破坏王》当中星爷和断水流大师兄一起接受采访的时候，那个主持人发自骨子里的蔑视一样。那些记者现在就给他这样的感觉。仿佛就是把胖子从宿舍里拎过来然后遛一圈玩一把，挥挥手就让他离开。

刘老看了胖子一眼，胖子的确表现得很平静，可是和胖子接触这么多，刘老怎么可能不明白郭泰来的性格？说到底，郭泰来其实是一个骄傲的人，也许以前有些小自卑，可随着纳米机器人的一次一次地吸收，他已经越来越自信，越来越骄傲。

安装车床的时候，刘老有时候会有异议，郭泰来都会坚持自己的做法，而事实证明总是郭泰来正确。刘老很乐意看到郭泰来成为一个这方面的资深专家，但他不能容忍胖子被这些记者们无视。

"误会？哼！不用急。"刘老笑了笑，拍了拍胖子的肩膀，"那几个老外他们想怎么说我们管不了，但这几个国内的记者，晚上就会受到教训。"

"哦？怎么教训？"郭泰来目光一亮，来了精神，"找个黑巷子蒙头打一顿？"

"你把我们水木大学看成什么了？"刘老听到胖子的话，哭笑不得，"我们又不是黑社会。"

"那怎么教训？"郭泰来问道。

"真当我们水木大学是软柿子吗？"刘老冷笑了一声说道，"一个华夏工程院院士、五个教授还有精仪系的系领导背书的高精度车床设计制造者，被他们这样无视，眼里还有没有我们学校？虽然我们学校只是个教育科研机构，但是校长好歹也是国家副部级领导，几个记者就敢这么肆无忌惮地踩他们的面皮，就这么忍气吞声，以后水木大学还想在国内混吗？"

第三十九章

新功能

上

"话说，师父，知道他们的德性，为什么还非要邀请他们？"郭泰来不明白这一点。

"因为国外的一些家伙，他们只相信某些抹黑我们的媒体的话。"王教授已经接待完那边，走过来正好听到了这句，顺口回答道，说完还拍了拍郭泰来肩膀，"今天委屈你了，放心，下午会是我们校内的记者和几个国内机加工类杂志的记者，他们态度会好很多。"

每个人都爱拍郭泰来的肩膀，不过郭泰来一米九的大个，他们拍肩膀也要把手伸高。

刘老都已经说了这几个家伙会遭殃，那郭泰来也就不记恨了。和几个注定要倒霉的家伙计较，岂不是要把他们身上的霉气带到自己身上来，不值得！

在场的唯一的那个华夏工程院院士王院士也走了过来，对着王教授就是一阵埋怨："这么好的苗子，博士生怎么就被老侯给抢走了呢？他们惯导那边能发挥什么特长，你们努努力，把胖子留在数控啊！"

说是在埋怨王教授，实际上王院士却是在说给郭泰来听的。他们就算是之前不清楚，可这次也一定知道了，郭泰来不但设计制作了眼前的这台高精度车床，还是那个高精密陀螺的设计制造者，这简直就是天生地适合数控组啊！

"胖子，要不你就留在数控组，老侯那边你要是不好意思，我去和他说，怎么样？"王院士可是真的见猎心喜了，这么好的人才被惯导组给抢走了，怎么也要挖一下，"就待在数控组读我的博士，怎么样？"

"谢谢您关照。"郭泰来一脸的苦笑，一个院士这么给面子地当面挖人，拒绝是不礼貌的，可是不拒绝也不行，那边是早就答应的，人不能言而无信，"人无信则不立，我去年就答应侯院士了，实在不好拒绝。"

大家都是高级文化人，郭泰来搬出这个做人的原则，却是谁都没办法了。王院士很惋惜，只能拍着郭泰来的肩膀叹气。

"其实就是换个组而已，我不是还在系里吗？"郭泰来赶忙笑着说道，"您几位，有事就招呼，千万别客气。"

有郭泰来这个话，大家心里好过了不少。毕竟理论上的东西他们比郭泰来不知道强了多少，现在缺的是高端的动手人才，郭泰来答应帮忙，那再好不过了。正如郭泰来所言，不还在系里吗？平常都在一个楼里，能有多不方便？

下午接受了另外一批记者的采访，这批记者就好多了，都是业内人士，对这台高精度车床的技术含量都有足够的理解，面对郭泰来，一开始全都是不可思议的表情。郭泰来实在是太年轻了，要不是有一个院士和几个教授背书，他们都不敢相信这车床是郭泰来一个人设计制造的。

真懂的人那是真懂，确认之后，几个记者再看郭泰来的时候，立刻就是一种高山仰止的表情了。几乎是围着郭泰来，一个地方一个地方地问过来，除了一些涉及关键技术的地方，其他的地方郭泰来一一作答。

其间甚至还因为一个问题，王教授和另一个教授也加入了进来，郭泰来现场将车床拆开一部分，然后按照另一个教授的意思当场修改了一下，同样得到了类似的精度。

只看郭泰来娴熟的动作和安装的时候那种举重若轻的手法，几个记者就已经叹为观止。他们本以为会看到一个精细到用数字化来衡量每个螺丝拧紧程度的扭矩表格，结果郭泰来徒手就给他们调整出了那样的效果。

特别是当他们开口质疑的时候，郭泰来随手给他们一个扭矩扳手告诉他们扭矩值让他们测量，结果一测，竟然分毫不差，这种精确到 1 牛米的扭矩扳手，怎么可能和郭泰来精确到 0.001 牛米的手法相比？

不光是记者，连王教授他们也都吓了一跳。他们之前还不知道郭泰来竟然有这样的手段，换了个地方，随便说个数值让郭泰来拧，郭泰来随手就能搞定，用扭矩扳手一测，分毫不差。尺寸也是一样，简直精确得令人无法置信。

直到此刻，众人才算是明白，为什么郭泰来一个人就能精确地安装这种精度的车床，有这个本事，哪怕能装出更高精度的也不稀奇啊！

这一批记者，结结实实地得了一批实锤素材，相信他们的报道会生动许多。

一天下来，郭泰来累得够呛，回到宿舍，一头扎在床上，趴了半天才起来吃饭，然后又一次告诉哥几个自己累坏了，瞬间进入了熟睡之中。当然，这是启动了控制系统吸收数据并让控制系统升级造成的。

熟睡中，郭泰来照旧得到了一个坐标，梦到了一个清晰的场景。成千上万各种各样的经卷被藏在一个石窟中，外面砌墙，并在上面作画伪装，一万个纳米机器人，就安静地待在那个石窟的顶部。

这一次睡的时间长，直到上午十一点郭泰来才起床。比起上次升级，时间好像长了两个小时。

"读取数据完成！"

"系统升级完成！当前版本，V1.42。"

很好，没什么波折，顺利升级。郭泰来很满意，脑海中下达指令："列出升级后的新增功能。"

"增加部分体内检测功能。"

"增加清理呼吸道消化道细微颗粒功能。"

"增加清理血管异物功能。"

"增加探测体内微生物功能。"

"增加清理体内微生物功能。"

"增加探测体内有害物质功能。"

"增加清理体内有害物质功能。"

"提升肌肉控制稳定度。"

"提升肌肉控制行为速度。"

这次居然增加了这么多功能，郭泰来有些意外。二话不说，先启动体检功能，再次检查自己的身体状况。

"发现高血脂，发现冠心病，发现重度脂肪肝。"这三项是老问题了，被查出来一点都不意外。

让郭泰来惊喜的是，老问题当中，高血压和高血糖已经悄无声息地消失，老慢咽、跟腱炎和足底筋膜炎上次已经修复，只剩下这三项了。

倒是又出现了一些新的问题，让郭泰来很是无语。

下

"肺部有细微颗粒物沉积。"

"部分动脉有粥样硬化。"

"体内发现大量有毒有害物质。"

"口腔发现大量有害微生物。"

"肠道发现大量正常微生物。"

一项一项列出的问题让郭泰来一阵的愕然，除了肠道发现大量正常微生物之外，其他的每一项都让郭泰来一阵心有余悸。

肺部有细微颗粒物沉积是什么？自己又不抽烟，怎么会有颗粒物沉积？但很快郭泰来就想明白了，不是抽烟的问题，而是空气质量。京城的空气质量，其实一般，每年都刮黄风，还有各种汽车的尾气、工厂排放的废气等等，郭泰来有环境系的朋友，当然知道大气污染的概念。

"清理呼吸道颗粒物沉积。"

发现一条郭泰来当然要解决一条，难道还留着过年？

清理这些肯定需要一定的时间，现在已经十一点了，郭泰来决定先去吃饭，然后再去图书馆查询一下那个新的坐标到底是什么地方。

这会已经有了 MIS（地理信息系统）了，但是郭泰来手上没有，也不可能有详细的全球地理信息系统，GPS 更加不可能，每次得到坐标，郭泰来就只能到图书馆找精度高的地图，先确定大概在什么省什么市，再琢磨到底是什么地方。前面的岫岩坑和法门寺就是这样查到的。

去图书馆的路上，郭泰来就感觉肺部有些痒痒。查询了一下纳米机器人的位置，几乎全部都集中在肺部，看来都在执行清理颗粒物沉积的任务。

不到半个小时，郭泰来就查到了坐标的位置。甘肃省敦煌市，结合那些大量的经卷资料来看，郭泰来判定，那应该是著名的敦煌经卷也叫敦煌文书位置所在。稍微查了一下这方面的资料，郭泰来就已经判断，那是在莫高窟。

敦煌文书早在 1900 年就被敦煌王道士发现，敦煌文书被发现的消息不胫而走，敦煌县令将文物作礼品送人，文书开始流失。

从 1907 年到 1924 年，匈牙利籍英国人、法国人、日本人、俄国人、美国人先后盗取了各类文书经卷数万卷。

1910 年，清政府下令将敦煌所剩文书约八千卷运往北京，藏于京师图书馆。

1919 年，甘肃省政府教育厅又将莫高窟劫余经卷查点封存。至此，敦煌文书被盗外流的现象基本制止。

看到这段历史，郭泰来也是看得咬牙切齿。可惜，那个年代兵荒马乱，清廷更是羸弱不堪，多少珍贵的文物资料就这样被强盗小偷盗取一空。弱国无外交，其实弱国有时候连保住自己财物的能力都没有。

查完这些，郭泰来心中愤怒，肺部也越发地痒痒，就连喉咙口都开始痒了，忽然之间就有一种想要吐痰的冲动。

赶忙跑到卫生间，只是咳了两下，一口浓痰就吐出来了。郭泰来定睛一看，那一口痰整个都是黑色的。

天哪！这里面得有多少脏东西？郭泰来简直不敢想象。

赶紧查询了一下清理肺部颗粒物沉积的进度，结果才百分之五。也就是说，还有百分之九十五的东西在肺里。一想到自己的体内竟然有这么多恶心的玩意，郭泰来瞬间没有了再待下去的欲望，直接跑出了图书馆。

路上，郭泰来接到了刘老传呼，反正也不远，直接跑到了校厂去见刘老。

昨天郭泰来被几个记者无视，发怒的可不只是刘老一个，但刘老绝对是后面盯得最紧的那个。这不是刚刚得到了结果，立刻就要告诉郭泰来吗？

"知道昨天那三个记者怎么处理的吗？"刘老笑呵呵地冲郭泰来问道。

"不知道。"郭泰来当然不清楚了，但看刘老这么高兴，估计他们也没落着好，也笑嘻嘻地问道，"开除了？"

"哪能呢？"刘老笑了笑，"开除不是太简单了？"

"那怎么处理？"郭泰来也傻了，难道不是开除？

"分配了三个采访任务，让他们分别去了。"刘老看着郭泰来，慢条斯理地说道。

"去了哪里？"郭泰来意识到这三个采访任务肯定是有猫腻，赶忙问道。

"一个去高原省，采访一个碎石场的机械使用情况。"刘老似乎对这个安排很满意，"飞到省会，还要坐四五天的车才能到地方，安排了要采访三周，所以还得在那个鸟不生蛋的地方待至少一个半月。"

"好吧，但愿他身体好，没有高原反应。"郭泰来也很无语，但听着心里怎么就那么爽呢？心里爽着，郭泰来继续问道，"还有呢？"

"还有一个要去西北省，那边沙漠里可能发现了石油，所以派他过去采访一下。"刘老又是笑着说道，"当然，也可能没发现，但他可能要跟着勘探队一起待个两三个月了。"

"不错不错，到一线去采访，正是记者们的本职工作啊！"郭泰来笑得嘴都合不拢了，附和着刘老说道。

"最后一个去晋省，你们老家。"刘老说起了最后一个，"一个国有大型煤矿刚进口了一套挖掘设备，所以他要下井去做一篇深度跟踪报道。"

"深度跟踪报道时间应该不短吧？"郭泰来问道。

"当然，不多跟踪一两个月怎么出报道？"刘老一本正经地回答道。说完就一阵哈哈大笑。

郭泰来心气顺了，好舒服，也不知道是因为肺里的脏东西被弄出来不少，还是因为那几个眼睛长在头顶上的记者被折腾一番让郭泰来开心，反正是很舒服了。

"话说，他们这么有倾向性，上面居然还允许他们存在？"郭泰来不解地问道。

"总要有不同的声音。"刘老对这方面倒是没什么研究，"我想应该是这样吧？"

"也许吧！"郭泰来也不会深究，顺着刘老说了一句。

师徒二人现在都很快乐，坐在这边闲聊。离开的时候，郭泰来已经开始琢磨，反正车床已经不需要重新安装了，自己是不是应该趁着毕业之前的这段时间，去一趟莫高窟，把那一万个纳米机器人也吸收回来？

正在琢磨的时候，郭泰来忽地接到了传呼，学校的号段，郭泰来马上找了个公用电话回呼。

那边电话接通，还没等对方说话，郭泰来就听到了熟悉的呼吸声，立刻惊喜地叫了一声："师姐？"

第四十章
再见伊人

上

"是我！"赵晏晏的声音貌似很惊讶，"你知道是我？"

"听出来了。"郭泰来笑得更开心了。

"你在哪里？"赵晏晏很清楚自己都没发声音，那郭泰来是听到了什么？难道是自己的呼吸声？心中一阵温暖，然后才说道："我有事找你。"

"我在环境系对面报刊亭这边。"郭泰来飞快地把自己的位置说了出来，"十食堂斜对面。"

"等着。马上到！"赵晏晏飞快地说完，然后挂了电话。

等待赵晏晏期间，郭泰来还跑到环境系馆的厕所又去吐了一口黑痰。这口痰吐出去，感觉整个胸口都轻松了许多，效果真是立竿见影。

"上车！"郭泰来在路边站了总共没有三分钟，一辆红色的捷达车就停在了郭泰来身边，车窗打开，露出驾驶室里赵晏晏美丽的面孔。

二话不说，上车，系好安全带，车子飞快地驶出了学校。

"找我什么事？师姐！"郭泰来等车子一开就问了起来。

"嗯，我有点麻烦。"赵晏晏开着车，有点迟疑地说道，"有些东西我找不到人做。"

"交给我。"郭泰来二话不说，拍胸脯保证道。有再次见到师姐的快乐，别说是帮赵晏晏做一些东西，更大的麻烦郭泰来都不会拒绝。

"你先看看这些图纸。"赵晏晏扭头看了郭泰来一眼，很复杂的眼神，随后示意郭泰来从后座上拿一个帆布包，让他自己看包里的图纸。

郭泰来肥胖的身体艰难地摸到后面的包，放到自己腿上，打开来，一摞A4复印纸，全都是图纸。郭泰来从第一张开始，一张一张仔细地看着。

"怎么样？"等开出西门的时候，郭泰来已经看了十几张，赵晏晏随口问道。

"你的陀螺仪又改进了一部分，这次是打算实际使用了？"郭泰来最先看到的还是微陀螺仪的设计图，上面几张都是。

"嗯，继续看。陀螺仪你肯定没问题的。"赵晏晏示意郭泰来继续往下看。

再往下翻，后面就不是陀螺仪，而是一种小型火箭发动机的设计图了。往后的一系列设计图全都是这种小型火箭发动机的各种配件的设计图。

"师姐，这东西……"郭泰来看了一会儿就觉得不对了，停了手，冲着赵晏晏惊讶地问道，"给我看，合适吗？"

"我设计的，但找不到人做，没办法验证。"赵晏晏再次扭头看了郭泰来一眼。这次，郭泰来从她的眼神中看到了疲惫，看到了无助，看到了柔弱。

"交给我！"郭泰来心中连一丝的迟疑都没有，一句"交给我"第二次脱口而出，然后低头继续翻看着。

三个字就仿佛给了赵晏晏莫大的底气，赵晏晏咬了咬嘴唇，终究没有再说什么，默默地开着车，全程沉默，一直等到郭泰来看完。

"知道是什么东西了吧？"赵晏晏随口问了一句。她一直在注意着郭泰来，等郭泰来翻完才开口。

"我是个学渣。"郭泰来扭头笑着转向赵晏晏，"成绩那么差，怎么可能认出来这是一款火箭发动机呢？"

"感觉怎么样？"赵晏晏一阵的无语，看出来了还要强调自己是个学渣认不出来，死胖子真是几天没教训就要上房揭瓦了。

"还行了，马马虎虎。"郭泰来很不负责任地说道，"工作原理肯定是没有问题的，微陀螺仪捷联惯导加上发动机，只要你的控制算法没什么错误，应该可以正常工作，精度也会很不错。再高级点就是导弹了！"

"发动机能做吗？"赵晏晏又问道。刚刚死胖子的评价，她当作没听到。

"这个精度，貌似还没那个陀螺仪高吧？"郭泰来也无语了，"你说呢？"

"帮我用最快的速度做两套出来，我要试验。"对郭泰来的加工能力，赵晏晏绝对是信任的，之所以找郭泰来就是相信他一定能做出来，这会儿赵晏晏也不客气了，直接说出了要求。

"你疯了？"郭泰来直接冲着赵晏晏说道，"这么大个，七米多长，我一个人做？"

"你只要做发动机部分，燃料储存部分不用你动手。"赵晏晏当然知道郭泰来一个人不可能做七米多长的发动机，只说最基本的要求，"到底能不能做？"

"材料要求很高。"郭泰来知道赵晏晏认真了，也不再是之前的态度，很认真地说道，"火箭发动机，耐热性上就要求很高，你手上有？"

"还记得上次你捡回来的陨石吗？"赵晏晏提醒了郭泰来一句，郭泰来瞬间就明白了。

上次赵晏晏就要找耐热合金，从陨石中找到了合适的配方，虽然不能大规模生产，但是在实验室当中做出一部分来还是可能的。有那些耐热合金的话，绝对符合这个火箭发动机的设计要求。

"材料够的话，现在就缺一个合适的加工地点了。"郭泰来没推辞，直接说自己的要求。

"有一个足够保密的加工厂，晚上的时间全部都是你一个人的。"赵晏晏笑了起来，冲着郭泰来说道，"我们现在就去那边，你先仔细看看图纸。"

车子一路开，郭泰来都不记得是往哪个方向了。赵晏晏也不解释，郭泰来也不问，这种保密的地点，肯定不会轻易泄露的，郭泰来多少也知道点规矩。

感觉是到了郊区，一个看起来十分不起眼的小厂子，车子开进去，的确就是个小厂。这会儿已经是下班时间，除了门口那个看门的，厂子里一个人都没有。不过里面的东西倒是齐全，车床、铣床、磨床各有一套，还有一套新的貌似5微米的数控机床，钳工的家伙什也有，就是一个麻雀虽小五脏俱全的机械加工厂。

"估计一下工作量，大概要多长时间？"赵晏晏陪着郭泰来看了一遍所有的机械，保养得都不错，随时都可以开工。

"只做两套的话简单，晚上熬夜做，最多半个月差不多了。"郭泰来脑海中已经有一套整体的火箭发动机概念，琢磨了一会儿说道，"不过，你这个设计……这真的是你设计的？"

"怎么？不记得我还是汽车系毕业了？"赵晏晏笑道，"发动机也是我专业啊！这是我设计的，怎么了？"

"你这一套应该是用在火箭炮上的吧？"面对赵晏晏，郭泰来也不隐瞒什么，直接问道，"这个设计，是想和老毛子的'龙卷风'火箭炮别苗头？"

下

"你怎么知道？"赵晏晏大惊，看出来是火箭发动机并不是多难的事情，一个尾管喷口怎么也能缩小很多范围了，可胖子居然瞬间就和老毛子的"龙卷风"联系起来了，那就不是认出火箭发动机那么简单的事情了。

"看参数啊！"郭泰来一脸理所应当的表情，"按照你这个设计，燃料合适的话，大概估计一下，差不多也就是个三十到九十公里的射程，这不是正好和老毛子的'龙卷风'接近吗？"

"你知道'龙卷风'？"赵晏晏已经要惊呆了，胖子是神仙吗？看了这么一会儿就得出了她用计算机模拟了一个月的射程？

"废话，各种兵器杂志我可每期都不落的。"郭泰来理直气壮地伸出大拇指指着自己的鼻子，"军迷知道吗？我就是！还是资深军迷。不过，话说，你们南方集团怎么玩上火箭弹了？从精密机械口里抢饭吃？捞过界了吧？"

"你管得着吗？"赵晏晏一愣，瞬间又恢复了实验室的"大姐大"

形态，呵斥了一句之后才解释道，"我毕设不是微陀螺仪吗？到了单位和那边一起联合开发这款火箭炮。"

"师姐啊！"郭泰来立刻叫苦连天起来，"精密机械那边还怕没有高精度数控吗？还怕没有手工精湛的老师傅吗？用得着找我一个外人？"

赵晏晏的神色在郭泰来说话的时候有那么一瞬间的变化，却没有瞒过郭泰来的眼睛。这个美丽的师姐，恐怕到了新单位过得并不是那么地舒服，想到这里，郭泰来的心中就是一阵的怜惜，语气一软："放心吧，交给我！"

"可能会有麻烦。"赵晏晏迟疑了一下，终究还是说出了口，"要不算了，我再想想办法。"

"东西我已经看了。"郭泰来冲着赵晏晏笑了笑，"挑起我兴趣就想走，没这么玩人的啊！"

看着胖子毫不做作的笑容，赵晏晏终于也笑了出来，本来一直在迟疑，现在也终于下定了决心。只要东西出来、效果出来，上面应该没话说吧？

"不过，师姐你这个设计……"郭泰来看着图摸着下巴琢磨道，"是不是上面近期打算引进'龙卷风'？师姐你是打算陪跑呢，还是打算压过他们一头？"

郭泰来在未来梦境中看到过不少华夏国产的火箭炮，各种性能那叫一个"丧心病狂"，射程从几十公里到接近五百公里，四百公里射击精准度都能控制在六百米之内，简直和导弹一样夸张了。

赵晏晏的这款火箭发动机的设计，就已经有点未来梦境中 A100 的影子了，而 A100 火箭炮也是和老毛子"龙卷风"火箭炮性能最相似的，甚至整体外观都和老毛子的 SMERCH 火箭炮类似。射程都差不多，所以郭泰来才会有这么一问。

此刻赵晏晏的心中已经满是惊骇了，就因为自己拿出了一个火箭发动机的设计图，郭泰来就马上猜到近期打算引进"龙卷风"？死胖子是不是有点太敏锐了？

不过，相比郭泰来说的引进"龙卷风"的这种机密，赵晏晏更关心的是郭泰来说的后一点："压他们一头？什么意思？"

"如果稍稍改进一下设计，用两级火箭，效果会更好。推力更大，射程会更远一些。第二级火箭微调方向目标，精准度更高。"郭泰来笑着解释道，"当然，发射药肯定要优化。"

"你认真的？"赵晏晏愣住了，胖子能一眼看出来是火箭发动机很正常，能判断出陀螺仪加小型火箭发动机是用在火箭炮上的也不意外，但胖子一张口就说自己的设计还能改进，这就太夸张了吧？实物还没出来，实验结果都没有，就敢这么说？

不过下一刻，赵晏晏就想起了自己毕业之前卡在某个点上的时候胖子一句话解决的事情，忍不住心中一动："改动大吗？如果改动不大的话，就也做两套出来，正好做平行对比实验。"

"试试看，我搞定加工，你搞定两级火箭发射的控制系统！"郭泰来也没有说得那么死，毕竟他一个学渣，从来没有学过发动机方面的课程，一下子就要拿出来一个超出赵晏晏设计的发动机而且还是火箭发动机，那也实在是太夸张了。

倒是赵晏晏对胖子时不时地会爆发一个惊喜似乎习以为常了，反而对郭泰来信心十足。

院子里停着一辆蒙着后厢的军绿色卡车，在他们进来的时候已经停在那里了。赵晏晏领着郭泰来走到了货车后厢这边，掏出钥匙打开了上面的锁："原材料都在这里，需要用多少就拿多少，做好的成品半成品都放这里。"

郭泰来借着灯光看了看，里面有足够尺寸的金属材料，随手拿了块小的，上手就察觉到重量不对。比普通的钢材要轻，这一点很好。想起赵晏晏说过这种新合金的耐热性很好，而且耐磨性也有了不小的提升，估计加工难度不会低。

"把你的设计图给我看看。"赵晏晏忽然想起来什么，找郭泰来要设计图看。

"你确定，师姐？"郭泰来忍不住一阵无语，"就算我用 CAD 快速作图，等画完所有的图，恐怕也得到我毕业以后了，你确定现在就要？"

身为工科人，怎么可能不知道一整套的设计图一个人画下来那是什么工作量？郭泰来今天才看到这套图纸不超过两个小时，这就让他出一套改进的图纸，那绝对是在为难人了。

本想马上让郭泰来和自己谈一谈改进的思路，但想到胖子一个人要生产四套发动机的零件，赵晏晏还是忍住了，等到生产出来看到实验结果再说，那比干巴巴的解说更有说服力。

郭泰来先回想了一遍要做的东西需要的零部件，然后开始有计划地搬运原材料。今天晚上能做多少胖子就搬多少，免得做不完早上还得再搬到车上。

赵晏晏是女生，战斗力再强，郭泰来也没让她做这种重活，最多就是让赵晏晏控制住那个手推车的把手而已，所有搬运材料的累活，都是郭泰来一个人在做。

"咦？"虽然赵晏晏没有自己动手，可是看到郭泰来一个人居然就搬动了差不多接近八十公斤的金属柱的时候，也是忍不住一声惊咦声，"胖子，你力气什么时候变得这么大？"

"拜托，师姐！"郭泰来当然不会和赵晏晏坦白是这么长时间以来纳米机器人每天刺激肌肉纤维的修复导致自己的肌肉力量也越来越大，只能做出一个无语的表情，"我好歹是个好钳工，你要是每天用全身的力气打造各种零件，也能有这么大力气。"

说完，郭泰来不忘记提醒赵晏晏一声："这不是在同时锻炼肌肉吗？再给我几个月的时间，我一定能练到施辛瓦格的规模。"

第四十一章

干 活

上

施辛瓦格的梗是上次赵晏晏和郭泰来开玩笑的一个约定，没想到郭泰来还牢牢地记得，赵晏晏也又一次笑了起来："好啊，我等着做你女朋友的那一天。"

看到赵晏晏再次露出了那种和学校里一样的笑容，郭泰来心中也是一阵的开心。下午见到赵晏晏的时候，她可没有学校里那么明媚的笑容，不知道在工作中受了多少的委屈。

不过不应该啊，赵晏晏的家世那么好，谁敢给她小鞋穿？郭泰来摇了摇头，怎么可能？估计是设计上的问题，赵晏晏有点太好胜太追求完美了，才会难受。

郭泰来的这个解释，赵晏晏完全能够接受。常言道，身大力不亏，郭泰来本来就是个大个子大块头，还每天做重体力活加上运动，力气小才怪。

也正因为如此，赵晏晏心安理得地看着郭泰来把需要搬运的原材料搬到了手推车上，然后一路推到了车间。

有些东西很容易做，精车一下就能完成。这里有最新的 5 微米机床，郭泰来却选择了机械车床，他还没有完全掌握这些新数控的用法，还是机械车床最容易上手。

至于精度，郭泰来完全可以做到先精车留少量余量再手工打磨。反正以郭泰来现在手工加工到 0.5 微米的精度，对于赵晏晏的设计要求已经绰绰有余。毕竟不是每个零部件都需要做到极限。

赵晏晏也就是吃亏在不会操作这些机器，动手能力不足，所以才不得不找郭泰来。

现在不是批量生产，郭泰来也不会制定什么生产工序，每一个零件只要用最快的速度做出来就行。郭泰来先用最简单的零件练手，同时也是熟悉机器的性能。

今天计划做十几个零件，车床做出半成品，然后直接上钳工工作台。有些打孔的活，郭泰来都没有使用车床，而是打算直接用手持式钻头打眼，这样打孔，因为郭泰来可以灵活改变手持方向，省去了各种安装夹具的时间，比在车床上用钻头打孔更高效。

当然，也只有郭泰来才能这么做，他的双手足够稳定，堪比机器。

其间，郭泰来的肺部发痒，还中途去卫生间吐了几口黑痰。因为郭泰来要加工，所以调动了大量的纳米机器人控制，真正用来清除肺部颗粒物沉积的纳米机器人降低到了只有十万个，速度慢了许多。

这一趟从法门寺得到了纳米机器人升级了系统之后，新功能当中有两项，一项是提升肌肉控制稳定度，一项是提升肌肉控制行为速度。

提升肌肉控制稳定度好理解，郭泰来不用亲自动手打磨就发现了端倪。手更稳了，机械车床的手摇调整刻度轻松搞定，配合郭泰来双眼变态的测量精度，虽然车床是纯机械的，恐怕只有 5 丝的精度，但郭泰来稳定的手控制着进刀，居然能精确到 1 丝之内。换成手工打磨，精度恐怕能比 0.5 微米更高。

另一项提升肌肉控制行为速度是亲自动用了钳工工具之后才发现的。总的说来，比起原先郭泰来动手的速度，直接提升了一倍，忽然之间的快速，连郭泰来自己都吓了一跳，更别说旁边的赵晏晏了。

"胖子，不用这么拼命赶！"赵晏晏还以为是郭泰来觉得时间紧，所以主动加快了速度，急忙告诫一声，"大不了改进的发动机下次做。"

"没事，我有分寸。"郭泰来发现这是系统升级带给自己的好处之后，立刻就不担心了。

纳米机器人控制肌肉运动，并且随时修复锻炼撕裂的肌肉纤维，所以别看胖子的身材还很胖，可肌肉却是一点都不差。事实上，哪怕郭泰来不用纳米机器人消耗脂肪，每个月的运动量也足够正常减肥了。也就是郭泰来不想让自己的体重降得太快，这几个月来郭泰来的减肥一直维持着每个月十斤的速度在持续。

再次见到赵晏晏的喜悦，让胖子哪里还顾得上再维持这些，什么匀速减肥？能给自己身体带来多大的伤害？不是可以修补细胞吗？有什么伤害到时候修补就是。快速运动会累积乳酸导致肌肉酸疼？纳米机器人可以搞定一大部分，白天再休息上一天，完全没有问题。

看郭泰来干劲十足，而且并没有什么特别费力的表情，赵晏晏也就不再多说什么，只是在旁边盯着，等郭泰来做完一件之后，再顺手帮忙测量一下。

其实，在机械加工当中，影响加工速度的有一个重要的因素，那就是测量。粗加工的时候还好，可以一刀过后再测量，反正余量足够。但真到了精加工的时候，必要的情况下真的会是一个动作一次测量，以免失误，那真的是测量的时间比加工时间还要长。

在郭泰来的身上就完全没有这种因为测量而耽搁打断加工的情况，郭泰来精做任何的部件都是一气呵成。

别看郭泰来是个死胖子，可是他却是一个灵活的死胖子。特别是当他加工零部件的时候，手中的动作持续不断，却又精准得如同激光测距一般，再加上眼中射出的那种自信的光芒，让旁边一直看着的赵晏晏忍不住会被认真工作的胖子所吸引。

不知不觉中，赵晏晏就在郭泰来规律的加工声音中睡着了，连她自己都不知道是怎么睡着的。

"咦？我怎么睡着了？"一觉醒来的时候，已经是早上七点钟，赵晏晏忍不住一阵惊讶。

在研究所，赵晏晏最近一段时间都没怎么睡好，稍微有点声音就会被惊醒。可今天胖子就在不远处加工零件，虽然没有开车床，可是钢锉钻头什么的连着响，自己竟然能睡得这么香，当真是奇怪。

也许是因为知道胖子就在不远处，心里会不知不觉地安心吧！赵晏晏从长椅上坐起来，才发现自己的身上竟然还盖着一件大外套，这尺寸，不用问，一定是胖子的。

再看郭泰来的时候，赵晏晏才发现，郭泰来竟然已经收拾好了一切，连加工下来的碎屑都打扫得干干净净，就好像和昨天晚上的一模一样。

如果不是自己看着郭泰来在这里忙了半宿，此刻的车间里，赵晏晏都不相信有人动过。或者看了电表才能确定是车床开机过吧！

下

"干吗清理得这么干净？"送郭泰来回宿舍休息的时候，赵晏晏看着胖子累得都快瘫在座位上的样子，忍不住一阵心疼。

郭泰来为什么会这么卖力，赵晏晏心里有数。貌似她认识过的这许多人中，也就只有胖子会这么结结实实地下力气帮她干活，别的人，要么就是借着自己的家世支使别人去干，要么就只会花言巧语，真让他们做苦力，他们能找一万个正当无比的理由推托。

"你做的东西，不适合让别人知道。"郭泰来笑了笑，随口解释道，"收拾得干净一点，至少那些加工下来的碎屑，那个新材料，就不会曝光。"

郭泰来想得周到，赵晏晏听到这个解释之后，不再多说什么。胖子连那些碎屑都扫到了车厢里，不会给这边留下一点。那辆车每天早上会有专人过来开走，她只要保管好钥匙就好，的确省心许多。

赵晏晏睡觉的时候，郭泰来就已经收拾好了，所以赵晏晏并不知道的是，郭泰来昨天完成的工作量是他预定工作量的两倍。

系统升级后带给郭泰来的是接近 0.3 微米的加工精度，加上两倍于之前加工速度的强悍能力，一夜之间一些小零件都已经打造完成。甚至于郭泰来怕那个车子的震动会损坏已经加工好的零件，还特意做了几个包装盒，里面用海绵填充，用来放置已经做好的零件。

郭泰来不知道赵晏晏为什么不用合作单位的那些加工高手，而专门跑来用自己，但那辆卡车每天来回开来开去，路又不是特别好，总归要小心才能不让自己的辛苦前功尽弃。

还没到学校，郭泰来就已经睡得和死猪一样了。这是身体的自我保护机制，哪怕有纳米机器人，这种自然的恢复也还是最好的方法，加上纳米机器人的辅助，恢复效果更佳。

赵晏晏看着熟睡的胖子，心中也是一阵的心疼。胖子有多偷奸耍滑她当然知道，正常加工的话恨不能一天的活拆成两天来做，仅有的几次拼命干活的经历还都是和赵晏晏有关，想到这里，赵晏晏心中也是一阵温暖。

这世上，毕竟还是有那么一个人，虽然从来没有和自己说过什么花言巧语，可他一直用实际行动在不遗余力地帮自己。有一个这样的人在，真好！这一刻，连胖子身上臭烘烘的汗味和呼噜声都被完全忽略了。

白天郭泰来只醒来一次，吐了一口黑痰，上了个厕所，连饭都没吃就继续呼呼大睡。一直到傍晚才起来，吃了点东西洗了个澡，继续等着赵晏晏来接自己去干活。

接下来连着有半个月的时间，郭泰来就一直过着这样的生活。宿舍几个哥们儿开始很奇怪，后来有一天看到胖子进了赵晏晏的车子之后，就再也没有多问过什么，相反，大家更感兴趣的是胖子和师姐现在到了哪一步。

制作好零件只是完成了一半的工作，剩下的一半是装配。装配得不到位，再高精度的零件也没有用处。特别是这种火箭发动机，其中一些动平衡的要求简直到了吹毛求疵的地步，也幸亏是胖子动手，否则根本就没办法安装好。

事实上，赵晏晏作为设计者，她也只知道要安装到位就行，但具体如何装配，什么部位用多大扭矩，动平衡做到什么地步，她完全没有印象。

如果是正规的实验流程，这些都需要几台甚至十几台夸张点要几十台的各种试车，才能够确定下来。

但在郭泰来这里，他有未来梦境中看到的那些作为参考，很轻松地就解决了装配的问题。

完成的时候，赵晏晏那台卡车的后厢里，一共有六台发动机，两台是按照赵晏晏的设计制作的，另外四台是郭泰来把 A200 火箭炮的发动机直接复制出来的，两级火箭发动机，全都是崭新无比，经过了郭泰来这种高手调校的顶级货色。

之前预定是半个月完成两台发动机，现在半个月完成了六台，正好超额两倍。不过，那是简单的算法，事实上，改进发动机设计，在赵晏晏看来，郭泰来几乎是半个月内做了她的团队理想状况下至少需要三个月的设计工作，还抽空做了六台样机，简直不可思议。

这次是卡车和赵晏晏的车子一起走的，郭泰来总算是看到了卡车司机。不出所料，一位军人。

赵晏晏把郭泰来送到了西门，就把他放在了路上。卡车上的东西太贵重，赵晏晏要亲自送到地方才放心，只能委屈郭泰来了。胖子凌晨三点钟被放到了学校门口，还好，这已经进入了 6 月，天气暖和得很，不用担心着凉。

累了半个月，郭泰来足足瘦了二十斤。半个月里，郭泰来腾出十万纳米机器人清理自己肺部颗粒物沉积的工作也全部做完。到最后一次的时候，郭泰来吐出来的痰几乎已经没有颜色，和最开始的那种惊心动魄的黑乎乎相比，简直不可同日而语。郭泰来也终于可以松一口气。

清理完呼吸道，郭泰来本来想要清理消化道的，可是想了想还是先去清理血管异物。自己的消化系统暂时还算是健康，口腔有微生物是正常的，肠道也一样，但血管不能不赶紧清理了。

上次检查已经查出胖子有动脉粥样硬化的病变，这会儿不用干活，郭泰来立刻让所有的纳米机器人都去修复病变的血管，并且把修复后清理下来的血管内异物清除。

6 月距离毕业只有一个月，毕业班已经进入了分别的忧伤季节。几乎每天都有同学们一起聚餐喝酒，抱头痛哭那更是家常便饭。

这种时候，郭泰来想要抽时间去莫高窟就有点不现实了。他自己也被拉着每天和同学们道别，离别的气氛感染了几乎整层楼，每天晚上都有人在鬼哭狼嚎，宿管也不管。

算了，那就等放假之后再去吧，反正前后也就一个月的时间而已，不用太着急。

　　转眼间，就到了答辩的日子。郭泰来已经做好了准备，就等着答辩之后毕业典礼，然后回家之前去一趟莫高窟。

第四十二章

抓

上

"下一个，刘阳，郭泰来准备！"

在报告厅旁边的小会议室里，辅导老师叫着排队答辩的同学名字。刘阳听到叫自己的名字，赶忙把自己的材料和论文准备好，向着报告厅跑去。

报告厅是毕业答辩的会场，系里的几个教授把关，每个学生都要上去答辩，讲解自己的论文、自己的研究。

郭泰来也准备好了一切。论文复印了十本，透明幻灯片也做了十几张，等着答辩的时候会投影到大屏幕上。为了增加成功率和说服力，郭泰来直接穿上了自己制造的另一套外骨骼座椅，可以给每一个看到的教授很直观的印象。

之前的那一套已经不合适了，那一套是适合二百八十斤到三百斤的胖子，现在郭泰来的体重已经是二百二十斤，瘦了六十斤，尺寸自然不一样了。还好，对于胖子来说，重新做一套很简单，一天的工夫而已。

对于答辩，郭泰来有绝对的把握。本来就只是个本科答辩而已，何况自己又有实物，又有专利证书，关键的关键是论文封面上论文导师一栏，填着的是侯院士的名字，不通过？给个不通过的理由先？

伸了个懒腰，郭泰来双手抱胸慢慢地等着。每个人大概要二十分钟的样子，不会太长。

"下一个，郭泰来，李建明准备！"

辅导老师叫到了郭泰来的名字，郭泰来答应一声，然后抱起自己的这一摞资料就往报告厅走过去。出去迎面碰上刘阳，刘阳直接给郭泰来比了一个胜利的手势，郭泰来眉毛一挑，示意收到，笑着从报告厅的前门走了进去。

郭泰来一进去，就引起一阵笑声，他身上穿着的外骨骼座椅立刻吸引了所有的目光。

飞快地扫了一圈，郭泰来的心立刻定了下来。答辩教授里，七个里面有五个是郭泰来见过面说过话的，其中就有上次记者会的王教授他们，这下答辩通过更没有问题了。

按照惯例，郭泰来先给每个导师送上一本论文。不过，大家的目光都盯着他穿着的这套外骨骼座椅。

新的外骨骼座椅郭泰来可是用钛合金打造的，重量轻，郭泰来又做得精细，即便郭泰来这么在台阶上跑上跑下的，都没有发出什么声音。大家都感兴趣，还好，马上郭泰来就要讲解，不用这个时候询问。

报告厅外面忽地有一些杂乱的声音，然后又飞快地安静下来，报告厅里的同学和老师们都不以为意，看着郭泰来在准备幻灯片。

猛地，刚刚郭泰来进来的那个门被人从外面推开，一个少尉军官从外面走了进来。

"你就是郭泰来？"军官一进门，就看到了穿戴着外骨骼座椅的郭泰来，愣了一下，才开口问道。

郭泰来有点惊讶地停下摆弄幻灯机的手，愣愣地点了点头："是我。"

轰，报告厅的前后四个门猛地被人从外面凶猛地撞开，数十个荷枪实弹的战士从四个门飞快地冲了进来。

"趴下，趴下，不许动！举起手来！"

黑洞洞的枪口指向了报告厅里的每个人，每一个战士的口中都在大声地呵斥着，仿佛报告厅里的人全都是恐怖分子一般。

报告厅里除了那些答辩的教授之外，就是旁听的学生，哪里见过这样的阵势，全都愣在了当场。直到坐在边上的一个同学被一个战士粗暴地拉起来按在了前排的座椅靠背上，其他人才反应过来，赶忙遵照他们的命令，趴在前排座位上。

几个在主席台这边站着负责仪器操作的，也都莫名其妙地被枪口指着，赶紧高高地举起了双手，生怕引起这些持枪战士的误会。

被枪口指着最多的就是郭泰来了，刚刚那个军官的问话，显然是冲着他来的。

郭泰来都不知道是发生了什么事情，但还是乖乖地举起了双手。两个战士上前二话不说就往他两个膝盖内侧踹了一脚，就想要把郭泰来踹得跪下来。

可惜，他们没有想到郭泰来身上还穿着一套外骨骼座椅，一脚踹上去，正中钛合金液压，郭泰来的双腿却动都没有动一下。

旁边的另一个战士立刻抡起了枪托，就要冲着郭泰来砸下。

"停！"郭泰来赶忙大喊一声，"我又没反抗，干吗打我？"

少尉摆了摆手，那个战士才放下了枪，没有一枪托砸到郭泰来的脑袋上。不过，旁边几个战士的枪口一直指着郭泰来。

"铐起来！"少尉命令道。郭泰来的确站着一动不动，乖乖地举着双手，人家不反抗，他们要动粗也的确没意思。

刚刚踹郭泰来的一个战士拿出手铐，上前就抓住郭泰来一只胳膊向后反拧，咔嗒一声，铐上了一只手，又把郭泰来另一只胳膊反拧到后背，又是咔嗒一声，上了手铐。

其间，郭泰来一动不动，也不反抗，任由战士将自己铐住。没办法，几把枪指着自己，外骨骼座椅可不防弹，那几把枪可是货真价实的八一杠，郭泰来就算有再多纳米机器人，也挡不住这么多枪开火。

"带走！"看到郭泰来的确是丧失了反抗能力，少尉这才挥手命令道。

两个战士一边一个，伸出胳膊架住了郭泰来，连拉带拽地将郭泰来押出了报告厅。

直到带着郭泰来的那一队人看不到身影，报告厅里的其他战士才各自从刚刚冲进来的门退出去，不一会儿就撤退得干干净净。

他们来只是带走了郭泰来，对其他人看都没有看一眼，显然是冲着郭泰来，很有目的性。

好一会儿之后，报告厅里的教授和学生们才抬起头来，互相看着，全都是心有余悸。

学生们开始纷纷议论起来，胖子到底是犯了什么事情，竟然会被如此大张旗鼓地从毕业答辩会上带走？

王教授却已经出离愤怒了。刚刚进来的那些全都是军人，而不是警察，也就是说，并不是郭泰来触犯了什么法律，否则就应该是警察出面了。

可军方的人，什么时候可以这样肆无忌惮地执法了？还是在水木大学里面？如果是已经和校方打好了招呼，怎么可能不通知他们这些教授？很显然，他们根本没有！

就算是军方的人，也不能这么不讲理地带走自己的学生吧？

下

王教授怒气冲冲地冲出了报告厅，他要打电话去质问一下校长，是不是学校里的学生，在没有任何违法的情况下，就可以被这样对待？他们知道不知道今天是什么日子？对郭泰来来说，今天意味着什么？

不到十分钟的时间，整个9003里面已经传遍了。所有人都在讨论胖子到底做了什么，为什么会被军人带走。

系领导已经听说了消息，第一时间让保安封闭了9003的大门，然后叮嘱所有的师生先不要乱说，他们去了解情况。

郭泰来这个人，从大五第一学期进入了大家的目光中，一直表现良好，军方就是再强势，也不能如此蛮不讲理地把人带走吧？何况，是什么人带走的？把人带到了什么地方？这些谁都不清楚，什么通知都没有，这也太不把水木大学放在眼里了吧？

系里和学校的领导乱成一团打电话的时候，郭泰来已经被塞进了一辆军卡的后厢当中，一路驶出了水木大学的校门。

即便是在车子里，后厢的十几个士兵也没有放松警惕，半数的枪口都指着郭泰来。

郭泰来穿着外骨骼座椅，双手被反铐，直接靠坐在军卡的驾驶室后背板上，一脸的莫名其妙。自己为什么会被带走？

唯一庆幸的是，郭泰来并没有反抗，他都不知道发生了什么事情，何况还面对这么多枪口，整个脑子都是蒙的，如同木偶一般地坐在车子里。

车子也不知道转了多少地方，差不多两个小时之后，郭泰来才被带到一个一看就像是军营的地方。

下了车，两个战士把那个外骨骼座椅从郭泰来身上给解下来，什么话也没有。每个人看郭泰来的目光，都好像在看着阶级敌人，仿佛有什么深仇大恨一般，最后还是在四个战士的押解下，郭泰来被塞进了一个房间里。

咔嗒，门外明显是反锁了起来。郭泰来手上的手铐并没有被解开，那个战士铐他的时候，十分用力，手铐都已经勒到了手腕的肉里，很疼。

还好，郭泰来体内有纳米机器人，派了两万个分别到手腕周围，修复那些被损伤的细胞，同时也释放一些生物电，减轻郭泰来的痛苦。

直到郭泰来找了个舒服的姿势坐下来靠在墙上，郭泰来才算是回过神来，开始琢磨今天发生的这些到底是为了什么。

犯法的事情，郭泰来自问没有做过。连去法门寺取纳米机器人郭泰来都是按照正常的游客方式来做的，并没有触犯哪条法律。

这里显然是军营，和军事相关的东西，陀螺仪肯定是没问题的，要是有问题早在上个学期就会找他了。那么，唯一可能出问题的，就是帮赵晏晏制作了那几个火箭发动机。

赵晏晏找自己的时候，郭泰来就觉得可能会有麻烦。华夏精密机械公司，肯定有许多的老师傅，可赵晏晏居然没有用他们而是找郭泰来，这其中肯定发生了郭泰来不知道的事情。这种高度机密的军事装备，给郭泰来看肯定是违规的。

对于帮助赵晏晏制作火箭发动机的事情，郭泰来并不后悔，只是有些可惜而已。谁没有个年少轻狂冲冠一怒为红颜的时候？郭泰来现在就是这样的年纪。

本来郭泰来制作的那两台 A200 的二级火箭发动机，如果得到了充分实验的话，肯定能把国内的火箭弹的射程和精准度提升一个大台阶，可惜，现在自己被抓，那一定是组织上发现了赵晏晏的违规，也不知道什么时候才能真正地发射实验一次。

赵晏晏现在什么情况郭泰来不清楚，也许她的家世能让她免予处分？谁知道呢？

既然找到了原因，郭泰来反而轻松了。人已经来了这里，郭泰来知道着急也没有用，兵来将挡水来土掩呗，这也只是郭泰来的猜测，未必就是真正的原因。

那些人把郭泰来扔进这个房间里就不管了，郭泰来叫唤了几声没人理会，索性靠到了角落里，调整了个舒服的姿势，然后让纳米机器人给了自己一个熟睡的生物信号，直接进入了深层次的睡眠当中。

郭泰来睡得香，可是现在已经有人开始坐立不安了。

京城的某个军区大院的某个办公室当中，一个佩戴着少将军衔的将军正冲着电话里面大发雷霆。

"谁给你们的权力，让你们不经协调就出动军队进水木大学抓人的？"将军已经无法按捺自己的火气了，堂堂京城地界，天子脚下，居然还是自己的兵做出了这种无法无天的事情，怎么不让他火冒三丈？

电话里的声音说了几句，将军依旧还是大怒："事情紧急，怕嫌犯逃跑？这话你自己信不信？别告诉我你不知道你抓人的时候人家在做什么？先不说那小伙子只是有嫌疑，人家正在毕业答辩，你是不是成心想要毁了他？"

停顿了一会儿，将军听着听筒里的话语，忽然之间拍了桌子："你听他说的？他有没有提供确切的证据？没有证据你就敢冲进学校抓人？你知道不知道，刚刚水木大学的校长、教育部的部长已经连着来电话过问这件事了？军区首长，连军委的首长也拍了桌子，这就是你干的好事？"

听筒里又有人解释了几句，将军的怒火依旧没有消融。

"有协查通报又怎么样？少来这套！你见过哪个二百多斤的胖子能跑得比你手下的任何一个兵快？"将军的脸都要抽抽了，如果电话里的人在面前，他估计都要踹上去了，"你就是想要借机搞事情，还出动一个连队，真枪实弹，那是水木大学的校园啊，你就没想过随便一个走火会有什么后果？最多一个班便衣就能解决的事情，你非要闹这么大？"

"无组织无纪律！"将军大声地痛骂着，"别给我找任何理由，今天从你以下，参与这件事情的所有干部，连同出动的士兵，全体给我关禁闭学习条令！士兵们按照命令行事，禁闭三天，你们这些干部们，全部禁闭一周！另外，每个人交一份一千字的检讨，你自己五千字检讨，禁闭完成后，加强训练两个月！"

第四十三章
惊天大案

上

"你也知道禁闭记入档案会毁人前途？那你抓人的时候有没有想过会不会毁掉别人前途？只是嫌疑，你有没有想过如果是清白的，你这么做会有什么后果？"将军的怒火在下一刻又一次爆发，"你以下的战士军官都可以说是服从命令，不用记入档案，那你呢？你自己呢？"

"你不在乎我在乎！"将军几乎要把手里的电话摔了，"是，老周牺牲在抓捕间谍的一线我们都很痛心，可你不能一听到涉嫌间谍就意气用事！只是涉嫌，你一个小小的团长，凭什么不把副部级的水木大学放在眼里？京城是你发泄怒火的地方吗？"

"一个涉嫌间谍的二百多斤的死胖子，你随便和学校派出所打个招呼都能抓捕，甚至你随便派几个人便装也能抓捕，为什么非要闹这么大？"将军的语气总算是软了下来，毕竟是自己的部下抓间谍，"就算你想郑重一点，出动一个连，好，你提前和水木大学这边协调一下行不行？一个电话的事情，对你来说那么难吗？"

将军后面越说声音越大，显然是又有了怒火："处罚决定先执行，那个死胖子看好，等着那边的人接收！执行命令！"

啪，听筒被将军重重地摔到了电话机上，放下电话的将军，坐在椅子上久久没有说话。终于缓过来之后，才伸手抓起电话，开始拨打一个号码，不管怎么说，总归是自己的下属，总要维护。

郭泰来完全不知道外面发生的这些，睡得昏天黑地，直到被人粗暴地弄醒。

负责看管郭泰来的官兵们也是服了郭泰来了，一般人要是遇到这种状况，那还不惊慌失措坐立不安？可这胖子倒好，进来之后就找了个舒服的姿势呼呼大睡，看那样子，比他们连续一天极限训练下来睡得还香。这胖子的心得有多大才能睡这么安稳？

在一个审讯室里，郭泰来总算是不用被反铐，而是正面铐在了嫌犯坐的椅子上，舒服了好多。

"姓名，性别。"正对面的栅栏外面桌上，坐着两个中尉军官，一个女的负责记录，一个男的负责问话。

"郭泰来，男。"郭泰来老老实实地回答道，这些人家都知道的身份信息，郭泰来完全没有隐瞒的必要，主动说了出来，"晋省人，水木大学 92 级仪 21 班学生。"

"你在……"询问的军官很满意郭泰来的这种态度，正要接着问，忽地对面郭泰来的肚子里，发出了一声清晰无比的咕噜声。

抓捕郭泰来，从上午到现在，已经是十个小时过去了，郭泰来可是水米未进，一口吃喝都没有，这时候肚子饿绝对没有半点的虚假。

军方一直等了这么长时间才审问郭泰来，也是一种心理攻势，让郭泰来在惶恐不安中压力越来越大，到了时候自然是问什么答什么，一个学生而已，不会有多少反拷问的手段的。

可是，谁也没想到郭泰来竟然进来就呼呼大睡，哪里像是有一点点压力的样子？因为在熟睡中，自然也没人叫他给他饭吃给他水喝，于是这个时候自然而然地就起了反应。

"你老实……"被郭泰来饿肚子的声音打断，中尉军官一愣，停顿了一下，重新开口问道。

可是刚说出来三个字，郭泰来的肚子又发出了一声清晰无比的咕噜声，这次不是一下就停止，而是咕噜咕噜好几下之后才停下来。

"抱歉，肚子饿了，不是有意的。"郭泰来感觉很不好意思地看着对面被打断的中尉，很抱歉地说道。

"你……"中尉连着被打断两次，第三次刚说了一个字，紧接着又是一声更高的咕噜声。

旁边坐着的负责记录的女中尉再也忍不住，扑哧一声笑了出来。随即马上意识到不对，赶忙强忍住，低下头，肩膀一耸一耸的，显然忍得很辛苦。

　　"给他弄点吃的。"男中尉站起身来，不耐烦地命令了一句，转身先离开了。再待下去，他都怀疑会被胖子给引得也饿了。郭泰来只是嫌疑人，而不是罪犯，没有不给吃饭的道理。

　　郭泰来还是被铐在审讯椅上，但一只手的活动范围足够他吃饭。在两个中尉和两个看守士兵的目光注视下，郭泰来如同饿鬼附身一般，直接把满满一盆足有四五斤的米饭混菜狼吞虎咽一般地吃进了肚里，那个大饭盆刮得干干净净，这才满足地放下勺子拍了拍肚皮："要是有瓶可乐就更完美了！"

　　"你老实点！"中尉一拍桌子。这家伙不知道自己犯事了吗？在这里居然还敢这样放肆地要吃要喝？

　　"拜托，我又没有不配合，要点喝的很过分吗？"郭泰来一脸的无辜表情，"就算现在执行死刑，也得给吃好喝好吧？"

　　中尉气急，但是却强自按捺下来，对着旁边的一个士兵命令道："给他倒杯水。"可乐是别想了，给杯水还是可以的。

　　"你配合就好。"看郭泰来喝了几口水把茶缸子放在了审讯椅边上，中尉才坐下来继续，"省得我们互相绕圈子。"

　　郭泰来做了个请的手势，让中尉继续。

　　"你认识赵晏晏吗？"男中尉很认真地问道。

　　"这种大家都知道的事情就不用浪费时间了行吗？"郭泰来才不会相信他们敢在自己毕业答辩的时候把自己抓走，这些基本的信息军方还没有掌握，"你不烦我还烦呢，直接说重点行吗？"

　　"你和赵晏晏是什么关系？"中尉并没有因为郭泰来的话就放弃自己的方法，而是继续追问道。

　　"关系多了。"郭泰来在审讯椅上扭了扭身子，让背部舒服了一点，才慢慢地说道，"师姐弟关系，雇佣关系，买卖合作关系都有，你想知道哪种？"

　　"都说一说。"男中尉目光顿时亮了起来，旁边的女中尉也立刻开始记录。郭泰来还看到了不远处一台正在旋转的录音机。

"这个，小孩没娘，说来话长，你确定要都说一说？"郭泰来确认一般地看着对方，看到两个军官肯定的点头，嘟囔了一声，"要是有瓶可乐就好了。"

下

女中尉又是扑哧一声笑了出来，但这次男中尉没说什么，只是用目光示意旁边的士兵出去弄一瓶可乐回来。

郭泰来表现得很配合，他要可乐，就和某些烟鬼要烟一样，这是打算放下心防彻底交代的节奏，中尉自然乐意用一瓶可乐来让郭泰来把知道的都说出来。

"啊！还是冰可乐爽啊！"郭泰来大大地喝了一口，6月底的天气，一口冰可乐简直是爽到了骨子里，"我和师姐都是侯院士的弟子，嗯，我的毕业设计导师就是侯永宁院士，师姐她是博士生弟子，我是本科生弟子，这算是师姐弟吧？"

"侯永宁院士？"中尉显然并不知道侯院士的大名，但这种细节还是要问清楚的。

"是的，华科院的侯永宁院士，博士生导师，水木大学精仪系惯性导航实验室主任，国家航天局高级顾问，华夏精密机械进出口总公司的技术顾问。"郭泰来立刻把侯院士的身份说了出来，这种时候不把大旗竖起来更待何时？

男中尉的脸色已经慎重了起来，这几个头衔一出，随便哪一个都是大来头。死胖子是侯院士的弟子，平常就能直接接触各种高等级技术机密，难道死胖子就是借着身份的便利来偷取国家机密？

"惯性导航知道吧？"郭泰来好像还不知道事情有多么大，一本正经地问道，"常用在火箭、导弹、火箭弹上面的导航装置，我们实验室就是专门研究这个的。"

"我们实验室？"男中尉敏锐地抓住了郭泰来话语中的细节。

"对，我和师姐都是水木大学精仪系惯性导航实验室的。"郭泰来很老实地回答道，"这个，师姐弟关系，是不是就不用多说了？"

男中尉琢磨了一下，似乎的确没有什么继续详细说的必要，这么清楚，没什么无法理解的，于是点了点头："继续，说说你们的雇佣关系。"

"那个，我可以问一下，我这是犯了什么事吗？"郭泰来一边将手铐给男中尉展示了一下一边问道，同时不忘记随手拿起可乐，又喝了一大口。

"你犯了什么事情自己清楚。"男中尉完全不理会郭泰来的询问，只是冲着郭泰来冷冷地说道，"继续老实交代！"

"好吧！"郭泰来并不顽抗，接着说道，"雇佣关系就是师姐和侯院士以及王教授他们做了一些精密的设计，我来动手把这些精密设计实现，因为实验室补助比较少，所以师姐额外给我一份劳动补偿。但平白无故额外补偿肯定说起来不好听，所以师姐买了我的设计专利。前面的是雇佣关系，后面的是买卖关系。"

"王教授又是哪一个？"男中尉又听到了另一个人物出现，立刻问道。

"王安福教授，水木大学 CIMS 也就是数控机床国家重点实验室副主任，硕士生导师。这次 WTO 谈判欧美日放开 1 微米数控的出口限制，就是因为王教授的研究。"郭泰来当然是马上把王教授的身份说了出来，"如果不出意外的话，我正常毕业，9 月份特招就读硕士研究生，王教授将会是我的硕士生导师。"

又一个了不得的人物，男中尉已经皱起了眉头。要他相信一个华科院院士和一个打破欧美技术封锁的教授是间谍，实在是有些匪夷所思了。所以，只能是胖子，不可能牵连别人。

"你的设计专利是什么？赵晏晏用了多少钱收买？"男中尉继续郭泰来话语中的内容，一条一条地追问道。

"我的设计专利你们应该见过，就是你们抓我的时候我身上穿着的外骨骼座椅。"郭泰来简直是有问必答，态度好得一塌糊涂，"那个应该算是最简单的单兵外骨骼简略版，国内的单兵外骨骼研究应该已经开展了吧？上次侯院士和我说过，也是一位院士的研究课题，他启动的控制模型还是我的另一篇论文里设计的。那篇论文你们找侯院士或者赵师姐都可以拿到。"

一听到单兵外骨骼的名称，两个军官都是一愣，他们没听说过，但单兵两个字太明显了，一听就是军方的内容。连他们都不知道的项目，郭泰来居然都知道了？

本来听到侯院士居然对郭泰来透露过这种重要的机密，两人都有种抓住了惊天大案的惊喜。可听到后来还涉及另一个院士，另外连那个院士研究单兵外骨骼都是参考死胖子设计的控制模型，两人都已经不敢相信自己的耳朵，怎么可能？

不过这种事情，貌似只要调查一下就能知道答案的，死胖子应该没必要撒谎，撒谎除了能拖延点时间之外，对他还能有什么好处？这么说来，这很有可能是真的。可真要是如此，那胖子怎么可能是个间谍？

"侯院士和王教授还有赵晏晏，他们为什么会找你来实现他们的设计？"女中尉罕见地第一次开了口，冲着郭泰来问道。

"因为我的手工加工能力很厉害。"郭泰来笑了笑，骄傲地说道，"王教授的精密机床，侯院士和师姐的精密陀螺仪，都是经过我的手打造出来的。另外，前几个月吉尼斯世界纪录的那个高精密陀螺也是我亲自设计打造的，也正是因为这一点，王教授才会向学校申请特招，让我就读他的研究生。"

"你的加工能力是哪里学的？"男中尉紧接着又问了一句。

"基本功是跟着我父亲学的。"郭泰来老老实实地回答道，"我父亲是老家机械厂的五级钳工。高级的技能是跟着我师父刘景辉刘老学的。"

说到这里，郭泰来也不等他们问自己刘老的身份，很自然地和盘托出："刘老是国家航天局退休的九级钳工，多次参与长征系列火箭的精密加工和装配，退休后在水木大学校办工厂里挂职顾问，多次参与精仪系各种数控机床的加工装配工作。"

"怎么可能都找你一个人？"男中尉完全不相信，"难道你的加工能力，比我们航空航天的精密仪器还厉害？"

"我不和外行讨论这种问题。"郭泰来直接给了男中尉一个鄙视的目光，端起可乐，慢慢地喝起来，却是不打算开口了。

第四十四章
要办成铁案

上

这询问貌似到这里已经进行不下去了，郭泰来好像很生气，拒绝回答后面的任何问题。

暂时来说，郭泰来还只是一个嫌犯，并不是罪犯，所以，即便是军方的人也不可能上什么手段让郭泰来交代。不过，暂时郭泰来说出来的这些，已经足够他们调查几天了。

这个死胖子貌似接触的都是学术大拿，平常接触的都是高级机密，甚至自己还参与研究设计，这要给人安一个间谍的罪名可没那么容易，只能先把他说的这些全都调查一遍。

其中几个人要特别地小心，侯院士，另一个不知名的但是正在进行单兵外骨骼研究的院士，王教授，刘老，这些全都是给国家做出过重大贡献的人，就算是调查，也不能大张旗鼓。

郭泰来被审讯的同时，一个高等级的会议也在京城一个研究所召开。

参与会议的人员，有华夏南方工业集团的董事长、总裁，华夏精密机械进出口总公司董事长兼党组书记、总裁，两个各自下属研究所的所长、副所长，此外还有一个精密机械下属研究所研究室的主任。

"刘所长，介绍一下情况吧！"人都到齐，没有什么繁文缛节，南方集团董事长赵向北就直入主题。

"赵董，李董，各位领导，我来介绍一下现在掌握的情况。"刘所长虽然是精密机械下属的研究所所长，可是面对南方集团董事长的话也不敢怠慢，急忙站起来开口道。

"这次事件，是我们没有抓好内部纪律导致的。"刘所长上来就先道歉，不管原因是什么，先有个好态度再说。

"先不说责任，说说事件经过。"精密机械的李伟才董事长，也就是刘所长口中的李董摆了摆手说道。

"事情是我们所里的古主任发现的。"刘所长自己也不是当事人，当然要把当事人推出来表现，一方面表明自己不争功，另一方面一旦有了错漏，那也是当事人的问题，"接下来让古主任介绍一些情况。"

"各位领导好，我是精机所火箭发动机研究室的古云鹏。"刘所长口中的古主任赶忙站起来自我介绍道。

古云鹏很年轻，刚刚三十岁的样子，年轻有为，相貌也十分地俊秀，此刻站在两大集团公司董事长和总裁面前，态度不卑不亢，侃侃而谈。

"这次间谍事件的当事人有两个。"古云鹏听刚刚两位董事长的话就知道他们肯定着急知道事情经过，也不过多废话，上来就介绍当事人，"一个是今年3月份加入南方所的女研究员，名字叫赵晏晏。"

听到这个名字，精密机械的李董和杨总，南方集团的崔总，都有些意外，目光有意无意地扫过了赵向北的面孔。不过，赵董脸上什么都看不出来，貌似很沉得住气。

"另一个是水木大学精仪系的学生，叫郭泰来。"古云鹏并没有看到几个大老总的目光和表情，只是接着介绍道，"赵晏晏也是水木大学的学生，今年春季毕业的博士生，在校期间就和这个郭泰来认识并有十分亲密的关系。"

"亲密？"赵向北有些惊讶于古云鹏的形容词，插口问了一句。

"是的。"古云鹏点头道，"保卫部门在调查的时候发现的，他们在学校的时候就是在同一个实验室，同一个导师，而且赵晏晏几次深夜不归，据说都是和这个郭泰来在一起。"

"嗯，你继续。"赵向北"嗯"了一声，看不出喜怒，指示古云鹏继续。

"赵晏晏这个人，性格十分高傲，看不起人，和周围研究员的关系很不好。"古云鹏接着说道，"她博士毕业的研究课题是惯性导航，所以才有机会加入到这个项目中来，她十分自大，除了自己的研究方向之外，还对火箭发动机这块指指点点，我们所的一些同志对此已经颇有微词。"

　　"说重点！"杨宏宇杨总手指点了两下桌子提醒古云鹏道。

　　"马上就是重点。"古云鹏赶忙回应了一下，"她在 5 月初的时候就号称说她自己独自设计了一款火箭发动机，要求进行实验。滑天下之大稽，一个刚毕业两个月的学生，竟然敢叫嚣自己单独设计了一款发动机。"

　　"赵晏晏本科汽车系，硕士航天发动机专业，她能单独设计发动机并不意外。"这个时候，南方所的张所长表达了不同的意见，"她的设计我们所里的专家都看过，具备可行性。所以我们所才会调拨材料，允许她打造样机进行实验。"

　　"恕我直言，在火箭发动机方面，我们精密机械才是专家。"古云鹏目光扫了一眼己方的几位大佬，李董和杨总都没有什么表示，古云鹏放心大胆地说出了这句话。这话说完，精机所的刘所长和郑副所长都微微地点了点头。

　　双方虽然是合作关系，但是这种技术上的高低还是要别别苗头的。大家各有擅长，赵晏晏明明是南方所的，惯导专家，那就做好你的惯导，做发动机，这显然是捞过界了。

　　"也就是说，赵晏晏使用最新材料进行实验，至少在材料使用上，并不违规了？"精密机械的杨总皱了皱眉头，问出了这个问题。

　　"材料使用有我们两个的签字。"南方所的张所长赶忙回答道，和副所长同时点了点头。

　　"她要借用我们精密机械的老技工专家打造发动机，但因为没有经过我们的可行性评估，没有经过我们研究室同意，所以我们拒绝了她的要求。"古云鹏知道材料使用并不违规，但赵晏晏的问题并不是机密材料使用，而是其他，"于是，她未经同意，私自找了那个郭泰来帮她打造自己设计的发动机样机，造成了高度机密泄密。"

"没有通过可行性评估的设计也是高度机密？"南方所的张所长似乎对此十分不满，毕竟是他的下属被抓了，无论如何也要在该说话的时候表态。

"我们这个行业，哪怕是错误的设计，也有可能给敌人以启示。"古云鹏很是骄傲地挺起胸膛，"只要是所里参与的，都是机密。"

下

"先不说责任，说事件经过。"南方集团的崔总不耐烦地点了点桌子，提醒了一句。

上面的几个大领导，似乎都喜欢用这种手指点桌子的方式来提醒下属。

"之前我们的工作没有做好，赵晏晏私自找郭泰来制作发动机样机的时候并没有发现。"古云鹏看了看自己的两位顶头上司刘所长和副所长，主动检讨道，"这是我们的失职！"

"好在我们马上发现了错误。"刚刚崔总才提醒了先不提责任，古云鹏检讨了一句之后马上接着说道，"就在昨天，赵晏晏忽然提出要进行全面实物实验，这才引起了我们的注意。察觉到不对，我马上报告了保卫部门，保卫部门立刻进行了调查，掌握了一定的证据之后，第一时间进行了抓捕。"

"既然有证据，为什么不是保卫部门进行抓捕，而是军方出手？"赵向北在上面沉着脸问了一句，扫了一眼与会人员之后，紧接着问道，"谁是保卫部门的？为什么没有保卫部门人员与会？"

古云鹏的额头上，忽地冒出了一片冷汗。这是他最大的麻烦，可是赵董问话，又不能不回答，只能硬着头皮回答道："是我的主意。是我怕造成更大的损失，也怕他们两个涉事的间谍逃跑，以所里保卫部门的名义请求了驻军的支援。所幸驻军出手快，及时地控制了两人，没有造成更大的泄密损失。"

"你说掌握了一定的证据，掌握了哪些证据？"赵董并没有在这个问题上纠结，似乎默许了古云鹏的这种处理方式，转而问证据的事情。

呼，古云鹏心中暗暗地出了一口长气，只要这关过了，其他就一切没有问题了。

"证据很多。"古云鹏立刻精神了起来，开始汇报。

"首先，赵晏晏平常花钱就十分大手大脚。"古云鹏飞快地说道，"她只是一个刚刚毕业两个月的学生，而且我问过，也不是她家里给她的钱，那么这些钱是从哪里来的？后来我委托保卫部门调查了一下，才发现这个赵晏晏很不简单。"

"不简单？"杨总那边又皱起了眉头，"这个调查是在什么时候进行的？"

"呃，就是在她打报告要打造样机被我们否决了之后。"古云鹏心中又是一紧，赶忙回答道，这是他又一个违规操作的地方，但杨总既然问了，他不说杨总也能查到，还不如马上坦白认错，"这是我的错，察觉她有间谍嫌疑之后，我有些操之过急，应该先请示的。"

"继续说证据。"崔总那边提醒道。

"是！赵晏晏本身有留学背景，她自己在北京有一个公司。"古云鹏飞快地说道，这些是他最有把握的地方，一定能把赵晏晏给办成铁案，"我们查了一下公司的资金来源，发现是她从国外带回来的。"

"如果只是十万八万的，我们也就不怀疑什么了。"在其他人还没有质疑之前，古云鹏就直接说出了自己的理由，"可是，我们发现她公司的注册资本是五百万，而且是现金注册的。一个只在国外读了两年书的学生，凭什么出国一趟就能带回来五百万的现金？"

在两个集团的思维大佬面前说出来这番话，古云鹏心中简直舒爽到了极点。赵晏晏漂亮又怎么样？能干又怎么样？既然不答应自己的追求，那自己就能让她永世不得翻身。

赵晏晏刚加入项目组，古云鹏就一眼看上了漂亮能干的赵晏晏。

古云鹏也是重点大学出身，南大的博士生，一表人才，加入精机所之后一路顺风，才短短三年就已经成了研究室主任，可以说要才有才要貌有貌，而且年纪轻轻就身居高位，掌控项目组，前途无量。

按道理，古云鹏觉得自己能看上赵晏晏是赵晏晏的荣幸。两人都是高材生，都在研究所，门当户对，高学历，有共同语言，简直就是天作之合啊！

可是，不管古云鹏怎么表达自己的爱意，赵晏晏那边始终对他都是冷冰冰的一张脸，根本不理会他的追求。几次拒绝之后，古云鹏也怒了，你一个刚毕业的小姑娘，居然敢这么不给自己面子，那就不要怪我不客气了。

于是，古云鹏开始在各个方向上给赵晏晏穿起了小鞋。尽管大家不是一个单位的，不是直管的上下级，但赵晏晏要做火箭发动机却是直接撞到了古云鹏的手里。

可行性评估不通过，样机制造申请不通过，连赵晏晏私下里找精机所的那些老技工帮她打造样机，也被古云鹏提前给那些技工打好了招呼，全都拒绝了赵晏晏。

本以为赵晏晏经过这些刁难之后应该明白什么叫人情世故，该对自己讨好了吧？可赵晏晏一转头，居然完全不理他，而过了一个多月的时间，竟然自己造出了样机，要进行实物实验了，这还了得？

既然这么不给面子，拒绝了自己的追求，那古云鹏也就不多说什么了，不是朋友，那就是敌人，得不到你，那就毁了你。稍微一调查，他就知道是赵晏晏让郭泰来帮忙打造了样机。

一个天大的把柄立刻落在了古云鹏的手中，赵晏晏就是说破天，给不是所里的郭泰来看了设计图，一个泄密是跑不掉了。这还不够，古云鹏要毁了她，所以，一定要给她和那个死胖子安一个间谍的罪名才能毁得彻底。

发现了赵晏晏竟然有来历不明的资金，而且还和那个郭泰来有资金往来，这就是重要证据。刚得到消息，古云鹏就给军方那边打招呼，让军方动手抓人。

本来一切都可以控制在一定范围之内的，谁知道军方那边配合的是一个几十年的老战友在间谍案件中牺牲的团长，居然大张旗鼓地出动了一个连全副武装地在水木大学抓人，这下闹大了，事情压不住了，这才有这次两边集团大佬同时与会的情况通报会。

但不管怎么说，赵晏晏巨额财产来历不明，外加泄密，绝不可能翻案。精机所这边自己的所长副所长都支持自己，两位老总肯定也不会偏袒南方所的人，赵晏晏不死也得脱层皮，这就是拒绝自己追求的代价。

第四十五章
和我的一模一样

上

"只凭她公司的注册资金就要判定有间谍嫌疑，不合适吧？"这时候，赵晏晏的直属上级，南方所的张所长皱着眉头开了口，"据我所知，现在公司注册，还是有很多代理公司可以办理的，连验资都可以垫资通过，公司的注册资金，不足为凭。"

"这只是我的怀疑。"古云鹏似乎正等着有人问这个问题，胸有成竹地笑道，"所以，我委托我在银行的朋友监控了一下那家公司的账户。"

听到这句话，赵董、李董、崔总、杨总都微微地皱了皱眉头。

一个人随随便便就可以动用关系来监控一个公司的账户，这是不是有点太夸张了？如果国内一个小小的研究室主任都可以的话，那么国外的那些商业间谍岂不是更有办法？那南方集团也好，精密机械也好，岂不是所有的资金变动都在别人的监视之下？

古云鹏并没有发现这一点，他现在正沉浸在将赵晏晏彻底打倒让她永世不得翻身的兴奋中，目光闪现着一丝残忍："一个月之前，就有一笔三十万美元的款项从德国汇入了克里斯蒂娜公司的账户。而就在昨天，国外又有一笔两百万美元汇入了那个公司的账户，这次的来源是美国。"

"这两笔汇款，都无法查证汇入来源，只知道分别从德国和美国汇入。"古云鹏看着众人有些惊讶的目光，笑着说道，"更有意思的是，今年2月份，也就是赵晏晏将要毕业之前，她给了郭泰来一笔高达二十万美元的资金。昨天汇入的也一样，我们抓捕之前，赵晏晏刚刚给郭泰来的账户拨付了五十万美元。"

先后二百三十万美元的汇款，加上其中的七十万美元都给了郭泰来，在座的就算是再不想相信，也觉得其中肯定有问题了。

"现在两个嫌犯在什么地方？"赵向北沉声问了一句。

"赵晏晏被我们所里的保卫部门控制。"古云鹏飞快地回答道，"另一个郭泰来是在驻军那边关押，随时可以交接。"

"那当事人有没有说过这些钱是怎么来的？"崔总紧跟着问道。

"昨天晚上我们保卫部门的人进行了突击审问。"古云鹏赶忙回答道，"据赵晏晏交代，之前的三十万美元是她们公司代理郭泰来的专利卖出的收益，卖给了一家德国公司。另外的二百万美元，她没有说来源，只是让我们打一个电话求证。"

"那你们打了没有？"杨总也加入进来问道。

"我们怕那个电话是他们的同伙，所以还没有打。"古云鹏貌似胸有成竹地回答道，"但我们通过邮电局那边查了一下那个电话号码，邮电局的朋友说那个电话号码不存在，是空号，他们邮局并没有那个号段的电话号码。由此可见，赵晏晏一定是想要拖延时间以便通报他们的同伙。"

"把那个电话号码给我看看。"李董不动声色地冲着古云鹏伸手。

古云鹏赶紧把一个记着电话号码的纸条给李董送了过去。李董接过电话号码，低头扫了一眼，随即一愣，再次看了看，一句话没说，直接把纸条交给了旁边的赵向北。

赵向北接过纸条，目光仿佛询问了一下李董，李董同样用目光示意了一下那个纸条，赵向北这才低头看去。同样也只是看了一眼，就立刻皱起了眉头。

"有个问题。"赵向北看过了纸条之后，冲着古云鹏的直属上司刘所长问道，"为什么本该是保卫部门的工作，现在全都是古主任在越俎代庖？古主任是兼职保卫处的处长吗？"

从古云鹏的描述中，所有的一切都是古云鹏在推动。包括否决赵晏晏的设计，怀疑赵晏晏到推动调查，甚至于还有假借精机所保卫部门的名义让驻军出动抓人，委托银行的人监控克里斯蒂娜公司的账户，委托邮电局的朋友查电话号码，就没有一个是古云鹏没有参与的，这非常地奇怪。

"最早是古主任发现了问题。"赵向北虽然不是自家精密机械的老大，但刘所长依旧不敢怠慢，飞快地回答道，"保卫处开始调查，但古主任觉得时间紧迫，怕打草惊蛇，所以……"

"是我主动参与的。"古云鹏不等刘所长说完，主动站起来解释道，"保卫处已经启动调查，但银行那边需要向上级报备，并且需要一段时间审批通过才能执行，我怕他们察觉，所以才通过我的朋友直接调查。这事情是我做得不对，我检讨。"

"那要是调查之后发现她的资金来源并不违规，怎么办？"赵向北又冲着古云鹏问了一句。

"二百万美元，合计人民币一千六百多万。"古云鹏这点上十分地有信心，很肯定地摇头道，"这其中一定有问题，谁会没事给她一千六百多万人民币？"

"也许是她家人呢？"赵向北模棱两可地问了一句。

"那就连她的家人一起查！"古云鹏斩钉截铁地说道，"如果是她的家人，她的家人也一定有问题！"

旁边的李董和杨总已经彻底无语了，同时双手抱着脑袋低下了头。

"你银行和邮电局的朋友方便透露一下身份吗？"赵向北并没有什么别的表示，只是冲着古云鹏问道，"还有你军队的朋友，毕竟你的手续不完善，我们也要从他们口中二次求证一下。"

"没有问题，赵董！"古云鹏大喜，正要说出他们的名字，赵向北却指了指桌子："写下来，联系方式也写下来，方便求证。"

古云鹏不假思索地飞快地把几个朋友的姓名和联系方式都写了下来，交到了赵向北的手中。

"虽然赵晏晏后面的这几笔外汇收入还需要深入调查来源，但是有一点可以肯定。"赵向北拿着那张纸看了看，放到了手边上，冲着众人说道，"她的公司启动资金是一点问题都没有的，相信李董和杨总也是这么认为的。"

李董和杨总头也没抬，就那么毫不犹豫地点头，崔总虽然没提到，但也同样在点头。

"为什么？"古云鹏大惑不解地问道。

"因为赵晏晏的父亲名叫赵向北。"赵向北看着古云鹏，笑了笑冲他解释道，"和我的名字一模一样。"

下

古云鹏还在等着解释，听到赵向北这个名字的时候还愣了一下，好像哪里不对，再听到后面这句，整个脑子轰一声，彻底地变得麻木。麻木的状态只持续了不到一秒钟，就被一股发自脚底的深寒刺激得清醒，脑门上的冷汗刷的一声冒了出来。

赵晏晏居然是南方集团赵董的女儿？怪不得刚刚李董和杨总都是那样的状态。

明白过来的不光是古云鹏，还有刘所长、张所长、郑副所长他们，这消息直接把他们炸得差点要晕过去。

张所长忽地意识到，自己刚刚出于维护自己下属的心思为赵晏晏辩解过几句，而且还把材料调拨的事情揽下来，简直就是神来一笔啊！和副所长互相对了一眼，两人顿时都发现了对方眼中的那一丝惊喜。

古云鹏直接瘫坐在自己的座位上，脑子整个地放空了。他怎么也想不到，自己一直想追对方却不假辞色，以至于自己恼羞成怒想要给穿小鞋甚至毁了的赵晏晏，居然是南方集团董事长兼党组书记的女儿，自己竟然在没有确切证据的情形之下，说南方集团董事长的女儿是间谍？

忽然之间，古云鹏脑海中闪过了自己一系列的针对赵晏晏的行动。没有经过所里任何一个专家论证就直接否决了赵晏晏的设计，亲自和所里的那些老技工一个一个地打招呼让他们不要帮赵晏晏干活，甚至还以保卫处的名义让军方的朋友调动军队抓人，让银行的朋友监控赵晏晏公司的账户，这一桩桩一件件，每一个都是往作死的路上越走越远啊！

这一次，不光是自己作死，甚至连几个前途无量的朋友都一起拉上了。除了邮局的那个朋友事情轻一点之外，军队和银行的朋友可以说只要追究，他们必定是被处分的下场。开除都是轻的，军队那个朋友说不定还要上军事法庭坐牢。

自己怎么就猪油蒙了心，非要看着赵晏晏漂亮，死皮赖脸就要追呢？刚刚赵向北听到赵晏晏和郭泰来亲密的时候还特意问了一句，早在那个时候就该发现的啊！

完了！一切都完了！古云鹏脑海中闪过这个念头，忽地意识到，自己竟然在瑟瑟发抖。6月底的大热天，会议室里至少三十一二度，他竟然牙齿都在哆嗦，咯咯作响。

"老杨，你的地盘，拉一条红色专线到会议室来。"赵向北一眼都不想看古云鹏，这种想要整死自己女儿的人，他绝不可能轻易地放过，但眼下，还是先要摆脱自己女儿间谍的嫌疑最大，还好，有个电话可以求证，"另外，把晏晏带过来，老李你亲自问她。"

杨总二话不说，站起身来就安排。刘所长赶忙跑在前面，他也属于跟着古云鹏作死的其中之一，这时候不表现得好点戴罪立功，更待何时？

没二十分钟时间，红色保密专线电话就拉了过来，同时，赵晏晏也被带到了会议室。杨总回来了，但刘所长却一直没回来。

看着赵晏晏手上戴着的手铐，赵向北眼中闪过一丝厉芒，但他并没有马上要求打开手铐，只是那么静静地看着。

"李伯伯好，杨叔好，崔叔好！"赵晏晏看起来很憔悴的样子，进来看到众人，很乖巧地冲几个大佬问好，挨个问完之后，才冲着赵向北叫了一声："爸！"

"晏晏，那二百万美元怎么回事？"李伟才等赵晏晏坐好，才咳嗽了一声问道。

古云鹏说的证据当中，最重要的一条就是二百万美元的外汇，只要弄清楚这个，其他的问题就都不大，所以李伟才也是直接就问这个最关键的。

赵晏晏看了一圈办公室里的人，目光在古云鹏的脸上停留了一下，露出了一丝厌恶的表情，但她只是看了一圈，却一句话都没有说。

"这个办公室的人，都不会随便说出去的。"赵向北开口提醒了赵晏晏一句，"说吧！"

"那笔钱是国安那边和我们公司一起设了个局，从 DARPA 骗到的。"赵晏晏有了父亲的保证，这才开口回答道。

"DARPA？什么地方？"崔总和杨总一头雾水，杨总急忙开口问道。

"美国国防高级研究计划局，Defense Advanced Research Projects Agency，简称 DARPA，是美国国防部属下的一个行政机构，负责研发用于军事用途的高新科技。"赵晏晏立刻开口解释了一句。

一听到是美国国防部下属机构，瘫在椅子上的古云鹏立刻精神了起来，果然是和美国人有联络，果然是间谍！

李伟才李董直接拿起红色电话，开始看着刚刚古云鹏拿到的那个电话号码拨了起来，不一会儿，电话接通，李伟才毫不废话，直接冲着电话里问道："我是精密机械李伟才，DARPA 的两百万美元是怎么回事？"

古云鹏直接瞪大了双眼，不是说是个空号，不存在这个号段吗？怎么可能打通？

李伟才听着电话里的声音，好一会儿之后才淡淡地回答道："我知道了，谢谢！"说完，直接挂了电话。

赵向北一直在等着，其他众人也都在等着结果。李伟才看了看众人，转向赵晏晏这边，才露出了笑脸："国安第二局，设了个局从美国佬那边套回来两百万美元的研究经费。通过晏晏的公司走的账，完全没有问题，这是配合国家立功，应该嘉奖。"

"怎么可能？"古云鹏就算是再笨，现在也明白过来，那个电话是真的。如果用普通电话打过去，恐怕真的就是空号，号段不存在，但用红色保密专线打过去，那就是国家安全部第二局的电话。也就是说，二百万美元，真的不是什么间谍经费。

咚咚咚，有人敲门，得到允许之后，刘所长走了进来。

"查清楚了。"刘所长满头的大汗，也顾不上擦，口中气喘吁吁地说道，"古云鹏想要追求小赵，小赵不同意，所以古云鹏在各种场合为难小赵。我们的技术专家并没有看到小赵的设计图，那些老技工也是听古云鹏的话，故意拒绝了小赵的求助。"

古云鹏在旁边听着，眼前一黑，彻底地晕倒在座位上。

第四十六章
你想要的后果

上

没有一个人还会关心古云鹏，他已经完了。追求南方集团老大的女儿不成，居然想要用这种方法毁掉赵晏晏，其间还各种违规操作，他已经逃不掉严厉的惩罚了。

不光是古云鹏，他拜托帮忙的那几个朋友，也被他连累到死，绝不会有一个人漏下。南方集团和精密机械的四个老大同时发力，军方内部都不可能袒护那个古云鹏的朋友。

保卫处的人就在外面，已经在杨总的命令下将古云鹏给带走，同时解开了赵晏晏的手铐。

赵晏晏揉着手腕，坐在会议桌边，低着头一句话不说。

"你知道错了吗？"赵向北忽地十分严厉地冲着赵晏晏问道。

"知道了！"赵晏晏低着头回答道。

"错在哪里了？"赵向北依旧还是那种严厉的口气。

"我不应该在找不到老技工打造样机的情况下去找外人。"赵晏晏自己也明白，这其中自己肯定是有错的，当时一气之下找了郭泰来就是最大的错处，这是逃不掉的。

"那你有接受处罚的心理准备了吗？"赵向北长叹一声问道。

"我接受组织上的任何处分结果。"赵晏晏抬起头来，看着赵向北，完全不躲避他的眼神，很认真地说道。

"很好，是我的女儿。"赵向北总算是笑了出来，"说说吧，那五十万美元是怎么回事，你和那个郭泰来什么关系，为什么要给他五十万？"

众人其实都好奇国安那边是怎么设局把美国人的经费骗回来的，闻言都竖起了耳朵，看着赵晏晏等着她回答。刘所长还亲自给赵晏晏倒了杯水放到了她面前。

"DARPA 已经开始了单兵外骨骼的研究，但是他们对于单兵外骨骼的控制系统并没有什么切入点，所以他们悬赏五百万美元来寻求解决方法。"赵晏晏接过水杯道了谢，才给大家解释道，"去年侯老让胖子，就是郭泰来深化他的毕业论文的时候，胖子就提出了一个机械外骨骼的控制理论模型和两个控制理论方向。"

"王院士，我导师侯院士的朋友对这个研究课题十分感兴趣，胖子没兴趣继续研究，他就接手过去。"赵晏晏小口地喝了口水之后继续道，"经过王院士几个月的研究，发现胖子提出的那个控制理论模型虽然实现简单，但是在真正实用方面可操控性比较低，所以转向了另一个控制理论方向。"

"知道 DARPA 有悬赏，所以你们就拿着那个可行性比较低的控制理论模型去要悬赏？"崔总在一旁笑着接话问道。

"是的，当时胖子说过论文随便处置，所以王院士那边也没有通知他。"赵晏晏点头道，"主要是王院士和那个幕后的单位在操作，我就是背了个技术拥有方的名声并通过我的公司走了账，成功骗到两百万美元。因为控制理论模型是胖子提出来的，所以我觉得应该给胖子分一部分，和王院士那边商量过之后，给胖子分了五十万。剩下的一百五十万进了王院士的项目组作为研究经费。"

胖子是提出控制理论模型的，那当然应该有奖励。这么一解释，众人倒是谁都不觉得有什么问题。只是毕竟是国企，两个所长和两个副所长听到五十万这个数字，还是美元，都是给一个人的，未免都是一阵地龇牙。这也未免有些太多了，不应该组织上拿大头吗？

"对了，胖子那边怎么样？没事吧？"赵晏晏解释完这些，才想到了郭泰来，既然自己都被羁押了，那胖子那边肯定也受到了影响，急忙问道。

"胖子没事。"赵向北很轻松地回答道,"说说你设计的发动机,为什么要找胖子制作,我们南方集团也有好技工,为什么找他?"

"我还没见过比胖子手艺更好的。"赵晏晏果然不虞有他,向赵向北夸耀起胖子来,"不是我吹,南方集团所有的技工,绝不会有一个人能超过胖子的。知道吗?上次那个破了吉尼斯世界纪录的高精密陀螺,就是胖子一个人设计制造装配的。李伯伯和杨叔叔你们精密机械可没人做出过这么厉害的东西。"

李伟才和杨宏宇听着一阵撇嘴,可是偏偏无法反驳。那个高精密陀螺一出世他们就注意到了,也问过公司里经验最丰富手艺最好的技工,他们全都是赞不绝口,自问根本无法做到那个地步。那个高精密陀螺上表现出来的设计和制造装配的技术含量,绝对是世界一流的大师级水准。

"对了,我带回来的那四台样机呢?"赵晏晏忽地想起了已经装配好的试验火箭弹,"千万别弄坏了。"

"你有把握?"赵向北看着自己的女儿,忽地开口问道。

"我设计的当然有把握。"赵晏晏脑子里回想了一下自己的设计,同时想到的是胖子那会儿斩钉截铁地说可以和"龙卷风"火箭弹一争高下的肯定说法,很肯定地点了点头,"和'龙卷风'应该差不多。至于另外两个胖子优化的,我就不知道了。"

"老赵,既然东西都做出来了,行不行的还问什么?直接打两发试试不就知道了?"李伟才笑道,"样机做出来,不就是为了实验的?我们马上申请样品发射,实际看一下效果不就知道了?"

不光李伟才感兴趣,张所长和刘所长都很好奇,连赵晏晏其实都很想知道郭泰来优化过的二级火箭到底能达到什么射程和精度,此刻也用希冀的目光看着赵向北。

女儿和同僚都是如此期待,赵向北当然不能拒绝,转向赵晏晏叹了口气问道:"等实验成绩出来,不管结果如何,你都得接受组织的处分,不许讨价还价。"

"好!"赵晏晏坚定地点点头回答道。

"你是我的女儿,所以你违反了纪律,处罚会更重,你要有心理准备。"赵向北看着赵晏晏说道,"这是你爷爷的原话,如何处置,也要等你爷爷决定,绝不会轻松。"

"好!"赵晏晏早已经猜到是这样的结果,再次答应一声。

下

张所长、刘所长带着自己的副手离开了,他们去安排火箭弹试射的事情。而且很显然几位大佬和赵晏晏有话说,他们待在这里,不是碍眼吗?

火箭弹试射不是那么简单的事情,更加不可能在京城周边。开玩笑,射程几十公里上百公里的火箭弹,在京城周围试射?哪个吃了熊心豹子胆的家伙敢这么安排?

哪怕火箭弹已经就绪,也得运输到西北沙漠靶场那边,光是这运输就不是一天两天的事情。加上测试设备的运输协调安装,还有人员的安排,最主要的申请工作,等待审批,等等,一系列办下来,一个星期能搞定就算是快的了。

张所长离开的时候,赵向北找了个上厕所的借口,给张所长使了个眼色,张所长当然心领神会,等赵向北到了厕所的时候,张所长已经在那边等着了。

"那个胖子,先把他从军方手里要过来保护好。"赵向北叮嘱张所长道,"仔细查一下他的各种身份背景,牵涉火箭弹的事情有多深。"

"好的,赵董!"张所长二话不说立刻答应道。

"那个古云鹏……"赵向北斟酌了一下,还没有开口,张所长已经主动地提道:"咱们军工单位是有纪律的。"

"嗯,那就和刘所长商量一下,按照纪律处分!"赵向北点了点头。以他的身份,去找一个小小的研究室主任的麻烦太掉价了,可是那家伙竟然敢对他女儿用这种手段,是可忍孰不可忍?但说实话,赵向北相信,自己什么话都不用说,那家伙也落不了好。

这么一个人出自精机所,他们所的刘所长估计把他生吞活剥的心思都有了。居然敢直接打赵董女儿的主意,还用这种下三滥的手段,这要是不从重处罚，怎么交代得过去？没听到连赵晏晏最终都要被她爷爷从重处罚，那可是赵老爷子亲自处罚，受害者都这样，古云鹏要是处置得轻了，别说赵董，李董和杨总都不会放过他。

一想到古云鹏对自己女儿使的这种手段，赵向北就恨得牙痒痒的。自己的女儿，从小到大，家里人捧在手里怕摔了，含在嘴里怕化了，宝贝疙瘩居然被人这样欺负？

古云鹏落不了好，赵向北正要回会议室，忽地想到了古云鹏提到的那个胖子和女儿居然用亲密来形容，一下子心情大坏。

"那个胖子，带回来之后，吓唬一下他。"转身赵向北又吩咐了一句，别管是谁，敢占自家闺女便宜的，都得教训。在他心里，接近女儿的人都是有目的的，而且目的都不纯。

"明白！"张所长也是做父亲的人，当然理解赵向北的心态，笑着答应道。

回到会议室，赵向北就看到赵晏晏正在规规矩矩地回答李伟才和杨宏宇的问话，十足的一个淑女。

"我还以为那二百万美元是丁总给你打的零花钱呢，没想到居然是这么回事。"杨总正和赵晏晏谈笑风生，说的正是二百万美元的事情。

"我也以为是这样呢！"赵向北进来就自然地接上了话茬，"你弟妹老是这样宠她，偷偷给钱。"

"我可从来没主动要过你和妈妈的一分钱。"赵晏晏傲娇了起来，很不服气地辩驳道，"妈妈也不会偷偷给我打钱。"

"帮着国家做事，很好。"赵向北脸上也一直带着微笑，对于自己的女儿，他十分地骄傲，"相信你爷爷知道了，也会开心。但是，你私自找人制作发动机的事情，还是做错了。"

看赵向北是打算要教训一下赵晏晏了，李董和杨总、崔总都知趣地告辞，离开了会议室，给他们两父女一个单独的空间。

"你知道错在哪里了吗？"看着垂头丧气的赵晏晏，赵向北略带些生气地问道。

"知道！"赵晏晏低着头回答道，"我不该拿着涉密的资料到外面，违反了保密条例。"

"这是你这次表现出来的最直接的错误。"赵向北叹了一口气,很认真地问道,"那你知道你根本的错误是什么吗?"

"是什么?"赵晏晏以为这就是自己的错误根源了,却没想到赵向北竟然这么问,她从来没想过,忍不住抬头问道。

"本来这些事情,都可以不发生的。"赵向北叹了口气,冲赵晏晏说道。

"我一进来就把身份亮出来,然后在你大老板的身份庇护下,谁都把我当成公主一样捧着,然后让其他人对我另眼相看,完全不用考虑我是不是有这个水平,一群人溜须拍马,这就是做得对吗?"赵晏晏冷笑了一声反驳道。

"晏晏,你从小就优秀,在国内如此,在国外也一样如此,所以养成了你骄傲的性格。"赵向北面对着女儿,耐心地说道,"你不屑于用南方集团小公主的身份来工作,你想要靠自己的努力,不想要家庭的庇佑,这些我都可以理解。"

"但是呢?"赵晏晏替赵向北把他没说出来的转折词说了出来。

"但是,你做错了。"赵向北很认真地对赵晏晏说道,"有些资源,并不是说你不用就不存在,也不意味着你用了就表示你是走后门没本事。你现在是在为国家工作,明明有一条效率高的道路,为什么非要艰苦地走那条最困难的路?想证明你了不起?想证明你不靠家庭也能做出大贡献?既然这样,那你为什么不按照规定流程去做事?"

"你不想让大家知道你的身份,完全可以,但只要让张所长一个人心里有数,也不会导致这样的结果。"赵向北越说语气越重,声音也越来越大,"张所长出面,不比你自己私下里办事要好得多?你知道不知道因为你的任性,造成了多大的后果?"

"能有什么后果?不就是我涉嫌泄密被处分吗?"赵晏晏其实这会儿也有些后悔,但还是嘴硬,"大不了我接受惩罚。"

"你以为只是你一个人的事情?"赵向北冷笑一声,"那你知道不知道,那个帮你制作发动机的胖子,在毕业答辩的现场被军方一个连全副武装当场逮捕?你知道不知道这对那个胖子来说意味着什么?这就是你不想要家庭帮助还要任性叛逆希望看到的结果?"

第四十七章
拿什么补偿

上

"胖子被抓了?"赵晏晏惊叫一声,她被控制在南方所里,保卫处的人也一直在追问她各种细节,虽然她也说了她让郭泰来帮忙干活的事情,但是从赵晏晏内心深处并不觉得胖子会有多大的事情。毕竟只是自己要求胖子帮忙,赵晏晏一口咬定胖子并不知情,能有多大事?

可她完全没想到的是,胖子竟然被抓了,而且还是被军方全副武装逮捕的,更让她无法接受的是,胖子竟然是在毕业答辩现场被抓的。

现场被抓,那么毕业答辩自然就没办法进行下去。没有参加毕业答辩或者没有完成,那就没办法正常毕业。本科没有毕业,接下来的硕士生博士生自然就成了泡影。也就是说,本来大好前途的郭泰来,因为赵晏晏的连累,直接变成了一个大学连肄业都没有的普通人。

如果一开始就没有过高的期望,那么没有就没有,没有希望就没有失望。可是本来这一切都是唾手可得的,却因为这么一件小事给毁了,怎么能这样?

"你们怎么能这样?"赵晏晏简直要发狂了,冲着赵向北怒声叱问道。

"不是我们做的。"赵向北直接摇头否决,"我还是在知道你被抓了之后才知道这件事情,而在此之前,那个姓古的家伙已经操办好了这一切。而这一切,都源于你既不想暴露家世,又不想按照正常流程办事。"

"可是胖子是因为我……"赵晏晏无法接受这个结果，看着自己的父亲，双眼中已经带上了泪花。

"是的，就是因为你。"赵向北完全没有要安慰自己女儿的意思，很残酷地把事实说了出来，"你既不想靠家世立足，可做事又是一副有家世依靠的方式，任性，叛逆，做事随意，不顾后果，你以为社会还是大学里那么简单？人人还是会因为你是女的还长得漂亮就会纵容你？错！他们只会变本加厉地打你的主意，如果你没有你现在的家世，你现在已经和那个胖子一起以间谍罪被起诉，等待你们两个的是至少十年起步的牢狱之灾。这就是你想要的？"

"可这些事情明明一调查就可以清楚的。"赵晏晏有些不服气地反驳道。

"调查？你说出来的那个电话，保卫处查了，邮电局没有这个号段，号码并不存在。"赵向北毫不客气地打击着自己的女儿，"他们也不会打这个电话，因为说不定那是你们的同伙，打这个电话就会打草惊蛇。至于你资金的来源，说不定在国外同志们的调查下，很快就会知道是来自 DARPA，美国国防部的拨款，这个资金来源，你说等待你们的会是什么？"

赵晏晏哑口无言了，真要这样调查的话，她和郭泰来可就浑身是嘴都说不清了。

"你影响的将不会是你一个人，除了胖子之外，你的公司员工，你的老师，你身边的某些同事，将全部都卷入这场间谍大案之中。"赵向北面对着赵晏晏，几乎火力全开地说道，"就算到时候国安这边出面帮你解释清楚了，你觉得接下来你会怎么样？你的同事会怎么看你？哪个单位会忍受一个不照规矩做事的人？你还能在哪里立足？"

"这个社会，不是你想得那么简单的。"赵向北叹了口气道，"任何时候，做事都要讲规矩，不能你想怎么样就怎么样。这还是在研究所里，相对封闭，你到外面的社会上看看，哪里会这么简单？有时候你的一个错误的抉择，面临的就是万劫不复。"

"我错了！爸爸！"赵晏晏的泪水在眼眶中转了好一会儿，总算是流淌了下来，"可是胖子怎么办？他只是被我牵连的，我才是主谋，他不应该被那样对待的！"

"胖子的事情，最多也就是向学校那边表明是个误会，其他的我也没有办法。"赵向北很无奈地说道。

"那胖子的毕业怎么办？"赵晏晏忍住泪水问道。

"还是那句话，做什么都有规矩。"赵向北想都没想地回答道，"我们解释清楚之后，学校那边如果可能，保留他的学籍，延迟一年，跟着明年的毕业生一起重新答辩，水木大学也不可能因为一个人而破例单独给他开一次答辩会。这还得是他真的没有问题的基础上。"

"现在把他放了，时间上只是错开了最多两天，应该还能补救。"赵晏晏眼巴巴地看着赵向北，期待着赵向北点头。

"哪有那么简单？"赵向北看着赵晏晏，一阵摇头，"你们现在牵涉的是军事机密，正好又赶上香江回归的重要时刻，不彻底地调查清楚，怎么可能放人？你以为是我一个人说了算？天真！就连你，也得被继续调查，只是看在我的面子上不用给你戴手铐而已。"

"可胖子只是帮我干活而已啊！"赵晏晏越发地着急了，急忙地替胖子分辩道。

"真要只是干活倒是简单了。"赵向北开始苦笑，"可是，你自己也说了，胖子提出了两个单兵机械外骨骼的控制方向，做出了一个控制模型，还打造了高精密陀螺，甚至还帮你优化了火箭发动机。你本身有发动机的学士硕士学位都要被调查，胖子只是一个本科生，还是一个学习不怎么好的本科生，哪里学的这些东西？会不会是国外势力想要通过这些来接近你进而刺探更高的军事机密，这些问题不确定的情况下，换成你，你敢不敢轻易放人？"

"表现优秀也是错吗？"赵晏晏无法理解这样的逻辑，冲着赵向北质问道。

"如果一贯表现优秀，例如你，那么这些事情就相对正常。"赵向北毫不迟疑地回答道，"可是，胖子一个普通的差等生，忽然之间就变成了一个比优等生还要厉害的高手，这其中会没有原因？我们是军工单位，每天接触的事情都包含了大量的军事机密，不查清楚就放人？况且，你觉得一个从来没有接触过火箭发动机的人，在看了一眼你的设计之后就能给出一个更好的设计？你已经是大家都承认的天才了，你能不能做到？"

下

本来赵向北也只是感觉对郭泰来不爽，想要让南方所这边的人把他要过来吓唬一下而已。可现在这么一说，忽然之间，赵向北自己也开始疯狂怀疑，这个郭泰来，接近自己的女儿是不是真的有什么目的？实在是他的表现也太过于让人无法置信了。

自己的女儿如此的天才，年纪轻轻就已经博士毕业，毕业后短短的三个月时间，就独立设计了一款可以和俄罗斯"龙卷风"火箭炮相媲美的火箭发动机，这已经天才得无法形容了。

可是按照赵晏晏的说法，郭泰来那个死胖子竟然只翻看了一遍图纸，就有了优化版本的设计，而且还是从单级火箭升级到了二级火箭，这样的反常，赵晏晏相信那是她刚毕业涉世未深，可要让赵向北完全信任，绝没有这个可能。

面对赵向北一连串的提问，赵晏晏也只能是哑口无言。没办法，胖子这一年来的表现，简直疯狂得让人无法形容，有时候连赵晏晏都觉得有一种不真实的感觉。就算是技术上的事情可以用好好学习奋发图强来解释，那么埋在地面七米之下的铁陨石怎么解释？

就算七米深的铁陨石其实是有人事先埋好的，可是地下二百九十五米准确地发现了陨石撞击证据这又该怎么解释？那片区域可是从来没有人钻探过，而且还是岩石层，总不能说是透视了三百米岩石层吧？

赵向北是什么人？眼光多毒，自己的女儿刚一露出一点疑惑的蛛丝马迹，他马上就敏锐地看了出来："你看，你仔细琢磨一下，也觉得有些不可思议吧？总要彻底调查一番的。"

"不，他是我的朋友，我信任他。"赵晏晏只是疑惑了一下，马上就恢复了正常。对于郭泰来，她绝不会去怀疑，更不愿意去怀疑。

"晏晏，你交朋友爸爸妈妈不会反对。"赵向北迟疑了一下，决定还是把自己想说的话说出来，"但你交朋友一定要睁大眼看清楚，一定要找那些配得上你的朋友。"

"我们是高门大户，所以胖子配不上，是这个意思吗？"赵晏晏听到这句话，立刻冷笑了起来，"最好是找姑姑她们认可的那些门当户对的朋友，一起相处，过段时间结婚生子，对吧？这就是我为什么不愿意告诉别人我的家世的最根本的原因。"

"你姑姑她们也是为了你好。"赵向北叹了口气，解释了一句。不过他自己也知道没意义，同样的话他已经不知道说过多少次，赵晏晏从来就没有听过。

"如果胖子调查清楚了没事，你们打算怎么补偿他？"赵晏晏对赵向北的话不置可否，直接再次问起了胖子的事情。

"我们为什么要补偿他？"赵向北是存心借着这次机会给赵晏晏一次教训，让她知道任性的后果和代价，所以毫不迟疑地回答道，"既然是你的错误连累了他，要补偿也应该是你来补偿他，我们按规定做事，又没做错什么，能在调查清楚后帮他和他们学校说句话已经是人情了。你不是不愿意借助家世吗？就用你自己的能力来补偿他好了。当然，你的惩罚还是逃不掉。"

"我没想过要逃脱惩罚，你不用几次提醒。"赵晏晏没想到父亲会这么说，有心想要顶撞几句，可是仔细想想，貌似赵向北说的一点没错。

从公家的角度出发，赵向北他们的确没做错什么，错的是赵晏晏自己，甚至于郭泰来拿到图纸的时候就曾经提醒过她不合适，可那个时候赵晏晏一心想要早点做出火箭发动机，把这些全都抛在了脑后。

"我很好奇，你打算怎么补偿他？"赵向北现在变成了好奇宝宝，冲着赵晏晏问道。

"如果是你们，我很清楚你们会怎么做。要钱给钱，要前途就给安排一个好单位，甚至可以帮他留校，对吧？"赵晏晏笑了起来，"我应该猜得没错吧？"

"大体差不多。"赵向北点点头，"他现在最大的损失也就是耽搁了一年的时间，而这段时间他该上课上课，该赚钱赚钱，只是拿到毕业证的时间推后了一年而已。我想，一些经济利益已经足够补偿他。当然，前提是他的确没有问题。"

"那你觉得我该如何补偿他？"赵晏晏貌似很虚心地问了一句。

"很简单，从你的公司帮他代理专利和你从美国骗到钱马上分给他一笔来看，他应该很喜欢钱。"赵向北很喜欢赵晏晏的这种态度，这意味着赵晏晏已经开始慢慢地会向他们请教，慢慢地接受建议，"你的公司现在应该价值几百万，把该结的费用结清，账上的现金抽调八成带走，公司名下的专利都转到你私人名下，剩下的连公司一起送给他。这样既处理了你的公司，又给你的员工有了交代，也补偿了胖子的利益，相信他会很开心地接受。"

"你们总能用最低的成本解决问题，而且还是一次性解决多个问题。"赵晏晏听完之后，忽地有些失笑，"是不是在你们心中，人和人之间就只有利益？什么东西都可以用利益来衡量？"

"当然不是！"赵向北理直气壮地回答道，"如果我要追求利益，早就和你妈妈一起去做医药公司了。从你爷爷那一辈开始，我们一家就没有损害过国家利益，也一直在为这个国家而奋斗。我给你建议，只是因为你是我女儿，我不希望看到你在学会保护自己之前受人蒙骗。而且这种方式也是最能够满足几方需求的合理方式。"

"虽然这办法不错，但是我并不打算用。"赵晏晏笑了起来。

"那你打算用什么补偿？"赵向北并不在意赵晏晏的那个小公司，和南方集团相比，那就是个微不足道的尘埃。

"我！"赵晏晏笑着指了指自己，"是因为我的错才导致他付出这些代价，所以我打算把我赔给他。"

第四十八章

考　验

上

"不行！"赵晏晏的话一出口，赵向北想都不想地大喊一声，"绝对不行！"

看着自己的女儿，接近一米八的身高，堪比模特的超级好的身材，沉鱼落雁闭月羞花般的美丽面孔，那个死胖子何德何能，哪里配得上自己完美的女儿？

身为父亲，哪怕是自己满意无比的女婿，在要把女儿交给对方的时候也不免会有些伤感，何况现在那个死胖子根本就没有入赵向北的眼，他甚至连死胖子长什么样都不知道，只知道是个二百多斤的死胖子。

这小子凭什么？竟然敢打自己天仙一般的女儿的主意？宝贝女儿怎么会做出这种不理智的决定，难道早已经被那个死胖子得手了？

"为什么不行？"赵晏晏一脸轻松地问道。

"他配不上你。"赵向北依旧是想都不想地脱口而出，"不管是家世，本事，相貌，身材，全都配不上。性格方面我没了解，但我绝对不会同意，相信你妈妈你爷爷你姥爷他们知道了，也绝不会同意的。"

"我又不是要嫁给他，为什么要你们同意？"赵晏晏想通了之后变得很自然，说话也平静许多。

"那更不行！"赵向北一听，越发地不同意，"不以结婚为目的的谈恋爱都是耍流氓！"

"我早和你们说过，这辈子我绝不会结婚。"赵晏晏看着自己的父亲，异常认真地说道，"你们不会以为我是在开玩笑吧？"

"晏晏，我也是很认真地和你说话。"赵向北简直要头疼了，赵晏晏的确在家里说过那样的话，但家里所有人都以为她是开玩笑或者面子上过不去，从来没有人当真，"今天的教训，全都是因为你的任性造成的，你不能因为同样的任性毁了你自己。"

"我只是不想结婚而已，谈不上什么毁不毁自己。"赵晏晏并没有赵向北那么生气，慢条斯理地说道，"我坚决不结婚，也免得你和妈妈为难，省得到时候还要头疼没办法联姻。"

"晏晏，相信我，相信你妈妈，我们从来没有想过要让你联姻的事情。"赵向北自己也知道，这也是赵晏晏之所以会变得有些极端地不想用家族资源的关键原因之一，但他还是苦口婆心地劝道。

"你和妈妈的确没有这么想过。"赵晏晏笑了起来，"可是我大伯呢？还有我姑姑呢？大伯母三天两头地给我介绍这个领导的孩子那个领导的侄子是什么意思？姑姑隔三岔五地就想要带着我去参加那些狗屁的酒会，她是真的打算带我学会喝酒吗？"

赵向北语塞了。自己的嫂子和妹妹的确是有这方面的心思，父亲虽然没有同意，但是并没有反对。至少在父亲的眼中，只要是自愿的，如果能和那些老战友结成孙辈的亲家，那也是好事一桩，没有反对的理由。全家貌似只有自己和妻子身为赵晏晏的父母，是全心全意地为了赵晏晏的幸福考虑的，不会让她去当家族政治的牺牲品。

不光是在国内，在国外上学的时候，赵晏晏身边也有许多年轻俊彦追求，除了赵晏晏是真的漂亮之外，觊觎她家世的人占了绝大多数。

"你不结婚，难道那个死胖子也能和你一起不结婚？"赵向北强忍着不爽，苦口婆心地劝着赵晏晏。

"是我连累了他，是我的错，所以我补偿他。他不结婚，我就做他的女朋友。"赵晏晏笑着冲自己的父亲说道。

"那他要是找了别的女人结婚呢？"赵向北咬着牙问了一句。

"他要是愿意，我就做他的情人，小三，随便怎么说都行。"赵晏晏毫不在乎地说道。

"晏晏！"赵向北怎么可能容许女儿这样地糟践自己，"你们之间有太多的不合适，身份、地位、学历经历相差太远，你们不会有共同语言的。"

"恰恰相反，我们有。"赵晏晏目光却是一亮，"你能看一眼我的设计图就能发现其中的缺陷吗？他能！你能用最快的速度实现我的设计吗？他能！这怎么能叫没有共同语言呢？"

"也许他只是骗你呢？"赵向北知道自己的女儿倔，但没想到她竟然会任性叛逆到这个地步，可没办法，谁让她是自己的女儿呢？舍不得打舍不得骂，就只能苦劝："比如这次，随便说一句可以优化你的设计，然后你就上当了。"

"是不是骗我，过几天试验一下不就知道了？"赵晏晏对此完全不在乎，"如果他骗了我，那我可以答应你用我的公司补偿他。可他如果没骗我，你还有什么反对的理由？"

"你妈妈绝对不会同意的！"赵向北忽然之间发现自己和女儿没办法好好沟通，只能搬出了妻子这尊大神。

"妈妈更不会乐意看到我为了家族联姻成了那些纨绔子弟的玩物。"赵晏晏飞快地反驳道。

"他们当中也有一些不错的。"赵向北都不知道该怎么应对，长叹一声说道。

"其实你心中有时候也是这么想的，对吧？"赵晏晏看了赵向北一眼，苦涩地说道，"不然你也不会去了解他们。"

"我只希望你能幸福！"赵向北无言以对，他的确是了解过其中的一些人，但他敢发誓，他只是了解了一下而已，他是真的为了赵晏晏幸福考虑的。

"我自己选，总比你们硬塞给我要好一点吧！"赵晏晏笑了笑，他并不是要让自己的父亲无话可说，只是坚持自己的想法而已。

看着赵晏晏仿佛铁了心一般，赵向北心中已经将古云鹏和郭泰来不知道痛骂了多少回，但他毕竟是南方集团的董事长，瞬间就想到了一个主意。

"如果死胖子能通过一个考验的话，我可以不反对你和他交朋友。"

赵向北飞快地说道，"但只是朋友，不能是男女朋友。"

"什么考验？"赵晏晏很轻松地问道。

"很简单的一个小考验，关于人心的。"赵向北冲赵晏晏笑了笑，"也让你能彻底了解一下，到了社会上，人心能险恶到什么地步。"

下

郭泰来被提审一次之后，就被送回了之前关他的那个屋子。这次不错，没有上手铐，可以更舒服点。

之前在审问的时候说的那些事情，相信很快会有人去各处了解，这些都需要时间。郭泰来也不着急，那些都是事实，不怕人调查。

对自己，郭泰来并不担心什么，充其量也就是看了一些涉密的东西没有阻止没有举报而已。但郭泰来很担心赵晏晏，赵晏晏可是的的确确地有泄密的举动，尽管那些机密只是给自己看，而且那些机密是赵晏晏自己设计的。

这次的动静这么大，说明事情闹得很大，那赵晏晏那边肯定很麻烦。郭泰来已经打定了主意，想方设法地往自己身上多背一些，希望能够减轻一些赵晏晏的责任。

有纳米机器人，郭泰来可以睡得很安稳，反正在梦中还可以清理血管内的异物，不耽误工夫。这些举动看在那些看守的军人眼中，就是一副不做亏心事不怕鬼叫门的做派。

不过，郭泰来还是在很早就又一次被叫醒，天刚擦亮，估计也就是五点多的样子，他就被带到了另一辆车上，送到了另一个地方。

再次被提审的时候，郭泰来就明显地感觉到了不同。两个并不是穿军装的人在讯问，可是讯问的详细程度是之前那两个中尉完全无法相比的。

"赵晏晏什么时候约你出来的？"

"什么时候看的图纸？"

"几点到的工厂？"

"工厂在什么位置？"

……

　　只要是和制造火箭发动机经过有关的，简直是事无巨细，问得清晰无比。更让郭泰来难受的是，有些问过的问题，在隔上一段时间之后，还会重复问出来，让郭泰来怀疑这两个家伙是不是脑子不好？

　　一连串的询问之后，郭泰来又被送到了一个房间关押。至于询问他的两个中年人，却是一脸兴奋地直奔所长办公室。

　　"赵董，张所，那个胖子绝对有问题！"主审中年人在办公室里见到了赵董和张所长，同时还有在一旁不做声旁听的赵晏晏。

　　"怎么说？"赵向北没有说话，张所长直接替赵向北问出了这句话。

　　"我们反复地询问过胖子帮助赵晏晏同志制造火箭发动机的过程。"主审中年人飞快地回答道，"他回答得十分详细，每一个细节，每一个步骤都记得清清楚楚。要知道，那可是一个多月之前的事情，正常人怎么可能记得每一个细节？总有模糊的部分，可是他没有，一点都没有。"

　　"甚至我们将某些同样的问题技巧性地换了个时间和询问方式，他都能回答得完全一致。"辅助审问的中年人紧接着补充道，"普通人在这种情况下通常会心情紧张，记忆会有所偏差，回答内容也会略有不同，这才是正常的。但是，胖子完全没有，他丝毫不紧张，回答问题滴水不漏，十分反常。"

　　"这种情况，只有经历过专业的反讯问训练才会有这样的表现。"主审中年人接过话头，很肯定地说道，"我问过国安的朋友，他们内部的确有专业人员可以做到这一点。同时也断定，能做到这一点的，有九成以上的可能是这方面的专业人士。"

　　张所长看向了赵董，而赵董则是带着一脸胜利的表情看向自己的女儿。

　　"就因为这个？"赵晏晏简直要气笑了，就因为胖子记得所有的细节，所以就成了有问题？

　　"九成以上的把握，这是国安那边专业人士的判断。"赵向北心里已经打定主意，要彻底整死那个欺骗了他女儿的死胖子了。

　　这样也好，让赵晏晏认清他的本质，让她明白自己在看人方面的经验不足，经历过这一次，以后就会成熟起来。

"记忆力好就是经过专业训练的间谍？"赵晏晏几乎要冷笑了，这些人，似乎有些太过于小题大做了吧？

"问题是，记忆力再好，也不可能记住所有的细节。"主审的中年人很认真地回答道，"除非是某些需要特别加深记忆不想忘却的，比如你学习的内容，或者其他，但都需要经常性的记忆刺激，也就是说要多次背诵才行。只是简单的经历一次，不可能有这么深的印象。"

"张所长，您这里有没有复杂一点的图纸。"赵晏晏转向张所长这边，"不要机密的，只用普通的图纸好了，找一张复杂的。"

南方所还没有完全普及计算机绘图，纸质的图纸不计其数，张所长随随便便就轻松地找了一张足够复杂的 A2 幅面机械制图出来。

"这张图够复杂吧？"赵晏晏打开来，冲着众人展示了一遍。

众人都点头，哪怕是保卫科的，也大概地知道一些，这么多的标注，三视图虚实线条那么多，哪怕用画的也得至少半个月时间，绝对复杂。

"你们拿这张图，让胖子看上二十秒，然后你试试追问他图纸的细节，看看他能不能给你说出来。"赵晏晏把图一卷，伸向了主审中年人。

几个人的目光都看向了赵向北。赵董看了自己女儿一眼，微微点头，两个中年人立刻拿着图走了出去。

三十分钟之后，两个人满脸震惊地再次走进了所长办公室。看到他们的表情，赵晏晏就忍不住笑了出来。开玩笑，死胖子在车上每张图只翻了一次，不超过十秒，之后打造发动机的所有零件就再没有看过图纸。考他的记忆力，那不是自取其辱？

"他只看了十秒。"赵向北和张所长都想知道结果，主审中年人也不知道该如何回答，只说了这一句话。其他的什么结果什么过程都没说，可是大家却都已经明白了他的意思。

"怎么可能？"赵向北差点就叫出声来。

"怎么不可能？"赵晏晏脸上带着胜利的微笑反驳道，"你们以为这是专业人士要经过专业训练才能做到的事情，在某些人看来就和呼吸一样简单自然，不要拿你们那点可笑的正常人思维去琢磨某些妖孽。九成以上的把握，也意味着还有不到一成的失败率，总有些人是例外的。"

忽然之间，赵向北觉得，自己的女儿看屋里这几个人，就好像在看几个智障一般，其中就包括自己在内。

图书在版编目（CIP）数据

任怨与《神工》/ 马季著． -- 北京：作家出版社，
2023.5

（网络文学名家名作导读丛书）

ISBN 978 – 7 – 5212 – 2249 – 4

Ⅰ．①任… Ⅱ．①马… Ⅲ．①网络文学 – 长篇小说 –
小说研究 – 中国 – 当代 Ⅳ．① I207.425

中国国家版本馆 CIP 数据核字（2023）第 055514 号

任怨与《神工》

作　　者：马　季
责任编辑：王　烨　袁艺方
装帧设计：天行云翼·宋晓亮
出版发行：作家出版社有限公司
社　　址：北京农展馆南里 10 号　　　邮　　编：100125
电话传真：86 – 10 – 65067186（发行中心及邮购部）
　　　　　86 – 10 – 65004079（总编室）
E – mail: zuojia@zuojia.net.cn
http: // www.zuojiachubanshe.com
印　　刷：中煤（北京）印务有限公司
成品尺寸：152 × 230
字　　数：350 千
印　　张：25
版　　次：2023 年 5 月第 1 版
印　　次：2023 年 5 月第 1 次印刷
ISBN 978 – 7 – 5212 – 2249 – 4
定　　价：48.00 元

第四辑：

更俗与《楚臣》/ 西篱 著

烽火戏诸侯与《剑来》/ 庄庸 著

梦入神机与《点道为止》/ 周志强 李昕 著

无罪与《剑王朝》/ 许苗苗 著

乱世狂刀与《圣武星辰》/ 房伟 著

第五辑：

任怨与《神工》/ 马季 著

唐欣恬与《恩将求抱》/ 汤俏 著

解语与《盛世帝王妃》/ 乌兰其木格 著

暗魔师与《武神主宰》/ 陈海 著

六道与《汉天子》/ 禹建湘 著

第六辑：

怀愫与《庶得容易》/ 王玉玊 著

安静的九乔与《我在红楼修文物》/ 桫椤 著

墨书白与《山河枕》/ 许苗苗 著

三水小草与《还你六十年》/ 王文静 著

关心则乱与《知否？知否？应是绿肥红瘦》/ 肖惊鸿 李伟元 著

《网络文学名家名作导读丛书》已出版书目

第一辑:

辰东与《遮天》/ 肖惊鸿 著

骷髅精灵与《星战风暴》/ 乌兰其木格 著

猫腻与《将夜》/ 庄庸 著

我吃西红柿与《吞噬星空》/ 夏烈 著

血红与《巫神纪》/ 西篱 著

第二辑:

子与2与《唐砖》/ 马文运 著

林海听涛与《冠军教父》/ 桫椤 著

忘语与《凡人修仙传》/ 庄庸 安迪斯晨风 著

希行与《诛砂》/ 肖惊鸿 薛静 著

zhttty与《无限恐怖》/ 周志雄 王婉波 著

第三辑:

天蚕土豆与《斗破苍穹》/ 夏烈 著

萧鼎与《诛仙》/ 欧阳友权 著

耳根与《一念永恒》/ 陈定家 著

蝴蝶蓝与《全职高手》/ 张慧伦 张丽军 著

蒋胜男与《芈月传》/ 肖惊鸿 主编